SANG NOUVEAU

Pur produit du Minnesota, Amanda Carlson est titulaire d'un double diplôme de sciences du langage et de l'audition et du développement de l'enfant. Après avoir travaillé comme interprète en langue des signes, elle décide de rester chez elle pour écrire après la naissance de son deuxième enfant. Elle aime le Scrabble, les plages des tropiques et les virées shopping à Ikea. *Sang nouveau* est son premier roman.

Retrouvez Amanda sur son site Internet www.amandacarlson.com ou sur Twitter @AmandaCCarlson.

AMANDA CARLSON

# *Sang nouveau*

TRADUIT DE L'ANGLAIS (ÉTATS-UNIS) PAR ISABELLE PERNOT

LE LIVRE DE POCHE

*Titre original :*

FULL BLOODED


ISBN : 978-2-253-16964-2 – 1re publication LGF

*Pour Bill, Paige, Nat & Jane.*

# 1

Le souffle court, je m'efforçais de sortir d'un sacré cauchemar.

— Bon sang, gémis-je.

De la sueur dégoulinait sur mon visage. J'avais la tête dans du coton. Étais-je en train de rêver ? Si c'était le cas, ça me faisait un mal de chien.

*Attends une minute, les rêves ne sont pas censés faire mal.*

Sans crier gare, mon corps se contracta de nouveau. Une douleur brûlante s'écoula dans mes veines, semblable à un gros coup de soleil, enflammant chaque cellule sur son passage. Je serrai les dents en essayant de bloquer cet assaut.

Il disparut aussi rapidement qu'il était venu.

Cette soudaine perte de sensation me réveilla en sursaut. J'ouvris brusquement les yeux dans le noir. Ce n'était pas un foutu rêve. Je dressai un rapide inventaire interne de tous mes membres. J'avais des picotements partout mais, fort heureusement, je pouvais de nouveau bouger librement. Le faible halo vert de mon réveil affichait 2 h 07. Je n'avais dormi que quelques heures. Je roulai sur le côté et écartai les cheveux poisseux de mon visage. Quand mes doigts entrèrent en contact avec ma peau, je poussai une exclamation et retirai ma main comme un enfant qui vient juste de toucher une plaque très chaude.

*Bordel de merde, je suis brûlante.*

Ce n'était pas bon signe.

*Ne panique pas, Jess. Réfléchis. Sois logique.*

J'appuyai le dos de ma main contre mon front pour mieux déterminer à quel point j'avais de la fièvre. Des charbons ardents m'auraient semblé plus frais.

*Je dois être sacrément mal fichue.*

Je tombais rarement malade, mais ça arrivait parfois. Je n'étais pas immunisée. Mon frère jumeau, lui, n'attrapait jamais rien. Mais si un virus était suffisamment fort, il arrivait à m'affecter.

Je m'assis sur mon lit et laissai mon esprit dériver un bref instant sur une explication tout à fait différente pour mes symptômes. *C'est un scénario impossible. Ressaisis-toi, ma vieille. Tu es une femelle de vingt-six ans. Ça n'arrivera jamais. C'est probablement juste la grippe. Pas besoin de...*

Sans même un temps de répit, un autre spasme me saisit de plein fouet. Mon corps partit en arrière sous la violence de la secousse et mon crâne heurta la tête de lit, brisant les lamelles en bois comme des allumettes. Mon dos se cambra et mes bras partirent sur les côtés, renversant ma table de nuit et ce qu'il y avait dessus. L'explosion de ma lampe en heurtant le sol se noya dans mon cri, un véritable hurlement de fillette.

— Meeeerde.

Un autre spasme me secoua, projetant sa vilaine cendre sur mon âme tel un volcan. Mais cette fois, au lieu d'être perdue dans le pâle brouillard du sommeil, j'étais bien réveillée. Je devais absolument lutter contre ce phénomène.

Je n'étais pas malade.

J'étais en train de *changer*.

*Bordel, tu as passé toute ta vie à penser à ce moment et tu essaies de te convaincre que tu as la grippe ? Mais qu'est-ce qui ne va pas chez toi ? Si tu veux vivre, il faut que tu ailles chercher la dose avant qu'il soit trop tard !*

La douleur m'enserrait, les bras et les jambes verrouillés de chaque côté de moi. J'étais incapable de bouger parce que les spasmes m'assaillaient l'un après l'autre en une vague continue. Le souvenir de la voix de mon père résonnait clairement dans mon esprit. J'avais été idiote et trop entêtée pour mon bien, et maintenant j'en payais le prix. « Jessica, ne discute pas. C'est une précaution nécessaire. Tu dois garder cette dose près de toi en permanence. » La sacoche en cuir neuve, contenant une seringue prête à l'emploi et pleine d'un cocktail de médicaments spécifiques, m'avait été confiée. Le cocktail en question devait m'assommer si nécessaire. « Tu n'en auras peut-être jamais besoin, mais tu sais très bien que c'est l'une des conditions pour que tu vives seule. »

*Je suis désolée, papa.*

Ce n'était pas censé se produire. Mes gènes n'étaient pas programmés pour ça. C'était une impossibilité – dans un monde qui en était rempli.

J'avais été tellement stupide.

Mon corps continuait de se tordre en se repliant sur lui-même. Mes muscles bougeaient et se transformaient en même temps. J'étais prise au piège d'une danse dont je n'avais aucune chance de me libérer. La douleur monta encore plus vite, encore plus haut, et finit par atteindre un crescendo insoutenable. Au moment où elle jouait sa dernière note, mon esprit se brisa en mille morceaux.

Par bonheur, je perdis connaissance.

Trop vite, pourtant, de petits points lumineux se mirent à danser derrière mes paupières. J'ouvris les yeux, tout doucement. La douleur avait disparu. Seul un courant sourd et lancinant me traversait encore. Je mis un moment à me rendre compte que j'étais à quatre pattes sur le plancher à côté de mon lit, les genoux et les paumes en sang à cause des bris de ma lampe cassée. Ma petite table de chevet était en morceaux autour de moi. On aurait dit qu'un petit ouragan avait dévasté ma chambre. Je n'avais pas de temps à perdre.

*Cette dose est ta seule chance, maintenant. Va !*

La porte de la salle de bains était à un mètre cinquante de moi. Je me propulsai vers l'avant, en poussant sur mes bras tremblants et en traînant mon corps derrière moi. *Allez, on peut y arriver. Elle est juste là.* Je n'avais avancé que de quelques petits centimètres quand la douleur, violente et rapide, s'empara à nouveau de moi. Je m'effondrai sur le côté, et les muscles sous ma peau se mirent à rouler pour de bon. *Bordel de merde !* Effroyable et implacable, la souffrance semblait tout droit sortie d'un conte de fées.

Je gémis et me convulsai tandis que la douleur me submergeait. J'appelai à l'aide dans ma tête en cherchant la seule personne qui pourrait m'aider désormais. Mon frère était ma seule chance. *Tyler, c'est en train d'arriver ! Ty, Ty... je t'en prie ! Tyler, tu m'entends ? Tyyy...*

Un nouveau nuage de ténèbres apparut aux limites de ma conscience, et je l'accueillis volontiers. Tout pourvu que cela fasse disparaître cette horreur. Juste avant que l'obscurité ne s'empare de moi, sur la mince frontière entre le réel et l'irréel, une très faible sensation effleura mes sens. Une impression familière me titilla. Mais ce n'était pas normal. Ce n'était pas la voix de mon frère.

*Papa ?*

Seul de l'air, du vide emplit mon esprit. Je me fis des reproches toute seule. *Tu espères juste un miracle maintenant.* Les femelles n'étaient pas censées se transformer. J'avais entendu cette phrase toute ma vie. Comment pouvaient-elles se transformer quand elles n'auraient même pas dû exister ? J'étais une erreur, je l'avais toujours été, et il n'y avait rien que mon père puisse faire pour m'aider, à présent.

La douleur augmenta de nouveau, faisant exploser mon esprit. Sa fureur me brisa une fois de plus en mille morceaux.

*Jessica, Jessica, tu m'entends ? On arrive. Reste avec nous. Encore quelques minutes ! Jessica... Tiens bon, ma chérie. Jess !*

*Je ne peux pas, papa. C'est juste impossible.*

*Du sang.*

La peur me transperça comme une lance glacée. Je levai le museau pour renifler l'air. Un courant d'air frais sur mon dos me hérissa le poil et me picota la peau. Je frissonnai. Ma respiration hachée résonnait trop fort à mes oreilles, si sensibles. Je scrutai la pénombre en inhalant profondément encore une fois.

*Du sang.*

Des sons bouillonnèrent sous moi, comme des grondements. Je reculai tout doucement dans un coin et me mis à gémir. Les battements réguliers dans ma poitrine m'entouraient et m'enveloppaient dans ma propre peur.

*Sortir.*

Je bondis en avant. Mes griffes se dérobèrent devant moi et me firent glisser sur la surface lisse sur laquelle je n'avais aucune prise. Je me relevai et plongeai dans un tunnel noir pour émerger dans un espace plus grand. Tout autour de moi, des choses se brisaient et explosaient en me faisant peur. Je sautai sur quelque chose de gros que mes griffes déchirèrent sans peine. Je tombai et j'atterris à quelques centimètres à peine du rai de lumière.

*Sortir.*

Les oreilles dressées et la truffe au ras du sol, j'inspirai tandis que les sons m'assaillaient. Des images défilèrent dans mon cerveau. *Des humains, la peur, le bruit... danger.* Un jappement sourd remonta du fond de ma gorge. Il y eut une grosse vibration, très bruyante, au-dessus de ma tête. Je reculai en sursaut et pivotai sur moi-même, aux aguets.

Puis je la vis.

*Sortir.*

Je bondis vers la lumière de la lune et heurtai l'obstacle de plein fouet. Il céda aussitôt en se brisant en mille morceaux. Je sautai, le corps en extension, parcouru d'une puissance incroyable. Le sol se précipita à ma rencontre. Avant de l'atteindre, mes pattes de devant s'écrasèrent sur quelque chose de solide et ma mâchoire claqua brutalement sous la violence de l'impact. La chose sous moi s'effondra dans un grincement bruyant. Sans hésiter, je sautai sur le sol.

*Courir.*

Je m'élançai sur des surfaces dures et trouvai une étroite étendue de forêt. Je la suivis jusqu'à ce que les quelques arbres laissent la place à un nouveau terrain découvert. Je courus et courus encore, jusqu'à ce que les odeurs cessent de me désorienter, jusqu'à ce que les bruits cessent d'agresser mes oreilles délicates.

*Se cacher.*

Je bifurquai vers un gros bois. Quand je fus en sécurité dans cette enclave, je plongeai dans les broussailles. L'odeur me plut lorsque je me tortillai sous les branches basses pour me dissimuler entièrement. Quand je fus installée, je me calmai et dressai les oreilles. J'ouvris la gueule en aspirant l'air humide sur ma langue pour le goûter, les narines dilatées. Les différentes odeurs de cette zone me parvinrent rapidement, et mon cerveau les identifia efficacement. La forte puanteur acide de l'urine fraîche planait dans l'air.

*Des proies.*

Je penchai la tête et écoutai. Je repérai de faibles bruissements et grognements, presque indétectables. Mes oreilles pivotèrent, preuve de mon intérêt. Mon ventre laissa échapper un long grondement sourd.

*Manger.*

Je reniflai l'air de nouveau pour tester les effluves qui embrouillaient mes sens, ceux que je n'aimais pas.

Je posai la tête et gémis, car la faim me rongeait les entrailles et me donnait des crampes.

*Manger, manger, manger.*

Je ne pouvais l'ignorer. La faim me tenaillait. Je me faufilai hors de mon abri sous les arbres jusque dans la clairière où poussaient les hautes herbes. Je levai la tête au-dessus des tiges qui se balançaient doucement et inhalai à pleins poumons. Ils étaient proches. Forte et silencieuse, je trottinai dans l'obscurité. Je me glissai facilement dans leur enclos en passant sous l'obstacle en bois rugueux. Je m'aventurai plus loin encore dans la pénombre de leur grande tanière, mes pattes effleurant les vieux brins d'herbe défraîchis sans rien déranger de plus.

*Des proies.*

Le vent changea dans mon dos. Ils me sentirent pour la première fois. Bêlant leur indignation, ils piétinèrent le sol avec leurs sabots, furieux de cette intrusion. Je me faufilai sous une autre barrière peu solide, le corps souple et agile tandis que je longeai le bois fendillé. Je repérai ma proie.

*Manger.*

Je m'élançai en remuant la mâchoire. Mes canines trouvèrent son cou et s'y enfoncèrent. Un sang délicieux envahit ma gueule. Ma faim s'embrasa comme un feu insatiable, et mes yeux se révulsèrent d'extase. L'animal bascula et mourut instantanément en atterrissant sur la paille sale. J'entrepris de le dévorer en déchirant férocement sa chair pour prendre de grosses bouchées de viande que j'avalai entières.

— Maudits loups !

Je relevai brusquement la tête en entendant le bruit. Je clignai des paupières, ayant identifié le danger.

*Un humain.*

— Je vais t'apprendre à venir ici et à foutre le bordel dans ma grange, sale cabot galeux !

Il y eut une explosion sonore, puis la douleur m'envahit lorsque je fus projetée à la renverse et que je m'écrasai contre le côté de l'enclos. J'essayai de me relever, mais mes griffes glissèrent et dérapèrent dans un liquide glissant. *Du sang.* Je changeai de position pour gagner en adhérence et m'élançai dans les airs. L'odeur âcre de la peur me frappa de plein fouet et fit trembler d'envie mes entrailles.

*Tuer.*

Un grondement jaillit de l'intérieur de ma gorge, et mes crocs claquèrent. Mes pattes heurtèrent ma cible, nous précipitant tous les deux à terre dans un grand bruit.

*À moi.*

Je déchirai la chair et sentis du sang sur ma langue.

— Pitié… non…

*Non !*

Je m'arrêtai.

*Non !*

Je reculai.

— Bob, tout va bien dehors ?

Danger.

*Va-t'en !*

Je partis en boitillant dans l'obscurité. Je repérai une petite ouverture, sautai et atterris en lâchant un sifflement de douleur. Ma patte arrière s'écroula sous moi, mais je devais continuer à fuir.

*Cours.*

Je fichai le camp en longeant la barrière. Un hurlement déchira la nuit derrière moi. Je courus et courus encore jusqu'à ce que je ne voie plus que le noir.

*Repose-toi.*

Je rampai sous un épais toit de feuillage et me roulai en boule. Je léchai ma blessure. Elle était très profonde. Je fermai les yeux. Aussitôt, des images défilèrent une par une dans mon esprit.

*Un homme, un garçon... une femme.*

Je me focalisai sur elle.

J'avais *besoin* d'elle.

*Jessica.*

Je l'appelai à moi.

Elle vint volontiers.

*Jessica ! Jessica ! Ma chérie, tu m'entends ? Réponds-moi !*

*Jess, c'est Ty. Tu dois écouter papa et te réveiller,* bordel *!*

J'avais l'esprit embrumé, comme si l'intérieur de mon cerveau était recouvert d'une épaisse couche de mousse.

*Jessica, réponds-moi tout de suite ! Jessica. Jessica !*

— Papa ?

Je plissai les yeux dans la lumière du soleil qui filtrait à travers une canopée de branches quelques mètres au-dessus de ma tête. J'étais de nouveau humaine. Je ne savais pas comment c'était arrivé, mais j'étais soulagée. J'essayai de bouger, mais une douleur violente à la jambe me ramena brutalement à la réalité.

Alors, tout le reste me revint en mémoire.

La transformation, la fuite, le pauvre fermier. Je frissonnai lorsque les souvenirs m'assaillirent comme un vieux film tremblotant dont chaque plan sordide contenait un fragment de ma vie. J'étais là, j'avais tout vu, mais je n'avais jamais eu le contrôle – sauf à la toute fin. J'espérais sacrément que le fermier était encore en vie. Dire *non* m'avait demandé un tel effort que je ne me rappelais plus rien après ça. Je n'avais aucune idée de l'endroit où j'étais.

D'après ce que je savais des loups, ne pas savoir se contrôler était vraiment très mauvais signe. Si je n'arrivais pas à soumettre ma louve, si je ne pouvais pas prendre l'Ascendant sur la nouvelle bête qui était à l'intérieur de moi, on ne me laisserait pas vivre.

*Bordel de merde, je suis une louve.*

Je levai la tête pour contempler tout mon corps, entièrement nu et vulnérable. Je me focalisai sur ma blessure et regardai ma peau se régénérer. *Incroyable.* J'avais déjà observé le phénomène sur d'autres personnes, mais je n'avais encore jamais fait partie de ceux qui guérissent super vite. Les jeunes loups mâles acquéraient leurs facultés juste après leur premier changement. Mon corps devait être encore en phase d'ajustement parce que ma hanche n'était qu'un vilain amas de muscles en bouillie. Du sang séché maculait tout mon côté droit, et le centre de la blessure par balle ressemblait à une assiette de steak tartare.

Heureusement, on ne voyait pas l'os. À présent que j'étais réveillée et en mouvement, la douleur avait augmenté.

Je fermai les yeux et reposai la tête sur le sol. Il valait mieux que cet incident ne soit pas une nuit normale pour un nouveau loup-garou. Parce que, sinon, j'étais carrément dans la merde.

*Jessica !*

Je relevai la tête si vite que je me cognai contre une branche pointue. *Aïe.*

— Papa ?

Ce n'était donc pas le fruit de mon imagination. Je savais que l'Alpha était capable de communiquer par télépathie avec ses loups, mais c'était nouveau pour moi d'entendre sa voix dans ma tête. Je me concentrai sur l'écoute. Rien. Je projetai timidement une pensée hors de moi, comme je le faisais avant avec mon frère.

*Papa ?*

*Oh, mon Dieu, Jessica ! Tu vas bien ? Réponds-moi !*

*Oui ! Je t'entends ! Je vais bien, euh... enfin, je crois. J'ai mal et je ne peux pas vraiment bouger, mais je suis vivante. On dirait que ma hanche est passée dans un hachoir à viande, mais elle se répare toute seule tout doucement.*

*Reste où tu es. On arrive. J'ai perdu ton odeur pendant un moment, mais on est de nouveau sur ta piste.*

*D'accord. Je suis sous un épais fourré, mais je ne sais pas où. Je ne peux pas sortir à cause de ma jambe.*

J'entendis un reniflement.

*T'es pas encore guérie ?*

*Tyler ?*

*Qui d'autre ?*

Un flot d'émotions m'envahit quand j'entendis la voix de mon frère dans mon esprit. Je ne m'étais pas rendu compte à quel point elle me manquait jusqu'à cet instant. *Crois-moi, je ne m'attendais pas à te retrouver dans ma tête. On n'a plus réussi à faire ça depuis qu'on était gosses, alors c'est bon de t'entendre maintenant.*

Les pensées de Tyler changèrent alors, devinrent plus lourdes, comme un murmure sourd et épais qui tirait sur les replis de mon esprit. *Jess, je t'ai entendu m'appeler la nuit dernière. Tu sais, quand ça a commencé. Ça semblait horrible, comme si tu mourais. Je suis désolé de ne pas être arrivé à temps. J'ai essayé. Je suis arrivé trop tard.*

*Ce n'est pas grave, Tyler. Ça fait si longtemps qu'on n'arrivait plus à communiquer comme ça. Je ne m'attendais pas à ce que ça fonctionne. C'était une tentative désespérée de ma part pour ne plus penser à la transition. C'était tellement brutal, effrayant et douloureux. Mais ne t'inquiète pas. Tu n'aurais rien pu faire de toute façon. C'est arrivé extraordinairement vite, presque trop pour l'analyser.*

Mon cœur s'arrêta un instant de battre en se rappelant la scène.

J'entendis, ou peut-être je sentis quelqu'un trébucher et lâcher un juron étouffé. *Tu t'y habitueras*, dit Tyler. *Le changement devient plus facile après plusieurs fois. Tiens bon, je crois qu'on n'est pas loin de toi. On a perdu ta trace du côté de la grange. Bon sang, tu as dévasté l'endroit. Il y avait du sang partout.*

Une scène pas belle à voir se remit à défiler dans mon esprit avant que je puisse la bloquer. *J'espère que le fermier a survécu.* Je bougeai légèrement mon corps et frémis lorsqu'une douleur aiguë remonta le long de ma colonne vertébrale. Mes blessures auraient tué un humain ordinaire. De toute évidence, j'allais vivre, mais n'empêche que ça faisait sacrément mal.

L'angoisse de mon père s'exprima sous forme d'un ton sec dans mon esprit. *On se rapproche, Jessica. Le temps qu'on retrouve ta piste de l'autre côté de la grange, il a fallu attendre que la police humaine et l'ambulance s'en aillent. Ça ne devrait plus être long. Reste où tu es et ne bouge pas. Ton odeur est de plus en plus forte.*

*Ouais, tu sens comme une fille. C'est bizarre.*

*Peut-être parce que j'en suis une. L'aurais-tu oublié, étant donné que tu ne m'as pas vue depuis si longtemps ?*

*Nan, j'ai pas oublié, mais tu sens pas comme un loup normal*, répliqua Tyler. *Les loups sentent, je ne sais pas, moi, la campagne, la terre. Toi, ton odeur est trop féminine, presque comme du parfum. Ça me filerait presque des haut-le-cœur.*

Je le sentis tousser discrètement au centre de mon esprit, ce qui faisait vraiment bizarre.

*Alors, je devrais être facile à trouver.*

Nouveau reniflement de mépris.

*On arrive,* me rassura mon père. *Ne t'inquiète pas. On a une voiture pas trop loin d'ici pour te ramener à la Base.*

Tous ces efforts pour communiquer m'épuisaient, et je commençais à avoir mal à la tête pour de bon. La douleur se fit cuisante dans ma hanche, et mes oreilles se mirent à bourdonner. *Je suis en train de tomber dans les vapes tout à...*

*Accroche-t...*

# 2

Je me réveillai entre quatre murs blancs avec une odeur de désinfectant, de latex et de café dans les narines. On aurait dit une chambre d'hôpital typique, propre, lumineuse et stérile, sauf que celle-ci accueillait exclusivement des loups-garous. Elle se trouvait sous terre parce que les loups ne sont pas connus pour leur nature calme et détendue : s'ils devenaient fous, il leur était sacrément difficile d'en sortir en se creusant un chemin à coups de griffes.

Personne ne partageait cet espace avec moi, ce qui me facilitait les choses. Un loup nouveau-né, c'est le chaos assuré. Or il était préférable qu'il y ait très peu d'agitation puisque j'avais réussi l'impossible la nuit précédente. J'étais devenue la seule louve à part entière de toute la planète. Ma nouvelle identité allait ébranler le statu quo du monde surnaturel. Plus tôt je me préparerais aux retombées – inévitables –, mieux ce serait. Lever mes fesses de ce lit d'hôpital était déjà un bon début.

— Saluuuut, lançai-je. Il y a quelqu'un ?

En attendant une réponse, je fléchis la jambe pour voir si j'avais toujours mal. Un petit élancement demeurait en haut de la cuisse, mais, à part ça, tout semblait normal. Je ne pouvais pas voir ma blessure puisque le haut de ma jambe était enveloppé dans une telle quantité de gaze qu'on aurait pu remplir un coussin avec. Mais je me rappelais très bien son aspect de viande hachée et j'étais ravie de ne rien voir. Je ne savais pas si j'allais garder une cicatrice. J'avais beaucoup de choses à apprendre au sujet de mon nouveau corps.

Une conversation débuta à l'étage au-dessus de ma tête. La voix de baryton de mon père sortait du lot. Je penchai la tête. Je m'attendais presque à entendre un bip bionique lorsque je me concentrai sur la discussion. Celle-ci était incroyablement nette, comme si les participants se tenaient dans la pièce avec moi. Je testai ma vision sur un minuscule récipient à l'autre bout de la pièce. Je parvins sans problème à lire les mots écrits en tout petit sur l'étiquette.

J'entendis des bruits de pas dans l'escalier. Mon père, Callum McClain, l'Alpha de la meute des territoires nord-américains du Nord, entra dans la pièce.

— Dis donc, t'en as mis du temps.

Je lui fis un grand sourire. Je ne l'avais pas vu depuis un moment, et il m'avait manqué. Depuis que j'avais quitté la Base sept ans plus tôt, on ne s'était vus que quatre ou cinq fois. Nous avions dû faire preuve d'une extrême prudence lors de ces rencontres parce que la communauté surnaturelle se serait inquiétée si on nous avait vus ensemble. Le moindre ragot aurait pu compromettre ma fausse identité, mettant brutalement fin à l'indépendance pour laquelle je m'étais tant battue.

— Jessica, tu m'as foutu la trouille.

Mon père rejoignit mon chevet à grandes enjambées. Avec sa crinière noire et son absence de rides, il ne paraissait pas plus de trente-cinq ans.

— Je me suis foutu la trouille à moi aussi, pouffai-je. Me transformer en louve n'était pas prévu au programme de la soirée. Et puis, j'ai plus ou moins cru que je mourais, alors ça a carrément douché mon enthousiasme. J'ai eu l'impression qu'on me sciait les membres avec une lame émoussée.

— La première fois est toujours difficile, me confia mon père, surtout si je ne suis pas là pour guider la transition. C'est bien mieux si tu ne résistes pas au processus et si tu restes calme. Le tranquillisant aurait éliminé la douleur. Pourquoi tu ne l'as pas utilisé ? (Mon père fit glisser une chaise sur le plancher et s'assit à côté du lit.) C'était la mesure de sécurité sur laquelle on s'était mis d'accord si jamais tu commençais à changer. Tu devais te l'injecter pour t'assommer, et nous t'aurions retrouvée. Tu n'aurais subi aucune blessure. Tu aurais pu te tuer en sautant hors de ton appartement. Tu as eu de la chance, aussi, que le coup de feu ne t'ait pas sectionné la moelle épinière. J'avais confiance en toi et en notre accord. Je pensais que tu le suivrais à la lettre.

— Je suis désolée. (Je tirai sur les draps comme une enfant prise en faute.) J'ai essayé d'atteindre la dose, mais je n'y suis pas arrivée. C'est entièrement ma faute. Il y a quelques années, j'ai sorti la sacoche de ma table de nuit pour la transférer dans la salle de bains. Je pensais qu'elle était suffisamment proche mais, honnêtement, je n'aurais jamais cru en avoir besoin. Ça fait plus de dix ans que j'ai dépassé l'âge de la puberté, et on nous a toujours dit que je n'étais pas génétiquement programmée pour changer. (J'hésitai une seconde.) Je suis désolée. Je pensais que tu étais trop protecteur, comme d'habitude.

— Chère Jessica ! (Le Dr Jace entra dans la pièce, sa chevelure blanche se déployant autour de son visage comme un halo fragile. Il semblait à la fois ouvertement amusé et émerveillé.) Tu nous as fait une sacrée peur ! Tu es un miracle, jeune fille, oui, un vrai miracle. (Il vint à mon chevet d'un pas traînant, me saisit la main et la tapota affectueusement.) Qui aurait cru cela possible ? Une vraie femelle parmi nous. Stupéfiant ! Réellement stupéfiant !

— Doc Jace. (Je penchai la joue vers lui pour qu'il puisse y déposer une bise rapide.) C'est super de vous revoir. Ça fait trop longtemps. Vous avez bonne mine.

Cet homme était le seul substitut de grand-père que j'avais jamais eu. Il était un humain essentiel dans notre meute, comme son père et son grand-père avant lui. Cela voulait dire qu'il connaissait nos secrets et travaillait pour nous, mais qu'il n'était pas lui-même un être surnaturel. Les essentiels étaient une nécessité dans toutes les communautés surnaturelles, puisque la race humaine ignorait notre existence. Médecins, enseignants, avocats, ils étaient recrutés pour jouer un rôle spécial au sein de la communauté. Doc Jace était un brillant médecin, un atout très important pour notre Meute.

— Je suis si contente que vous soyez là, ajoutai-je en lui faisant un beau sourire, parce que vous êtes précisément l'homme capable de répondre à une question qui me brûle les lèvres.

— Bien sûr, répondit-il. Je ferai toujours de mon mieux pour répondre à tes questions, Jessica.

— Comment ai-je survécu ? Je croyais que mon code génétique n'était pas programmé pour que je devienne une louve, que je ne pouvais pas aller jusqu'au bout de la transition et que je mourrais si jamais la chimie de mon corps se modifiait tardivement après ma puberté.

Doc caressa sa courte barbe d'un air distrait.

— Les mâles portent leurs marqueurs de loup sur leur deuxième chromosome Y, ce qui est très rare, effectivement, mais ils sont bien là, très clairement encodés. Tu n'as jamais possédé ces indicateurs-là, et tu n'as pas de deuxième chromosome. Je suppose que ton corps porte le gène qui fait de toi une louve à un autre endroit, peut-être dans une région non encodée. Mais, comme tu peux l'imaginer, je vais mener des recherches approfondies sur le sujet. (Il me tapota de nouveau la main.) C'est un travail très intéressant. (L'étude de nos gènes était l'œuvre de sa vie.) Tu as réussi à te transformer en femelle, c'est révolutionnaire. Cela nous ouvre de nouvelles perspectives. Ce sera vraiment merveilleux.

Je savais déjà que c'était révolutionnaire, parce qu'il n'existait pas de femelles au sein de notre race. Parmi les loups, ma naissance avait déclenché une vague de mécontentement qui avait enflé à l'extrême à cause d'un mythe selon lequel j'étais le mal absolu, une menace née sur Terre dans le seul but d'anéantir notre race. Malheureusement, cette histoire dénuée de fondement s'était répandue comme une traînée de poudre. Quand la meute allait découvrir mon nouveau statut de louve, il y aurait un sacré tollé, et tout ce que j'avais bâti pour moi-même allait partir directement à la poubelle. Je préférais ne pas aborder tout ça avec le docteur et demandai plutôt :

— Quelle heure est-il ? Combien de temps suis-je restée inconsciente ?

— Il est sept heures du matin, répondit Doc. Tu as dormi pendant presque dix-huit heures, ce qui n'est pas rare pour un loup récupérant d'une blessure traumatique. Je suppose que tu as envie d'un café et d'un petit déjeuner ? Tu dois être affamée. La transformation mobilise une incroyable quantité d'énergie, et les loups nouveau-nés ont plus faim, par nature.

— Oui, je veux bien du café et de quoi manger. (Mon ventre se mit d'ailleurs à gargouiller.) À vrai dire, je meurs de faim. (Le Dr Jace sortit, et je m'adressai de nouveau à mon père :) J'ai dormi pendant dix-huit heures ? Serais-tu en train de me dire qu'on est déjà lundi matin ?

— Oui, on est lundi. (Mon père se pencha en avant sur sa chaise.) Mais ne t'inquiète pas pour ton boulot. J'ai déjà appelé Nicolas. Il est en route. Pour être franc, si tu as dormi tout ce temps, c'est parce que le doc t'a donné un petit coup de pouce. Il voulait être sûr que tu guérirais complètement, sans complications, et j'étais entièrement d'accord avec lui. Des blessures comme la tienne mettent longtemps à guérir, surtout chez un nouveau-né. Je suis tellement soulagé qu'on t'ait retrouvée en un seul morceau. Tu nous as fait vivre une sacrée nuit.

J'étais soulagée d'apprendre que Nick Michaels, mon associé et meilleur ami, était en chemin. Ça me ferait du bien d'avoir un autre allié dans la place puisque je n'avais aucune idée de la façon dont les choses allaient se dérouler.

— La transition a été un moment complètement fou, mais je ne me rappelle plus vraiment comment ça s'est passé. Non, ce n'est pas tout à fait ce que je voulais dire, rectifiai-je. Je me souviens très clairement de la douleur mais, bizarrement, pas de la transformation en elle-même.

Mon père s'installa plus confortablement.

— Il n'est pas rare de se séparer de son loup pendant la première transformation. Ton changement, inattendu, a été traumatisant. Comme je te l'ai dit, combattre le processus peut le rendre extrêmement douloureux. Ta louve a sans doute pris le dessus, pendant que ton côté humain était en état de choc. Ça arrive. Ce n'est pas l'idéal, mais ça arrive.

J'étais un peu surprise par sa réaction, mais heureuse, au bout du compte, qu'il n'ait pas l'intention, dans l'immédiat, de m'attacher sur mon lit jusqu'à ce que je maîtrise mieux la bête.

— Je n'ai pas eu l'impression d'être en état de choc, mais c'est possible. À la fin, elle a inversé les choses et m'a rendu le contrôle. Jusque-là, je n'étais que la passagère, mais quand j'ai enfin réussi à me glisser sur le siège de la conductrice, il a suffi que je renifle mes blessures pour que je m'évanouisse.

À la première difficulté, je m'étais évanouie comme une vraie dure.

Mon père me dévisagea en silence pendant quelques instants. Puis il passa la main dans son épaisse chevelure noire. Ce geste trahissait son stress, qu'il ne montrait pas souvent.

— Bien. (Il s'éclaircit la voix.) Je ne sais pas ce qui s'est passé, mais un loup-garou met parfois plusieurs années avant de prendre l'Ascendant sur sa bête.

Si ta louve t'a rendu le contrôle d'elle-même, cela signifie que tu n'auras sans doute pas de problème de ce côté-là. (Il se pencha plus près, les yeux brillants d'un éclat vif.) Ça veut dire que ton côté humain est fort, et c'est une sacrée bonne nouvelle.

Un loup-garou devait prouver qu'il avait l'Ascendant sur sa bête intérieure avant d'être autorisé à réintégrer la société humaine. D'instinct, le loup voulait prendre le contrôle total et l'exigeait. Le côté humain devait être assez puissant pour réprimer les impulsions de la bête à tout moment. Aucune exception n'était admise.

Je me mordis la lèvre inférieure.

Ça ne s'était pas passé exactement comme ça. Je savais que je l'avais empêchée de tuer le fermier, mais j'ignorais comment le refaire si nécessaire. Cependant, je préférai laisser tomber le sujet et poser une autre question :

— Comment as-tu su que j'étais en train de me transformer ? Comment m'as-tu retrouvée ?

J'avais grandi au sein de la Base, alors j'en connaissais un rayon sur les loups, naturellement. Mais on m'avait également caché beaucoup de choses.

Mon frère entra en coup de vent dans la pièce avant que mon père ait eu le temps de répondre. Il avait encore grandi depuis la dernière fois qu'on s'était vus.

— On t'a retrouvée parce que tu pues, et la puanteur est facile à pister.

Il se laissa tomber sur mon lit et m'attira contre lui sans réfléchir.

— Doucement, espèce de brute ! J'ai été grièvement blessée, tu sais !

Je pouffai en déplaçant ma jambe presque complètement guérie pour lui faire de la place. Mais ça ne suffisait pas, parce qu'il était super costaud et que le lit était tout petit.

— Alors tu ne dois pas être si forte que ça, mauviette, parce que si c'était ma jambe, elle serait déjà comme neuve.

Il sourit en dévoilant ses dents et ses fossettes. Mon éternel rival.

— Facile à dire pour toi, répliquai-je. Ce n'est pas ta jambe qu'un fermier en colère a bien failli arracher d'un coup de fusil.

Je me penchai et le poussai, taquine. Tyler ne bougea pas d'un pouce. Il mesurait un mètre quatre-vingt-dix-huit et était bâti comme un catcheur. Il ressemblait à notre père, comme moi, sauf que lui avait les cheveux blonds alors que je les avais noirs comme notre géniteur. De notre mère décédée, il avait également hérité ses scandaleuses fossettes. Mais nos yeux bleu ciel identiques montraient clairement que nous étions frère et sœur.

— Admets-le, Jess. Je me suis bagarré bien plus souvent que toi et je suis sur pied dès le lendemain, dit Tyler. Toi, tu es plus fragile parce que tu es une fille.

— Ouais, c'est ça. Tu te rappelles la fois avec Danny dans la montagne ? On a dû te redescendre sur une civière. Si je me souviens bien, tu es resté inconscient pendant trois jours.

— J'avais le crâne ouvert et la cervelle qui s'en échappait. Ce n'est pas ce que j'appelle une petite blessure.

— Aux dernières nouvelles, se faire arracher la jambe, ça n'en est pas une non plus.

— Oh, je t'en prie. Ça, dit-il en désignant ma jambe, ce n'est jamais qu'une égratignure.

*Égratignure, mon cul, petit frère.*

La compréhension illumina son visage. Cette faculté mentale que nous partagions enfants avait toujours été ténue et fonctionnait par intermittence, comme un fil électrique qui se détache. La plupart du temps, ça marchait à sens unique, de Tyler vers moi, ce qui était totalement injuste. Lorsque Tyler avait changé, à la puberté, la connexion avait été interrompue pour de bon.

À présent, elle était de retour.

*L'heure de la vengeance a sonné, pas vrai, petit frère ?*

— Bon, ça suffit, intervint mon père. Tyler, reprends ton sérieux. Ta sœur va avoir besoin de notre aide. Ce qui lui est arrivé est sans précédent. Nous avons réussi à esquiver les ennuis jusqu'ici, mais nous devons maintenant déterminer la meilleure stratégie pour minimiser les conséquences. Les loups sont agités, il va falloir être prudents.

Mon frère se calma aussitôt. Comme toujours, il prenait les problèmes de la Meute très au sérieux. À vingt-six ans, il détenait un statut incroyablement élevé au sein de la Meute. Le seul loup mieux placé que lui n'était autre que le bras droit de notre père, James Graham, qui était à ses côtés depuis plus d'un siècle. Tyler avait livré beaucoup de batailles sanglantes pour gravir aussi rapidement les échelons. C'était un loup puissant. J'espérais que c'était de famille.

Mon père se leva et vint se placer au bout du lit.

— Les loups se doutent de quelque chose, mais il est très probable qu'ils ne savent pas encore que tu as changé. La plupart ne sont pas sûrs de ce qu'ils ont entendu la nuit dernière parce que j'ai coupé la connexion rapidement. Nous allons utiliser cela à notre avantage et tenter de garder le secret le plus longtemps possible, peut-être même indéfiniment, avec un peu de chance.

— Comment ça ? Qu'est-ce qu'ils ont entendu ? demandai-je.

Ça ne sentait pas bon.

— Un nouveau loup signale son premier changement à la Meute. C'est une mesure de sécurité intégrée, et ta louve n'a pas manqué d'envoyer cette alerte. (Mon père se tourna vers moi.) Au premier changement, ton corps déclenche un signal. Il y a des centaines d'années, c'est précisément comme cela que nous avons trouvé des loups à travers toute l'Écosse et le pays de Galles, des loups qui ne savaient pas ce qu'ils étaient avant leur première transformation.

— Toute la Meute au grand complet a entendu mon changement ? (L'idée d'avoir une meute de loups-garous dans mon cerveau déclencha chez moi un accès de panique.) Ils peuvent m'entendre, là ?

J'essayai d'empêcher ma voix de trembler, mais laissai échapper quelques trémolos quand même.

— Non, là, ils ne peuvent pas t'entendre, me rassura mon père. Le lien de Meute est toujours établi par moi, et moi seul. Les loups ne peuvent pas communiquer par télépathie tout seuls. Tyler et toi êtes une rare exception, très certainement à cause de votre gémellité. Ça n'a rien à voir avec la Meute. Je suis le conduit de communication uniquement parce que je suis l'Alpha. L'alerte que tu as déclenchée n'a été entendue par la Meute que pendant un bref instant. Dès que j'ai compris que c'était toi, j'ai coupé la connexion. À l'heure actuelle, ils ne peuvent affirmer que c'était toi, et ça joue en notre faveur. (Il se passa de nouveau la main dans les cheveux.) Je peux raisonnablement nier avoir connaissance de ton changement sans que cela soit un mensonge, parce que je ne t'ai pas vue. Personne en réalité ne t'a vue sous forme de louve, si bien qu'on ne peut affirmer avec certitude que tu as changé. Avec un peu de chance, ils penseront que le signal provenait d'un nouveau loup dans les territoires du Sud, ce qui est tout à fait possible. Ça s'est déjà produit une fois.

Les territoires nord-américains du Sud recouvraient toute la zone au sud de la ligne Mason-Dixon jusqu'au Mexique, tandis que mon père contrôlait tout ce qui se passait au nord jusqu'au Canada.

Mon frère appuya ses dires d'un hochement de tête.

Il était très important de faire en sorte que mon père n'ait pas à mentir à sa Meute. Les loups peuvent sentir le mensonge parce que le corps se trahit chaque fois. Le cœur bat plus vite, les pupilles se dilatent, et on transpire. Mon père, en tant qu'Alpha puissant, pouvait dissimuler un mensonge, mais si ses loups poussaient trop loin leurs questions, ses émotions risquaient de le trahir.

— Je suis soulagée d'apprendre qu'ils ne peuvent pas m'entendre, mais ils doivent sûrement se demander ce que je fais à la maison, non ? Je suppose qu'ils sont au courant de mon arrivée.

Garder ma présence secrète au sein de la Base aurait été trop difficile. Je n'étais pas censée être aux

États-Unis. Quand j'étais finalement partie pour de bon plusieurs années auparavant, j'avais recommencé une nouvelle vie sous le nom de Molly Hannon. On avait dit à la Meute que Jessica McClain était définitivement partie pour l'Europe. En réalité, j'y avais effectué un court séjour pour récupérer des blessures que j'avais reçues en me battant juste avant de quitter la Base. Ce n'était donc pas tout à fait un mensonge, et le plan avait parfaitement fonctionné. J'étais revenue aux États-Unis en tant que Molly, et ma nouvelle vie se situait à deux heures de là en voiture, dans les Twin Cities[1]. Je menais une existence merveilleusement tranquille. Personne ne savait qui j'étais, et je voulais à tout prix que ça reste ainsi.

— Je leur ai dit que tu étais en ville pour quelques jours à l'occasion d'une rare visite à ton frère et que tu séjournais chez Danny dans les Twin Cities. Tu es arrivée à la Base tard la nuit dernière, ce qui est une pure coïncidence.

Danny Walker était le meilleur ami de mon frère et un autre de mes rares alliés. Il surveillait les abords des deux villes pour empêcher les loups errants de faire des ravages et il était sacrément doué pour ça.

— Et ils ont gobé ce bobard ?

— Tu es partie depuis sept ans. Il était temps que tu reviennes.

— Si la nouvelle de mon changement leur parvient, on aura du mal à les convaincre que je ne suis pas leur ennemie, vu que le mythe de Caïn empoisonne leur esprit depuis toutes ces années. Ils détiendront

---

1. Ce nom désigne l'agglomération de Saint-Paul et de Minneapolis, les deux plus grandes villes du Minnesota. (*N.d.T.*)

enfin la preuve qu'ils attendaient pour m'accuser de vouloir abattre la Meute.

— Ta présence ici juste après le déclenchement du signal n'est pas idéale, reconnut mon père en traversant la pièce. Le temps que nous réussirons à gagner me permettra de préparer la Meute à mieux accueillir la nouvelle. Certains loups se sont un peu radoucis vis-à-vis de toi ces dernières années, mais la découverte de ton nouveau statut de louve va encore ébranler leurs certitudes. Je vais aller leur parler, annonça-t-il en se dirigeant vers l'escalier. Après ton petit déjeuner, quand le Doc aura fini ses examens, je te verrai dans le pavillon principal pour discuter de la prochaine étape.

Tyler tapota mon genou en se levant.

— Ne t'inquiète pas, Jess. On va trouver une solution. Sache que je ne te considère pas du tout comme un monstre.

*Euh, merci ?*

# 3

J'engloutis alors la plus grosse quantité de nourriture jamais avalée de toute ma vie au cours d'un même repas. Puis je subis une batterie d'examens impliquant tous les échantillons de peau ou de tissu dont je pouvais me séparer.

— Je vous l'ai dit, je vais bien. Je n'ai pas besoin de ça. (Perchée au bord du lit, j'agitais une paire de béquilles tout à fait inutiles.) Ma jambe se porte à merveille.

Le Dr Jace, à côté de moi, scrutait le moindre de mes mouvements.

— Regardez. (Je fléchis la jambe puis la tendis.) Vous voyez, elle fonctionne très bien. Je n'ai pas mal.

Je portais un vieux pantalon de pyjama et un t-shirt Radiohead tout aussi récent que l'on avait dénichés dans mon ancienne chambre du pavillon principal. Ma jambe de pyjama glissa et j'aperçus l'épais duvet noir qui recouvrait ma jambe autrefois parfaitement rasée. Je réprimai un haut-le-cœur.

— Euh, mis à part ces horribles poils, je suis en super forme.

Aucune somme d'argent n'avait pu me convaincre de regarder mes aisselles. J'avais gardé les yeux bien fermés. Apparemment, après une transition complète, les poils repoussaient. Partout.

— Tu vas quand même les utiliser pour l'instant, insista Doc en désignant les béquilles d'un signe de tête. S'il s'avère par la suite que tu vas mieux, on en reparlera.

Il aurait été plus facile de convaincre une mule, alors je pris ces foutus machins et les coinçai sous mes aisselles.

Pour se rendre de l'infirmerie à la maison dans laquelle j'avais grandi, il fallait traverser une pelouse joliment entretenue. Personne d'autre n'était dehors, sans doute sur les ordres de mon père. Le printemps avait été inhabituellement pluvieux, si bien que l'herbe était d'un vert étonnamment vif.

Le Pavillon, comme on l'appelait affectueusement, avait été construit dans les années trente et abritait la Meute des territoires du Nord depuis cette date. En entrant, je me réjouis à la vue du plancher de cèdre rouge usé. Doc passa devant moi.

— Veux-tu un autre café, Jessica, ou du thé peut-être ?

— J'aimerais bien un autre café, merci.

Doc partit dans la cuisine tandis que j'entrai dans le gigantesque salon avec mezzanine. La cheminée, construite avec des pierres extraites directement du lac, occupait tout le mur orienté à l'est.

C'était un bel endroit, mais ce qui m'attendait était encore plus réjouissant…

— Nick ! (Je laissai tomber les béquilles sans

réfléchir et sautai aussitôt dans ses bras.) Je suis tellement contente de te voir !

— Doucement, Jess. (Nick me serra dans ses bras, puis recula pour m'examiner attentivement.) Hum, c'est vrai que tu as l'air en pleine forme. Je ne vois pas de fourrure ni d'oreilles duveteuses, mais comment va ta jambe ?

— Entièrement guérie !

Pour le prouver, je baissai mon pantalon de pyjama pour dévoiler le haut de ma hanche. On ne voyait plus qu'une légère décoloration rouge.

— Tu as vu ? Plutôt cool, hein ?

— Très impressionnant.

Je le fis asseoir sur le canapé à côté de moi. En plus d'être mon meilleur ami, Nick était un renard-garou, pas un loup. Dans le monde des changeurs, votre force et votre taille égalent celles de votre animal, si bien qu'il ne mesurait pas plus d'un mètre quatre-vingts. Son père décédé était un Amérindien du Canada et sa mère était blanche. Il avait la peau légèrement cuivrée et des cheveux noirs hirsutes. J'étais ravie de le voir après la folie des derniers jours.

— Ça me fait vraiment plaisir que tu sois là, lui dis-je. (Personne n'était capable de m'apaiser comme Nick le faisait, et ce, depuis notre enfance.) Toute cette histoire est un peu folle, quand même. J'ai du mal à croire que c'est vraiment arrivé.

— Et moi, je me réjouis simplement que tu t'en sois sortie en un seul morceau. (Nick avait des yeux incroyables, couleur d'or foncé. Pendant quelques instants, une lueur émue s'alluma au fond de ses prunelles, les rendant plus brillantes encore.) Tu aurais pu te faire tuer.

Je n'eus pas le temps de répondre car mon père et James Graham, son bras droit, entrèrent à leur tour. James portait son éternel t-shirt noir et son pantalon cargo camouflage, l'uniforme que je l'avais toujours vu porter. La tenue, parfaitement assortie à ses cheveux noirs coupés court et à son teint olivâtre, ajoutait un mélange de menace et de force à son grand corps. James était un loup d'un gabarit impressionnant, avec des épaules immenses. On s'en serait rendu compte dans n'importe quelle tenue, mais j'étais heureuse de constater qu'il n'avait pas du tout changé.

Mon père salua Nick d'un rapide hochement de tête.

— Nicolas.

— Bonjour, monsieur, répondit Nick qui s'empressa de se lever.

— Comment va ta jambe, Jessica ? demanda mon père tandis que je me levais à mon tour.

— Elle est entièrement guérie.

Il me contempla pendant quelques secondes, puis hocha de nouveau la tête.

James vint vers moi.

— C'est bon de te revoir, Jessica, dit-il en me prenant par la taille pour me donner une accolade chaleureuse. (Son accent irlandais rocailleux était toujours aussi irrésistible après tout ce temps.) Je suis content que tu ailles bien.

Je le serrai dans mes bras à mon tour.

— Ça fait longtemps, James. (Je m'écartai en souriant.) Beaucoup trop longtemps.

C'était lui qui m'avait aidée à quitter la Base sept ans plus tôt, et j'étais ravie de le revoir. Sans son soutien, je ne serais peut-être jamais partie. Une amitié solide s'était nouée entre nous, qui n'existait pas auparavant.

— Allons dans mon bureau.

Mon père franchit une ouverture sur le côté du salon et disparut à l'intérieur de l'autre pièce.

Nous le suivîmes. Mon père disposa deux chaises en arc de cercle devant le canapé en cuir qui faisait face aux fenêtres. Il avait aménagé son bureau dans l'ancienne bibliothèque, si bien que de superbes étagères ornaient les murs. Cette pièce bénéficiait aussi d'une vue splendide sur le lac.

— Jessica, assieds-toi sur le canapé, je te prie. Nick, assieds-toi à côté d'elle.

On obéit aussitôt.

Sans avoir besoin qu'on le lui demande, James prit la chaise à côté de mon père et se pencha, les avant-bras appuyés sur les cuisses. Il était prêt à démarrer la discussion.

Mon père, quant à lui, était assis le dos bien droit, imposant. Physiquement, il mesurait quelques centimètres de moins que James, mais son corps possédait une plus grande masse musculaire. Ses bras puissants semblaient jaillir de sa chemise aux manches relevées. Mon père était toujours en costard. Je ne l'avais jamais vu diriger une réunion de travail en t-shirt et en jean. C'était un leader. Il n'y avait pas à s'y méprendre.

— Nicolas, dit-il, après ce briefing, je veux que tu t'intéresses aux rumeurs qui circulent au sein des communautés surnaturelles concernant Jessica ou un récent changement. Vois si la nouvelle a filtré hors de la Base. Si quoi que ce soit sort de l'ordinaire, fais-m'en part immédiatement. Ce sera ta priorité, poursuivit-il. Mais, pour l'instant, passons en revue ce qui s'est passé samedi matin de bonne heure quand tu es arrivé à l'appartement de Jessica. Tu me l'as déjà raconté, mais je veux l'entendre à nouveau, du début à la fin. Et je suis sûr que Jessica aimerait savoir ce qui s'est passé en son absence, ajouta-t-il en me désignant d'un hochement de tête.

— Bien, monsieur, répondit Nick en se tournant vers moi.

— Ça devrait être intéressant, plaisantai-je en espérant apaiser un peu la tension de Nick, que mon nouvel odorat comparait à l'odeur d'un toast brûlé.

— Tyler m'a appelé vers deux heures et demie du matin la nuit où tu t'es transformée, expliqua Nick. Il était inquiet et pensait que tu avais des ennuis. J'ai sauté dans la voiture et j'ai tout de suite appelé Marcy en lui disant de me retrouver sur place. Je savais que s'il y avait un problème à ton domicile, tes voisins avaient sans doute déjà appelé la police. Ce serait donc plus facile si elle m'accompagnait.

— Bien vu, champion.

C'était la meilleure nouvelle qu'on m'ait annoncée depuis que j'avais sauté de mon balcon au deuxième étage. Marcy Talbot, notre secrétaire, était une sorcière talentueuse, même si elle se dévalorisait constamment. Elle détestait travailler sous pression et, par malheur, ratait tous ses sortilèges quand elle était stressée, si bien qu'aucun convent ne voulait d'elle. Mais, quand elle réussissait à les lancer, c'était époustouflant.

— Marcy et moi sommes arrivés pratiquement en même temps devant ton immeuble, poursuivit Nick. Par miracle, la police n'était pas encore là. C'était la pagaille, et le hall d'entrée grouillait de monde. Marcy a lancé un sort sur-le-champ pour faire croire à tous ces gens qu'on avait besoin d'eux ailleurs. Quand ils sont partis, on s'est faufilés dans ton appartement sans se faire voir.

— Bien joué, Marcy, dis-je. Dans quel état était l'appart ? Ma louve a cassé un paquet de trucs en essayant de foutre le camp.

— « Ravagé » serait encore trop faible, répondit Nick avec un sourire cynique. On aurait dit que tu avais posé du C-4 aux quatre coins de l'appart avant de le faire sauter. Il y avait des meubles démolis partout et d'énormes sillons dans le plancher. Le pire, c'était ta chambre. Mais on n'a pas eu le temps de tout nettoyer parce que les sirènes de police se rapprochaient. Marcy a eu une idée géniale : elle a fait en sorte qu'on croie à une effraction et qu'on ne voie pas que c'est toi qui avais sauté par la fenêtre. Grâce à elle, on dirait que ta porte vitrée coulissante a été fracturée de l'extérieur.

Je hochai la tête.

— Génial.

— Après ça, elle n'en pouvait plus. (Les sorcières avaient besoin de refaire le plein quand elles lançaient plusieurs sorts consécutifs.) Alors, on a couru dans ta chambre, parce qu'il fallait qu'elle soit nickel si on ne voulait pas qu'une énorme enquête soit déclenchée. Il aurait fallu expliquer la présence de tout ce sang.

— Vous avez réussi ?

— Oui, acquiesça Nick. Marcy avait encore assez d'énergie pour donner l'impression que tu n'étais pas du tout rentrée chez toi. Le lit est bien fait, tout est propre.

— Parfait, murmurai-je.

— On a eu à peine le temps de sortir de l'appart avant l'arrivée de la police. Mais on ne pouvait pas quitter l'immeuble sans qu'ils nous voient, alors on s'est cachés dans l'appartement de ton voisin, Mr Stubbard. C'est l'appartement juste à droite de celui de Jess, expliqua Nick en jetant un coup d'œil à mon père. Là, c'est moi qui ai fait un peu de magie. J'ai ensorcelé Mr Stubbard pour le convaincre de retourner dormir après nous avoir laissés entrer. Marcy et moi avons regardé des émissions nulles à la télé jusqu'au départ de la police. Et c'est à peu près tout.

Nick possédait un don extrêmement utile : la persuasion mentale. Chez beaucoup de surnaturels, leur vraie nature s'accompagne de pouvoirs spéciaux. Celui de persuasion ne fonctionne que sur les humains à l'esprit faible, mais ça n'en reste pas moins très pratique. Mon frère, lui, était capable de courir deux fois plus vite que n'importe quel autre loup, et James guérissait deux fois plus vite que n'importe qui, ce qui était stupéfiant à voir. Ce genre de pouvoir n'était pas garanti, ça dépendait de ce qui se trouvait déjà dans votre code génétique. J'espérais bien en avoir un, mais j'ignorais combien de temps ça mettait à apparaître.

— Marcy va avoir besoin d'une augmentation. Les sorcières ne sont pas données, dis-je à Nick. Sans elle, je serais sacrément dans la merde. Ça va déjà être compliqué de trouver quoi dire à la police… heureusement qu'elle m'a aidée. Une effraction est bien plus facile à expliquer qu'une… évasion.

— Au fait, voilà ton téléphone. (Nick le sortit de la poche de sa veste et me le tendit.) Je l'ai trouvé sur un tas de débris. Je l'ai vu juste en sortant. Personne ne quitte la ville sans son téléphone, de nos jours.

— Merci. (Je le pris et le coinçai dans l'élastique de mon pyjama.) Tu n'aurais pas vu mon sac, par hasard ?

Nick prit un air paniqué.

— Non, je…

— Ne t'inquiète pas, m'empressai-je de l'interrompre. Nick, franchement, tu as super bien réussi à couvrir mes arrières, comme d'hab. Les mecs ne pensent jamais au sac à main.

J'étais certaine que Marcy l'aurait pris si elle l'avait vu, mais il était sûrement enfoui quelque part sous les débris.

— Est-ce qu'il nous reste des permis de bivouaquer ? demandai-je à mon père. Je vais utiliser l'excuse d'un week-end de camping organisé à la dernière minute pour expliquer mon absence.

Dans la région, nous étions au milieu de grands bois et de forêts nationales.

— Ça ne devrait pas poser problème, répondit mon père. Tu as fait de l'excellent travail, Nicolas. Tu ne cesses de prouver que tu es un atout pour la Meute.

Nick salua ce compliment d'un signe de tête. Mon père n'en faisait pas souvent.

— Cette histoire d'effraction va nous permettre de gérer le problème avec la police humaine, reprit mon père. Mais le plus dur reste à faire, et James et moi avons déjà passé en revue plusieurs scénarios. (Il se tourna vers James.) C'est dangereux de te garder ici, mais ça l'est tout autant de te laisser rentrer chez toi. J'hésite.

James reprit le fil de la discussion. Son intonation typiquement irlandaise lui donnait une agréable texture râpeuse.

— Si tu restes ici, Jessica, j'ai le sentiment que ça prouvera à la Meute que tu es devenue une louve à part entière. Il me paraît inutile de courir ce risque. Les loups présents s'agitent déjà. Ils savent qu'ils ont entendu quelque chose la nuit dernière. Ils ignorent simplement de quoi il s'agit. S'il est possible de garder ton changement secret et de te donner une chance de retrouver une vie normale, nous devons la saisir.

— Un autre élément joue en faveur de ton retour, renchérit mon père. Si des gens dans la communauté surnaturelle soupçonnent Molly Hannon d'être en réalité Jessica McClain, ils doivent être aux aguets. Si Molly disparaît juste au moment où on commence à raconter que Jessica est devenue une louve, tu ne pourras peut-être plus jamais retourner à cette vie-là. Or préserver ta fausse identité est une priorité. Il serait extrêmement difficile à ce stade de t'en créer une autre. Les surnaturels sont malins, et beaucoup te connaissent à cause de ton métier.

Il s'arrêta là, mais je savais ce qu'il avait envie d'ajouter. Il estimait que j'avais été imprudente et que j'avais manqué de jugement concernant mes choix de carrière. Ce récent événement tendait à lui donner raison. J'avais dû batailler ferme pour le convaincre de me laisser m'impliquer dans la communauté surnaturelle. Mais, après avoir mis un terme à ma courte carrière de policière, je n'avais plus que quelques possibilités qui me paraissaient un tant soit peu logiques. Au bout du compte, malgré ses réticences, il nous avait laissés, Nick et moi, ouvrir Hannon & Michaels Investigations, à condition que j'agisse uniquement comme l'essentielle de Nick, sa partenaire humaine, et que nous n'acceptions que des affaires comportant peu de risques. Ça avait fonctionné, mais voilà que j'étais sur le point de perdre l'existence pour laquelle je m'étais si âprement battue. Ça me faisait peur.

— Te laisser retourner chez toi jusqu'à ce qu'on voie comment la situation évolue est sans doute la solution la plus sûre. Mais je n'aime pas ça, gronda-t-il. Mon instinct me dit de te garder ici sous clé.

— Si la nouvelle de mon changement s'ébruitait aujourd'hui, à ton avis, combien de loups représenteraient une véritable menace pour moi dès que j'aurais franchi le portail ? demandai-je.

Mon père me dévisagea attentivement.

— Sur les cent cinquante-neuf loups directement sous mes ordres, sans compter les loups isolés du Canada et de l'Alaska, seuls quelques-uns, dix à douze tout au plus, sont toujours persuadés que tu provoqueras la perte de la Meute si tu deviens une louve à part entière. La plupart sont indécis, mais pourraient rapidement pencher du mauvais côté de la balance si l'opposition donnait de la voix avant que nous soyons capables de la faire taire. Je ne veux pas t'inquiéter outre mesure, mais, ce matin, le mythe de Caïn a refait surface sur plusieurs sites américains de la Meute. Ça peut n'être qu'une coïncidence puisqu'il réapparaît de temps en temps, mais c'est sans doute lié au malaise ambiant. Nous n'avons pas encore trouvé d'où ça venait cette fois-ci, mais on y travaille.

— Déjà ? (Je relâchai ma respiration que j'avais retenue jusque-là.) C'est mauvais signe.

— À l'ère de la technologie et de l'instantané, je n'ai aucun moyen de l'empêcher, répondit mon père en secouant la tête. Ça me fout en rogne, mais ça montre clairement que les spéculations vont bon train parmi nos propres rangs. Te renvoyer à ton ancienne vie, hors de danger, est donc une priorité absolue. Si nous parvenons à garder ton changement secret, on aura une chance de calmer les esprits. Sinon, on pourrait bien se retrouver avec une guerre civile sur les bras. C'est mon boulot, en tant que leader de la Meute, d'empêcher ça à tout prix.

*Ce foutu mythe de Caïn.*

Ces quelques vers absurdes, tapés à la machine sur une banale feuille de papier, avaient modelé mon existence tout entière. Le mythe avait été envoyé à la Base, sans cachet de la poste, un mois jour pour jour après ma naissance. La véracité de ces lignes n'avait jamais été remise en cause. Elles avaient atteint leur but dès le départ en semant l'agitation au sein de la Meute et en me gâchant la vie au passage. Je les connaissais par cœur. Elles étaient gravées dans mon esprit de manière permanente, comme une vilaine tache :

*Une femelle se lève dans la peau d'un loup, la Fille de Caïn est née ;*
*En elle la bête est tapie, bien cachée ;*
*À compter de ce jour, les Loups de la Nuit vont payer ;*
*Le sang et la chair de leurs os, sa main puissante va balayer ;*
*La fin de la race sera dans l'air ;*
*Quand la Fille du Mal régnera sur la Terre.*

Est-ce que je croyais être la fille de Caïn ? Bien sûr que non. Mais la peur était chose puissante, surtout pour les loups, extrêmement superstitieux de nature. On m'avait raconté qu'à son arrivée, le mythe de Caïn avait plongé les loups dans la panique. Un grand nombre d'entre eux avaient demandé à mon père de me tuer. Il avait fallu quelques années pour que les choses se calment, mais le mythe était resté et avait rejailli de temps à autre pendant toute mon enfance. Il n'avait jamais cessé de me causer des ennuis. La situation avait fini par se stabiliser, mais seulement parce que je ne m'étais pas transformée en louve à la puberté. J'avais fini par me battre pour pouvoir quitter la Base. Loin des yeux, loin de l'esprit.

Mais j'étais de retour à présent.

— Ça ne peut pas être une coïncidence, marmonnai-je.

Si toute notre histoire n'avait pas été bâtie autour des mythes et des légendes, et si les loups n'étaient pas les créatures les plus superstitieuses de la planète, ma vie aurait été tellement plus simple.

Mon père s'éclaircit la voix.

— Les loups peuvent se poser toutes les questions qu'ils veulent : tant qu'ils n'en auront pas la confirmation absolue – et celle-ci ne peut venir que de moi –, ils resteront dans l'incertitude. Voilà pourquoi je penche pour la solution du retour chez toi. Mais, franchement, Jessica, le fait de ne pas t'avoir près de moi et de ne pas être capable de te protéger moi-même va à l'encontre de tout mon être.

Je m'avançai sur le bord du canapé.

— Papa, écoute-moi. (Je posai la main sur sa jambe. Ce contact me procura du réconfort.) C'est la meilleure solution. Je sais que ça va être dur et que tout est flou, mais je dois au moins tenter de sauver la vie que je mène. Si je reste ici, ma sécurité ne sera pas garantie pour autant. Tu ne peux pas me tenir la main ou m'enfermer dans ma chambre éternellement. Et, puisque les loups sont sur les nerfs, il vaut mieux que je m'en aille maintenant. On doit au moins essayer.

Mon père me dévisagea pendant un long moment. Puis il se tourna vers James. Ils parvinrent à un accord sans échanger la moindre parole.

— D'accord, reprit-il d'une voix empreinte de solennité. Mais je refuse de te renvoyer chez toi sans une protection adéquate.

J'acquiesçai pour montrer que j'acceptai sa décision. Le fait d'avoir des gardes du corps risquait sans doute de devenir une nouvelle norme pour moi. Je pouvais vivre avec.

Il se redressa sur sa chaise. Puisque nous avions un plan, il était temps de déléguer.

— Nicolas va te ramener chez toi tout de suite. Tyler et James te rejoindront là-bas très vite. Danny y est déjà. Son équipe et lui seront en état d'alerte au sein des limites de la ville. J'ai l'impression que nous connaîtrons rapidement les retombées de cette histoire. Je t'appellerai tous les jours.

Je pris une grande inspiration.

— Je comprends parfaitement le besoin de faire appel à des renforts, surtout maintenant, dis-je prudemment. Mais, comme tu l'as toi-même fait remarquer, si quelqu'un soupçonne Molly Hannon d'être Jessica McClain, c'est le moment parfait pour venir fouiner dans ma vie. Si on aperçoit des loups près de mon immeuble, on peut être sûrs qu'on aura des ennuis plus tôt que prévu. Molly Hannon n'a pas l'habitude de recevoir des loups chez elle.

En réalité, personne ne recevait de loups chez soi. C'étaient des gens farouches qui se donnaient des grands airs, et pas qu'un peu. Ils n'étaient pas du tout sociables.

Mon père me lança un regard dur et répondit sèchement :

— James va séjourner au Refuge. Si tu es en danger, il pourra te rejoindre en moins de deux minutes. Si tu sors pour une enquête, je veux que tu préviennes James ou ton frère. Si tu y vas sans Nicolas, tu devras emmener l'un des deux. Aucune exception. Tyler sera responsable de toutes les opérations de sécurité et il fera office de liaison entre toi et nous. Tu resteras en contact avec lui pendant toute la journée. C'est ma seule offre, alors je te suggère de l'accepter.

Ce que je fis.

# 4

Tyler était dans la cuisine. Une pile de sandwichs attendait sagement sur le comptoir, ainsi que des cafés à emporter. Je n'avais pas vu la couleur de la tasse promise par le bon docteur avant le début de la réunion. Nick et moi prîmes les boissons, ainsi que quelques sandwichs, puis nous suivîmes Tyler à l'extérieur. Mon père et James étaient déjà sortis pour s'occuper des autres loups. L'idée, c'était de quitter les lieux le plus rapidement possible.

Je me léchai les lèvres.

— J'ai faim toutes les cinq secondes, est-ce que c'est normal ?

Je pris une énorme bouchée. *Doux Jésus !* Jamais du jambon et du fromage ne m'avaient paru aussi bons. On aurait dit qu'on y avait ajouté une espèce d'exhausteur de goût surnaturel.

— Tu vas devoir t'y faire, pouffa Tyler. Les loups ont un sacré appétit.

— Ça ne me dérange pas, marmonnai-je, la bouche pleine. Mais c'est juste que… on dirait de la super-nourriture. Ça a tellement meilleur goût. Le fromage, c'est comme… du fromage, mais en mieux.

Nick éclata de rire, mais ça ressemblait plus à un ricanement.

— C'est à cause de tes nouvelles papilles améliorées. Non seulement elles fonctionnent mieux, mais tu en as plus. Par contre, sois prudente, parce que si tu mords quelque chose de mauvais, tu auras l'impression de lécher le fond d'une poubelle.

On se dirigea vers l'allée principale. Je n'avais pas de bagages à faire, puisque mon départ de la maison avait été un chouïa précipité. À ma grande surprise, deux loups à forme humaine nous attendaient à la limite de la pelouse et du parking.

La voix de Tyler résonna dans mon esprit. *Méfie-toi. C'est Hank et Stuart.* Il ralentit le pas, et Nick et moi fîmes de même. *Qu'est-ce qu'ils foutent ici ? Ils devaient rester à l'intérieur jusqu'à ce que tu sois partie. Ces deux-là sont les plus soupçonneux depuis que tout le monde a appris ton retour.*

*Ce n'est pas franchement une surprise*, répliquai-je. *Mes principaux ennemis sont soupçonneux ? Je me demande bien pourquoi !* Hank Lauder et son fils Stuart me menaient la vie dure depuis le premier jour. Hank était presque aussi vieux que mon père, mais il ne faisait partie de la Meute que depuis vingt ans. Avant, il appartenait à celle des territoires du Sud, mais il en avait été expulsé pour une raison que je ne connaissais pas. Hank était fort et avait une grande gueule. Quand je vivais sur la Base, il avait mené la fronde en montant les jeunes loups contre moi et en les manipulant pour qu'ils fassent le sale boulot à sa place. Ça allait des moqueries et des insultes jusqu'aux bagarres. Si quelqu'un devait lancer une accusation, naturellement, il fallait que ce soit Hank.

La voix de mon frère me parvint de nouveau. *Aucun loup ne sait vraiment ce qu'il se passe, et ça vaut pour ces deux-là. Mais ils ne sont pas aussi bêtes qu'ils en ont l'air.*

*Il n'y a personne au monde que je méprise plus que Hank Lauder. Il a fait de ma vie un enfer quand je vivais ici.* En nous rapprochant d'eux, je compris, à leur mine renfrognée, qu'ils n'allaient gober aucune de nos excuses. *On va devoir faire attention pour ne pas se trahir.*

Les narines de Hank se dilatèrent lorsqu'on s'arrêta.

— Ton odeur a changé, m'accusa-t-il sans perdre de temps. (Son charmant accent traînant du Sud aurait dû me faire penser à une bonne vieille tarte aux pommes, mais il m'évoquait plutôt une tarte couverte de guêpes bourdonnantes.) On dirait celle d'un loup-garou, mais pas tout à fait… (Il huma l'air de nouveau, comme s'il le goûtait.) Ça me rappelle plus une chienne bâtarde en chaleur.

Waouh, quelle belle image !

Mon corps réagit instinctivement, sans que je puisse l'en empêcher : une poussée d'adrénaline me traversa, déclenchée par l'odeur puissante de l'agressivité de Hank. Mes muscles commencèrent à tressauter, enfermés à l'étroit sous ma peau, et mes impulsions nerveuses explosèrent comme un million de minuscules feux d'artifice. *Merde.* Je ne savais pas si j'étais capable de garder le contrôle ou si ma louve allait me défier pour prendre l'Ascendant. Je n'étais pas capable de gérer un tel conflit à ce moment précis, sans parler du fait que je ne devais surtout pas me trahir devant ces deux losers.

Je m'obligeai à reculer d'un pas.

*Bats-toi.* Ma louve banda ses muscles dans mon esprit en cherchant à prendre le contrôle.

Je serrai les poings en réduisant au passage mon gobelet vide en tout petits morceaux. Non sans effort, je résistai à l'envie d'offrir à Hank son cul sur un plateau. J'enfonçai mes ongles dans la paume de mes mains. *Couchée, ma fille,* ordonnai-je d'une voix sifflante dans mon esprit. *Ce n'est ni l'heure ni l'endroit. Si on affronte Hank, on perd tout.* Je ne cédai pas d'un pouce, mais la puissance que dégageait ma louve était étourdissante. Elle luttait avec la force d'une tornade.

Hank écarquilla les yeux, un peu surpris. Mais il se ressaisit très vite.

— Ouais, exactement comme une chienne en chaleur. (Les dents serrées, il laissa échapper un petit ricanement.) Mais pas comme un vrai loup-garou, parce qu'aucun loup qui se respecte ne puerait comme ça.

Il me défiait pour prendre le dessus.

C'était naturel et instinctif de la part de son loup. Je le savais. Il le savait. On en était tous conscients. Qu'il pense ou non que je sois une louve n'avait aucune importance à ce stade. Il s'agissait d'une situation stressante, et un loup comme Hank essayait constamment d'affirmer sa domination, de peur de perdre sa place dans la hiérarchie de la Meute. Il était tout le contraire de James et de Tyler, qui avaient consolidé leur Ascendant grâce à leur force pure, en gagnant le respect des autres loups et en veillant à ce que ceux-ci évitent les combats qu'ils n'étaient pas sûrs de remporter. Un loup sentait la puissance, et les rites de passage de notre race étaient féroces. On se battait régulièrement pour obtenir un meilleur statut.

La dynamique de la Meute changeait constamment. Il n'existait qu'une seule constante : les faibles tombaient tout en bas de l'échelle pendant que les forts grimpaient les échelons.

Je poussai un petit soupir et fus alors frappée par un éclair de lucidité. Si Hank et moi nous battions sur-le-champ, je gagnerais. C'était tout vu. Peu importait que Hank soit plus vieux et plus fort. Peu importait que son statut soit, légitimement, supérieur au mien.

Je le savais, voilà tout.

L'excitation fit pencher la balance émotionnelle vers ma louve, et un sourire se dessina lentement sur mon visage sans que je puisse m'en empêcher. Sans être totalement consciente de ce que je faisais, je relevai la tête, et les yeux, tout en laissant l'extase de ma nouvelle louve me submerger.

La puissance était une drogue. J'aimais ça.

Je transperçai d'un regard menaçant Hank qui me dévisageait d'un air suffisant. Son sourire de petit merdeux s'effaça aussitôt, ce qui provoqua une nouvelle poussée d'adrénaline dans mes veines. Ce fut si violent qu'une myriade de sensations explosa au bout de mes doigts et que mes ongles se transformèrent en griffes pointues. Pour un loup, soutenir le regard était le défi ultime.

Le mien ne vacilla pas.

Quelque chose effleura mon esprit. La voix de mon frère trahissait une certaine panique. *Hé, doucement, Bonnie. Pas besoin de sortir les flingues dès maintenant.* Putain, *il faut que tu fasses marche arrière,* maintenant. *Tu entends ce que je te dis ? Les choses sont déjà allées trop loin. Tu n'es pas censée être une* louve à part entière, *tu te rappelles ? Marche arrière, je te dis !*

*Et puis quoi encore !* répondis-je d'une voix inarticulée.

Hank soutenait mon regard d'un air de défi, les yeux brillant d'une lueur ambrée. Moins d'un battement de cœur plus tard, ils virèrent carrément au jaune.

Mon frère me bouscula d'un coup d'épaule.

*Ça suffit ! Baisse les yeux. Laisse-le. Tu n'es pas censée être une louve ! Il s'agit d'un comportement typique pour affirmer son statut. Si Hank arrive à t'entraîner là-dedans, tu peux dire adieu à ta liberté. Baisse les yeux, bon sang ! Fais comme si c'était une erreur, comme si tu ne savais pas ce que tu faisais.*

Je détournai les yeux à grand-peine.

Ma louve hurla à l'intérieur de ma tête. Je tremblai du besoin de finir le combat, mais je n'avais pas le choix, il fallait arrêter ça. Tyler avait raison. Me battre tout de suite, c'était comme montrer ma quinte flush royale avant que tous les joueurs aient eu le temps de miser.

Je reculai encore d'un pas en m'efforçant de prendre un air contrit. Pour ne pas voir le sourire suffisant de Hank, je gardai les yeux baissés et lançai un regard en coin à Stuart. Le fils unique de mon ennemi semblait jubiler de me voir ainsi battre en retraite. Baisser les yeux la première suggérait une faiblesse qui allait à l'encontre de tout mon nouvel être.

Ma louve grondait dans ma tête.

*Pas ici,* la réprimandai-je. *On ne peut pas se battre.* C'était totalement dingue, mais je l'entendais clairement dans mon esprit, distincte de moi, et pourtant ne formant qu'un tout.

Du coin de l'œil, je vis Hank croiser les bras. Des ondes menaçantes émanaient de lui sous forme de vagues toxiques.

*Et maintenant ?* demandai-je à mon frère. Mes doigts tremblaient à cause de l'odeur de défi qui planait encore dans l'air. Celle-ci avait un petit côté piquant, comme de l'amertume mêlée à de la fumée. Mes ongles retrouvèrent leur aspect normal. Ma louve restait en retrait, mais pas de beaucoup. Ramassée sur elle-même, prête à bondir, elle mourait toujours d'envie de se battre.

— À plus tard, sale chienne, me dit Hank en tournant brusquement les talons pour remonter la colline.

Stuart le suivit comme un petit chiot.

*Eh bien, bravo, Jess,* soupira Tyler après leur départ. *Tu as magnifiquement réussi à remonter les loups contre toi. Exactement ce qu'on avait dit qu'il ne fallait pas faire. Dieu sait ce qu'ils vont en penser. Hank est sûrement convaincu que tu es une louve, maintenant. Mais, au moins, il te croit faible.*

Je poussai un long soupir frustré en continuant à essayer de calmer ma louve. *Je sais. J'ai complètement merdé. Fais chier. Je n'ai pas pu me retenir. Cette folle émotion a surgi de nulle part. Et puis toutes ces odeurs, c'était déroutant. Je voulais me battre. J'ai donné tout ce que j'avais pour retenir ma louve. La prochaine fois, je ne suis même pas sûre d'y arriver.* J'étais nerveuse à l'idée d'avoir en moi quelque chose que je ne pouvais pas contrôler, comme une espèce de canon mal réglé qui pouvait faire feu à tout moment. J'espérais que mon père ne commettait pas une erreur en choisissant de ne pas m'enchaîner à mon lit.

*Bah, si ça peut te rassurer, j'ai mis beaucoup plus longtemps avant d'arriver à contrôler mon propre loup. C'était un sacré combat et ça l'est encore, parfois. Compte tenu des circonstances, tu t'en es mieux sortie que moi si j'avais été à ta place. Bon sang, j'avais envie d'arracher la tête de Hank.*

Je pouffai en me sentant un peu mieux. *Merci, petit frère.*

Il grogna en guise de réponse.

Il était vraiment plus que temps de mettre les voiles.

— Purée, Jess, me dit Nick tandis qu'on s'en allait dans sa Honda. L'odeur qui émanait de toi sur ce parking était carrément toxique. On aurait dit de l'adrénaline pure mélangée à de la rage. Je n'ai jamais rien senti d'aussi étrange de toute ma vie. (Il secoua la tête et me jeta un coup d'œil depuis le siège du conducteur.) J'ai vraiment cru qu'on n'arriverait pas à sortir de là en un seul morceau. Tu as vu la tête que faisait Hank ?

— Je sais. (Je me laissai aller contre l'appuie-tête et fermai les yeux.) Franchement, si on en était venus aux mains, Hank m'aurait arraché la tête et il aurait commencé à poser des questions après. Je ne sais vraiment pas à quoi je pensais. Pendant un moment, ma louve a cru qu'elle pourrait gagner, mais il a plusieurs centaines d'années de plus que moi. Je n'avais aucune chance de remporter la victoire, contrairement à ce que ma louve pouvait penser. (Je passai les mains sur mon visage.) Grrr, il va forcément croire que je suis une louve, maintenant. Apparemment, je pue comme une louve. Enfin, en tout cas, je sens très mauvais. Et puis, on sait très bien tous les deux qu'aucun humain ne peut énerver un loup comme ça tout seul. Je suis complètement foutue.

— C'est vrai, tu dégages une odeur, mais ce n'est pas exactement celle d'un loup. Ça joue en ta faveur. Hank ne peut pas se fier à son seul odorat. Vois les choses du bon côté, au moins, tu ne fais pas partie des losers. Il faut avoir de sacrées gonades pour défier Hank Lauder comme ça. S'il s'en était pris à moi, je me serais sûrement pissé dessus avant de prendre les jambes à mon cou.

— Si tu veux, on peut s'arrêter prendre des couches pour adulte en rentrant, plaisantai-je. (Je me retournai pour regarder le siège arrière. Quelqu'un y avait déposé une petite tente, un sac de couchage et un sac à dos, ainsi qu'un permis de bivouaquer.) Tu crois que la personne chargée de l'enquête sur mon appart croira à cette histoire de week-end de camping à la dernière minute ?

— Ça dépend du flic à qui on a confié l'enquête.

Je n'étais pas la chouchoute de la police locale, loin de là.

— Mon Dieu, j'espère que ce n'est pas Ray. (Je me passai les mains dans les cheveux. Remplie d'une énergie nerveuse, j'avais la bougeotte parce que mon pic d'adrénaline n'était pas encore redescendu.) Ce serait la pire chose qui puisse arriver. On n'a pas besoin de rajouter du stress à une situation qui est déjà tendue.

J'étais de nouveau affamée et j'avais l'impression

que je pourrais dormir pendant une semaine. Mon ventre se mit à crier famine, ce qui était gênant.

Il était temps de se focaliser sur autre chose.

Je sortis mon téléphone, que j'avais coincé dans la ceinture de mon pyjama pendant la réunion. Puis, l'appareil à la main, je m'immobilisai en contemplant mes cuisses.

Je me mis à rire.

Avant ça, je ne m'étais pas rendu compte que je venais juste d'affronter un loup extrêmement dominant alors que j'étais vêtue d'un pantalon de pyjama à carreaux rose passé.

— Aarrrgghh, postillonnai-je entre deux respirations.

Mes éclats de rire ressemblaient à des hoquets. Je me penchai en avant en me tenant le ventre. Je venais juste de me prendre la tête avec un puissant loup-garou alors que je portais un pantalon de pyjama plutôt grunge et un vieux t-shirt déchiré.

— Oh… mon… Dieu… oh… mon… haletai-je.

— Tu veux bien me la raconter, ta blague ? me demanda Nick. Elle a l'air sacrément marrante.

— Il n'y a… pas… de blague, réussis-je à répondre. Je te le jure. C'est juste que… je viens juste de réaliser… le caractère complètement dingue de la situation. (Je ris de nouveau.) Pfiou, je me sens mieux. Il fallait que je libère la tension d'une manière ou d'une autre parce qu'elle était en train de me bouffer. (Je respirai bruyamment.) En parlant de bouffer, on pourrait s'arrêter prendre un truc à emporter ? Putain, je meurs de faim.

Nouveaux gloussements.

— Tout ce que tu voudras, Jess, répondit Nick en

souriant. Je ne voudrais pas que tu craques trop vite parce que ce n'est que le début, que tu le veuilles ou non.

C'était rassurant.

Il me fallut plus d'une heure et plusieurs Big Mac pour me calmer entièrement. Je commençai par sortir un short en jean de mon sac à dos et l'enfiler tant bien que mal dans les toilettes. Heureusement que les micro-shorts étaient de nouveau à la mode. Celui-ci était vieux et me serrait, mais, au moins, il n'était pas à carreaux. Je fus ravie de jeter mon pyjama à la poubelle en sortant des toilettes, mais j'espérais que mes jambes poilues n'allaient pas offenser la sensibilité des clients du restaurant. La foule à l'intérieur ne parut pas particulièrement choquée, mais je fis exprès de passer ma commande avec un accent européen. J'ai de nombreux talents, et les Européens aiment les poils, c'est bien connu.

Quand je remontai en voiture, Nick lorgna mes jambes en haussant les sourcils, qui formaient un arc parfait au-dessus de ses yeux doré foncé.

— Tu as oublié d'apporter ton rasoir ?

— La ferme. (Je récupérai mon téléphone sur la console centrale, là où je l'avais laissé.) Hé, tu as un chargeur de téléphone dans le coin ? Je n'ai plus de batterie.

Nick me montra la boîte à gants, d'où je sortis un chargeur. Chez Hannon & Michaels, on achetait toujours les téléphones les moins chers, puisqu'on avait tendance à en bousiller un par mois. Les méchants se fichent pas mal de savoir si vous avez les poches pleines quand ils vous collent une raclée.

Je branchai mon téléphone et lui laissai quelques

secondes pour récupérer un peu de batterie, puis je l'allumai.

— Tu vas appeler la police maintenant ? demanda Nick en nous ramenant sur l'autoroute. Ou tu préfères d'abord constater les dégâts par toi-même ?

— En fait, j'espère avoir un message de Pete. Je suis sûre que la nouvelle s'est répandue comme une traînée de poudre dans le commissariat quand mon adresse est apparue. Pete doit donc être au courant. J'aimerais vraiment savoir qui dirige l'enquête avant de rentrer chez moi et je continue à croiser les doigts en espérant que ce ne soit pas Ray Hart.

Pete Spencer était le seul surnaturel que je connaissais au sein de la police humaine. Du moins, c'était le seul que j'avais jamais détecté. Je n'avais jamais été très douée pour repérer les surnaturels quand je n'en étais pas encore une. Ils savaient parfaitement se fondre parmi les humains. Pete était un changeur, il appartenait à la catégorie des rapaces, et c'était un sacré bon flic. Il croyait que j'étais Molly Hannon, une essentielle, ancienne flic, qui travaillait désormais pour un surnaturel. Il s'était tenu à l'écart quand je travaillais au commissariat, mais, quand Nick et moi avons ouvert notre agence de privés, Pete et moi, on a mis au point un système d'échange d'informations rentable pour tous les deux. Je venais juste de l'aider sur une enquête en lui fournissant des infos sur un groupe de sorciers juvéniles, de vrais trous du cul qui semaient la pagaille en ville. Pete m'était redevable sur ce coup-là, alors, s'il avait des infos, j'étais certaine qu'elles se trouvaient déjà sur mon téléphone.

Dès que j'obtins un signal, j'appelai mon répondeur et je tapai mon code secret. J'avais sept nouveaux messages. Le premier provenait de Jeff Arnold, le concierge de mon immeuble, un radin qui s'en sortait tant bien que mal en ne faisant pas grand-chose.

— Euh, salut, Molly, c'est Jeff. Je voulais juste te dire que ton appart, ben, il a été mis à sac. Apparemment, il y a eu une effraction. Alors, appelle-moi si tu as besoin de quoi que ce soit…

Clic.

Le deuxième message était de Nick, qui réussissait parfaitement à avoir l'air inquiet. Le téléphone pressé contre l'oreille, je lui jetai un coup d'œil et levai le pouce, en sachant parfaitement qu'il entendait tout.

— Je sais que je suis une bombe, me dit-il en souriant jusqu'aux oreilles. Combien de fois vais-je te sauver la mise ? Laisse-moi énumérer les différentes façons. La première…

Je levai les yeux au ciel.

Le troisième appel provenait de Nathan Dunn, mon propriétaire, ce qui me surprit. Je ne l'avais rencontré qu'une fois, environ un an après avoir emménagé. J'imagine que lorsqu'on saccage votre appartement, vous portez un intérêt particulier à la chose, mais j'étais quand même étonnée qu'il m'appelle en personne.

— Bonjour, mademoiselle Hannon, Nathan Dunn à l'appareil, le propriétaire de votre immeuble. Je vous appelle concernant l'effraction de la nuit dernière. J'espère que ce message vous trouvera en bonne santé. La police m'a indiqué que vous étiez absente au moment du vol. (Ils traitaient ça comme un vol. C'était la première bonne nouvelle de la journée.) C'est une chance, car les dégâts sont apparemment… très importants. Merci de me prévenir lorsque l'appartement pourra être remis en état. Je vous enverrai mes ouvriers au plus vite. Je suis impatient de faire réparer tout cela, comme vous l'êtes vous-même, j'en suis sûr.

Je haussai les sourcils. Nick haussa les épaules.

Le message suivant était de Marcy. Elle semblait paniquée, et c'était certainement sincère. Marcy Talbot aimait la routine plus que la reine aime sa tasse de thé. Même le plus petit bouleversement la chiffonnait. Elle était la seule copine que j'avais jamais eue – ou même que j'avais jamais eu envie d'avoir. On ne faisait pas de soirée pyjama ni de pédicure ensemble, mais il y avait bel et bien un lien entre nous. Son message se terminait ainsi :

— … Et si jamais tu me refais une peur pareille, je ferai de ta vie un enfer. Je suis sérieuse, princesse.

Clic.

Le cinquième appel provenait de Juanita Perez, ma voisine, une divorcée *latino* d'une cinquantaine d'années, qui n'avait jamais vraiment pigé, contrairement aux autres habitants de mon immeuble, que je détestais parler pour ne rien dire. Au contraire, elle agissait comme si c'était exactement l'inverse.

— *Hola, chica.* (Sa voix teintée d'un fort accent espagnol se réduisit à un murmure rauque.) C'est Juanita Perez, ta voisine. Il s'est passé quelqué chosé dé grrrrrave, *chica*. La police, elle mé dit qué tou n'étais pas à la maison quand les brouits et les coups ont commencé, mais moi yé sais qué tou étais encore là. Yé t'ai entendue rentrer à la maison le soir, mais yé dirai rien. Yé leur dirai pas. Pouisqu'ils né t'ont pas rétrouvée, tou a dû t'échapper. Tant mieux. Yé gardé ton sécret, mais oh, *chica*, les dégâts, il y en a vraiment beaucoup. Yé vais prier pour toi.

Clic.

J'appuyai sur le sept, le numéro de la chance, pour effacer à jamais son message de mon téléphone. Puis je pris note de la remercier en lui achetant un peu de cette tequila dont elle parlait tout le temps. Peut-être qu'alors, elle oublierait avoir passé cet appel. Mais le fait d'avoir une voisine prête à mentir pour moi à la police, sans que je lui demande quoi que ce soit, était un énorme bonus. Juanita avait beau être pénible avec ses bavardages, je savais désormais qu'elle assurait mes arrières. En fait, ce coup de téléphone devrait m'apprendre à être une meilleure voisine. Ça s'avérait payant.

Le sixième message était celui que j'espérais. La voix de Pete, à l'autre bout de la ligne, me parut aussi calme et précise que d'habitude.

— Molly, c'est Pete. On dirait qu'il y a eu du grabuge chez toi ce week-end. (Je l'entendis remuer des papiers.) Il est écrit dans le rapport que tu étais absente au moment de… l'attaque. Le lit était fait, aucune trace de lutte, du sang dans ton salon, des fragments de corde sur le balcon. Il y a beaucoup d'interrogations dans le rapport. On dirait que l'appartement a été saccagé, et pas qu'un peu, probablement par… un animal domestique ?

J'entendis la surprise dans sa voix. La police ne savait pas comment expliquer l'énorme quantité de poils ou les marques de griffes sur le plancher de toutes les pièces. Il était extrêmement rare d'amener son animal sur le lieu d'un crime. N'importe quel criminel doté d'un cerveau saurait que des échantillons de poil pris dans l'appartement pourraient être comparés à ceux de son animal, prouvant ainsi sa culpabilité.

— On a retrouvé ton sac à main sur place, mais tu n'étais pas là, poursuivit Pete d'un ton monotone. Apparemment, un coup de fil passé à ton bureau nous a appris que tu étais partie… camper ? (L'inflexion de sa voix montrait que tout le monde doutait encore de cette information.) Ray a pris l'enquête. Appelle-moi.

Clic.

— Oh, bordel de merde ! m'exclamai-je en jetant le téléphone sur le tableau de bord d'un air dégoûté. Emmène-moi directement en prison. Si Ray est sur l'affaire, ce ne sera pas une enquête impartiale dans tous les cas, alors autant faire économiser un peu d'argent aux contribuables.

J'aurais pu me sortir facilement de ce merdier si j'avais eu affaire à quelqu'un d'autre. Mais pas avec Raymond Hart. Je lançai un regard en coin à Nick qui secoua la tête d'un air compatissant.

— C'est trop demander d'avoir affaire à un flic qui ne mène pas une vendetta contre moi ?

— Apparemment, répondit Nick. Tu crois vraiment qu'il allait laisser passer l'occasion de te clouer au mur ? Il a probablement été obligé d'échanger toutes ses bonnes enquêtes contre ton cas merdique.

— Je ne sais pas pourquoi j'ai été assez bête pour croire qu'il ne ferait pas exactement ce que tu viens de dire, soupirai-je. Bien sûr qu'il veut cette affaire. Il peut l'utiliser comme ultime tribune contre moi.

Ray Hart me haïssait. S'il parvenait enfin à prouver que j'étais bien la camée qu'il voyait en moi, ou que j'étais tout au moins impliquée dans des activités hautement illégales, ça illuminerait toute son existence. Sans le vouloir, j'étais devenue son obsession au cours de mes dix-huit mois dans la police. Rétrospectivement, je n'aurais pas pu choisir pire vocation. Mais j'étais jeune alors et avide de montrer au monde ce que j'avais à offrir. Malheureusement, même si je n'étais pas encore une louve à ce moment-là, je n'en restais pas moins une fille dotée d'un patrimoine génétique amélioré. Ça voulait dire que je courais plus vite que n'importe lequel de mes collègues masculins, que je sautais plus haut et que je soulevais des poids plus lourds que je n'aurais dû. Pour couronner le tout, j'avais un meilleur instinct.

D'après Raymond Hart, la seule explication rationnelle à ces « cascades », c'est que je me défonçais au crack ou au speed. Je me dopais avec une espèce de super-drogue pour parvenir à de tels exploits. Même si j'avais accepté de me soumettre à de multiples dépistages et si je m'étais défendue avec véhémence, au bout du compte, je n'avais eu d'autre choix que de démissionner.

Mais c'était trop tard pour me débarrasser de Ray.

Quand j'avais quitté la police, en même temps que Nick qui y était entré avec moi, Ray avait continué à me surveiller. Je ne comprenais pas pourquoi il refusait de lâcher l'affaire. La rumeur prétendait qu'il continuait à rapporter chez lui des vidéos de surveillance me montrant dans des situations inexplicables, comme le fait d'escalader un grillage d'un mètre quatre-vingts relativement facilement, ou des témoignages où j'expliquai comment j'avais retrouvé un suspect dans un endroit inconnu en me servant uniquement de mes yeux et de mes oreilles.

L'obsession de ce type était irrationnelle et risquait de s'avérer dangereuse pour lui, surtout à la lumière des récents changements survenus dans mon existence.

Je jetai un coup d'œil à mon téléphone, qui gisait sur le tableau de bord à l'endroit où je l'avais jeté.

— Il reste encore un message sur mon répondeur, dis-je. J'en avais sept et je n'en ai écouté que six. (Je n'avais pas besoin de vérifier pour savoir que c'était Ray.) Il va falloir que je l'écoute, pas vrai ?

— Oui, si tu veux savoir à quoi t'en tenir. Sinon, tu as le droit de laisser tomber.

Je récupérai mon téléphone à contrecœur.

— J'ai besoin d'alcool pour affronter ça.

Nick éclata de rire.

— Désolé, mais j'ai laissé le Jack Daniel's à la maison.

La voix de ténor de Ray se répandit comme de l'huile dans mon tympan.

— Hannon, c'est Hart. Tu dois savoir que ton appartement a été saccagé par un cambrioleur et son putain d'animal. Apparemment, tu es partie camper. (Il marqua une pause d'une seconde. Il jubilait, et ça me hérissait.) Quand tu ramèneras ton cul en ville, appelle-moi. Il me faut ta déposition. Ça suffit, les conneries.

Clic.

C'était tout.

Un bon flic savait qu'un crime comme celui-là était personnel. Or, malheureusement, Ray était un bon flic. Personne ne bousille tes meubles et tes affaires à part un amant éconduit, un dealer à qui tu dois un paquet de fric ou un salopard qui a une dent contre toi. En plus, la personne avait amené son animal. Qui vient avec son chien sur les lieux du crime qu'il a prémédité ? La seule chose qui jouait en ma faveur et qui jetait l'ombre du doute sur l'enquête et ma possible implication, c'était l'intervention de Marcy. Mon espace le plus intime, ma chambre, avait été laissé intact. L'endroit où une personne ferme les yeux est en général le premier auquel quelqu'un s'attaque pour se venger.

Merde, il fallait vraiment que j'augmente ma talentueuse réceptionniste.

— Impossible de faire gober à Ray que c'est l'œuvre d'un étranger, confirma Nick.

— Je sais, répondis-je en me passant les mains dans les cheveux. La seule solution, c'est de jouer à fond la carte de l'affaire personnelle. On va devoir retrouver une ancienne cible énervée qui avait un mobile pour s'introduire chez moi par effraction. Ça ne devrait pas être trop difficile. Il n'y a pas eu vol, alors je n'ai pas besoin de porter plainte.

— Et cette mystérieuse personne a-t-elle un animal dont la fourrure correspond aux échantillons de poil prélevés dans ton appartement ? pouffa Nick. Ray ne va pas lâcher prise aussi facilement. Je suis sûr qu'il va rôder dans ton couloir pendant un an jusqu'à ce que cette affaire soit résolue comme il le souhaite. C'est un chien de chasse. Tu ne lui as donné aucune piste en cinq ans, et voilà que tu déposes sur ses genoux le plus beau tas de merde qu'il ait jamais vu.

— Beurk, oui, je sais. (Je fis un sourire en coin à Nick.) Mais s'il refuse de lâcher l'affaire, je peux toujours lui flanquer une rouste avec mes nouvelles armes.

Je levai les bras et fis jouer mes biceps. Ils ne semblaient pas plus durs qu'avant, mais je les savais capables d'infliger des dégâts beaucoup plus sévères si je m'en servais correctement – ce que j'avais bien l'intention de faire.

— Ou alors je pourrais laisser pousser ma fourrure, ou l'attaquer avec mes nouvelles griffes super pratiques.

J'agitai les doigts. Mes griffes n'étaient pas sorties, mais c'était cool de les savoir là, quelque part.

— Ce seraient des tactiques… efficaces, gloussa Nick, si tu étais cinglée. Je suis certain que ça n'aurait aucune conséquence si tu choisissais cette voie-là.

Je soupirai. Bien sûr qu'il y aurait plein de répercussions, mais le vrai problème était qu'aucune ne m'affecterait vraiment sur le long terme. Maintenant que je faisais partie de la Meute, j'avais un secret à protéger, et elle m'y aiderait sans réfléchir. Si Ray continuait à fourrer son nez dans des histoires qui ne le regardaient pas, la Meute n'hésiterait pas à s'occuper de lui – de manière définitive.

Je détestais ce type, mais je n'étais pas prête à signer son arrêt de mort.

— Je vais donc devoir faire face sans utiliser mes nouveaux muscles, dis-je en me réconciliant avec mon ennuyeux destin. J'ai les affaires de camping et les permis de bivouaquer. C'est peu, mais ça devrait semer le doute quant à mon implication, et c'est tout ce dont j'ai besoin, au bout du compte. Je vais juste devoir me trouver un amant éconduit qui aime les gros chiens.

Nick me fit un sourire ironique.

— Ça ne posera aucun problème, Jess. Il se trouve que nous avons l'embarras du choix en matière de gros chiens.

Je ricanai à mon tour.

— On ne peut pas piéger un loup-garou. Aucun d'eux ne voudra coopérer, de toute façon. Ils préféreraient me voir derrière les barreaux pour ne plus avoir affaire à moi. Même si ce n'est pas une cellule de prison qui me retiendra désormais, ajoutai-je en souriant parce que c'était super cool.

Je repris mon téléphone et appelai Ray. Mieux valait ne pas retarder l'inévitable. Je tombai sur sa messagerie, ce qui était une petite victoire.

— Ray, je suis sur la route du retour. Je devrais arriver en ville dans deux heures. À tout à l'heure.

Je ne doutais pas qu'il serait déjà à m'attendre dans le hall d'ici une heure et demie.

# 5

L'épaule appuyée contre le mur, Ray Hart croisait nonchalamment les bras comme s'il se moquait complètement de devoir attendre longtemps. Un passant dans la rue aurait pu croire qu'il attendait patiemment que sa femme termine son shopping pour qu'ils aillent voir un film ensemble.

Sauf qu'il n'était pas marié, bien évidemment, et qu'il n'avait sans doute pas vu de film depuis la sortie de *Rambo*.

Je n'étais pas dupe.

Ray mesurait un mètre quatre-vingts et avait des cheveux gris coupés très court. On aurait pu qualifier sa coiffure de militaire s'il s'était engagé dans l'armée. Il possédait de sacrés muscles, à la fois imposants et agressifs. Sa mâchoire carrée était parfaitement assortie à ses épais sourcils. Habillé sobrement, il portait un pantalon kaki foncé et une chemise bleue. Ses yeux noisette se rivèrent sur les miens lorsque j'entrai dans le hall.

Je dus ravaler un sourire malicieux en constatant que l'attitude nonchalante de Ray contrastait complètement avec l'odeur âcre qu'il dégageait. Comme si les effluves puissants d'un reste de curry, de la poubelle qu'il fallait sortir au plus tôt et de l'air renfermé ne suffisaient pas, l'odeur de Ray aurait pu me faire tomber à la renverse à elle toute seule.

Il empestait un mélange puissant de satisfaction et d'agressivité qui me fit suffoquer comme si on m'avait braqué un souffleur de feuilles en pleine figure. Ce type n'allait avaler aucun des bobards que j'avais prévu de lui servir. Il fallait que je trouve un plan B.

Ray regarda derrière moi en penchant la tête en avant, comme s'il s'attendait à me voir arriver avec quelqu'un. Il feignit la surprise en ne voyant personne.

Mais j'avais fait exprès d'arriver seule.

Nick et moi étions tous les deux d'accord : il valait mieux qu'il reste en dehors de ça pour l'instant. Ray savait que Nick et moi étions associés. Il savait aussi où le trouver.

Je plaquai mon plus beau sourire sur mon visage et avançai vers lui d'un pas sautillant, sans jamais baisser les yeux.

— Salut, Ray, dis-je d'une voix dégoulinante de sarcasme – il n'en attendait pas moins de ma part.

Je resserrai ma prise sur mon sac à dos et redressai un peu le sac de couchage que j'avais dans les bras. Lors du dernier arrêt, j'avais frotté de la terre sur mes vêtements pour ajouter une touche d'authenticité, mais les poils sur mes jambes et ma sueur âcre étaient entièrement de mon fait. Pas besoin d'en rajouter de ce côté-là.

— C'est si bon de te revoir. Ça faisait un peu trop longtemps que tu ne m'avais pas harcelée. Ça me manquait.

— Arrête tes conneries, Hannon, répliqua-t-il. On dirait que tu t'es attiré de sérieux ennuis, cette fois. Tu veux bien m'expliquer ?

Il s'écarta du mur d'un seul mouvement fluide et balaya tout mon attirail du regard sans avoir l'air intéressé.

— Ray, tu sais parfaitement que je ne peux pas expliquer quelque chose que je n'ai pas encore vu. Ça fait genre cinq secondes que je suis rentrée de la campagne. D'après ce qu'on m'a raconté, quelqu'un a profité de mon absence pour saccager mon appart.

— Ça t'arrange bien de voir les choses comme ça.

— Lâche-moi un peu, Ray. (Je laissai tomber mes sacs à côté de la porte et lui lançai mon plus beau regard énervé.) Tu sais très bien qu'avec le boulot que j'ai, je me fais des ennemis tout le temps. C'est le genre de choses qui ne sort pas vraiment de l'ordinaire, ajoutai-je en désignant ma porte, mais je ne devrais pas avoir besoin de te l'expliquer. C'est toi le lieutenant.

Ray grommela une réponse et changea de place afin de se tenir directement derrière moi au moment où je tendais la main vers la poignée.

Je me figeai, la main suspendue dans les airs.

Bordel de merde. Je n'avais pas de clé. J'avais complètement oublié.

*Fais chier.*

Au lieu de plonger la main dans mon short, où je savais déjà que je ne trouverais aucune clé, je terminai mon geste en espérant que, par miracle, la porte ne soit pas verrouillée.

Je tournai la poignée avec nonchalance.

Rien.

Enfin, si, la poignée tourna, mais le verrou était engagé, donc la porte ne bougea pas d'un pouce. Jeff le concierge possédait un double des clés et avait dû verrouiller l'appart à double tour après le départ des flics. À l'intérieur de la serrure, le verrou devait bien se marrer en tirant son épaisse langue de métal. Je ne pouvais pas non plus l'ouvrir d'un coup d'épaule. Le verrou était de top qualité, grâce à l'intervention d'un certain papa Alpha, et fabriqué dans une espèce de titane incassable. J'étais sans doute capable d'arracher la porte de ses gonds sans trop d'effort, mais ça risquait d'être un chouïa trop voyant en présence d'un lieutenant de police que j'essayais justement de convaincre de ma parfaite innocence.

J'hésitai un instant en essayant de trouver un moyen raisonnable de me sortir de là.

— C'est ça que tu cherches ?

Un trousseau de clés se mit à danser devant mes yeux comme le jouet d'un chat.

Je jetai un nouveau coup d'œil à Ray. Son visage était indéchiffrable, mais ses yeux étaient rivés sur moi comme deux lasers perçants. Il attendait, j'en suis sûre, une réaction de ma part. Pour couronner le tout, l'odeur qui émanait de lui à présent était celle d'une joie sans mélange.

Le salopard. J'étais de plus en plus douée au petit jeu des odeurs.

Comme je ne répondais pas, il ajouta :

— On les a trouvées dans ton sac, avec tous les autres trucs dont tu aurais dû avoir besoin pendant ton week-end. Comme ton portefeuille et tes lunettes de soleil. (Sa voix débordait de cynisme.) Je ne connais pas beaucoup de femmes qui quitteraient la ville sans leur sac à main.

Je lui fis face en m'adossant à la porte. Puis je croisai les bras parce que j'en avais déjà marre de ce jeu-là et qu'il ne faisait que commencer.

— Écoute, Ray, je vois bien que tu crois que j'ai quelque chose à voir avec tout ce bordel. (Je donnai un coup de coude dans la porte pour montrer que je parlais du bordel dans mon appart.) Tu crois aussi que je dissimule un bon gros secret et qu'il se trouve peut-être quelque part derrière cette porte. D'ailleurs, ça fait très longtemps que tu me harcèles dans l'espoir de le découvrir et que tu me pourris de plus en plus la vie. Mais la voilà, la vérité : tu es prêt ? Je ne cache rien. (Enfin, à part le fait que je venais juste de me transformer en loup-garou effrayant.) Je ne consomme et je ne vends pas de drogue. Je n'ai aucun lien avec les Colombiens et, plus important encore, je n'ai violé aucune loi. La vérité, c'est que mon copain et moi, nous avons décidé d'aller camper à la dernière minute, tout simplement parce qu'il faisait très beau. (Dieu merci, ce n'était pas la saison des tornades.) C'était juste l'une de ces décisions insouciantes que l'on prend quand on se sent bien. C'est lui qui a pris soin d'emporter les clés et j'ai oublié de les récupérer. Pendant notre absence, quelqu'un a vandalisé mon appart. C'est la fin d'une histoire incroyablement palpitante.

Je lui arrachai le trousseau de clés des mains et lui tournai le dos pour déverrouiller ma foutue porte.

— Vraiment, Hannon ? protesta Ray sur un ton méprisant. Où diable se cache-t-il, alors, ton copain ?

Ne devrait-il pas être avec toi pour ouvrir ta porte avec sa clé à lui ? Et t'aider à gérer tous ces ennuis ?

— Non, répondis-je tandis que le verrou s'ouvrait avec un « clic ». Aux dernières nouvelles, je suis une grande fille qui peut gérer ses problèmes toute seule.

Il ne croyait pas un mot de ce que je racontais, mais je n'avais pas vraiment le choix. Impossible de lui dire la vérité, et je n'avais pas d'autre alibi à ce stade. Légalement, Ray n'avait pas le droit de me harceler comme ça dans mon couloir. En tant qu'ancien flic, je connaissais mes droits. Mais, si je le jetais dehors, autant m'acheter tout de suite ma propre combinaison orange. Je pourrais appeler un avocat, mais ça reviendrait plus ou moins à avouer que j'étais coupable. J'espérais que mon appart nous servirait de distraction, afin qu'on puisse se focaliser sur un nouveau sujet de conversation, comme le fait que je n'avais rien à voir là-dedans.

La porte s'ouvrit.

Mon appart était plus qu'une distraction utile.

C'était un putain de spectacle à lui tout seul.

La gorge nouée, je contemplai la dévastation, qui était totale. L'appart était dans le même état qu'une coloc étudiante au lendemain d'une fête déjantée à laquelle aurait été conviée une armée de hooligans bien décidés à tout casser. Dans le salon, pas un seul meuble n'en était sorti indemne. Je ne possédais qu'un seul bel objet, un buffet déniché chez un antiquaire qui se trouvait jusqu'alors le long du mur de mon salon. Il n'en restait désormais qu'un tas de bouts de bois cassés.

Je m'étais cogné contre lui plusieurs fois. Maintenant il ressemblait à un carton écrasé ; tous les morceaux brisés se dressaient en formant des angles bizarres.

Le reste de l'ameublement était éparpillé dans l'appart – littéralement. On aurait dit que l'explosion d'une grenade avait semé le chaos le plus complet au sein de mon existence. Mon regard se posa sur mon canapé éventré. Le rembourrage sortait des coussins comme des intestins duveteux, et les deux accoudoirs étaient complètement arrachés. J'avais dû le pousser violemment, parce qu'il se retrouvait presque à l'autre bout de la pièce.

Eh merde, j'aimais bien ce canapé.

— Je n'ai jamais vu un endroit saccagé à ce point de toute ma carrière, fit remarquer Ray d'un air suffisant.

Une fois de plus, il se tenait juste derrière moi pour contempler le carnage.

Je ne lui prêtai aucune attention et fis glisser mes sacs à l'intérieur avec mon pied, en déplaçant les débris au passage. Puis je commençai à me frayer un chemin au milieu des dégâts. La police avait cherché des empreintes, si bien qu'il y avait des résidus de poudre partout. Malheureusement, on ne risquait pas de trouver d'empreintes suspectes, puisque je recevais rarement du monde.

Je traversai directement le salon jusqu'à la baie vitrée coulissante qui donnait sur mon minuscule balcon. Des plaques de contreplaqué remplaçaient les vitres. D'énormes éclats de verre jonchaient le sol à l'intérieur de la pièce, juste à côté de l'ouverture. Bien joué, Marcy.

Je déverrouillai la porte coulissante et l'ouvris. Elle fonctionnait encore, ce qui était surprenant. J'avais dû la heurter proprement, puisque seul le verre était cassé. L'encadrement, lui, était intact.

Je sortis sur mon petit balcon.

J'avais choisi de venir là en premier pour deux raisons. D'abord, parce que c'était ce que Ray s'attendait à me voir faire. Un bon flic commence toujours par examiner le point d'entrée d'une scène de crime. Or, même si Ray ne croyait pas à mon histoire de camping, à mon avis, il pensait encore qu'il s'agissait d'une véritable effraction. Une effraction avec laquelle j'avais quelque chose à voir, mais quand même. Par contre, il était sûrement persuadé que j'étais chez moi quand les assaillants avaient surgi et que j'avais ensuite pris la fuite en laissant derrière moi les clés et le sac à main dont j'avais tant besoin.

La deuxième raison ? Je voulais voir s'il restait des preuves capables de m'incriminer, afin que je puisse tenter de m'en débarrasser rapidement.

Ray sortit sur le balcon avec moi, si bien qu'on se retrouva à l'étroit tous les deux.

— Hannon, me dit-il, une voiture sur le parking a subi des dégâts très importants au niveau du toit. Elle présentait de multiples éraflures qui ressemblaient à des… marques de griffes. Le diamètre et la taille correspondent parfaitement aux éraflures sur ton plancher. C'est comme s'ils avaient balancé leur foutu chien par la fenêtre quand ils ont eu fini. Sauf qu'il n'y avait pas de sang. Pourtant, on aurait dû récupérer une carcasse en bouillie sur ce toit de voiture. (Il réussissait à prendre un ton accusateur, comme si j'avais été là pour assister au lancer de chien.) Mais, d'après les techniciens du labo, un chien normal n'est pas assez lourd pour infliger des dégâts aussi importants. Il aurait fallu que le cabot soit attaché à un rocher pour enfoncer le toit comme ça. La structure en acier s'est déformée.

— Hum, personne ne m'a parlé d'une voiture endommagée, répondis-je d'un ton distrait.

J'étais occupée à examiner discrètement ma rambarde à la recherche de griffures. Il aurait dû y en avoir à cet endroit, soutenant ainsi la thèse d'un animal qui se serait élancé de là, mais je ne voyais aucune marque. Marcy s'était occupée du balcon tout entier.

— On a aussi trouvé des marques laissées par un grappin et un bout de corde, mais personne dans l'immeuble n'a vu quelqu'un monter ou descendre les deux étages à l'aide d'une corde. Plutôt étrange, tu ne trouves pas ?

— Ouais, très étrange. (Je rentrai dans l'appart en prenant soin d'éviter une grosse pile de débris.) Une vraie énigme. On pourrait penser qu'au moins une personne aurait remarqué quelqu'un grimpant à cette corde.

— Sans oublier un détail et pas des moindres : comment ont-ils fait entrer leur satané cabot s'ils ont grimpé à une foutue corde ? Ça, ça relève carrément du numéro de cirque, si tu veux mon avis.

— Peut-être qu'ils étaient deux. L'un a monté à la corde et a déverrouillé la porte pour le propriétaire du chien qui attendait dans le couloir, suggérai-je.

Autant suivre le scénario probable comme une bonne enquêtrice, puisque je ne pouvais nier la présence d'un animal dans mon appartement. J'ignorais ce qu'allaient donner les résultats d'analyse des poils prélevés par le labo, mais j'espérais qu'on lirait sur le rapport « espèce indéterminée ». Parce que s'ils trouvaient que ça provenait d'un loup, ça foutrait le bordel en soulevant encore plus de questions. Jamais la police ne penserait à un loup-garou, mais mieux valait éviter les questions épineuses.

— Un fracas comme celui-là, ça attire forcément les voisins qui rappliquent en courant, reprit Ray en désignant ma baie coulissante brisée. Ça ne laisse pas vraiment le temps d'ouvrir la porte à un complice et de saccager les lieux comme ça.

Sans répondre, je me dirigeai vers ma chambre. Sur la gauche, je passai devant ma cuisine américaine, le seul endroit où ma louve n'était pas entrée. Le petit espace n'avait été épargné que parce qu'elle l'avait ignoré, focalisée sur le fait de sortir de l'appartement. J'aimais ma minuscule cuisine. Elle était propre et blanche, avec des plans de travail en granit noir et de petits appareils ménagers en acier inoxydable. Elle disposait d'un coin-repas ouvert sur le salon, avec un bar qui faisait paraître la pièce plus grande.

Je passai par-dessus les restes d'une table dans l'entrée. Tous les bibelots qui se trouvaient dessus à l'origine avaient été détruits. Je contournai certains des plus gros morceaux en me rapprochant de la porte de ma chambre, qui était fermée.

Je retins mon souffle et tournai la poignée.

Ray rôdait derrière moi pour évaluer la moindre de mes réactions.

La police avait passé du temps là-dedans. Des résidus de poudre à empreinte recouvraient le haut de ma commode et maculaient la poignée de tous les tiroirs. La police avait voulu rassembler des preuves pour démontrer qu'un crime intime avait été commis. Pour le reste, ma chambre semblait intacte.

J'allai ouvrir un tiroir de la commode en sachant que Ray analysait chacune de mes décisions. Je passai le contenu en revue en soulevant les vêtements pour tout vérifier soigneusement. Je refermai le tiroir et ouvris ma pauvre boîte à bijoux, qui se trouvait sur le dessus du meuble. Elle ne contenait que quelques bijoux fantaisie peu coûteux, car je n'étais pas du genre à aimer le bling-bling. J'y jetai un coup d'œil rapide parce que c'était ce que Ray attendait de moi.

— Tout était en ordre à notre arrivée. Apparemment, rien n'a été dérangé. (Ray jeta un coup d'œil par-dessus mon épaule.) Il te manque des bijoux ?

— Non.

— On n'arrive pas à comprendre pourquoi ils ne sont pas venus dans ta chambre en premier. Dans des crimes comme celui-ci, c'est l'espace personnel qui est visé le premier. C'est un peu comme gifler quelqu'un. S'ils avaient voulu te faire vraiment mal, ils seraient venus ici. Ils auraient découpé les draps, lacéré le matelas, réduit tes sous-vêtements en lambeaux. Mais tout est propre.

J'avançai vers mon lit.

— Moi non plus, je ne comprends pas, Ray. Comme tu l'as dit, en faisant un boucan pareil, ils n'avaient pas beaucoup de temps devant eux pour faire de gros dégâts. Je suppose qu'ils n'ont pas eu le temps de venir jusqu'ici.

J'ouvris le petit tiroir de ma table de nuit entièrement réparée. Il était juste assez profond pour accueillir un petit livre de poche ou une pochette en cuir contenant une seringue. Je payais ma bêtise au centuple. Je refermai le tiroir et passai la main sur mes draps immaculés. Marcy avait fait un boulot impeccable.

Ray croisa les bras en grognant. La scène ne correspondait pas au scénario typique d'un crime comme celui-ci, ce qui l'énervait sacrément. Il se rendait bien compte, aussi, que je la voyais pour la première fois.

Parfait.

J'étais de nouveau affamée. Mon estomac commençait déjà à faire des nœuds. J'étais aussi extrêmement épuisée. J'avais ma dose de Ray et de cette espèce de danse que nous menions tous les deux. Je revins dans le salon d'un pas décidé. Bien entendu, il me suivit. Je fis volte-face au milieu du chaos.

— D'accord, Ray, dis-je brutalement. (Fini les plaisanteries.) Est-ce que tu as la moindre piste ? Du solide que tu as envie de partager avec moi ? Sinon, je te ferai parvenir ma déposition demain. J'en ai fini pour aujourd'hui. Je dois ranger ce bordel, je suis fatiguée et j'ai faim. Mieux vaut que tu sois parti dans cinq minutes, parce que mon temps de coopération avec la police est officiellement écoulé.

— On travaille sur deux angles différents, se déroba-t-il. Il va me falloir une liste exhaustive de tous tes contacts, surtout ceux que tu estimes capables de faire des dégâts comme ça. Il me faut aussi le nom de ton mystérieux copain. J'aimerais lui poser quelques questions. S'il se montre, bien sûr, ajouta-t-il avec un petit sourire en coin.

— C'est bon, Ray. Je te faxerai ma déposition demain matin et je parlerai à James. Je suis sûre que ça ne le dérangera pas de bavarder avec toi. C'est tout ?

James ? Eh bien, je suppose que je ne pouvais pas sortir avec mon frère, n'est-ce pas ? J'avais très peu d'hommes dans ma vie, et l'idée d'un vrai face-à-face entre James et Ray me faisait sourire. Va pour James.

Ray se dirigea vers la porte d'entrée de son plein gré, mais je ne fus pas du tout surprise quand il se retourna avec un nouveau sourire satisfait sur le visage.

— Au fait, à propos de cette merde pleine de tranquillisants pour cheval qu'on a trouvée dans le placard de ta salle de bains ? On va avoir besoin que tu nous expliques ça. Par écrit, bien sûr. Elle est encore au labo, mais quand les résultats reviendront et qu'on mettra un nom dessus, tu ne pourras plus m'échapper, Hannon.

Il sortit sans se retourner.

Bien sûr qu'ils avaient trouvé la seringue ! C'était le coup de grâce de Ray. Voilà pourquoi il s'était un peu radouci quand on s'était retrouvés dans l'appartement. Il pensait qu'en lâchant l'info de façon théâtrale, il ferait tout s'écrouler, que je tremblerais à l'idée qu'ils aient trouvé une substance frauduleuse chez moi. Je devais lui reconnaître au moins ça, il n'était pas loin de la vérité en parlant de tranquillisants pour chevaux. Le Dr Jace avait passé une bonne partie de sa carrière à perfectionner un sédatif assez puissant pour assommer un loup-garou. Les résultats du labo contiendraient sans doute une longue liste d'ingrédients, tous avec des doses suffisamment élevées pour endormir non pas un, mais une bonne dizaine de chevaux.

J'allais appeler mon père. Doc Jace allait devoir inventer une nécessité médicale expliquant pourquoi je l'avais en ma possession, une maladie rare requérant l'usage de puissants sédatifs. Je lui demanderai de faxer l'info au commissariat. Ça me paraissait faisable. L'aiguille n'avait jamais été utilisée, ce que le labo pourrait facilement confirmer. Même s'ils suspectaient un usage illégal, ce n'était pas comme si je me shootais tous les soirs, puisqu'il n'y avait qu'une seule dose. Mais Ray allait encore en faire tout un foin. Comme une épine plantée dans mes fesses. Dans un soupir, je contemplai mon salon et le bordel qui m'entourait.

— Bon, et maintenant ? dis-je à voix haute à une pièce pleine de débris.

Malheureusement, rien ne me répondit.

Je passai le reste de l'après-midi à nettoyer et à entasser tout ce que je pouvais en différentes piles. Mes murs avaient besoin de grosses réparations. Il en manquait des morceaux à l'endroit où des choses s'étaient fracassées dessus. Je ne pouvais même pas penser au plancher sans pleurer. Le magnifique bois dur était si profondément éraflé que ce serait un miracle s'il retrouvait un jour son aspect d'origine.

Quand j'eus fini, je passai deux coups de téléphone, puis je dévorai tout le contenu de ma cuisine, qui se composait d'un assortiment de fromages, de crackers, de cornichons et de plats à réchauffer au micro-ondes. Puis j'allai m'écrouler dans le lit. Tout le reste attendrait le lendemain.

Je dormis comme un bébé.

Quand j'ouvris les yeux, le lendemain, il était midi.

*Merde.*

# 6

Je sortis précipitamment du lit et me douchai rapidement. À peine sèche, j'enfilai un jean et un haut en coton noir. Je coiffai mes longs cheveux noirs en queue-de-cheval, comme d'habitude, et glissai mes pieds dans une paire de douces ballerines en cuir. Je m'habillais toujours de manière décontractée quand je n'avais pas de rendez-vous avec des clients.

La veille, lors d'une courte conversation téléphonique, Marcy m'avait dévoilé le programme pour le reste de la semaine. Plusieurs affaires requéraient mon attention ce jour-là. Apparemment, on avait reçu, le matin précédent, un appel intéressant de la part d'un client potentiel. Une réponse de ma part était souhaitée dès que possible. J'avais l'impression d'être partie depuis des semaines plutôt que quelques jours. Faire la grasse matinée n'était pas au programme.

Avant de me coucher, j'avais également parlé brièvement à mon père. Il m'avait appris qu'il avait posté plusieurs loups de confiance dans le voisinage, à quelques pâtés de maisons de l'immeuble. L'idée, ce jour-là, c'était de bosser normalement. Molly Hannon devait reprendre les choses là où elle les avait laissées le vendredi, si on voulait réussir à garder ma métamorphose secrète.

Je me réjouissais de la distraction que m'offrait le travail, parce que je deviendrais cinglée si je restais seule chez moi à me morfondre. Ma louve m'avait laissée en paix depuis que j'étais rentrée chez moi, mais le fait d'être devenue une louve-garou à part entière allait complètement bouleverser mon existence. Ma vie actuelle serait bientôt chamboulée. Je n'étais pas prête. Franchement, je n'étais pas préparée à tout ça. J'avais vécu comme une humaine pendant vingt-six ans. Je ne savais pas ce que ça signifiait d'être une surnaturelle. Mais, depuis mon départ de la Base sept ans plus tôt, j'avais pris chaque jour comme il venait et, ce jour-là, je comptais bien faire pareil.

J'attrapai mon sac à main, celui-là même que j'avais égaré et que j'avais dû nettoyer à fond la nuit dernière pour pouvoir l'utiliser à nouveau. Puis j'empruntai le chemin que j'avais dégagé jusqu'à ma porte d'entrée. Dehors, je balayai le parking du regard. Il n'y avait aucune trace de la voiture abîmée, même pas un morceau de verre ou un bout de chrome traînant par terre. C'était un petit peu décevant. Ça m'aurait intéressée de voir les dégâts. Se jeter d'un balcon au deuxième étage, c'était vraiment impressionnant.

Je me dirigeai vers ma Nissan noire et appuyai sur le bouton pour l'ouvrir. La voiture émit un bip. J'ouvris ma portière, mais j'entendis quelque chose au moment où j'allais me glisser à l'intérieur. Des bruits de pas résonnaient sur l'asphalte derrière moi. Je humai l'air mais, bizarrement, je ne repérai aucune odeur. Je lançai mon sac sur le siège et fis volte-face, prête à me battre.

— Hé là, pas besoin de s'inquiéter. (Une voix dotée d'un accent anglais très prononcé parvint à mes oreilles une seconde avant que j'aperçoive son propriétaire.) Ce n'est que moi. Je suis venu vérifier que tout allait bien pour toi en ce bel après-midi et que tu étais toujours en un seul morceau.

Danny Walker, le meilleur ami de mon frère et l'un des loups les plus fiables de mon père, me rejoignit d'un pas léger, en souriant. Sa chevelure brune lui tombait sur l'œil, ce à quoi il remédia en secouant la tête. C'était un loup maigre mais puissant.

— Danny, tu t'es faufilé en douce derrière moi. Il va falloir que je m'améliore pour détecter une présence, mais je suis contente de te revoir.

Même si Danny était un ami, un allié et l'un des rares qui connaissaient mon secret, nos chemins ne s'étaient jamais croisés en ville. C'était trop dangereux et ça l'avait toujours été.

— Pourquoi est-ce que je n'arrive pas à te sentir ?

— J'ai appelé ta sorcière hier soir quand ton père m'a donné mon ordre de mission. Je lui ai demandé un service qu'elle nous a volontiers rendu. Poster des loups autour du périmètre de ton appart allait forcément attirer l'attention des passants à l'odorat sensible, même à quelques pâtés de maisons de distance. Elle a parfaitement réglé le problème. On dirait que ça fonctionne.

— Super idée.

Je humai l'air de nouveau. Rien du tout. Marcy avait dû lancer un sort rendant impossible la détection des odeurs au sein d'un certain périmètre. Je n'arrivais même pas à sentir la pelouse. C'était sans doute le moyen le plus facile et le plus rapide d'ensorceler une zone aussi vaste.

— Ça ne dure qu'un jour, deux tout au plus, alors il faudra la faire revenir. (Danny sourit.) Tu as l'air en pleine forme, dis donc. Bon sang, je ne sais pas pourquoi on s'inquiète tant à propos de ta sécurité, puisque personne n'a rien voulu me dire. Mais ne te bile pas, Tyler est arrivé ce matin au petit jour et on bosse tous dessus. Tu as droit à la meilleure protection possible. Quels que soient tes soucis, on va veiller à ce qu'il ne t'arrive rien.

Si Danny n'avait pas pigé ce qui se passait en entendant le signal, alors qu'il connaissait bien ma voix, mon changement passerait inaperçu, en fin de compte.

— Merci, Danny, j'apprécie. J'espère que ça ne durera pas et qu'on pourra tous retrouver une vie normale le plus tôt possible.

— Ah, mais alors je n'aurais plus la possibilité de revoir ton magnifique visage. Mieux vaut rester sur nos gardes pour que nous ayons plein d'occasions de nous rencontrer clandestinement sur des parkings. Ce sera sûrement le meilleur moment d'une très longue et ennuyeuse journée.

— Comment se fait-il que tu ne changes jamais, Danny Walker ? pouffai-je. Au moins, tu n'as fait aucune remarque à propos de mes fesses, cette fois-ci.

— Qu'est-ce qu'elles ont, tes fesses, dis-moi ? Tu as mangé trop de biscuits ?

— Non, protestai-je en riant. Je ne mange pas de biscuits, même si ça a l'air tentant. Et mes fesses vont très bien, merci. (J'empoignai la portière.) Je suis désolée d'écourter nos retrouvailles, mais nous devrions mettre un terme à cette entrevue illicite avant qu'on se fasse remarquer. C'est bon de te revoir, Danny. Je suis sincère. Merci pour le coup de main, j'apprécie.

— Tout le plaisir est pour moi. (Pour rire, il me fit le salut des scouts, avec trois doigts.) J'espère que nos chemins se croiseront de nouveau.

Il s'en alla comme le pro qu'il était. Mais non sans jeter un coup d'œil par-dessus son épaule pour mater mes fesses.

Je montai dans ma voiture et refermai la portière en souriant. Mon ventre laissa échapper un grondement sourd et mécontent pendant que je roulais. La veille au soir, j'avais dévoré tout ce qui était comestible chez moi et j'avais besoin de café, mais ça devrait attendre. J'étais déjà en retard. Le petit bâtiment quelconque qui abritait mes bureaux n'était pas loin de chez moi, ce qui était fait exprès, et j'y arrivai en moins de cinq minutes.

Je me garai dans le parking adjacent, à la place la plus proche de la porte. Ce petit centre en béton abritait plusieurs autres cabinets, ceux d'un dentiste, d'un assureur et d'un chiropraticien. Idéal pour passer inaperçu. Nos bureaux étaient au rez-de-chaussée.

J'ouvris la porte vitrée opaque sur laquelle était écrit en lettres blanches « Hannon & Michaels Investigations » et entrai.

Marcy recula sa chaise et se leva derrière son bureau.

— Tiens, tiens, tiens, regardez qui vient enfin de sortir du lit ! s'exclama-t-elle en lançant un regard moqueur en direction de la grosse pendule accrochée au mur.

— Je sais, je suis en retard, dis-je. Mon portable s'est éteint pendant la nuit. J'ai besoin d'un nouveau chargeur, le mien fait partie des nombreuses victimes du saccage de mon appart. Et je n'ai pas de réveil. Mais je parie que tu le savais déjà. Combien de fois as-tu essayé d'appeler ?

— Contrairement à ce que tu penses, ô chère patronne exigeante, je me suis dit qu'il valait mieux te laisser dormir. Je ne suis pas toujours ta gardienne. Mes autres rôles incluent également – mais pas seulement – la copine qui aime s'amuser, la belle complice enjouée et ta géniale bookmaker. Et je peux être tout ça à la fois parce que je suis incroyablement douée, ajouta Marcy en venant se poster devant son bureau.

— Heureusement que je n'ai jamais parié de ma vie, pouffai-je. Dire que pendant tout ce temps, j'ai cru que tu ne savais pas t'amuser.

— Pas du tout, car cela, mon amie, ferait de moi une fille très ennuyeuse.

Elle me serra contre elle un bref instant, puis me tint à bout de bras en enfonçant ses doigts osseux dans mes épaules.

— Et si jamais tu me refais à moitié mourir de peur comme ça, je démissionne. Je le jure. Sans espoir de retour. (Elle me secoua.) Jamais. Pigé ?

Puis elle me lâcha et retourna derrière son bureau.

— Marcy, la réprimandai-je, ta grande inquiétude concernant ma sécurité et mon bien-être me va droit au cœur.

— Je ne m'inquiète pas. J'en ai l'air, mais ce n'est pas vrai. Par contre, faire peur aux gens, ça n'a rien de drôle. J'ai failli avoir une crise cardiaque. Tu risquerais de mettre ma santé en péril si tu refaisais un truc pareil.

Elle s'assit et prit ses lunettes chic perchées dans ses magnifiques boucles rousses (qui me faisaient rêver). Puis elle sortit une feuille de la pile de papiers qui s'entassaient devant elle pour revenir à l'ordre du jour.

— Tu dois passer quelques coups de fil au sujet de l'affaire Craig, celle que tu as clôturée la semaine dernière. Le sorcier réclame une compensation pour son nez cassé. (Elle passa sur les détails.) Ah oui, le client potentiel dont je t'ai parlé hier s'appelle Colin Rourke. Ça semble être une affaire solide, sans parler du fait qu'il a une voix sexy. (Elle continua à fouiller dans une pile de messages marqués « Molly ».) Ce soir, Nick et toi devez de nouveau surveiller Drake. Pendant votre absence, Nick a engagé Gary pour le filer. Son rapport t'attend sur ton bureau. Oh, et Nick voulait que je te dise, je cite : « Quand elle bougera le cul de son lit, dis-lui que je serai absent du bureau toute la journée pour essayer de résoudre ce merdier avec le proprio du magasin de peintures et les graffitis », fin de citation. (Elle me tendit la liasse de papiers.) C'est à peu près tout.

— Il n'y a pas deux déesses comme toi. (Je pris les messages et les parcourus rapidement.) On dirait que ça va me retenir au bureau toute la journée, et c'est une bonne chose, parce qu'il vaut mieux que je fasse profil bas.

— Effectivement. Pas de sortie pour toi.

Je me dirigeais vers mon bureau quand je me rappelai un détail.

— Ah, au fait, dis-je en me retournant. J'ai besoin qu'on me livre une énorme quantité de nourriture le plus rapidement possible. J'entends par là tout ce que tu pourras trouver : hamburgers, frites, milk-shakes, du chinois, peu importe. Pendant que tu y es, transfère la cafetière plus près de mon bureau, voire dessus.

Ça ne fit même pas ciller Marcy.

— OK.

— Oh, au fait, Marcy ? (Elle releva brusquement la tête de la pile des menus qu'elle venait déjà de récupérer dans son classeur.) Je te donne une augmentation de trente pour cent, effective à partir de vendredi dernier. Je ne voudrais pas que le secret le mieux gardé de la ville s'ébruite parce que je suis trop pingre pour apprécier tes nombreux talents à leur juste valeur. Ça inclut le service que tu nous as rendu la nuit dernière. Bonne technique, à propos, pour cette histoire d'odorat. Ça fonctionne parfaitement. (Les sorcières monnayaient leurs sortilèges à prix d'or. Elles ne faisaient aucun cadeau, et nous le savions toutes les deux.) Tu n'as qu'à le classer dans la catégorie « sauver les fesses de la patronne » ou « lancer un sort génial dans une situation extrêmement stressante », selon ce que tu préfères.

Je m'engageai dans le couloir en riant.

— Je ne faisais que mon boulot, marmonna-t-elle dans mon dos.

— J'ai tout entendu.

— Les loups-garous et leur saleté d'ouïe fine !

Je souriais encore lorsque j'entrai dans mon bureau. Marcy garderait mon secret jusque dans la tombe. Après ce qu'elle avait fait pour moi et mon appart, il ne servait à rien de prétendre que ça n'était pas arrivé.

Ça me fit un petit coup au cœur, parce que le fait de connaître mon nouveau secret l'impliquait dans cette histoire, qu'elle le veuille ou non. Mais elle n'aurait sans doute pas voulu qu'il en soit autrement. En fait, elle m'aurait sûrement étranglée si elle avait découvert que je lui avais caché un truc pareil. Nous n'avions pas besoin d'en parler ; intelligente, elle connaissait les enjeux.

Mon bureau était petit et décoré avec des meubles standard que j'avais hérités du précédent locataire. Nous avions une salle de conférences plus loin dans le couloir, avec une grande table pour accueillir des groupes. Mais, généralement, nous rencontrions nos clients dans l'endroit de leur choix, souvent le plus pratique pour eux. Le plus gros atout de nos locaux, en dehors de leur banalité, c'étaient les grandes fenêtres.

Je pris un épais dossier sur mon bureau tout en m'asseyant. Je fourrai mon sac à main par terre près de mes pieds et déposai les messages de Marcy sur le côté ; je les passerai en revue plus tard. Reprendre le travail était une bénédiction. M'occuper l'esprit était le meilleur moyen de ne pas devenir folle.

J'ouvris le dossier. Il concernait le diablotin que nous avions pisté le soir de mon changement. Drake Jensen était un déchet puant de quarante-sept ans. Apparemment, il avait été très occupé tous ces derniers soirs.

Je parcourus les antécédents de Drake. C'était la première fois que je les voyais, parce qu'il était une nouvelle cible et qu'il nous avait fallu du temps pour compiler ce rapport. Un diablotin se situait tout en bas de l'échelle des démons, ce qui voulait dire qu'il était plus fort qu'un humain, mais pas impossible à attraper. Par nature, un diablotin est à moitié démon, à moitié humain. Généralement, c'est de son père qu'il hérite sa moitié démoniaque. Il était courant que les démons flirtent avec des humaines, alors que les démones étaient rares et vivaient recluses.

Apparemment, Drake s'éclatait grâce au sexe et à la peur, ce qui n'était pas inhabituel chez certains diablotins appartenant à la catégorie des démons du sexe. Ils s'en nourrissaient, comme nous de la nourriture. Mais, plutôt que des adultes consentants, Drake ciblait de jeunes innocentes, ce qui faisait de lui encore pire qu'un déchet puant, finalement.

Il était récemment sorti d'une prison humaine où il avait séjourné pour détournement de mineure, ce qui ne l'avait nullement empêché de reprendre ses très mauvaises habitudes.

Nous avions plusieurs dossiers sur les diablotins parce que c'étaient eux, généralement, qui posaient le plus de problèmes. Ils appartenaient à l'une des rares communautés de surnaturels qui se moquaient pas mal d'être prises en flagrant délit. Bien souvent, un diablotin possédait un don particulier qui dépendait de l'origine démoniaque de ses parents. Mais leur magie était faible, parce que la magie démoniaque venait du sang, et que le sang humain était extrêmement dilué. C'était comme verser une petite dose de vodka dans trois litres d'eau. Difficile de finir bourré avec ça.

Nous ne connaissions pas encore le don de Drake. Quel dommage que les actes de naissance ne soient pas plus utiles en indiquant des détails du genre « l'arrière-grand-père était un démon du feu » ou « l'enfant risque d'avoir un penchant pour la perversion sexuelle, à cause de son arrière-grand-oncle, un démon du sexe ». À cause de cette fixation sur le sexe, justement, nous étions à peu près persuadés qu'il descendait d'un incube. Ça signifiait qu'il possédait certainement le pouvoir de persuasion sexuelle, un don des plus dangereux.

Je parcourus rapidement les dernières pages. Drake était en chasse. Il s'était rendu sur le même parking de cinéma trois soirs de suite et s'était montré particulièrement agité la veille. Il était allé jusqu'à sortir de sa voiture, même s'il n'avait abordé personne.

Je reposai le dossier sur mon bureau.

Si Drake était sorti de son véhicule, ça voulait dire que ses pulsions s'accentuaient. La plupart des incubes étaient obligés de s'envoyer en l'air régulièrement pour alimenter leur force de vie. Si Drake continuait à cibler des innocentes, j'étais impatiente de l'attraper et de le faire payer pour ses crimes.

Presque aussitôt, une vision très nette de moi tabassant Drake jaillit dans mon esprit, et la satisfaction m'envahit sous forme d'une décharge nerveuse. J'agrippai le bord du bureau pour me calmer et laissai des empreintes d'ongles en forme de demi-lune dans le bois laminé de piètre qualité. Dans ma vision, je le tenais à la gorge. Il se débattait, mais il n'avait aucune chance. Une vague d'endorphines se répandit dans mes veines et me fit tourner la tête.

Ma louve gronda joyeusement à l'intérieur de ma tête en faisant claquer sa mâchoire d'un air approbateur.

*Un peu de patience, petite sœur. Une chose à la fois.*

J'avais besoin de manger.

Je consacrai le reste de la journée à passer des coups de fil et à manger. J'engloutis tout ce que Marcy déposa devant moi. Ma faim était insatiable.

C'était malheureux, vraiment, parce qu'à ce rythme-là, j'allais devoir manger toute seule à partir de maintenant. Impossible d'aller au restaurant, de commander trois cheese-burgers à la fois et de les dévorer devant quiconque ayant le moindre sou de bon sens. Or il n'y avait pas assez d'heures dans une journée pour me permettre d'aller dans trois restaurants différents faire un repas normal chaque fois que j'avais faim. Ça craignait un peu, parce que je détestais cuisiner, mais j'allais devoir apprendre, et vite. C'était ça ou me résigner à manger des plats préparés ou à emporter jusqu'à la fin de l'éternité.

Marcy jubilait lorsqu'elle déposa un énième sac graisseux sur mon bureau.

Je me jetai dessus sans hésiter.

— Juste ciel, jeune fille, à ce rythme-là, tu auras doublé de volume d'ici la fin de la semaine, fit remarquer Marcy.

— Tais-toi, ou je t'oblige à manger avec moi, réussis-je à dire entre deux bouchées. Tout le monde n'a pas eu la chance de naître avec un corps de top-modèle.

Marcy était grande et svelte et possédait des courbes incroyables. Voilà précisément pourquoi les femmes normales qualifiaient les femmes comme elle de « salopes ». C'était totalement injuste. Elle pouvait avaler ce qu'elle voulait tout en gardant un physique phénoménal. J'espérais que mon nouveau métabolisme, plus rapide, me transformerait en Marcy avec le temps. J'en doutais, mais on pouvait toujours rêver.

Il lui suffit de me regarder pour comprendre que je ne plaisantais pas. Elle s'empressa de battre en retraite, non sans me jeter par-dessus son épaule :

— Si je mangeais comme ça, mon ventre exploserait. Tu aurais ma mort sur la conscience.

— Silence, beauté, marmonnai-je en mordant dans un nouveau hamburger.

Après mon troisième repas, je trouvai enfin le temps de rappeler mon propriétaire, Nathan Dunn. La conversation fut brève. J'acceptai avec joie son offre de nettoyer le fourbi dans mon appartement. Je lui expliquai rapidement qu'il y avait des piles de débris de meubles. Il me rassura en disant qu'il enverrait bientôt une équipe pour s'en occuper.

J'étais un peu surprise que Tyler ne m'ait pas encore contactée. C'était pratique de communiquer par télépathie. J'ouvris légèrement mon esprit vers l'extérieur.

*Tyler, tu es là ?*

Pas de réponse.

Je me demandai s'il y avait une portée maximum pour ces choses-là. Bizarre.

Ensuite, je rédigeai ma déposition pour la police et la faxai au commissariat. Je n'avais pas eu l'occasion d'en parler moi-même à James, mais mon père allait le mettre au courant. Ray n'était pas venu ce jour-là agiter un mandat d'arrêt, ce qui voulait dire que les analyses du tranquillisant n'étaient pas revenues. Ou alors, encore mieux, elles étaient peu concluantes.

Rappeler mon client était la dernière chose qui figurait au programme de la journée. J'avais essayé de l'appeler plus tôt, mais je ne l'avais pas eu et il n'avait pas de répondeur, ce qui était un peu étrange. Qui n'avait pas de répondeur, de nos jours ? Je pris le message de Marcy, sur lequel on pouvait lire « Colin Rourke, le type à la voix sexy », et un numéro de téléphone.

— On va voir ça, marmonnai-je en composant le numéro.

Une voix masculine très puissante répondit dès la première sonnerie.

— Bonjour, Rourke à l'appareil.

D'accord, j'aimais bien son petit côté bravache. Je détectai aussi une curieuse pointe d'accent que je ne réussis pas à identifier.

— Bonjour, monsieur Rourke, ici Molly Hannon, de Hannon & Michaels. Vous nous avez contactés hier à propos d'un problème potentiel ? Que puis-je faire pour vous ?

— Ah, mademoiselle Hannon. (Je perçus l'ombre d'un sourire dans ces paroles.) Merci de me rappeler. Il semble que j'aie quelques soucis avec mon associé, et j'aimerais vous engager.

— De quel genre de soucis s'agit-il ? demandai-je.

Nous acceptions la plupart des affaires qu'on nous proposait, mais parfois les choses n'étaient pas aussi terribles que les gens le pensaient au départ.

— Je crois qu'il détourne l'argent de notre compagnie.

Bon, ça semblait très sérieux, pour le coup.

— D'accord, on serait ravis de vous aider. Dites-nous ce qu'on peut faire.

— Mademoiselle Hannon, je préfère être très clair dès le départ. Je vous engage vous, et seulement vous. Il s'agit d'une situation extrêmement délicate, et je n'ai pas du tout envie que ça devienne un cirque. La discrétion est de la plus haute importance.

Je m'éclaircis la voix en ravalant aussitôt mon agacement.

— Je vous assure, monsieur Rourke, que Hannon & Michaels est une firme extrêmement professionnelle. Nous traitons tout ce que nous faisons avec la plus grande discrétion. Il ne sera écrit nulle part dans votre contrat que nous nous livrons à des numéros de cirque, même pas en toutes petites lettres.

J'entendis un rire chaleureux à l'autre bout de la ligne.

— J'espère bien que non. (Puis sa voix baissa d'un ton et se fit plus rocailleuse.) J'ai hâte de vous rencontrer, mademoiselle Hannon. Vous m'avez été chaudement recommandée pour ce genre de travail.

— Merci. Moi aussi, j'ai hâte de vous rencontrer, monsieur Rourke. Nous pouvons prendre rendez-vous maintenant pour discuter plus en détail de votre affaire, si vous le souhaitez. Quand êtes-vous disponible ?

— Appelez-moi Rourke, laissez tomber le « monsieur ».

— Pardon ?

— Mon nom, c'est juste Rourke.

— Euh… d'accord, Rourke. Quand pourrait-on se rencontrer ?

— Jeudi prochain, je quitte la ville pour affaires et je serai absent jusqu'à la fin du mois. Ma seule disponibilité, c'est demain soir.

— Ça devrait aller.

On convint de se retrouver autour d'un verre le lendemain soir dans un bar pas très loin de mon bureau.

— J'ai hâte d'y être, me dit-il.

Pour être honnête, il attisait ma curiosité. Ma louve l'avait remarqué, elle aussi, ce qui était étonnant puisqu'elle s'était faite relativement discrète depuis notre arrivée au boulot. Cependant, dès que Rourke avait décroché, elle avait commencé à faire les cent pas. Sa présence dans ma tête était au-delà du bizarre. C'était comme si deux parties distinctes de mon être étaient bien vivantes et capables de fonctionner indépendamment l'une de l'autre. J'allais avoir besoin d'un peu de temps pour m'y habituer. Mais je balayai ce souci pour l'instant. Je ne pouvais me payer le luxe de m'appesantir dessus, puisque ma priorité était de retrouver une vie normale. J'avais le fol espoir d'y arriver. Quand ce serait fait, alors je me donnerais le temps dont j'avais besoin pour tout analyser. Je me devais bien ça.

Je me levai et m'étirai. Il était cinq heures passées et j'avais besoin de faire quelques courses avant que Nick et moi allions voir l'adorable Drake Jensen. J'espérais qu'il allait passer à l'action le soir même, que nous puissions en finir.

— As-tu parlé à Monsieur-je-suis-un-fantasme-ambulant ? me demanda Marcy d'un air entendu quand je passai devant son bureau en sortant.

— Oui. Et c'est vrai qu'il a une voix très sexy. J'ai rendez-vous avec lui demain à vingt heures pour discuter de l'affaire.

— OK, je le note. (Elle se contenta de marquer l'heure du rendez-vous avec un gros cœur. Petite maligne.) Pour info, sache que j'ai un bon pressentiment à propos de ce type, me dit-elle avec un clin d'œil coquin.

— Tu dis ça chaque fois, répliquai-je en levant les yeux au ciel. Tu commences à perdre en crédibilité. En plus, tu sais bien que je ne sors jamais avec un client. Ça va à l'encontre de mon propre code déontologique.

— Quand le boulot sera terminé, ce ne sera plus ton client. Et voilà ! Et puis, je vais bien finir par avoir raison. J'ai un instinct de sorcière, tu sais.

Je pouffai.

— Si Nick appelle, dis-lui que je passerai le prendre à six heures et demie.

Il avait passé la journée à l'extérieur, ce qui n'avait rien d'inhabituel. Nous travaillions souvent en dehors du bureau. Il bossait sur une affaire qui l'obligeait à traquer un mystérieux tagueur dont les graffitis ensorcelaient tous ceux qui les approchaient de trop près. C'était un cas difficile.

— Je n'y manquerai pas, répondit Marcy. Hé, Jess ? appela-t-elle alors que j'arrivais devant la porte.

— Ouais ? demandai-je en me retournant.

— Je suis vraiment contente que tu sois de retour.

— Je suis vraiment contente d'être de retour, répondis-je en souriant.

— Ouais, ben, c'est pas la peine de prendre la grosse tête.

# 7

Alors que je refermais ma portière, j'entendis comme un petit bruit métallique dans ma tête, suivi par la voix de mon frère. *Tu rentres déjà chez toi ?*

*Ouais, mais je repars bientôt en mission avec Nick. Rien de compliqué, c'est juste une filature. Tu n'es pas loin ?*

*À deux pâtés de maisons. Je vois ta voiture de là où je suis. Tout est calme.*

*C'est un soulagement.* Je jetai un coup d'œil par la vitre, mais je ne vis ni Tyler ni son éclatante Mustang rouge pas du tout discrète. Mais ça ne voulait pas dire qu'il ne me voyait pas, moi. *Je ne savais pas trop à quoi m'attendre, mais je suis bien contente que tout se passe bien.*

*C'est Nick qui te surveille ce soir, alors, si vous décidez de vous séparer, il faudra que tu m'appelles.*

*OK. Tu as des nouvelles de la maison ?* J'espérais que les loups de la Base s'étaient calmés pendant la nuit.

*Quelques-unes. Papa empêche toujours tout le monde de sortir. Plusieurs réunions étaient prévues aujourd'hui. Je crois qu'ils ne gobent pas du tout nos mensonges à propos de ton changement, d'autant que Hank s'est déchaîné en répandant des conneries sur toi, comme d'habitude.*

*Merde. C'est pas bon, ça. Bon, au rayon des nouvelles merdiques, c'est Ray Hart qui dirige l'enquête sur le vandalisme de mon appart.*

*Le connard qui t'a donné du fil à retordre quand tu étais flic ?*

*Lui-même. Il a trouvé mon tranquillisant. Le labo est en train de l'analyser au moment où je te parle. Ray est persuadé que c'est un truc illicite et espère m'épingler pour ça.*

*On aurait dû s'occuper de lui il y a des années.*

*Tuer des gens n'est pas toujours la meilleure réponse. Pour papa, ce n'est pas un problème, il a déjà mis Doc sur le coup. Ils vont inventer un truc plausible. J'ai aussi dit à Ray que je n'étais pas chez moi parce que j'étais partie camper avec mon nouveau petit ami, James.*

Il laissa échapper un bruit à mi-chemin entre le reniflement et la quinte de toux.

*Oui, et pour couronner le tout, on est si amoureux que j'en ai oublié de prendre mon sac à main et toutes les affaires dont une personne normale a besoin pendant ses vacances.*

Tyler éclata de rire. *Elle est bien bonne, celle-là. Je suis sûr que James jouera le jeu, c'est un brave type, même si c'est la chose la plus drôle qu'on m'ait dite depuis longtemps. Dans tous les cas, ne t'inquiète pas, l'un de nous restera toujours à proximité à partir de maintenant, y compris Danny. Je te donnerai bientôt un portable de la Meute. Tu pourras l'utiliser pour nous joindre.* La Meute changeait de téléphone plus souvent qu'un bébé ne salit sa couche. Je n'avais jamais pris la peine de m'encombrer avec. Franchement, avant cette histoire, si j'avais eu un problème assez important pour déranger la Meute, j'aurais aussi bien pu utiliser mon propre portable.

*Je sais, j'ai vu Danny tout à l'heure. C'était sympa de voir un visage amical, surtout si un ouragan furieux doit s'abattre sur moi. Il n'a pas du tout changé. Rien ne change jamais avec lui.*

*Danny est fidèle à la Meute. Tu peux lui confier ta vie.*

Je me posais des questions à propos de notre lien mental. Quand on était petits, on ne s'éloignait jamais de plus de quelques kilomètres l'un de l'autre. *Sur quelle distance crois-tu qu'on puisse se parler comme ça ? Tu crois qu'il y a des conditions ? Comme une portée limite ou quelque chose dans le genre ?*

*À mon avis, on peut se parler de très loin. Je n'étais pas en ville de toute la journée, je viens juste de rentrer. Je voulais te contacter avant que tu rentres chez toi, et c'était le moyen le plus facile.*

Je reniflai à mon tour. *Tu veux dire que papa t'a ordonné de vérifier si je respirais encore dès que tu arriverais en ville ? Pour être sûr que des loups renégats ou de respectables membres de la Meute ne m'ont pas encore taillée en pièces ?*

*Ça aussi,* répondit-il en pouffant.

Je me calmai. *Tyler*. J'hésitai. *À ton avis, on a combien de temps devant nous avant que mon changement nous explose à la figure ? Avant qu'on dépasse le point de non-retour ? J'ai désespérément envie de retrouver une vie normale, mais ça ne semble absolument pas possible. Je veux que tu me dises la vérité, même si ça fait mal.*

*Franchement ?* Il soupira. *Je n'en sais rien. Si on arrive à apaiser la Meute, on gagnera du temps. Sinon... aucune idée. Ce qui t'arrive, c'est du jamais vu. Nous n'avons pas la moindre idée de ce à quoi nous avons affaire. Nous n'avons aucun moyen de savoir comment la communauté réagira à l'annonce de cette nouvelle. Les loups ont toujours redouté le mythe de Caïn, mais d'autres surnaturels possèdent peut-être l'info, eux aussi. J'ignore ce qu'ils choisiront d'en faire.*

*Je me fourre le doigt dans l'œil, pas vrai, en pensant que je peux reprendre le cours de mon existence comme si de rien n'était ? Comme si je n'étais pas un monstre de la nature ? Comme si une armée ne risquait pas de se dresser contre moi à la première occasion ?*

*Non, je ne pense pas que tu te fourres le doigt dans l'œil. Ce n'est pas ton genre.* Il réfléchit un moment. Je suis convaincu que nous faisons ce qui est juste. Si on veut avoir la moindre chance de protéger le plus grand secret de toute l'histoire des surnaturels, il faut que tu restes précisément où tu es, à faire comme s'il ne s'était rien passé. N'oublie pas que les loups-garous sont connus pour leur tendance maladive aux secrets. Et si jamais la nouvelle s'ébruite, c'est Jessica McClain qui a changé, pas Molly Hannon. Nul ne sait où se trouve Jessica à l'heure actuelle, alors que Molly s'occupait de ses propres affaires quand cette histoire a éclaté. Il s'éclaircit la voix, ce qui fit un bruit bizarre dans ma tête. *Si on réussit à préserver ta fausse identité, on aura une chance de s'en sortir. Je le pense vraiment.*

*Une chance. Une seule putain de chance. Ça fait pas beaucoup.*

*Ouais, mais c'est toujours mieux que de se dire qu'on est foutus dès le départ.*

*C'est vrai,* admis-je en riant.

*Au fait, Jess ? Maintenant que tu es une louve, tu vas avoir besoin de te transformer bientôt, d'accord ? Un nouveau loup en éprouve souvent le besoin. Ton corps va vouloir courir. Généralement, on va au bord de la rivière après minuit. Tu peux attendre jusqu'à la semaine prochaine, mais pas plus.*

Je frissonnai en me rappelant mon changement. Ça ne figurait pas dans le top dix des meilleurs moments de ma vie. *Pigé. Mais je ne ressens pas grand-chose en ce moment, à part la faim.*

*Ça viendra.*

*Je te crois volontiers.*

*Si tu as besoin de moi, tu sais où me trouver.*

J'eus droit à une surprise en ouvrant la porte de chez moi. Tous mes meubles cassés, c'est-à-dire pratiquement tout ce que je possédais, avaient été enlevés, y compris le canapé en lambeaux. Le plancher semblait aussi avoir été balayé et nettoyé. Mis à part les profondes marques de griffes et quelques éraflures sur les murs, on aurait dit un nouvel appartement. Dunn avait tenu parole.

Je transportai mes deux sacs de commissions dans la cuisine. Je rangeai tout rapidement, puis je me fis un kilo de spaghettis et glissai une miche entière de pain à l'ail dans le four. Bénis soient les pains prêts à cuire.

Il me fallut moins de dix minutes pour dévorer ce repas, et cinq autres pour tout nettoyer.

J'allai ensuite dans ma chambre. Il était temps de se préparer pour l'opération Drake. J'ouvris les portes de ma penderie et poussai un soupir de contentement. Enfin la partie la plus amusante de ma journée ! Des frissons d'impatience remontaient le long de ma colonne vertébrale et des petits picotements me chatouillaient le bout des doigts. Je sélectionnai quelques cintres en souriant comme une droguée en manque.

C'était l'heure d'enfiler une tenue qui déchire.

Il y avait beaucoup de choses que j'adorais dans ma penderie, mais les habits que j'enfilais chaque fois qu'on effectuait une surveillance étaient de loin mes préférés. J'avais appris sur le tas qu'être libre de mes mouvements était une nécessité dans ce boulot.

Et ce n'était qu'un heureux hasard si l'élasthanne me faisait un cul fantastique.

Je me débarrassai de mon jean et enfilai des leggings noirs soyeux. Ils me moulaient comme une deuxième peau et étaient censés résister aux accrocs, à l'eau et au feu, du moins si quelqu'un me lançait une allumette enflammée dessus, pas si je m'embrasais pour de bon. Follement confortables, ils étaient satinés au toucher. Une petite poche cousue à l'intérieur de la ceinture était juste assez grande pour contenir ma carte d'identité, ce qui était pratique puisque les poches normales, ce n'est pas terrible sur un vêtement moulant.

Je possédais un haut à manches longues assorti, également en élasthanne. Des bandes de tissu en maille filet sous les aisselles le rendaient respirable, et des renforts descendaient jusqu'au milieu des bras. Deux boucles étaient également cousues sur chaque bras, juste sous mes épaules, pour accueillir des armes de mon choix.

Ce soir-là, cependant, je ne portais aucune arme de jet.

Les incubes n'étaient pas réputés pour leur adresse au combat. Je n'avais besoin que de mes poings, surtout vu la force supplémentaire qu'ils possédaient depuis quelques jours.

Je complétai ma tenue en enfilant un étroit bonnet en laine noire et en nouant mes cheveux en chignon sur ma nuque. Ils me posaient problème, et j'aurais vraiment dû les couper depuis longtemps. Ça m'avait déjà valu des ennuis. Être immobilisée parce qu'on vous tire les cheveux peut s'avérer fatal. Mais chacun sa vanité. Moi, j'aimais mes cheveux longs.

Je laçai ma paire de chaussures spécialement conçues pour le trail et personnalisées à ma demande avec une semelle extrêmement épaisse et un mince renfort d'acier moulé pour protéger les orteils. De minuscules poches Velcro étaient cousues discrètement sur les côtés. C'était très pratique pour y glisser un micro sans se faire repérer.

On pouvait faire faire sur mesure absolument tout ce qu'on voulait à condition d'y mettre le prix. Pour mille dollars de plus, j'aurais pu faire poser un sortilège sur ma tenue. Cependant, en fonction des adversaires à qui j'avais affaire, le résultat n'était pas garanti. Un sorcier ou un démon supérieur était capable de passer à travers la plupart des protections s'il était assez fort. Et puis, la dernière fois que j'avais eu mille dollars de côté, c'était, comment dire… jamais. Mon père m'avait à maintes reprises proposé un complément de salaire, mais j'avais toujours refusé. J'avais dû fournir beaucoup d'efforts pour prendre enfin mon indépendance vis-à-vis de la Base, et je tenais à me débrouiller par moi-même.

N'ayant pas de nouvelles de Nick, je supposais que tout se passait comme prévu. Je pris mon téléphone portable, glissai ma carte d'identité à l'intérieur de mon pantalon et sortis de chez moi.

Sur le parking, je montai dans ma voiture et me penchai pour ouvrir la boîte à gants et vérifier la présence de mon flingue. Mon Glock 26, chambré en 9 mm, qui tenait parfaitement dans la paume de ma main et pour lequel j'avais un permis de port d'arme, avait l'air tout neuf. Je n'en avais pratiquement jamais eu besoin. J'inspectai rapidement le viseur et le magasin. Il tirait des balles à tête creuse chemisées d'argent avec des morceaux d'argent supplémentaires au niveau de la pointe. Ces munitions étaient destinées à exploser lors de l'impact afin de répandre de l'argent dans le sang de la personne qui m'énervait. C'était terriblement dangereux, car l'argent fonctionne sur la plupart des surnaturels. J'étais bien placée pour savoir que tous les mythes ne sont pas vrais, mais celui-là était tout à fait exact. L'argent, sous sa forme la plus pure, possède la conductivité électrique et thermique la plus élevée de tous les métaux et réagit comme du feu au contact de la magie qui court dans les veines d'un surnaturel. Seuls les plus vieux vampires et métamorphes sont capables de récupérer complètement d'un empoisonnement à l'argent sans une intervention massive.

J'étais capable d'atteindre une cible en mouvement en plein dans le mille, mais un flingue ne serait jamais mon arme de prédilection. Je le trouvais trop encombrant. Mais c'était réconfortant de se dire que j'avais un petit quelque chose en réserve en cas de coup dur. Je le rangeai, refermai la boîte à gants et sortis du parking.

Nick habitait à quelques minutes en voiture de chez moi. Il m'attendait sur le trottoir. Lui aussi portait du noir, mais sa tenue n'était pas lustrée, contrairement à la mienne. Tant pis pour lui. Il ouvrit la portière côté passager et monta.

— Alors, ça fait du bien d'être rentrée ? me demanda-t-il. Ou aurais-tu préféré continuer à courir samedi matin ?

Il tenait un sac en papier d'où s'échappait une odeur délicieuse qui ressemblait fortement à celle des roulés à la cannelle de ma boulangerie préférée, située juste à l'angle de sa rue.

— Quoi, et laisser tout ça derrière moi ? dis-je en ouvrant grand les bras au-dessus du volant. C'est bien ce que je crois ? ajoutai-je en désignant le sac d'un signe de tête.

— Ouais. Si je dois me fier aux quarante arrêts qu'on a faits hier, je me suis dit que tu aurais faim dès les dix premières minutes. Quand j'ai vécu ma transition, si je me passais de nourriture pendant plus d'une heure, j'avais carrément envie de me ronger la jambe. En plus, je savais qu'en te nourrissant avec ces trucs poisseux et sucrés à intervalles réguliers, je pourrais te garder relativement contente et concentrée sur notre mission.

— Bien vu, champion. Maintenant, ouvre-moi ce sac et envoie-moi un roulé !

Le cinéma où Drake avait choisi de rôder se situait juste en dehors de la ville. C'était l'un de ces multiplexes installés en périphérie d'une banlieue récente où il n'y avait que des champs à une époque. Il comptait dix-huit salles et trois snack-bars.

On alla se garer à l'autre bout du parking, à l'endroit où les gens ne venaient que lorsque toutes les autres places étaient prises. On se trouvait donc à une sacrée distance de l'entrée principale. Je choisis exprès la place la plus éloignée, située juste à côté d'une butte recouverte d'herbe. Au sommet de cette butte, on découvrait des terrains en friche à perte de vue, qui attendaient sans doute la construction d'un magasin de bricolage ou d'un supermarché. À part les quelques jeunes arbres et buissons qui bordaient le parking, la végétation était plutôt rare. C'était l'endroit parfait pour qu'un type comme Drake kidnappe sa victime. D'où la raison de notre présence.

— Comment tu veux la jouer ? demandai-je en me tournant vers Nick avant de lui chiper un autre délicieux roulé.

Je léchai le caramel qui me collait aux doigts. De nous deux, c'était Nick qui avait la tête sur les épaules et qui planifiait tout, alors que j'étais plutôt du genre à agir d'abord et à poser les questions ensuite. C'était donc Nick qui échafaudait nos stratégies, généralement.

— Quand il fera noir, l'un de nous restera dans la voiture. Et l'autre ira se cacher sous les arbres jusqu'à ce que Drake se pointe. S'il est agité, il ne sera pas capable de se retenir pendant très longtemps. Il passera à l'action dès qu'il aura trouvé une proie qui lui convient.

— D'accord, je vais aller sous les arbres. Je suis trop remontée pour rester assise, de toute façon. (D'autres voitures vinrent se garer.) Je déteste avoir affaire à ce genre de types. C'est toujours tellement déprimant.

— Je sais, mais le monde n'en sera que meilleur quand Drake ne sera plus en liberté. S'il décide d'attaquer une proie et tente de la ramener à sa voiture, je ferai diversion. Je l'obligerai à partir se réfugier sous les arbres. Il n'aura pas le choix si je me rapproche trop de lui. On refermera le piège sur lui quand il sera en haut de la butte.

Nous savions tous les deux que Drake ne se rendrait pas. Dans une affaire comme celle-là, nous avions le droit d'utiliser « la force, dans des limites raisonnables » pour l'arrêter. C'étaient les mots exacts utilisés pour décrire l'arrestation d'un criminel par des civils. Je savourais l'ambiguïté de la formule, puisque avec un diablotin, le « raisonnable » pouvait aller très loin.

— Tiens.

Nick me tendit un petit objet noir, mince, de la taille d'un paquet de chewing-gums. Il faisait office de bipeur vibrant entre nous. Si j'appuyais sur le bouton, le bipeur de Nick se déclencherait. Simple, discret et efficace.

— Un coup pour signaler un contact visuel, deux pour indiquer un changement de plan, et on laisse appuyer pour une demande de renfort. Rendez-vous à l'angle sud-est du bâtiment si les choses tournent mal.

— Ça marche.

Je lui pris le bipeur et le mis à la place de ma carte d'identité, que je fourrai dans la boîte à gants à côté de mon Glock. Je positionnai le petit appareil vers l'avant pour pouvoir appuyer dessus à travers mes vêtements.

Puis je me faufilai hors de la voiture et grimpai en haut de la butte.

Je choisis l'endroit qui bénéficiait de la meilleure vue. Il restait encore un peu de temps avant que le jour disparaisse complètement. Drake ne viendrait pas avant qu'il fasse nuit noire. Je humai l'air, curieuse de voir quelles odeurs j'étais capable d'identifier grâce à mon nouvel odorat. Je reconnus immédiatement du pop-corn moisi, un mélange de nourritures de fast-food bien grasses, mais aussi de l'urine humaine, et pas qu'un peu. Beurk. Ce n'était pas une surprise, vu que tout le monde buvait des maxi-sodas. Mais je n'avais pas besoin de le savoir. Je repérai aussi une famille de lapins à proximité. Surprise, je découvris que cette odeur me plaisait. Légèrement musquée, elle me donnait encore plus faim, ce qui n'avait rien d'étonnant.

Pendant une heure et demie, beaucoup de voitures entrèrent sur le parking, mais peu en sortirent. Le parking principal fut plein vers vingt et une heures. L'été touchait à sa fin. En raison de l'obscurité grandissante, les lampadaires s'allumèrent à vingt et une heures quinze et répandirent des flaques de lumière terne sur l'asphalte. Dix minutes plus tard, alors que la nuit s'installait pour de bon, notre homme arriva.

Je le reconnus grâce au modèle de sa voiture, une Lincoln Continental toute cabossée. Il se dirigea tout droit vers le fond du parking. Ma hanche vibra une seconde plus tard ; c'était Nick qui me prévenait de son arrivée. Drake gara son paquebot à moins de trois mètres de l'endroit où j'étais accroupie.

Ses traits, à travers la vitre de la voiture, m'apparurent comme taillés à la serpe, avec un nez qui lui faisait un profil d'aigle. Dès qu'il coupa le moteur, ses doigts se mirent à tambouriner sur le volant. Toutes les deux secondes, il jetait un coup d'œil par-dessus son épaule pour surveiller le parking.

*Oh, non, ce soir, tu n'auras pas ce que tu veux, l'ami.*

Pas de doute, il allait passer à l'action le soir même.

À l'idée d'effacer pour de bon cet air satisfait de son visage, une douce vague d'adrénaline envahit mes veines, bien plus forte qu'elle ne l'avait été dans la journée.

*Proie.*

Le mot traversa mon cerveau comme une fusée, et ma louve se retrouva brusquement aux aguets, au premier plan de mon esprit. Elle voulait se battre. *Oh, oh !* Je ne pouvais livrer bataille maintenant pour prendre l'Ascendant sur elle, parce que tout partirait en vrille si je perdais.

Elle gronda, un bruit sourd et menaçant dans ma tête.

*Merde.*

Drake choisit, à ce moment précis, de sortir de sa voiture. Il se faufila entre les autres véhicules en courbant le dos. Je n'avais pas d'autre choix que de le suivre, mais je tentais de raisonner ma louve pendant ce temps-là. *Cette proie-là, tu dois me la laisser.* Pliée en deux, je longeai la ligne des arbres sans le perdre de vue. *Je ne peux pas te laisser reprendre le contrôle. On est déjà passées par là, et je ne tiens pas à ce que le fiasco avec le fermier se reproduise. C'est trop important, tu dois me laisser mener.*

Le vent changea de direction, et je sentis une légère odeur de soufre. Un instant plus tard, une impression d'Altérité me submergea en rampant sur ma peau comme un avertissement. J'en eus la chair de poule, et mon corps frémit sans le vouloir. Mes sens avaient pris le dessus, et je venais de détecter l'Altérité de Drake, qui le marquait clairement comme un surnaturel. C'était pratique. Ma louve s'assit plus droite encore en percevant le vrai danger pour la première fois. *Fais chier.*

Je devinai à quel moment Drake choisit sa cible, parce que l'odeur de son désir me submergea. Ses phéromones étaient répugnantes comme du pain moisi. Je fronçai le nez et tentai de respirer par la bouche en me rapprochant de lui. L'odeur de son désir, mélangée à ces effluves d'œuf pourri (la partie démoniaque de son Altérité), était officiellement gravée dans ma mémoire comme un mauvais trip sous acide. Mon cerveau ne manqua pas de l'enregistrer pour plus tard. Les loups peuvent reconnaître des odeurs, même des années après. Ce n'était pas exactement le genre d'odeur que je voulais dans ma banque de données interne, mais je pourrais pister Drake s'il s'échappait, et c'était réconfortant.

Dans ce cas précis, il avait choisi de s'attaquer non pas à une, mais à deux victimes, des filles de quinze ou seize ans. Elles marchaient en rigolant, totalement absorbées par leur discussion à propos des garçons qu'elles devaient retrouver à l'intérieur du cinéma. Elles faisaient des cibles parfaites, beaucoup trop préoccupées par l'aventure qui les attendait pour prêter attention à l'homme étrange qui rôdait à quelques mètres derrière elles.

Je continuai à me rapprocher en m'abritant derrière le dernier arbre qui bordait le parking. Ce n'était pas une très bonne protection, mais Drake était entièrement focalisé sur les filles. Il dégageait un tel désir nocif que je compris qu'il utilisait toute sa matière grise pour trouver comment s'emparer des filles au lieu de rester sur ses gardes à l'affût d'un possible danger. Ça faisait de lui un pédophile doublé d'un crétin. Je n'étais plus qu'à quatre voitures du groupe, désormais.

Drake continua à avancer discrètement. Pour ma part, je m'accroupis. Les filles bavardaient de manière de plus en plus animée alors qu'elles arrivaient près d'une étendue déserte qui séparait ce parking de la zone de stationnement principale. Drake allait les perdre si elles dépassaient la dernière rangée de voitures garées là.

— Tu as vu ce qu'a fait Danielle hier soir ? Elle s'est carrément jetée sur lui. J'étais super gênée pour elle.

— Je sais, c'était la honte. Comme s'il allait… (La petite blonde maigrichonne dans sa robe bleu pâle s'interrompit au beau milieu de sa phrase. Elle hésita quelques instants en secouant la tête.) Becky, je… je crois que j'ai laissé un truc dans la voiture. Il… il faut que j'y retourne, dit-elle d'une voix stressée.

— Comment ça ? T'as oublié quoi ?

Becky mesurait trente centimètres de plus et avait de longues boucles brunes.

— J'sais pas… mais je dois aller le chercher. J'en ai vraiment pas pour longtemps… je te le promets.

L'ami Drake avait donc le don de persuasion. J'espérais vraiment que ses pouvoirs s'arrêtaient là.

— On est déjà en retard, Jen, s'impatienta Becky. Laisse tomber. Franchement, ça doit pas être si important que ça si tu te rappelles même pas ce que c'est.

— Euh… (Jen luttait. Elle entendait le discours de sa copine d'un côté, et une autre voix dans sa tête.) Non… Pars devant… Je te rattraperai. J'en ai vraiment pas pour longtemps. Je te promets. Je dois juste récupérer… ce truc.

De toute évidence, Becky n'avait absolument pas l'intention de laisser son amie toute seule. *Bravo Becky !* Elle fit mine de suivre Jen qui s'en allait

— Je ne sais pas pourquoi tu fais ça. On est déjà en retard. (Deux pas plus loin, Becky s'arrêta brusquement et secoua la tête. Puis elle marmonna, après un court silence :) Euh… OK, Jen. Va le chercher… Moi, je t'attends… à l'intérieur du ciné.

Même si Drake avait visiblement donné l'ordre à Becky de s'en aller, il lui fallut encore plusieurs secondes pour vraiment bouger et partir dans la direction opposée. Elle luttait contre elle-même. Les gens dotés d'une forte volonté sont toujours plus difficiles à manipuler.

D'ailleurs, le fait de contrôler deux individus à la fois représentait un effort supplémentaire pour Drake. Une double tentative de persuasion sapait beaucoup d'énergie, comme Nick pouvait en témoigner, et j'espérais que ce salopard de Drake était épuisé.

Becky s'en alla vers le cinéma tandis que Jen revenait vers son véhicule. Drake la suivit telle une ombre, en ne gardant qu'une seule voiture d'écart entre eux. Une nouvelle bouffée de phéromones moisies saturées de sueur parvint à mes narines. Il était de plus en plus excité. Ça me donnait envie de lui arracher les deux bras.

J'étais toujours sur l'herbe, en attendant l'occasion d'agir, quand ma louve jaillit à la surface sans prévenir. Elle déboula dans ma psyché comme un marteau qui explose sur un clou, en exigeant le contrôle dans une vague de puissance. Mes bras partirent en avant, et je me retrouvai à quatre pattes, prête à bondir.

Un simple « non » ne l'arrêterait pas, cette fois.

Dans un effort titanesque, je réussis à me remettre à genoux dans l'herbe. J'étais furieuse. *Putain, je refuse de perdre à nouveau le contrôle ! Tu m'entends ? C'est mon corps, et on fait ce que je dis quand je le décide !* Je plongeai les mains dans le sol si violemment que j'en cassai tous mes ongles, au point de me faire saigner. Je me raccrochai à la terre comme à une bouée de sauvetage en essayant de m'ancrer dans mon *humanité*. Tandis que ma louve s'efforçait de prendre le contrôle, je fermai les yeux et la repoussai de toutes mes forces. Je ne pouvais pas la laisser prendre l'Ascendant, ce n'était pas possible. Si elle faisait de moi ce qu'elle voulait, je pourrais dire adieu à ma vie actuelle.

Mes bras tremblaient, tellement j'avais besoin de changer, et mes muscles roulaient sous ma peau. Je serrai les dents. Et dire que j'avais été assez stupide pour croire que je pouvais venir ici ce soir. J'étais un nouveau-né, une putain de bombe à retardement. Je n'avais aucun contrôle. Qu'est-ce que je foutais là ?

J'ouvris les yeux et lançai des regards éperdus autour de moi. Il fallait que je sorte de là. Tout de suite. Nick était capable de s'occuper de Drake tout seul. J'arrachai l'une de mes mains à la terre et j'étais sur le point d'appuyer deux fois sur le bouton du bipeur quand le cri enfantin de Jen déchira le silence.

Drake était passé à l'action.

Je le repérai rapidement. Il l'avait prise par la taille. Jen se débattait comme un beau diable. Dans la précipitation, Drake avait dû desserrer l'emprise mentale qu'il avait sur elle, ou alors il n'était pas assez fort pour contrôler les deux filles en même temps, après tout.

Impossible de laisser la douce Jen, avec sa robe d'été bleue, devenir la prochaine victime de Drake.

Je n'avais plus le temps de réfléchir, il fallait agir. Je fermai les yeux une fois de plus et rassemblai toute la force que je possédais. Puis je m'emparai de mon côté humain et le projetai au premier plan de mon esprit dans un effort mental gigantesque. Ma louve résista à cet assaut en faisant claquer sa mâchoire et en grondant. Elle fit de son mieux pour bloquer mon instinct humain avec le sien. Elle voulait gagner.

Mais je le voulais encore plus qu'elle.

Des gouttes de sueur perlèrent sur mon front et me picotèrent la peau. Je continuai à faire pression. Je refusais de céder. C'était comme tirer sur un élastique géant, je ne savais pas du tout si je gagnais du terrain ou pas. Il pliait dans un sens puis dans l'autre tandis que nous nous battions pour prendre les commandes. Je balançai une nouvelle vague d'énergie. Un bruit assourdissant se répercuta alors parmi mes sens, comme si quelqu'un venait de déchirer une immense feuille de papier en deux. Mon esprit se coupa en deux comme le négatif d'une photo, gris d'un côté, noir de l'autre. Tous les deux affichaient encore la même image, mais ils étaient parfaitement distincts, à présent.

Je n'avais pas le temps de m'en soucier.

J'avais repris le contrôle, et c'était tout ce qui comptait.

Je me levai d'un bond et passai à l'action. *C'est moi qui tiens les commandes, pigé ?* Ma louve était encore dans ma tête, mais elle était désormais assise juste derrière un film opaque qui n'existait pas quelques instants plus tôt. *C'est moi qui combats les humains et les diablotins,* lui dis-je en me glissant entre les voitures stationnées. *Je te laisse les méchants loups-garous.*

Elle hurla sa frustration.

*On cherche à vivre en harmonie, tu sais, alors ne te gêne pas pour m'aider.* Je m'arrêtai et m'accroupis plus bas encore. Une voiture me séparait de Drake et de Jen. Il avait une main crasseuse plaquée sur la bouche de la jeune fille et il la ceinturait solidement de l'autre. Il était très occupé.

Je me faufilai jusqu'au niveau du pare-chocs. J'avais beau vouloir lui sauter dessus tout de suite, il fallait que je sois patiente. Nous devions l'épingler pour de bon. Si j'agissais trop tôt, il lui serait facile de convaincre Jen qu'il ne s'était rien passé puisqu'il avait le don de persuasion. Il s'en tirerait alors blanc comme neige. Je ne pouvais courir ce risque.

Courageuse, Jen ne cessait de donner des coups de

pied mais aussi des coups de tête dans l'épaule de son agresseur. Elle se défendait bien. J'eus d'ailleurs bien du mal à ne pas attaquer Drake sur-le-champ. De toute évidence, il avait des difficultés à la tenir. Il finit par lui empoigner le visage et lui siffler quelque chose à l'oreille. Elle s'arrêta aussitôt de bouger.

Il se dépêcha de la ramener vers sa Lincoln.

Je le suivis de près en restant hors de vue. Je repérai Nick de l'autre côté de l'allée. Pile à l'heure, il sifflotait, l'image même du type qui retourne à sa voiture après une soirée au cinéma. Drake l'aperçut immédiatement et fit volte-face en gardant Jen dans les bras. Il changea de plan aussitôt et se dirigea vers la butte pour disparaître, comme nous l'avions prévu.

Drake n'était pas très malin mais il devait vaguement avoir prévu les choses. S'il ne réussissait pas à ramener sa victime à sa voiture à temps, la végétation lui fournirait un abri le protégeant de toute interférence humaine. Voilà pourquoi il avait choisi ce multiplexe-là.

Seulement, il ignorait complètement que la seule louve-garou sur cette putain de planète était à ses trousses.

Je m'élançai dès qu'il fut hors de ma vue. J'entendis un petit cri, suivi par le bruit d'un corps qui heurte le sol. J'enjambai le trottoir, bondis dans les airs et atterris au sommet de la butte du premier coup. Drake était déjà sur Jen. Difficile de dire s'il essayait de la faire taire ou s'il allait se satisfaire sur place.

Peu importe, parce que je me jetai sur lui dans la seconde qui suivit.

Je le heurtai violemment, sur le côté, et nous fûmes tous deux projetés à terre.

— Prends ça, connard, grondai-je.

Puis je fis une roulade et me relevai aussitôt. Drake se redressa tout aussi rapidement et me regarda en montrant les dents, qu'il avait tachées, jaunies et remarquablement pointues.

Hum ! peut-être qu'il y avait un peu plus de diablotin en lui que nous le pensions.

Il poussa un cri enragé et courut vers moi à une vitesse impressionnante, mais il n'était pas aussi rapide que moi. Alors qu'il se trouvait à portée de mes bras, je levai la jambe droite et lui balançai un coup de picd dans les côtes. Celles-ci émirent un craquement satisfaisant, tandis que leur propriétaire se trouvait projeté en arrière à dix mètres de haut.

Ma louve laissa échapper un jappement ravi. *Tu vois, je ne suis pas une femmelette. Il va bien falloir que tu me fasses confiance.*

En dépit de sa blessure, Drake se releva et m'attaqua de nouveau.

— Espèce de petite garce, dit-il d'une voix sifflante. Tu vas me le payer.

Il semblait posséder, en plus du don de persuasion, une force décuplée. J'étais maintenant persuadée que Drake Jensen était plus diablotin qu'humain d'un point de vue génétique. Si je n'étais pas devenue une louve-garou à part entière, j'étais certaine qu'il aurait eu le dessus et que j'aurais eu chaud aux fesses.

J'avais besoin de plus de force.

Je pris ma décision en une fraction de seconde et m'ouvris un petit peu à ma louve. Je créai une minuscule fissure dans la barrière opaque, et ma louve déversa avec joie une vague brûlante sur moi. Elle m'injecta de la force en poussant un grondement satisfait.

Drake se jeta de nouveau sur nous, et je l'esquivai facilement. Il fit volte-face et changea rapidement de direction. Je bandai mes muscles en prévision de l'impact et me retrouvai brutalement projetée à terre. Il atterrit sur moi avec un grand sourire, en pensant à tort qu'il avait, par chance, réussi son coup. Il me donna un violent coup de poing dans l'épaule gauche, qui me terrassa. Mais, lorsqu'il recula pour lever de nouveau le poing, créant un espace entre nous, je dégageai mes genoux de sous son corps et les ramenai contre moi. Puis je le jetai au loin en croisant les doigts pour qu'il heurte une surface dure. D'un bond, je me remis debout et passai les mains sur mes cuisses.

Mon épaule me démangea pendant une seconde et guérit aussitôt du coup que j'avais reçu. Une nouvelle poussée d'adrénaline courut dans mes veines, cadeau de ma louve. Le flot de cette énergie nouvelle changea instantanément la petite fissure que je m'étais autorisée en un trou béant. Grâce à cette nouvelle injection, je sentis un feu s'allumer dans mes iris. J'étais certaine que mes yeux brillaient d'un éclat jaune, à présent.

Drake se jeta de nouveau sur moi avec une lueur de folie féroce au fond des yeux. Je pivotai aussitôt sur moi-même en levant le bras. En utilisant mon élan, je lui écrasai mon poing sur la figure.

Le visage de Drake implosa. Le diablotin vola dans les airs et alla s'écraser directement sur le petit arbre derrière lui, qu'il secoua jusqu'à ses racines. Puis il glissa au pied du tronc et s'effondra tel un tas de merde sur le sol.

Bouche bée, les yeux écarquillés, je le regardai fixement pendant plusieurs secondes. Le frisson du combat remonta en moi comme un ressort prêt à se détendre. Je n'éprouvais aucune douleur, juste une joie sans mélange. Je m'obligeai à me pencher, les paumes sur les cuisses, pour prendre plusieurs inspirations rapides. Il fallait que je me calme, que je fasse retomber l'adrénaline, mais ma louve en voulait encore, en se frottant contre mon esprit comme une démangeaison qu'il m'était impossible de soulager. Elle voulait que nous finissions ce que nous avions commencé.

Il fallait que je l'apaise. *On a réussi, le méchant est à terre. Maintenant, il faut qu'on se calme, parce que ça va être la folie par ici d'un instant à l'autre. Ça va grouiller de monde. Franchement, je n'y serais pas arrivée sans toi, mais il faut que je reprenne entièrement le contrôle, maintenant, et je ne peux pas si tu luttes contre moi. C'est trop difficile de se concentrer quand mon esprit est coupé en deux. Tu comprends ?*

Elle laissa échapper un jappement frustré, mais atténua la pression.

Quelqu'un criait mon nom.

— Jess ! Jess, tu vas bien ? (Nick courut vers moi.) Bon sang, Jess ! C'était complètement dingue. Je n'ai jamais vu quelqu'un se battre comme ça. Tu bougeais si vite que je n'arrivais même pas à te suivre. Je crois bien que tu l'as tué, ajouta-t-il en regardant Drake qui gisait, inerte.

Puis je croisai le regard de mon associé, qui laissa échapper une exclamation.

— Mon Dieu, souffla-t-il. Tu verrais tes yeux. Ils sont complètement transformés. Bon sang, comment tu arrives à faire un truc pareil ?

— Ils brillent encore ? haletai-je. Il faut que je me calme. Quand la cavalerie débarquera, je ne peux avoir des yeux jaunes luisants. Ça pourrait sembler suspect.

— Euh… Jess ?

— Ouais ?

— Ils ne sont pas… vraiment jaunes, expliqua Nick à voix basse. Ils sont plutôt… violets.

Je me redressai si vite que je faillis partir à la renverse et basculer cul par-dessus tête. Je retrouvai l'équilibre tant bien que mal et ouvris la bouche pour dire à cet idiot de Nick qu'il avait complètement perdu l'esprit. Mais une voix dans ma tête me réduisit au silence avant même que je puisse parler. *Jessica ! Jessica, qu'est-ce qui se passe ? Jessica, tu vas bien ?* Bordel de merde ! *Réponds-moi tout de suite !*

*Tout va bien, papa ! Je suis là.* Je levai l'index pour faire taire Nick et m'éloignai de quelques pas. *Je vais bien. C'est juste... J'ai eu quelques ennuis au boulot. Est-ce que nous sommes sur un canal public, là ?*

*Bien sûr que non. Ta louve a appelé mon loup, et j'ai répondu, comme je le fais toujours quand l'un des miens a besoin de moi. Et puis, bizarrement... je n'ai pas pu te joindre.* Je sentis qu'il était perplexe. *Depuis, je fais de sacrés efforts pour arriver à te contacter. Bordel, tu veux bien me dire ce qui se passe ?*

*Eh bien...* Je contemplai la scène autour de moi. Jen pleurait en silence et Drake était toujours immobile au pied de l'arbre. *Apparemment, je viens juste de gagner une bagarre contre un diablotin furieux qui essayait de me tuer. Enfin, je crois que c'était un diablotin. Il était plus fort que prévu.* Je ne savais pas très bien comment lui expliquer le reste. *Et parce que je l'ai sous-estimé, ben, j'ai eu besoin... en fait, on pourrait dire que j'ai amené ma louve au premier plan pour m'aider à me débarrasser de lui, mais je ne me suis pas transformée. Si je ne m'étais pas servie d'elle, je ne suis pas sûre que j'aurais gagné.* Je jetai un coup d'œil à Drake qui saignait abondamment du visage. *Je crois bien que je l'ai tué sans le vouloir.*

Un silence de mort se fit dans mon esprit.

*Papa ? Écoute, je suis vraiment désolée ! Je n'avais pas l'intention de faire quelque chose de mal, je ne sais vraiment pas ce qui s'est passé, c'est arrivé si vite. Une bagarre comme ça aurait dû durer une heure, mais on dirait que tout s'est déroulé à la vitesse de la lumière. Je n'ai pas eu le temps de freiner. J'ai réagi du mieux que j'ai pu. Je n'aurais jamais dû sortir ce soir pour cette mission, mais je croyais que j'étais capable de la gérer.*

Mon père me répondit après une longue pause. *Jessica, nous en discuterons plus tard. La Meute est régie par un ensemble de règles et de recommandations auxquelles on doit se conformer, sans exception. Tu ne les connais pas encore, alors je vais être indulgent pour cette fois. Tu peux te servir de ta louve à la rigueur, mais tu ne dois pas te transformer. Cependant, c'est ta sécurité qui m'inquiète avant tout, pour le moment. C'est ma priorité. As-tu besoin d'une équipe de nettoyage ? Je peux demander à James et Danny d'intervenir, ils seront là dans cinq minutes.* Tous les surnaturels ont un protocole très strict concernant le « nettoyage ». Si on appelait les autorités humaines chaque fois qu'une bagarre éclatait entre nous, notre secret aurait été découvert en même temps que le premier cadavre. Quand une créature avec des crocs, aucun organe en état de fonctionnement, des yeux jaunes ou des oreilles pointues arrivait à la morgue, elle avait tendance à se faire remarquer. Il y avait eu des entorses à ce protocole, mais, la plupart du temps, toutes les Communautés le suivaient à la lettre.

J'envisageai de prendre mon père au mot. Je n'avais encore jamais utilisé d'équipes de nettoyage, et ce serait tellement plus facile de faire disparaître Drake. *Non, il va falloir gérer ça de façon officielle. On a une civile sur les bras, une ado.* Du coin de l'œil, je vis quelqu'un passer en flèche. C'était Becky. Elle vit Jen, étendue à l'endroit où Drake l'avait laissée, et se laissa tomber à genoux pour prendre sa copine dans ses bras en pleurant. *Non, maintenant, elles sont deux. Dans moins de dix minutes, ça va être le cirque, par ici. La police, des ambulances, des parents inquiets, la totale.*

*Qu'est-ce que je peux faire ?*

*Rien. Tu es à la Base ?*

*Oui. Les loups sont encore... quelque peu agités. Je suis occupé, pour l'instant.*

*Tu t'es occupé du tranquillisant ?* Je savais que Ray allait me tomber dessus à la minute même où il apprendrait à la radio que j'étais impliquée dans cette nouvelle affaire.

*Jace est en train de rassembler des documents médicaux pour toi. Il les faxera au commissariat demain. Il est certain que le labo ne pourra pas identifier le sérum. Il va leur dire que tu souffres d'une forme d'épilepsie.*

*Ça marche.* Becky commençait à devenir hystérique. *Il faut que je file.*

*Jessica ? Juste une chose.* J'entendis, ou plutôt je sentis de la tension dans sa voix.

*Oui ?*

*Ce que je vais te dire à présent doit à tout prix rester entre nous. C'est de la plus haute importance. Tu comprends ?* Son angoisse faisait bourdonner le lien qui nous permettait de communiquer.

*Bien sûr que je comprends. Je n'en parlerai à personne.*

*Ce soir, ce que tu as fait, quand tu m'as bloqué...* Il prit une grande inspiration. *Personne n'avait encore jamais fait ça. Il n'y a jamais eu de loup assez fort pour me bloquer de cette façon-là. Je suis sûr et certain que c'est ce que tu as fait, volontairement ou pas. Peu importe l'énergie que j'y mettais, même si ta louve avait appelé mon loup, je n'ai pas réussi à passer.* Je pris peur, alors. *Jessica, j'ai senti toutes tes émotions... et je ne pouvais absolument rien faire pour les contrôler.*

Et merde.

# 8

Comme prévu, la scène vira au chaos en moins de dix minutes. D'énormes projecteurs inondaient de lumière le moindre centimètre carré de notre petit carré d'herbe. On se serait cru dans un stade pendant le Super Bowl. Les lieux grouillaient de journalistes, de flics, de pompiers, de curieux et d'employés du cinéma. Deux couples de parents furieux venaient également d'arriver.

Nick et moi, à moitié perchés sur une voiture de patrouille, donnions notre déposition aux agents qui s'étaient déplacés. Heureusement, Ray ne s'était pas encore pointé, mais je ne me faisais aucune illusion. Il allait forcément débarquer.

J'espérais qu'on me laisserait repartir avant, mais c'était peu probable.

— D'accord, mademoiselle Hannon. Ça nous suffit, pour l'instant. Quelqu'un vous contactera bientôt. L'état de M. Jensen est susceptible de modifier le processus, comme vous le savez, ajouta la femme flic en désignant l'ambulance d'un signe de la tête.

Elle voulait dire par là que, si Drake s'en sortait, je devrais témoigner devant la cour, et, s'il mourait, eh bien, il y aurait sûrement une enquête minutieuse sur les circonstances de sa mort. Aucun de ces deux scénarios ne m'emballait.

Avant d'appeler la police, Nick avait usé de son don de persuasion pour que les deux filles changent leur histoire et en livrent une version plus facile à avaler. La pauvre Jen garderait un souvenir clair de la plus grande partie de ce qui s'était passé avant mon intervention. Mais il était nécessaire de lui faire oublier qu'elle m'avait vue pratiquement tuer son agresseur à mains nues et à une vitesse stupéfiante. Par compassion, Nick l'avait même sortie de son état de choc avant l'arrivée des secours, ce qui n'avait pas été une mince affaire puisqu'il avait également dû s'occuper de Becky qui hurlait.

Ma main droite, celle qui était entrée en contact avec la mâchoire de Drake, avait entièrement guéri en quelques minutes seulement, si bien qu'il était tout à fait impossible de mettre les blessures infligées au visage de Drake sur le compte d'un combat à mains nues.

Pendant que Nick s'occupait des filles, j'avais imaginé une solution rapide. J'avais pressé une pierre contre le visage de Drake en maculant sa surface de sang et de résidus de chair. Heureusement, le diablotin n'avait pas bougé pendant ce temps-là, même si, à mon grand soulagement, il n'était pas mort non plus. En règle générale, les surnaturels sont difficiles à tuer. Mais ça ne voulait pas dire qu'il se réveillerait de sitôt. Ses blessures étaient graves, même pour un surnaturel.

Je racontai à la police que je m'étais faufilée derrière lui avec ma pierre à la main et que je l'avais frappé plus violemment que je ne l'aurais voulu. Cette histoire n'expliquait pas les autres blessures qu'il avait subies, mais il était possible que certaines guérissent avant qu'il arrive à l'hôpital. Ça m'aiderait beaucoup.

Je jetai un coup d'œil par-dessus l'épaule de la flic au moment où l'on installait Drake dans l'ambulance. Il connaissait la prison, mais je ne savais pas s'il était déjà allé dans un hôpital. Son sang ne déclencherait pas vraiment de signal d'alarme, car la plupart du temps, on classait les diablotins dans la catégorie des hémophiles.

L'agent me rendit mes papiers.

— Je comprends, lui dis-je. Est-ce que ce sera tout ?

— Pourrons-nous vous joindre à ce numéro demain ? demanda-t-elle en me lisant mon numéro de portable.

— Oui.

— Alors, vous pouvez partir.

Nick n'avait pas terminé sa déposition, aussi l'attendis-je à côté de la voiture. Notre histoire tiendrait tant que le sort de persuasion tiendrait aussi et que Jen ne déciderait pas de changer sa version des faits en « la fille aux yeux violets luisants l'a battu à mort avec ses poings ».

Malheureusement, toute sa vie, la jolie Jen en robe d'été bleue revivrait sûrement en rêve des bribes de ce qui s'était vraiment passé. Le subconscient est une chose puissante et il s'agissait d'un événement extrêmement traumatisant pour elle. Heureusement pour nous, et pour elle, Nick était très fort à ce jeu-là. Peu d'humains étaient capables de résister à ses efforts de persuasion, mais le type qui se dirigeait vers moi à ce moment précis en faisait partie.

*Purée.*

Nick avait eu beau essayer plusieurs fois, l'esprit de Raymond Hart n'avait jamais plié face à son don de persuasion. Les changements apportés à sa façon de penser ne duraient jamais plus d'une heure, et Ray agissait toujours bizarrement pendant les quelques jours qui suivaient. Il ne savait pas du tout ce qui lui était arrivé, mais il devinait qu'on lui avait fait quelque chose, et il s'en prenait toujours à moi, sa colère empirant à chaque tentative. C'était une cause perdue, alors on avait laissé tomber.

— Ray, quelle agréable surprise, lui dis-je. Je suppose que tu as couru jusqu'ici, si loin de ta juridiction, juste pour t'assurer que j'allais bien après ma terrible rencontre avec un pédophile ? Je suis touchée de tant de sollicitude, mon pote, ajoutai-je en lui donnant une bourrade au niveau du bras.

— Arrête tes conneries. Cette histoire, c'est du Hannon tout craché.

— Je le reconnais, mon nom y est mêlé, répondis-je en souriant. C'est logique, puisque c'est moi qui ai neutralisé ce salaud il y a quelques minutes. Si un autre nom était mêlé à cette affaire, on serait dans l'embarras.

— Je ne suis pas dupe, tu sais. Tu attires le chaos comme un aimant attire le métal. Je me fous de savoir si tu as réussi à concocter une histoire minable pour expliquer ta présence ici ce soir. Je ne demande même pas pourquoi tu étais parfaitement au courant qu'un type allait tenter de violer une ado. Ou pourquoi ce type se trouve à présent dans une ambulance avec la gueule à moitié enfoncée.

Ray avança d'un pas et pénétra dans mon espace personnel. Pour quelqu'un qui n'était pas un loup-garou, il était plutôt doué au jeu de l'intimidation. Je ne tremblais pas dans mes bottes, mais je le prenais au sérieux. En revanche, ma louve n'était pas le moins du monde intéressée, ce qui était une bonne chose. Je n'avais pas besoin qu'elle vienne me compliquer la tâche à l'heure actuelle. Mais si Ray poussait le bouchon trop loin, je ne doutais pas qu'elle finirait par réagir.

— Je sais, ajouta-t-il dans un murmure rauque. Je sais que tu nous caches quelque chose, je le sens jusque dans la moelle de mes os. Quand je le découvrirai, je te ferai enfermer pour de bon, fais-moi confiance. Et, à ce moment-là, je crierai victoire. Tu vas aller en tôle, Hannon, et il n'y a rien que tu puisses faire pour m'en empêcher.

Il tourna les talons et s'en alla d'un air furieux, avec une démarche arrogante qui prouvait qu'il le pensait. Je savais qu'il allait fourrer son nez dans l'affaire Drake et que notre piètre subterfuge ne tiendrait pas longtemps si Ray remuait ciel et terre. Un médecin légiste ne manquerait pas de découvrir la vérité si on l'obligeait à se pencher sérieusement sur la question de l'arme du crime. Ça ne jouerait certainement pas en ma faveur.

Drake me faciliterait la vie s'il survivait.

Je bâillai. J'avais besoin de sommeil.

— Allons-nous-en, je suis crevée, dis-je à Nick qui venait juste de terminer sa déposition et faisait le tour de la voiture.

— Tu m'étonnes. Quelle soirée de dingues ! répondit-il.

Il n'était que vingt-deux heures trente, mais j'avais l'impression qu'il était plutôt trois heures du matin.

On traversa le parking à pied jusqu'à ma voiture, et je me glissai sur le siège passager. Nick, lui, s'installa au volant. Sans réfléchir, j'attrapai le sac en papier de la boulangerie, en sortis la dernière pâtisserie et mordis dedans tandis que Nick démarrait.

On roula en silence pendant quelques minutes avant qu'il finisse par s'adresser à moi.

— Jess, maintenant que tu es une louve à part entière, tout va changer. Tu le sais, pas vrai ? Prends Ray Hart, par exemple. Avant, c'était juste un petit souci dans ta vie, mais, maintenant, la Meute va le considérer comme une menace sérieuse. On va te protéger à tout prix, que tu le veuilles ou non. Ce sont les lois de la Meute, ajouta-t-il en gardant les yeux fixés sur la route. On les suit tous à la lettre. S'il existe une possibilité, même infime, que Ray découvre ce que tu es, ou s'il se rapproche trop de la vérité, ou s'il s'en prend à toi physiquement…

— Tu veux dire que *certaines personnes* me protégeront à tout prix, répondis-je sèchement. J'ai bien l'impression que les lois de la Meute ne s'appliqueront pas entièrement à moi. Il n'y a jamais eu de femelles dans une Meute, et les loups sont déjà aux cent coups alors qu'ils ne font que suspecter mon changement. Je peux en citer quelques-uns qui seraient ravis de laisser Ray faire le sale boulot à leur place.

Nick fit claquer sa langue d'un air réprobateur.

— Je t'en prie, tu crois vraiment que ton père va laisser Ray Hart – ou n'importe qui d'autre, d'ailleurs – te menacer ouvertement ? Tu es sa fille, bon sang. Le premier qui sera assez idiot pour s'en prendre à toi le paiera très cher, sans doute de sa vie. Les loups ne prendront pas ce risque à la légère, même s'ils sont tous en train de râler. Ce n'est pas rien de déclarer la guerre à la Meute. Certains loups sont peut-être énervés pour l'instant, mais, quand viendra le moment de choisir, ils n'abandonneront pas Callum McClain. Ton père est l'Alpha le plus fort de la planète. Ils changeront d'avis et finiront par t'accepter… un jour ou l'autre. Ils n'ont pas le choix. Ray n'a aucune chance de s'en sortir s'il ne renonce pas.

Nick avait raison. Ray avait foncé tête baissée dans un jeu qu'il ne pouvait pas gagner. Même si j'avais mille raisons de le détester, je ne voulais pas être la cause de sa mort. J'étais entrée dans la police, bien des années plus tôt, non seulement parce que j'étais douée, mais aussi parce que je croyais vraiment en la justice. Le droit de vivre et d'être libre. Sans ces deux choses-là, je serais morte à l'heure actuelle.

Malheureusement, les loups ne partageaient pas ce point de vue. En fait, ça n'existait même pas pour eux. Aucun débat philosophique n'avait lieu dans leur esprit à propos des humains. Leur opinion à ce sujet avait toujours été tranchée : les humains étaient une nécessité, mais pas leurs égaux. Fin de l'histoire.

J'avais vécu jusqu'alors comme une humaine et je refusais de faire tuer l'un d'entre eux au seul motif de le faire taire. Le moment venu, et s'il n'en tenait qu'à moi, je trouverais une autre solution. Il y en avait forcément une.

— Eh bien, dis-je, on va juste devoir s'assurer que Raymond Hart ne s'enfonce pas davantage. Il faut faire en sorte qu'il suive d'autres pistes, que nous aurons créées pour lui.

Je fermai les yeux, clôturant ainsi le sujet. Ils me brûlaient tellement j'avais besoin de sommeil. Je pouvais visiblement ajouter l'épuisement à la liste des caractéristiques de mon état de nouveau-né. Mon corps ne s'était pas encore ajusté à tous ces changements. Ça allait prendre du temps, et j'avais bien l'intention de le passer roulée en boule dans mon lit.

Le trajet de retour prit quinze minutes, pendant lesquelles je sombrai complètement dans le sommeil. Nick se gara sur le parking devant chez moi. J'ouvris les yeux en bâillant.

— Merci de m'avoir ramenée. Mais toi, tu vas devoir marcher jusqu'à…

Un hurlement déchira ma conscience. Je plongeai en avant et m'agrippai au tableau de bord. Mes doigts passèrent à travers le plastique. *Merde.* Décidément, c'était de mieux en mieux !

*PUTAIN, T'ES OÙ ? Jessica ! Jessica ! Tu m'entends ? Jessica...*

*Tyler, je suis là ! Tu peux arrêter de crier, maintenant.* Je sortis les doigts du tableau de bord un par un. Le plastique ne s'était pas troué de manière uniforme, il s'était fissuré. *Qu'est-ce qu'il y a ? Qu'est-ce qui ne va pas ?*

Nick me regarda en haussant légèrement les sourcils. Je levai l'index que je venais juste de libérer et le posai sur mon front.

Il m'adressa un sourire compatissant.

*Qu'est-ce qui ne va pas ?* grommela Tyler. *Ce qui ne va pas, c'est que ça fait une heure que j'essaie d'entrer dans ta foutue tête. Je t'ai entendue traiter quelqu'un de connard et puis j'ai senti une sacrée colère vibrer en toi, et puis plus rien. Le vide absolu.*

*Tu m'as bloqué. Bordel, comment as-tu réussi un truc pareil ?*

Les paroles de mon père résonnèrent comme un avertissement dans ma tête. J'étais prête à mettre ma vie entre les mains de Tyler, c'était mon frère, mais je ne voulais surtout pas le mettre en porte-à-faux. La prudence était devenue ma nouvelle meilleure amie. Moins un loup en saurait sur moi à ce stade, et mieux il se porterait. Ça valait également pour Tyler. Je choisis mes mots avec soin, en sachant qu'il serait capable de détecter un mensonge si je ne croyais pas à la véracité de mes propos. *Je n'en ai aucune idée, Ty. Je n'ai pas cherché à te bloquer, c'est juste arrivé, je te jure. J'ai dû couper la connexion entre nous quand le combat a commencé.*

*De quel foutu combat tu parles ?* Son impatience était claire et nette.

*J'ai affronté le diablotin qu'on suivait ce soir quand il a enlevé une ado. Il s'est avéré plus coriace que je le pensais, mais j'ai eu le dessus.*

*Comment diable je peux te protéger si je ne sais même pas où tu es ?* cria Tyler. Je me massai la tempe. Le fait que quelqu'un crie à l'intérieur de mon crâne me donnait mal à la tête. *Nick était censé être avec toi ce soir ! Bordel, il était où ?*

*Avec moi. C'est moi qui ai décidé de m'en prendre au diablotin. Nick n'avait rien à voir avec ça.*

Mon frère laissa libre cours à ses émotions, et des images de ma propre mort flottèrent dans son subconscient, ce qui réussit à me foutre les jetons. *Arrête ça tout de suite ! Je peux voir à quoi tu penses !*

*Jess, j'ai cru que tu étais morte, ce soir.* Cette fois, sa voix se réduisit à un murmure. *Encore.*

Mon cœur fit un bond dans ma poitrine. *Tyler, je suis vraiment désolée, sincèrement. Je ne voulais pas te faire peur. Je te jure que je ne l'ai pas fait exprès. Si je t'avais entendu, je t'aurais répondu. Promis. Même pour te dire de foutre le camp de ma tête pour que je puisse me concentrer sur mon combat.* Je formulai ma pensée suivante avec soin. *Il est certain que le comportement d'une louve-garou nous est totalement inconnu, comme nous en avons discuté tout à l'heure. Mon esprit ne fonctionne peut-être pas de la même façon que le tien. J'ignore ce qui m'arrive, ou ce qui m'attend dans le futur. Aucun de nous ne le sait.* Je pris une profonde inspiration. *J'ai le sentiment que ça va être un sacré foutoir, comme tout le monde nous l'a toujours prédit. Alors, on devrait ouvrir les yeux, Ty. Il est temps de regarder les faits en face.*

*Ouais, ben, merde alors.* Le vieux Tyler était de retour.

*Précisément. Mais, pour l'instant, au lieu d'essayer de tout arranger et de tout comprendre, je vais aller me coucher. Pendant que j'y suis, j'espère pouvoir me débarrasser des terribles images sanglantes dont ton cerveau m'a fait cadeau.* Je bâillai.

*James et Danny sont toujours à ta recherche. Je vais les joindre et leur dire que tu vas bien.*

*Merci, j'apprécie. Je sais que tu n'étais pas obligé de surveiller mes arrières depuis mon départ de la Base, mais ça fait du bien de t'avoir de nouveau à mes côtés.*

*Je suis là pour ça, petite sœur. Mais fais-moi une faveur, évite de t'attirer d'autres ennuis ce soir.*

*Ce n'est pas prévu, crois-moi. Je peux au moins te*

*promettre ça. Je vais rentrer chez moi et dormir, j'en ai bien besoin.*

J'eus l'impression qu'une caresse effleurait mes sens, puis il s'en alla.

Je posai la tête contre l'appuie-tête et me tournai vers Nick, qui attendait patiemment que je termine ma conversation. Il fronçait les sourcils et me regardait d'un air à la fois interrogateur et inquiet, ce qui n'était pas le cas quelques instants plus tôt.

— Oh, non, lui dis-je. Ne commence pas, pas ce soir. Je t'en prie, ne dis rien. (Je levai la tête vers le plafond et fermai les yeux.) S'il te plaît, Nick. Je ne crois pas que je pourrais en supporter davantage ce soir.

— Euh, fit-il. C'est juste que…

Je balayai ses balbutiements d'un geste.

— Je suis sérieuse, Nick, insistai-je en gardant les yeux fermés. Franchement, toute cette histoire me fout les jetons. Toute la journée, j'ai refusé d'y penser pour pouvoir me focaliser sur mon boulot et faire semblant que tout était normal. Il ne faut pas que tu paniques avec moi. Tu es mon roc, mon meilleur ami. C'est de ça que j'ai besoin pour l'instant. Je n'ai pas besoin d'un interrogatoire. Je ne sais pas ce qui se passe et je n'ai pas de réponses à te donner, de toute façon. Alors, laissons tomber le jeu des questions-réponses jusqu'à ce que j'en sache un peu plus.

Nick me prit la main. Pour la première fois, je me rendis compte que je sentais son odeur de manière tout à fait nette depuis un moment. Il embaumait un mélange de cèdre et de pluie fraîche qui lui correspondait parfaitement. Cerise sur le gâteau, cette odeur me calmait et me rendait heureuse. Je suppose que ça avait toujours été le cas, mais que je n'en avais jamais rien su jusqu'à présent.

— Jess, je serai toujours là pour toi, quoi qu'il arrive. J'ai voué ma vie à la tienne, et à la Meute, il y a longtemps. Mais, par-dessus tout, je t'aime. Tu es ma sœur et ma meilleure amie. J'affronterais n'importe qui dans un combat à mort si cette personne te menaçait. Enfin, à l'exception de Drake, vu que tu lui as réglé son compte toute seule. Mais, sincèrement, je ne reculerais devant rien pour toi.

— Je sais, Nick. Moi aussi, je t'aime. (Je lui souris.) Promis, on en parlera bientôt, mais j'ai besoin de temps pour digérer tout ça. Ça fait trop d'un seul coup, c'est un bouleversement majeur dans ma vie. J'ai besoin de le comprendre avant de pouvoir le disséquer et tout mettre sur la table. C'est tout ce que je demande.

— D'accord. (Il me lâcha la main.) Mais, franchement, on peut parler de tes yeux juste une petite minute ?

Je ris. J'adorais Nick.

— Nan. (J'étirai les bras devant moi en essayant de me réveiller.) Ni de mes yeux, ni de ma force, ni de l'odeur de colère bizarre que je dégage, rien du tout. Pour l'instant, c'est tabou.

Nick me dévisagea. Je compris qu'il jaugeait mon humeur en se demandant s'il pouvait insister juste encore un peu. Au lieu de quoi, il se pencha et déposa un bisou sur le haut de ma tête.

— Tu veux que je te raccompagne jusqu'à ta porte ?

— Nan. J'ai vu Danny aujourd'hui, il s'en est occupé. Rentre chez toi, on se verra demain.

— OK. Je crois que je vais aller courir. (Nick sortit

avec souplesse de la voiture.) J'ai bien besoin de me dégourdir les jambes pour évacuer le stress. Essaie d'arriver avant midi, d'accord ?

— Je vais mettre mon réveil, répondis-je en riant. Plus de grasses matinées.

Il referma la portière. Je le regardai s'éloigner avec la grâce et l'agilité caractéristiques d'un changeur.

Je me tassai sur mon siège en repensant à tout ce qui s'était passé ce soir-là. J'avais encore l'esprit en ébullition et je désirais par-dessus tout un peu de paix. Il était impossible de bloquer son Alpha. Ça prouvait clairement que quelque chose n'allait pas. J'étais officiellement un problème que mon père ne pouvait maîtriser. Si elle avait vent de cette info, la Meute ne m'accepterait jamais en son sein. L'Alpha était au sommet pour contrôler tous les autres loups. Si je ne trouvais pas ma place dans la hiérarchie, ils m'abattraient. Les loups avaient besoin de structure et détestaient le changement. Ils avaient peur de l'inconnu et haïssaient tout ce qu'ils ne pouvaient pas expliquer.

J'étais l'incarnation de toutes ces choses.

J'étais complètement foutue.

# 9

J'étais presque devant la porte de mon appartement quand une voix suave et peu familière résonna dans mon esprit. Je m'arrêtai net et jetai un coup d'œil à la ronde.

Il n'y avait personne d'autre dans le couloir.

La voix effleura de nouveau mon cerveau comme une caresse à la fois douce et torride. Elle était moins concrète, comme si elle se manifestait de l'intérieur de ma tête plutôt que de l'extérieur. Elle ne ressemblait pas du tout à la voix de mon frère ni à celle de mon père. Fort heureusement, parce que ce qu'elle venait de dire était sacrément coquin.

Je l'entendis de nouveau, murmurant le long de mes sens, et je reconnus enfin son timbre. La voix dans ma tête appartenait à Colin Rourke, mon nouveau client potentiel. Je l'écoutai pendant quelques instants et rougis comme une pivoine.

*Qu'est-ce qui se passe ? C'est forcément une blague.*

La voix rauque de Rourke me submergea de nouveau et provoqua des picotements depuis le bout de mes doigts jusqu'à mes orteils en passant par tous les endroits importants. Je ne pus m'empêcher de frissonner.

*Euh... le chocolat liquide va où ?*

Sexe *et* nourriture. C'en était trop. Je secouai la tête en essayant de faire sortir cette voix de mon esprit. Marcy devait forcément me faire une blague pour se venger de la peur que je lui avais causée. C'était la seule explication possible. De quoi pourrait-il s'agir sinon ? Quelle peste ! Je jetai un nouveau coup d'œil dans le couloir juste pour vérifier qu'elle n'était pas en train de rigoler, planquée derrière la porte d'un voisin.

La voix continuait de parler – de choses très imagées.

*Non, non, le caramel ne peut pas aller là. C'est trop poisseux pour ça.*

Sans que je puisse m'en empêcher, la pointe de mes seins durcit sous mon haut. J'étais complètement, absolument excitée. *Sale traître,* dis-je à mon corps. Aucune voix masculine n'aurait dû envahir mon esprit sans ma permission, mais ça ne m'empêchait pas d'imaginer quelle pouvait bien être son odeur : riche comme les branches du pin ou salée comme l'océan, avec peut-être un soupçon de pluie fraîche. *Miam.*

Je mouillai ma culotte.

*Pour l'amour du ciel !*

C'en était trop. La plaisanterie était allée trop loin. *Marcy, si tu es dans ma tête, dégage ! Ce n'est pas drôle. Moi aussi, je vais te faire des farces jusqu'à ce que tu en meures. Tu m'entends ? Jusqu'à la mort, j'ai dit !*

Je devais avoir temporairement perdu l'esprit pour être excitée à ce point par une voix imaginaire. Je redressai les épaules et marchai d'un pas vif jusqu'à la porte en sortant mes clés. Je ne savais même pas à quoi ce type ressemblait. Avec ou sans sa voix sexy, ce n'était pas une réaction appropriée. C'était même carrément mal à bien des égards. Marcy allait devoir faire attention à son petit cul maigrichon.

Je m'arrêtai devant ma porte. Un grondement sourd s'échappa de ma poitrine sans aucune provocation de ma part.

*Attends, je viens juste de gronder, là ?*

Je recommençai.

Alors, brusquement, tout devint clair.

Ce n'était pas Marcy qui me jouait un vilain tour.

*Mais enfin, pourquoi tu fais ça ?* demandai-je à ma louve, même si je connaissais déjà la réponse. Elle me faisait payer le fait d'avoir pris l'Ascendant.

Elle me montra les dents.

*Si tu commences à me jouer des tours comme ça, comment vais-je bien pouvoir te faire confiance ? Aux dernières nouvelles, on est toutes les deux dans le même bateau, bon sang ! On partage le même esprit et le même corps, pour le pire et le meilleur. Si je suis excitée et frustrée, alors tu l'es aussi, pigé ?* grommelai-je. *Va falloir qu'on s'habitue au fait de former une équipe, toutes les deux. Sinon, ça va nous démolir. Et devine quoi ? Je te tiendrai personnellement responsable si on échoue. Tu m'entends ? Ce sera ta faute à toi !*

Vexée, elle laissa échapper un petit bruit comme pour dire que j'étais une idiote. Puis elle m'envoya une image d'elle allongée sur le dos en train de se tortiller comme si elle essayait de calmer une démangeaison. Elle se leva, tourna un peu en rond et puis se rallongea en posant le museau sur ses pattes.

Ensuite, elle ferma les yeux et m'envoya promener.

Juste comme ça.

*Très adulte de ta part*, lui dis-je.

Pas de réponse.

Je secouai la tête et ouvris la porte de mon appart. En entrant, je humai alors une odeur inconnue.

*Loup-garou.*

Puis il se jeta sur moi.

Il m'attaqua par la gauche, où il était caché dans l'ombre de la porte. Il me percuta avec la force d'un bélier en faisant claquer ma porte au passage. Le haut de mon corps partit brusquement vers l'arrière, et on s'écrasa tous les deux par terre. On glissa sur le sol ; j'étais en dessous avec un loup-garou de quatre-vingt-dix kilos accroché à ma poitrine.

En l'absence du moindre meuble, on alla heurter le mur opposé en défonçant le bas du Placo. Je me retrouvai coincée. Lui était sous sa forme animale, et j'avais bien du mal à tenir sa mâchoire béante à distance de mon visage. J'agrippai des deux mains la fourrure autour de son cou et m'y accrochai de toutes mes forces tandis qu'on roulait par terre dans toute la pièce.

— Dégage, haletai-je au milieu d'une nouvelle roulade.

Ma louve avait les oreilles couchées en arrière, et son grondement féroce résonnait dans ma psyché (celle-là même avec laquelle elle jouait l'instant d'avant), tandis que des vagues d'adrénaline et de force me martelaient le corps.

Le loup-garou me soufflait au visage son haleine

puante. Ses yeux jaunes brillaient d'une lueur féroce et palpitante.

J'absorbai le plus vite possible tout ce que ma louve m'envoyait. Sans cela, je serais déjà morte. Cet afflux continu de puissance me donna un petit avantage. Mes bras durcirent en devenant plus forts chaque seconde. Je réussis à faire reculer la gueule de mon agresseur de quelques précieux centimètres, ce qui me permit d'entortiller mes poings au sein de sa fourrure comme si j'enveloppais mes mains dans un torchon. Quand je fus le plus loin possible, je détendis légèrement les bras.

Juste assez.

Il s'abattit violemment sur moi en faisant claquer la mâchoire devant mon visage. Un centimètre de plus et ses crocs me déchiraient la peau. Alors, je tendis de nouveau les bras et jouai brusquement des coudes en lui tordant la tête. J'entendis un craquement, léger mais gratifiant. Il laissa échapper un jappement furieux puis s'immobilisa, sa tête tombant lourdement au bout de mes bras.

— Voilà ce qui arrive quand on me fait chier, haletai-je, les mains toujours nouées dans sa fourrure.

L'adrénaline courait toujours dans mes veines à un rythme régulier. C'était délicieux. La force qui m'habitait était vertigineuse.

Un soubresaut parcourut le loup, qui releva la tête. *Merde.* Celui-ci devait guérir plus vite que les autres. Je n'avais pas vraiment cru que je l'avais tué, ça aurait été trop facile, mais on peut toujours rêver. J'avais les mains toujours solidement plantées dans sa fourrure, aussi réussis-je à le tenir à distance tandis que ses crocs claquaient de nouveau à quelques centimètres de mon visage. Il poussa un grondement sourd et menaçant en laissant dégouliner d'épaisses gouttes de bave sur ma poitrine.

*Oh, purée.* Pour la première fois, la peur me transperça. Je risquais de perdre. Ce loup était trop fort pour moi. Mais dès que cette pensée me traversa l'esprit, une immense vague de puissance surgit à l'intérieur de moi et déferla avec une telle férocité que je faillis lâcher prise.

Aussitôt, mes doigts se mirent à vibrer et mes ongles se transformèrent en pointes acérées. Mes canines suivirent le mouvement et s'allongèrent pour devenir de dangereuses lances dans ma bouche. Mes muscles se mirent à danser sous ma peau ; ils se contractaient et se modifiaient. Une épaisse fourrure jaillit sur mes avant-bras.

Pas de douleur, cette fois. Au contraire, c'était grisant.

Mon agresseur leva le museau et renifla l'air en grondant lorsqu'il sentit cet afflux de pouvoir. Ses yeux brillaient d'une fureur glaciale.

Cette fois, ma louve n'accepterait pas d'être privée de combat. En gémissant et en aboyant, elle se jeta contre la barrière déjà fissurée. *Fais comme chez toi. Je ne crois pas pouvoir gagner celui-là sans toi, de toute façon.* Je me concentrai de toutes mes forces pour faire tomber le mur entre nous. Ce ne fut pas facile, mais la petite fissure que j'avais créée lors du combat précédent finit par se rompre sous la pression, et nos esprits fusionnèrent brusquement.

Alors, l'enfer se déchaîna.

Je me redressai pour enfoncer mes nouveaux crocs dans le cou du loup que je déchirais joyeusement. Il poussa un hurlement étranglé et tenta de reculer tant bien que mal. J'avais loupé sa jugulaire de quelques centimètres à peine. Mes nouvelles griffes étaient fermement enfoncées dans son cou, et des flots de sang dégoulinaient le long de mes bras et nous maculaient tous les deux.

Il hurla de nouveau en essayant de se libérer.

D'un seul geste puissant, je le lançai loin de moi et me relevai d'un bond, l'énergie circulant à travers moi sous forme d'un super courant continu qui atteignait la moindre de mes terminaisons nerveuses. Ma louve contrôlait le combat, c'était elle qui menait, mais j'étais présente. C'était différent de la première fois. Nous étions unies, mais c'était elle qui tenait la barre.

Mon agresseur se mit à faire les cent pas devant moi. Du sang coulait de sa blessure au cou et tombait sur mon parquet récemment nettoyé, où il formait de sombres ruisseaux épais.

Il passa à l'attaque sans prévenir.

Mais j'étais prête.

Mon corps s'élança à son tour, et on se heurta au beau milieu des airs. Le seul moyen de tuer un loup, c'est de lui sectionner la colonne vertébrale. Plus d'impulsions du cerveau, c'est terminé. Je n'avais fait que lui fêler la nuque un peu plus tôt. Or, à ce stade, je n'avais plus d'autre choix que de le tuer. S'il prenait le dessus, ne serait-ce qu'un instant, j'étais morte.

On roula de nouveau, et je refermai les bras sur son corps en serrant bien fort. Tout en luttant, mon corps continua sa métamorphose. On roula deux fois sur nous-mêmes avant de nous écraser sur le contreplaqué qui remplaçait la vitre de ma porte coulissante. Le bois trembla quelques instants avant de nous tomber dessus, faisant sursauter mon agresseur.

C'était l'avantage dont j'avais besoin. Tandis que le loup-garou relevait la tête et les épaules pour déloger le morceau de contreplaqué, je ramenais mes pieds contre son ventre, à l'endroit où la chair est bien tendre. Puis je propulsai les jambes en avant et l'envoyai valser, ainsi que la planche en bois.

Du sang dégoulina le long de mes jambes. En les ramenant contre moi, je vis que mes griffes avaient traversé mes chaussures de sport et qu'elles avaient éviscéré mon adversaire.

Des griffes à cet endroit étaient décidément un nouvel atout très chouette.

Le contreplaqué s'écrasa contre mon bar à peine une seconde avant mon agresseur. Ce dernier brisa la planche en deux dans un claquement décisif.

Il se releva l'instant d'après, et moi aussi.

Ses yeux jaune sale se focalisèrent sur moi tandis qu'il secouait la tête. La secousse et la blessure au ventre n'allaient pas l'arrêter, mais il se méfiait davantage, à présent.

— Tu t'attendais pas à ça, hein ? Espèce de sale enfoiré.

Ma voix, sourde et rocailleuse, me surprit. Ça ne ressemblait pas du tout à mon timbre ordinaire. Je contemplai mon corps avec étonnement.

J'étais partiellement transformée.

Ça ne m'était pas encore venu à l'esprit, mais si je devais m'arrêter pour terminer le changement, je mourrais avant de me réveiller, et le vieux Yeux Jaunes là-bas rigolerait un bon coup en sortant par ma porte d'entrée.

Je tendis les deux bras devant moi. Le loup-garou gronda, mais ne bougea pas.

Mes griffes, entièrement formées, étaient acérées et visiblement dangereuses. Une fourrure gris cendré couvrait le dos de mes mains jusqu'en haut de mes bras. Des muscles saillaient à des endroits où j'ignorais leur existence. Je portai un doigt à mon visage et touchai mon nez avec précaution. Ma bouche s'était allongée pour laisser de la place à mes nouvelles canines imposantes, mais ce n'était pas encore un vrai museau de loup. Mes cheveux, détachés, tombaient librement sur mes épaules. Ils s'étaient dénoués et j'étais gênée par leur longueur. Heureusement que mon agresseur n'avait pas de mains !

Je levai une jambe. Des muscles noueux étiraient le tissu en élasthanne jusqu'aux limites de sa résistance. Les coutures étaient ponctuées de trous à l'endroit où le tissu avait commencé à céder, et de la fourrure grise jaillissait à travers.

Même si j'étais occupée à faire cet inventaire, ma louve était terriblement concentrée sur notre intrus. Le loup-garou s'avança vers nous lentement, en reniflant l'air et en grondant férocement. Il guérissait à une vitesse alarmante. Pourtant, il avait de terribles blessures, mais l'examen auquel je me livrais lui donna le temps de récupérer. Je ne pouvais pas prendre le risque de me laisser tomber à quatre pattes pour finir de changer, et j'ignorais si mon corps allait me forcer à subir le processus. Mais je n'avais pas d'autre choix que de continuer à me battre en espérant que je pourrais le vaincre avant qu'il me tue.

— T'imaginais pas que je te botterais le cul, pas vrai ? grondai-je. Tu aurais dû y penser avant. Maintenant, c'est l'heure de prendre ta raclée.

Sans attendre, je me jetai sur lui. Vive comme

l'éclair, je refermai les bras sur son cou avant même qu'il ait le temps d'être surpris. J'étais là pour lui porter le coup de grâce. Il se débattit violemment lorsque je le pris à bras-le-corps. Je plaçai mon coude sous son museau en ramenant de force sa grosse tête contre mon épaule, sans lui laisser la possibilité de bouger.

Je reculai brusquement et l'entraînai avec moi en pivotant sur le sol, mes nouvelles griffes s'enfonçant dans le plancher pour plus de stabilité. Je tournai sur moi-même pour prendre de l'élan. Ma force me stupéfiait. Jamais je n'aurais dû être aussi puissante. Je manipulai ce loup à mains nues comme s'il ne pesait rien.

D'un geste propre, je lui brisai la nuque et le lançai tout droit dans le mur de briques qui donnait sur l'extérieur. Il s'y écrasa tel un boulet de démolition. Les briques tinrent bon tandis qu'on entendait plusieurs bruits secs et qu'il s'écroulait par terre.

— Bon débarras, grognai-je.

Enfin, ça ressemblait plus à un gargouillis. Je portai la main à ma gorge, de nouveau surprise par le son de ma voix.

Ma tête tourna en direction du bruit une seconde avant que ma porte implose.

James, le bras droit de mon père, déboula dans mon appart, les yeux brillants d'une lueur ambrée.

— Bon sang, mais qu'est-ce qui se passe ici ? demanda-t-il avec son accent à couper au couteau.

Sa voix résonna entre mes murs tel un coup de feu et me fit trembler. C'était un loup très fort, même sous sa forme humaine.

Je le dévisageai bêtement.

Puis je me retournai et pointai un doigt griffu en direction de la masse inerte sur le plancher.

James rejoignit le loup en trois enjambées et mit la main dans sa fourrure à la recherche d'un signe de vie.

— Il a la nuque brisée. Pas de pouls.

Je fis volte-face vers la porte au moment où mon frère débarquait à son tour, Nick et Danny sur les talons.

Les yeux ronds et la bouche grande ouverte, Tyler s'arrêta brutalement en me voyant.

— Putain, qu'est-ce que…

Nick s'arrêta juste avant de le percuter, mais retrouva très vite son équilibre. Son regard se fixa sur moi.

Danny s'arrêta derrière l'épaule gauche de Tyler et se couvrit la bouche d'une main, un geste qu'il faisait habituellement lorsqu'il essayait de ne pas lâcher une expression particulièrement vulgaire.

Tout le monde resta immobile pendant quelques secondes.

Puis Danny laissa retomber sa main et prononça un seul mot dans un murmure stupéfait :

— *Lycan.*

Je ne comprenais pas du tout ce qui se passait. L'adrénaline courait toujours dans mes veines telle une rivière déchaînée, ce qui n'empêcha pas mon corps de revenir tout doucement à la normale. Mes crocs et mes griffes se rétractèrent et mes muscles s'adoucirent. Quand je retrouvai ma langue, ma voix n'était plus celle d'une étrangère.

— C'est quoi votre problème, les mecs ? leur demandai-je. Fermez cette foutue porte avant que tout l'étage découvre ce qui se passe ! Il faut qu'on nettoie tout ça. Oui, je n'ai pas fini ma transformation, et alors ? Vous me dévisagerez avec des yeux de merlan frit plus tard ! Bougeons-nous avant que les flics arrivent.

Personne ne fit un geste.

Je m'adressai à Nick, qui semblait toujours perplexe.

— Sors dans le couloir ! Il y a eu assez de cris et de bruit dans ce putain d'appart pour réveiller les morts. Tu vas devoir utiliser ton don rapidement avant qu'un troupeau de voisins se rassemble sur le pas de ma porte.

Il continua à me dévisager fixement, bêtement.

— Maintenant, Nick ! criai-je. Allez !

Il se secoua et sortit précipitamment dans le couloir, où j'entendais déjà des voix. Peut-être que les voisins ne savaient pas vraiment de quel appartement provenait le tapage. Ce serait un miracle.

J'avais l'impression que le combat avait duré des heures, mais il ne s'était sans doute pas écoulé plus de cinq minutes grand maximum. Si la police ne débarquait dans le même laps de temps, là aussi, ça tiendrait vraiment du miracle.

Je m'adressai ensuite à Danny.

— Au cas où tu ne l'aurais pas déjà deviné, il y a une faille dans ton protocole de sécurité. Ce type n'aurait jamais dû entrer chez moi, à moins d'être ensorcelé. Maintenant, fous-moi le camp et va aider Nick pendant qu'on couvre nos traces. Si les flics se pointent, on est foutus. On va avoir besoin de temps pour le sortir d'ici, ajoutai-je en désignant le loup mort.

Le visage de Danny s'illumina d'un grand sourire.

— Pas de problème. Je vais trouver le responsable de cette faille et lui faire payer le prix fort, crois-moi, me dit-il avant de sortir à son tour.

James se tenait toujours accroupi à côté du loup, qui était en train de reprendre forme humaine. En effet, quand les loups meurent, ils retrouvent leur humanité. C'est une façon de protéger l'espèce.

À part James et moi, il ne restait plus que Tyler dans la pièce. Il ne cessait de me regarder fixement.

— Arrête ça, lui dis-je, tu me fais flipper.

Il fit un pas vers moi.

— Ça ne peut pas être vrai, expliqua-t-il d'une voix teintée de peur. Jess, c'est juste impossible.

— Tyler. (*Tu m'énerves,* lui dis-je à l'intérieur de sa tête avant de poursuivre à voix haute :) Franchement, je ne sais vraiment pas de quoi tu parles. Au cas où tu n'aurais pas remarqué, on est au beau milieu d'une situation de crise, là.

Furieuse, je fis un geste en direction du cadavre, puis un autre en direction du couloir. Les voix à l'extérieur semblaient deux fois plus nombreuses à présent.

Mais Tyler s'était de nouveau immobilisé.

— Bon, très bien, fis-je en croisant les bras. (Heureusement que mon haut était encore d'un seul tenant, bien qu'il soit déchiré par endroits.) Tu veux me traiter de monstre parce que je n'ai pas terminé ma transformation ? Si tu veux. Mais, franchement, heureusement que je n'ai pas été obligée de changer entièrement, sinon je serais morte à l'heure qu'il est. Et toutes tes horribles visions seraient devenues réalité, et la vue de mon corps brisé et ensanglanté aurait à jamais hanté tes rêves. Tu crois vraiment que la boule de fourrure là-bas aurait patiemment attendu que je termine ma transformation ? Je n'en avais pas le temps !

— Jess, ce n'est pas…

— Tyler ! m'énervai-je, car j'en avais assez de cette conversation. On en parlera plus tard. Si on ne sort pas ce corps de mon appart avant l'arrivée de Ray, il va rameuter tout le commissariat. S'il trouve un cadavre chez moi, je vais direct en taule. Point barre. On ne peut pas éliminer tout le commissariat !

Tyler se secoua à son tour, au sens propre comme au figuré, et s'approcha du cadavre.

— Tu le connais ? demanda-t-il à James en s'accroupissant à côté de lui.

— Non. (James inspira à pleins poumons, la bouche grande ouverte et les narines dilatées.) Je ne reconnais pas du tout son odeur, ce qui veut dire que je ne l'ai jamais rencontré.

Mon portable se mit à sonner.

Il se trouvait par terre dans un coin, là où mon sac avait atterri lorsque le loup m'avait attaquée. Par miracle, l'appareil était intact. J'allai le ramasser et décrochai sans même regarder le numéro.

Je savais déjà de qui il s'agissait.

— *Jessica !* rugit mon père à l'autre bout de la ligne. (J'écartai l'appareil de mon tympan.) Qu'est-ce qui se passe, *bordel* ? Pour la deuxième fois de la soirée, ta louve a appelé mon loup, et tu m'as encore bloqué ! *Bon Dieu !* Je ne peux pas t'aider si tu continues à faire ça !

Sa colère, palpable, projeta une onde physique et brûlante au sein de la pièce et assaillit mes émotions à bien des niveaux.

Le visage de James était impénétrable. Tyler détourna les yeux. Tous deux s'intéressèrent de nouveau à la façon de se débarrasser du loup mystérieux et entreprirent d'ignorer ma conversation.

J'allai me réfugier dans ma chambre.

— Je suis désolée, papa. Sincèrement, je ne comprends pas du tout ce qui se passe. Je n'avais pas l'intention de te bloquer à nouveau. Je ne le fais pas exprès. Je ne reçois aucun signal de ta part. Sinon, j'y répondrais tout de suite.

— Jessica, contente-toi de me dire ce qui se passe chez toi, me dit-il en essayant visiblement de se calmer. J'essaie de te protéger, mais il semblerait que je foire complètement. Ça ne peut pas continuer. Je te sens, je sais que quelque chose ne va pas et je suis incapable de deviner de quoi il s'agit. Ça me rend dingue.

— Papa, quelqu'un connaît mon secret. Ça ne sert plus à rien de se cacher. Un loup renégat m'attendait quand je suis rentrée à la maison. Je n'ai pas fait attention, je pensais à… autre chose et j'ai été imprudente. (Hors de question de lui expliquer ce qui s'était vraiment passé.) J'ignore comment il est entré. Il a dû passer par le balcon, parce que je n'ai pas senti son odeur dans le hall. C'était une erreur de croire que je pouvais reprendre une vie normale ne serait-ce que pour une journée.

— Nous avons commis une grave erreur en te renvoyant chez toi, approuva mon père. Enfin, surtout moi. J'aurais dû écouter mon instinct. Je savais que ça serait dangereux quoi qu'on fasse, mais j'aurais dû te garder près de moi, là où j'aurais pu te protéger moi-même. Je rêvais en espérant que les loups gardent leur calme. C'était une erreur.

— Tu ne pouvais pas en être sûr, le consolai-je. Personne n'aurait pu savoir. Il fallait tenter le coup. Je ne regrette rien. J'aimais bien ma vie et je regrette de devoir y renoncer.

— Raconte-moi ce qui s'est passé, me demanda-t-il après un instant de silence. Sans omettre de détails.

Je lui fis le récit complet de ma soirée, en commençant par le diablotin et en terminant par mon arrivée dans l'appartement – moins le petit intermède sexy.

Mais quand arriva le moment de lui parler de mon changement de forme partiel, je me mis à bafouiller.

— Ensuite, j'ai cédé le contrôle à ma louve… et j'ai commencé à changer… *mais...* je me suis en quelque sorte arrêtée en plein milieu… Euh… je ne suis pas très sûre de ce qui est arrivé, en fait…

Son silence fut si assourdissant que je pris peur. J'attendis quelques instants.

— Papa ?

— As-tu gardé cette forme intermédiaire pendant longtemps ? As-tu réussi à te battre comme ça ?

— Oui.

— Je serai là demain à la première heure. Je vais réunir le conseil de la Meute ce soir. Le conseil au grand complet devrait arriver en ville vers huit heures s'il part tout de suite. Si ton secret a officiellement été éventé, nous allons en faire part à la Meute tout entière. La nouvelle va se savoir et nous la traiterons en conséquence.

— Papa ! m'écriai-je. Tu ne peux pas me laisser comme ça. Qu'est-ce qui se passe ? Tu dois me le dire. Danny a prononcé un mot… Il a dit « Lycan » en me voyant. Qu'est-ce que ça veut dire ? Je sais ce qu'est un Lycan, mais pourquoi m'a-t-il appelée comme ça ?

Les Lycans étaient nos ancêtres, les premiers loups-garous. Nous avions beaucoup évolué en plusieurs milliers d'années, mais nous descendions d'eux. Cependant, je ne savais pas exactement en quoi nous étions différents, ni pourquoi.

— Jessica, nous en parlerons demain matin, me répondit-il sur un ton ferme.

— Je veux en parler maintenant.

De nos années dc face-à-face, nous avions tiré un précieux enseignement tous les deux. Si mon père n'avait pas l'intention de m'en parler au téléphone, il raccrocherait et ça s'arrêterait là. Soit j'acceptais sa décision, soit je lui en tiendrais rigueur, rendant sa vie plus difficile que nécessaire.

J'attendis.

Il soupira.

— Jessica, je ne suis sûr de rien parce que je ne l'ai pas vu de mes yeux, mais je crois que ça veut dire que tu es capable de faire ce qu'aucun autre loup-garou n'a réussi à faire depuis des milliers d'années. Seuls des mythes et des légendes circulent à propos des véritables capacités de nos ancêtres.

— C'est-à-dire ?

Nouveau soupir.

— De mon vivant, personne n'a jamais vu de vrai Lycan. Le terme « Lycan » signifie que tu es capable de conserver une forme intermédiaire parfaite entre la bête et l'humain. Tu peux changer à volonté tout en gardant ta forme humaine. Aucun autre loup n'est capable d'une telle chose. Moi y compris, ajouta-t-il après une courte pause.

*Sainte merde.*

— C'est l'arme ultime, que nos légendes vénèrent parce qu'elle est sans égal. Autrefois, les Lycans régnaient sur les surnaturels. Personne n'était plus fort qu'eux. Au fil des siècles, nous avons évolué pour nous adapter à l'homme et nous avons perdu certaines de ces super facultés. (Mon père semblait fatigué lorsqu'il ajouta :) Un vieux proverbe dans nos rangs dit que celui qui détient le pouvoir des Lycans régnera sur le monde entier.

J'étais tellement stupéfaite que j'en restai sans voix.

— Je serai là demain matin. Je vais d'abord passer au Refuge pour faire le point avec Tyler. Tu dois rester chez toi et ne sortir de ton appartement sous aucun prétexte. C'est compris ?

— Oui.

— Jessica, c'est un ordre direct.

— J'ai compris.

— Passe-moi James.

J'obéis.

# 10

Je passai un gant de toilette humide sur mon visage et rinçai les dernières traces de sang dans le lavabo. J'évitai de me regarder dans le miroir. J'avais du mal à imaginer à quoi je ressemblais en étant à moitié louve et à moitié humaine.

Penchée sur le lavabo, je m'armai de courage. C'était maintenant ou jamais. Le merdier dans mon salon n'allait pas m'attendre indéfiniment.

Je relevai la tête pour contempler mon reflet.

C'était bien moi dans le miroir, mais en plus fatiguée encore.

Mes cheveux tombaient en désordre sur mes épaules, mais ils avaient retrouvé leur longueur normale. J'avais des bleus partout, mais ils guérissaient vite. Je me penchai plus près et vis un éclat violet briller telle une braise sous la cendre au fin fond de mes iris. Ce serait idiot désormais de les qualifier de jaunes. Ils n'avaient rien de jaune.

J'avais les yeux violets.

Exactement comme mon père.

J'avais oublié de lui livrer cette info, mais la couleur de mes prunelles était bien le dernier de mes soucis. Je me fis une grimace dans le miroir. La vision du Lycan avait dû être horrible. Un loup sous sa forme animale était la plus belle créature du monde. Mais un être à moitié loup ?

C'était sûrement la pire.

Le loup le plus fascinant du monde, c'était mon père. La vision de sa forme véritable faisait partie de moi depuis l'enfance. Splendide avec sa fourrure noire comme du charbon, il dominait tous les autres. Fort et dangereux, il était d'une beauté à couper le souffle. Il était vraiment magnifique.

Je m'écartai du miroir et jetai mes chaussures de sport trouées dans le sac-poubelle que j'avais pris sous l'évier de la cuisine. Mes vêtements ne tarderaient pas à suivre le même chemin.

Je fermai le sac, ouvris la porte de la salle de bains et retournai faire face à ce nouveau chaos.

— La voie est libre, annonça Nick en se retournant pour appuyer ma porte cassée sur le chambranle derrière lui.

Elle n'était pas verrouillée, mais, sachant que j'étais en danger, James n'avait pas pris la peine de vérifier, il avait préféré la défoncer.

— On a rassemblé tes voisins et on les a vite fait rentrer chez eux.

James et Tyler avaient enroulé le cadavre dans l'un de mes draps de rechange et discutaient du meilleur moyen pour le faire sortir de mon appart.

— Oui, renchérit Danny en pouffant, on leur a dit qu'on faisait une méga-fête et qu'on s'était un peu laissé emporter. Ils ont tout gobé.

— Oui, enfin, après que je leur ai dit de le gober, renifla Nick.

— Le seul problème, c'étaient les flics devant l'immeuble, mais Nicky s'en est également occupé, ajouta Danny en donnant une tape dans le dos de l'intéressé. Sacré don, ce truc de persuasion !

— Les flics sont venus ! m'exclamai-je, alarmée.

— Détends-toi, Jess. (Nick me rejoignit et posa les mains sur mes épaules.) Ce n'était pas Ray, et ils venaient juste se renseigner à propos d'un tapage nocturne, pas d'un horrible meurtre de loup-garou. Je les ai convaincus qu'ils s'étaient trompés d'immeuble. Tout va bien, maintenant.

— Merci. (Ma louve faisait les cent pas dans mon esprit. Nous étions encore agitées, toutes les deux.) Il faut le faire sortir d'ici rapidement. (Je jetai un coup d'œil au corps enroulé dans le drap.) Ensuite, il faudra découvrir à quoi rime tout ce bordel. Je ne suis une louve-garou que depuis une journée. Ça semble trop rapide pour envoyer quelqu'un à mes trousses, presque comme si ce type attendait à côté de son téléphone qu'on lui en donne l'ordre.

— Il faut qu'on le ramène au Refuge pour pouvoir nous renseigner sur son identité et comprendre ce qui se passe, approuva James.

— D'accord, dit Tyler. On va le faire passer par le balcon. Danny et moi, on va descendre, vous n'aurez qu'à nous le lancer.

Je haussai les sourcils et intervins aussitôt :

— Euh… vous ne trouvez pas que ça manque légèrement de subtilité ? Quelqu'un va forcément nous voir jeter du haut de mon balcon un paquet qui a la forme d'un corps.

Ils me regardèrent d'un air ahuri. Pour raisonner

avec les loups, il fallait de la patience, mais là, je n'en avais plus du tout en réserve.

— Écoutez-moi bien, leur dis-je. Si quelqu'un le remarque, il en parlera aux flics. Or je ne peux pas me permettre d'attirer encore plus l'attention. (Ma voix augmenta de plusieurs décibels tandis que je levai la main et commençai à compter sur mes doigts.) Au cas où vous n'auriez pas remarqué parce que vous avez la tête dans le cul, je viens juste de tuer un loup-garou dont nous ignorons tout. Je vais sûrement devoir témoigner devant un jury pour avoir tué un diablotin pédophile. Mon appart a déjà été vandalisé, voyons voir… oh, oui, c'est vrai, il y a tout juste quatre putains de jours ! Une substance inconnue qui pourrait assommer une écurie tout entière a été retrouvée chez moi… (Ma voix atteignit des sommets tandis que je baissais mon petit doigt.) Et je viens juste de réaliser une transformation monstrueuse et impossible qui va pousser tous les loups-garous superstitieux de ce putain d'univers à me tuer. Alors, je refuse, vous m'entendez, d'ajouter à cette foutue liste le fait de jeter un corps humain enveloppé dans l'un de mes propres draps du haut de mon balcon ! Est-ce que c'est clair ?

Brûlante et palpable, la tension se déversait de moi comme d'une fournaise et tourbillonnait dans la pièce.

Trois regards de loups se fixèrent sur moi. Chacun d'eux luisait d'un éclat ambré, et pas qu'un peu. Un seul regard calme et doré s'ajoutait à ce lot-là.

Les loups ne réagissent pas bien dans une situation chargée en émotions. Le fait que mes muscles se remirent à vibrer et que de la douce fourrure jaillit de nouveau sur le dos de mes mains n'allait certainement pas aider.

Dans mon esprit, ma louve adopta une attitude protectrice, les pattes écartées et le museau en l'air.

Danny brisa la tension en s'avançant vers moi. Il prit une posture soumise, les épaules baissées, les yeux prudemment dirigés vers le sol.

— Tout doux, Jess, murmura-t-il en s'agenouillant devant moi. Je te promets que nous n'avons pas du tout l'intention de te causer du tort. C'est même tout le contraire. Les loups peuvent être sacrément stupides, c'est un fait. Nous sommes têtus et agressifs, et nous ne supportons pas le changement. Mais je te jure que tu es en sécurité avec nous. Je te le jure sur ma vie, ajouta-t-il, la main sur le cœur.

Je restai parfaitement immobile. Je ne savais comment réagir. Ma louve observait Danny attentivement. La limite entre elle et moi restait floue depuis notre rencontre avec le renégat. Je ne savais pas vraiment ce qui était arrivé pendant le combat, mais, pour l'instant, elle était de mon côté. Il n'était pas question de domination entre nous, il n'y avait que l'unité et l'égalité pour nous protéger toutes les deux.

Danny soutint mon regard pendant quelques instants, puis détourna rapidement la tête. Il jeta un coup d'œil par-dessus son épaule en direction de James, Tyler et Nick qui se tenaient légèrement en retrait.

— Je crois pouvoir parler au nom de tous ceux qui se trouvent dans cette pièce et qui ont veillé sur toi depuis ton enfance. (Son visage s'illumina soudain d'un sourire diabolique.) D'ailleurs, je me permettrai d'ajouter que tu es devenue une jeune femme tout à fait ravissante. (Il me fit un clin d'œil.) Nous avons tous les quatre l'intention de te soutenir et nous sommes prêts à sacrifier notre vie pour te protéger, Jessica McClain. Nous l'avons toujours été.

Il n'y avait que Danny pour désamorcer une situation compliquée avec un compliment digne d'un mauvais plan drague et conclure par une déclaration sincère.

Je souris prudemment. Ses paroles permirent en tout cas d'apaiser légèrement ma louve et de faire en sorte que la fourrure cesse d'apparaître sur mes bras.

— On a toujours su que ça serait dangereux d'avoir une femelle parmi nous, poursuivit-il. Je le savais lorsque j'ai rejoint cette Meute, et nous avons tous choisi de rester en dépit des mythes et des rumeurs. On aurait pu partir, mais on ne l'a pas fait. On a choisi de vous soutenir, ton père et toi. Callum McClain est un super leader qui mérite notre respect, tout comme toi. (Danny inclina la tête.) J'ai juré allégeance à mon Alpha de mon plein gré. J'ai fait le serment de suivre cette Meute jusqu'à ma mort. Maintenant, je te jure également allégeance. J'ai l'intention de tenir ma part du marché en te protégeant à tout prix. Je te promets que tu n'as rien à craindre de moi, Jessica McClain.

Il me choqua en penchant la tête en arrière pour me montrer son cou.

Ma louve répondit immédiatement par un aboiement rauque. Elle acceptait la posture de Danny comme si c'était un dû et elle se mit à gronder de plaisir, en me poussant à accepter ce qu'il nous offrait.

Je battis des paupières. Mon côté humain était extrêmement mal à l'aise.

Je tremblais sur place. Je ne comprenais rien à tout ça.

C'était une erreur. Impossible qu'il en soit autrement. Au lieu d'avancer, je reculai d'un petit pas. Ma louve répondit en jappant avec colère.

Je me tournai alors vers mon frère, qui soutint mon regard pendant une seconde avant que sa voix résonne dans mon esprit. *Tout va bien, Jess,* me dit calmement Tyler. *C'est normal. Le loup de Danny a reconnu l'Ascendant que tu as sur lui, alors il agit en conséquence. Il peut soit te défier, soit se soumettre. Il choisit de ne pas te combattre, ce qui est extrêmement intelligent de sa part, puisque je l'aurais égorgé si jamais il avait tenté de t'affronter.*

*Tyler,* protestai-je d'une voix vibrante d'émotion, *je ne comprends pas ce qui m'arrive. Ça ne peut pas être vrai. Les mythes et les rumeurs ne sont pas censés être fondés. Je ne devrais pas être forte. Je suis une femelle, ce qui est une marque de faiblesse dans notre monde. J'ai toujours été inférieure à vous. Un loup comme Danny ne devrait pas se soumettre devant ma louve. C'est forcément une erreur.*

*Jess, tout ira bien. Quand papa arrivera, on tirera tout ça au clair, mais je crois que ça va prendre du temps. Moi aussi, je n'y comprends rien. Quand tu as changé, ta louve était déjà pleinement réalisée. Elle est apparue telle qu'elle devait être. Ton boulot, c'est de la modeler et de la contrôler du mieux possible. Nous sommes tous deux des Alpha-nés. Ce n'est pas quelque chose qui s'apprend. Tu as juste besoin de temps. Je te promets qu'après, tout va s'arranger.*

*Je ne suis pas sûre de l'avoir, ce temps.* Je lançai un coup d'œil en direction du cadavre enroulé comme une momie dans mes draps lavande. Puis je regardais Danny, qui se trouvait toujours à genoux devant moi, le cou en arrière, en attendant patiemment que je réagisse. *Qu'est-ce que je dois faire maintenant ?*

*Montre-lui les dents, brièvement, croise son regard et compte jusqu'à cinq, puis tourne-lui le dos comme si tu t'en foutais complètement.*

*C'est tout ?*

Tyler renifla. *C'est tout, p'tite sœur. Ensuite, on essaiera de retrouver une putain de vie normale le plus rapidement possible.*

Je fis ce qu'il m'avait dit. Je montrai les dents et je grondai, de la part de ma louve, puis je tournai le dos à Danny et m'éloignai. Je me rendis d'un pas décidé dans la cuisine. J'avais besoin d'une bouteille de whisky, mais je me contentai d'un verre d'eau.

Mon frère retourna dans ma chambre. Je l'entendis ouvrir les portes de mon placard ; une minute plus tard, il revint dans le salon avec le grand sac polochon en toile bleu marine que j'utilisais pour transporter mon linge sale. Je le suivis.

— On n'a qu'à le fourrer là-dedans, dit-il à James. Ensuite, on le lancera du haut du balcon. Ça n'aura pas la forme d'un corps et, si quelqu'un nous pose des questions, on n'aura qu'à dire qu'on va à la laverie.

Tous faisaient comme si tout était normal. Je désignai le cadavre.

— Il ne va pas tenir dedans. Il est deux fois plus grand.

Je parcourus des yeux la forme enveloppée dans mon drap pour m'assurer que je n'avais pas loupé un détail.

— Pas pour longtemps, répliqua Tyler avec un sourire malicieux.

*Super.* Je les plantai là et retournai dans ma chambre pour enlever mes vêtements sales et tachés de sang. Découper un cadavre et le lancer du haut d'un balcon, c'était *hard*. J'allais devoir m'habituer à certains aspects de la vie d'un loup.

Après m'être changée, je me sentis un peu mieux et je revins dans la grande pièce juste au moment où James et Nick revenaient du balcon les mains vides. Forfait accompli.

Il était temps de nettoyer. Ça, au moins, j'en étais capable.

Je pris une serpillière et un seau dans le placard de ma cuisine et me mis au travail. Même si j'essayais de me calmer, mes membres vibraient sous l'effet de l'adrénaline, si bien que je sursautais pour un rien. Les endorphines attaquaient mes terminaisons nerveuses par des pulsations rapides et espacées. Je ne pouvais rien y faire. J'étais trop énervée à cause de mes combats contre Drake et le renégat. J'avais besoin de me défouler, mais je n'avais nulle part où aller.

Une demi-heure plus tard, avec plus de muscles que nécessaire, la pièce semblait immaculée à l'œil nu. L'odeur du sang et des loups-garous saturait toujours l'air ambiant, mais tout aurait paru normal aux yeux (et à l'odorat) d'un humain.

Tyler était déjà parti avec le cadavre. Danny, lui, était allé renforcer la sécurité autour de mon immeuble. Nick aussi était parti en emportant le sac qui contenait mes chaussures et mes vêtements ensanglantés, sans doute pour brûler le tout. Il avait aussi remis ma porte sur ses gonds avec une trousse à outils que je gardais pour les urgences. La porte n'empêcherait personne d'entrer, mais j'avais un loup costaud avec moi cette nuit-là pour m'aider à maintenir l'ordre.

Mon père avait ordonné à James de rester avec moi, ce qui me convenait très bien. S'il se passait quoi que ce soit d'autre, je n'étais pas sûre de pouvoir y faire face physiquement, et c'était sympa d'avoir de la compagnie.

— Donne, laisse-moi m'occuper de ça, me dit James en prenant le seau et les serpillières que j'avais utilisées pour les sortir sur le balcon.

Je m'adossai au mur de briques et passai les mains dans mes cheveux. La soirée avait été longue. C'était même l'une des plus longues de ma vie.

James revint à l'intérieur les mains vides. Il portait pratiquement la même tenue que la veille, un t-shirt noir et un pantalon cargo d'un vert passé. Je ne l'avais jamais vraiment vu s'habiller autrement. Les deux vêtements moulaient étroitement son corps et montraient qu'il était un homme puissant. Il n'imaginait pas à quel point ça lui allait bien.

Ma louve dressa les oreilles, et je m'agitai légèrement.

James s'arrêta net et fixa son regard sur le mien.

Je retins mon souffle sans le vouloir et rendis à James son regard. Là, juste sous la surface, une touche de jaune dansait dans ses iris.

*Hum.*

Quand les loups se battaient, l'adrénaline faisait rage dans leurs veines, comme c'était le cas pour moi maintenant. À cause de l'accumulation du stress et de l'excitation, ils allaient souvent courir pendant des heures pour permettre à leur système nerveux de revenir à la normale.

Mais, parfois, ils se contentaient de s'envoyer en l'air.

Je baissai les yeux et me mis à jouer avec l'ourlet de mon débardeur.

— Et voilà, dis-je tout bas.

Il gronda en guise de réponse.

Ma peau se mit à picoter, et le désir jaillit en moi, chaud et féroce. Ma louve poussa un long hurlement déchirant qu'elle termina par une série de courts aboiements frénétiques tandis qu'un barrage en moi se rompait. J'avais mal partout en même temps. J'agrippai le mur de toutcs mes forces pour ne pas tomber alors que le désir m'enveloppait et me titillait, insatiable et pressant.

James ne bougeait pas. Il attendait.

Je n'osais plus le regarder. J'étais certaine que ses yeux flamboyaient.

Ma louve gémit. Elle voulait que ça se produise. Sans l'ombre d'un doute.

Mais le voulais-je, moi ?

Je savais que l'envie de faire l'amour faisait partie de mon statut de nouveau-né. En y ajoutant le chaos de cette nuit-là, pas la peine de me faire un dessin. J'avais besoin de décompresser. Je savais aussi que les loups s'envoyaient en l'air très souvent. Ils n'envisageaient pas le sexe de la même manière que les humains. Pour eux, c'était un besoin qu'il fallait assouvir. Un désir primaire. Pas besoin de liens émotionnels.

Mais j'avais grandi en tant qu'humaine et non en tant que louve.

*Une minute, Jézabel,* dis-je à ma louve. *Je ne suis pas sûre de pouvoir faire ça.* Rectification : *Je ne suis pas sûre qu'on puisse le faire. Je n'ai pas du tout envie de devenir une louve facile, même si ça me tente énormément là, tout de suite. On va devoir faire attention, vu qu'on est la seule femelle loup-garou dans le coin. Et James n'est pas notre partenaire.*

Ne me demandez pas comment je le savais, parce qu'il aurait été parfait pour ce rôle, sans aucun doute. Mais James n'était pas à nous. J'avais toujours entendu dire qu'il était rare de trouver son âme sœur et que c'était un cadeau de la vie. Ça ne voulait pas dire que James et moi ne pouvions pas coucher ensemble, juste qu'il n'y avait quasiment aucune chance pour que nous devenions un couple qui dure.

Ma louve poussa un grognement frustré et me fit parvenir l'image d'un loup Alpha choisissant ses femelles.

*Nous ne sommes pas l'Alpha !*

Nouvelle rebuffade.

J'eus droit à une autre vision d'un Alpha choisissant une femelle et… *D'accord, ça suffit ! J'ai compris. Tu le veux.*

Grondement féroce.

Il était un peu trop tard pour le lui refuser. Nous diffusions dans l'air une odeur de sexe pure alimentée en majeure partie par ma louve en chaleur. Cette odeur était si dense qu'elle en devenait presque visible. *Bon sang, tu veux bien te calmer un petit peu ?*

Je humai l'air et captai une nouvelle odeur, sauvage et terreuse, qui envahit mes sens comme une douce invitation. Toutes les cellules de mon corps explosèrent instantanément et toutes les parties déjà douloureuses se mirent à vibrer à un nouveau rythme délicieux. D'irrésistibles fourmillements me caressèrent la peau.

Je serrai les poings, si bien que mes ongles laissèrent leur empreinte dans mes paumes.

J'étais en train de me perdre face à toutes ces sensations irrépressibles.

Et j'aimais ça.

James fit un pas vers moi. Je relevai lentement la tête et le transperçai d'un regard brûlant. C'était un guerrier, et ses yeux rivés sur moi flamboyaient d'or. Une nouvelle vague de désir me submergea, car ses yeux venaient de déclencher une réaction tout au fond de moi. Lui aussi serrait les poings, le corps tendu, son loup au premier plan. Jamais je ne lui avais encore prêté une telle attention, mais on ne pouvait nier qu'il était bel homme. Sa peau olivâtre brillait, ses cheveux noirs étaient juste assez longs pour être délicieusement ébouriffés, et sa mâchoire était forte et masculine. Il semblait n'avoir pas plus de trente ans, puisque nous étions tous destinés à rester éternellement jeunes.

J'ouvris la bouche, et ce fut un grondement proche du ronronnement qui en sortit.

Ma façon à moi de dire oui.

Il fit un autre pas et me pressa violemment contre les briques. Il grogna, et ses lèvres s'emparèrent de mon cou. Sa langue parcourut ma clavicule. Son loup cherchait à me goûter. Son odeur suave me fit gémir, et je pressai mon nez et mes lèvres contre lui, le plus loin possible, avant de humer à pleins poumons. Son loup adressait son chant directement à ma louve.

Il s'écarta, ce qui me fit protester. Il fit descendre ses mains le long de mon débardeur et l'enleva d'un seul coup, en tirant férocement dessus. Il ôta ensuite son t-shirt, et mes mains trouvèrent immédiatement son torse, caressant du bout des doigts les sillons bien dessinés et sa peau si douce. Je m'humectai les lèvres à l'idée de ce qui allait suivre. Ma louve jappa. James gronda et baissa la tête devant moi, faisant sauter mon soutien-gorge avec ses dents. Je baissai les bras, et ma lingerie tomba par terre.

James avait toujours la tête penchée. Je me tortillai au-dessus de lui comme une sirène ivre et empoignai ses cheveux à pleines mains pour le rapprocher de moi. Ma louve hurla d'extase.

Ses lèvres cherchèrent mes seins. Il prit un mamelon dans sa bouche avec une férocité qui me fit frissonner. Je renversai la tête en arrière en gémissant. Il lécha et tira sur la pointe si sensible en faisant monter le désir en moi à une vitesse grisante. Je n'avais jamais rien connu de tel. En tant que louve, tout était amplifié, chaque caresse amenant un flot de sensations de plus en plus fortes.

Il abandonna mon sein et remonta lentement vers le haut de mon corps avec ses lèvres. Sa bouche effleura mon cou, avant de gronder dans mon oreille :

— On y est, Jessica. Je ne vais plus pouvoir m'arrêter si on continue. Alors, décide-toi maintenant.

Je fus incapable de lui répondre. À la place, mes ongles lui labourèrent le dos et se perdirent dans son épaisse chevelure, avant de redescendre jusqu'à ses fesses pour l'obliger à se rapprocher encore de moi.

Il ôta ses lèvres délicieuses de ma peau, referma la main sur mon cou et leva mon visage vers le sien en caressant langoureusement ma mâchoire avec son pouce.

Je mis une bonne seconde à me focaliser sur lui.

— Jessica… Je ne pourrai bientôt plus retenir mon loup, me dit-il d'une voix que le désir rendait rauque.

Tu dois me dire maintenant si tu en as envie. Sinon, je ne serai pas capable de m'arrêter. Si tu n'en as pas envie, il suffit de me le dire. Je sortirai de ton appartement et je reviendrai dans une heure.

L'adrénaline battait dans mes veines et exigeait d'être libérée sous une forme ou une autre. C'était ça ou me transformer et courir pendant des heures avec lui.

— J'en ai envie, répondis-je simplement.

Il pencha la tête, et sa bouche trouva la mienne. Je m'ouvris à lui, le goûtai, l'aspirai et le suçai. Ses lèvres étaient chaudes, fermes et délicieusement douces, mais il n'y aurait aucune tendresse entre nous, aucun jeu de séduction. C'était exactement ce dont on avait besoin.

Je m'en remis à cet irrésistible désir et me frottai contre James. Il me mordilla les lèvres, le cou et les seins encore et encore. Son corps tout en muscles saillants était si dur. La seule chose qui l'empêchait d'être en moi était le fait que nous portions encore notre pantalon.

Je glissai la main entre nous et défis ses boutons à l'aveugle. J'enfouis de nouveau ma langue dans sa bouche chaude et le lapai tandis que je descendais le doux coton sur ses hanches.

Un grondement s'échappa de sa gorge lorsque je le libérai. Je passai la main sur son membre lisse, et il gémit contre mes lèvres. Je refermai le poing et le fis glisser sur toute la longueur de son sexe tandis qu'il passait les mains dans mon dos et enfonçait ses pouces sous l'élastique à ma taille. Il les écarta d'un geste, et le fragile pantalon de yoga que j'avais choisi se déchira à la couture et tomba par terre, où il forma un amas de tissu à mes pieds.

James guida mes hanches vers l'avant, mes épaules appuyées contre le mur, et me pénétra d'un seul geste fluide.

Je posai le front sur son torse et poussai un cri. J'enserrai l'arrière de ses bras et sentis ses muscles rouler sous mes paumes. J'enfonçai mes ongles dans sa peau en suivant le rythme de ses mouvements pour le pousser à aller plus vite.

— Encore... S'il te plaît, *encore*.

Il lâcha mes hanches et fit courir ses mains jusqu'à mes poignets. Il s'en empara et les leva au-dessus de ma tête en me clouant entièrement contre le mur avec ses féroces coups de reins. La force et la puissance qui irradiaient entre nous me donnaient le vertige. Chaque coup de reins faisait naître une onde de choc dans mon corps en amplifiant tout jusqu'à ce que je me mette à hurler de plaisir.

— Bon Dieu, Jessica, me dit James, les dents serrées, en libérant mes bras pour me prendre par la taille, je ne vais pas pouvoir tenir ce rythme pendant bien longtemps. C'est trop bon.

Mes mains trouvèrent son cul ferme ; j'empoignai ses jolies courbes pour l'enfoncer encore plus en moi.

— James, soufflai-je. J'en veux encore, plus fort... s'il te plaît.

Je le guidai pour qu'il accélère en enfonçant mes ongles dans sa peau. Je vins à sa rencontre à chaque coup de reins. Nous étions tous les deux couverts de sueur.

Il renversa la tête en arrière et rugit lorsque l'intensité entre nous atteignit son paroxysme.

— Jessica, je t'en prie… Il faut que tu jouisses maintenant… Je ne peux pas…

Deux va-et-vient plus tard, j'en avais terminé. Je poussai un cri et pressai mon visage contre sa poitrine en jouissant. L'orgasme fut si puissant que je m'accrochai à James tandis que des spasmes frénétiques secouaient toutes les cellules de mon corps.

Sa réaction fut immédiate.

Il poussa un hurlement sauvage et m'écrasa contre les briques en se répandant furieusement en moi. Mon corps explosa de nouveau, et je jouis pour la deuxième fois. De délicieux courants bouillonnèrent en moi, et une chaleur brûlante fit vibrer mes terminaisons nerveuses. On s'effondra l'un contre l'autre en haletant.

Mon corps résonnait de plaisir.

Nous étions tous les deux repus et vidés de notre énergie.

Alors, on fit ce que font les loups.

On alla se coucher ensemble dans mon lit, nus et satisfaits, blottis l'un contre l'autre pour nous tenir chaud et nous réconforter.

Aucun de nous ne bougea le moindre muscle jusqu'au lendemain matin, lorsque nous fûmes réveillés en sursaut par des coups incessants tapés sur ma porte déjà en bien mauvais état.

# 11

Quelqu'un martelait le bois avec son poing. Je n'en revenais pas que la porte ait tenu. Si l'intrus essayait de réveiller les morts, c'était réussi. Je sautai au bas de mon lit et enfilai la première robe de chambre qui me tomba sous la main. Il s'agissait d'un vêtement noir soyeux orné de grandes fleurs pâles, qui avait un petit côté geisha. Je n'avais pas le temps de faire la difficile, puisque les coups résonnaient dans l'appartement vide comme un écho vengeur.

James sortit du lit juste après moi en passant distraitement la main dans ses cheveux. Cette visite matinale ne semblait pas du tout le perturber, ce qui était une bonne nouvelle. Ça voulait dire que notre visiteur ne représentait pas une menace sérieuse. J'étais heureuse de savoir que je n'aurais pas à démarrer la journée avec mes poings.

— Bonjour, Jessica, murmura James en se dirigeant vers la salle de bains. Appelle-moi si tu as des ennuis.

Il ferma la porte derrière lui.

Les coups redoublèrent d'intensité tandis que je nouais la ceinture de mon peignoir. Je sortis précipitamment de ma chambre en me demandant qui pouvait bien être le fou qui frappait ainsi à ma porte. Ça aurait pu être mon père, mais je n'avais pas senti sa présence. Cependant, ça ne voulait pas dire grand-chose, puisque je n'avais pas perçu celle de mon agresseur la nuit précédente. Je humai l'air, mais trop d'effluves s'attardaient encore dans la pièce après la soirée que nous avions vécue. Un résidu d'explosion de phéromones me fit sursauter. *Beurk.*

Je m'arrêtai devant ma porte réparée à la va-vite et qui tenait à peine debout. J'hésitai. C'était sûrement un voisin furieux qui venait me faire la morale à cause du raffut de la nuit précédente. Mais je refusais de faire la même erreur deux fois.

Je pressai le visage contre la porte, juste à l'endroit où aurait dû se trouver le défunt verrou, et inhalai à pleins poumons à travers la minuscule ouverture.

*Merdum.*

Je me demandai un instant si je pouvais m'en tirer en refusant d'ouvrir. Je n'avais pas du tout envie de commencer ma journée de cette façon. Bordel, il était six heures et demie du matin !

Une nouvelle volée de coups fut suivie d'un juron.

— Je sais que tu es là, Hannon. J'attendrai ici toute la journée s'il le faut. Je n'ai rien de plus important à faire aujourd'hui que d'épingler ton cul au mur. Alors, ouvre cette porte, putain !

*Fais chier.* Comment allais-je ouvrir la porte sans déclencher une scène ?

— Du calme, Ray, grommelai-je. Je suis là, mais à cette heure indue, je dormais, comme la plupart des gens normaux sur cette planète. Donne-moi une minute.

Quand il s'était pointé au boulot ce matin-là, il avait certainement découvert qu'une voiture de patrouille avait été envoyée à mon adresse la nuit précédente, alors il avait rappliqué sans réfléchir. À présent, j'allais devoir m'occuper de lui.

— Je te laisse cinq secondes exactement, Hannon. Ensuite, je défonce la porte.

— T'as un mandat pour ça, Ray ? répliquai-je. Si c'est le cas, tu t'es drôlement démené, ce matin. Et si ça ne l'est pas, si tu défonces ma porte, tu vas avoir tout un tas de paperasses à remplir, sans parler de gros ennuis juridiques. Je ne suis pas sûre que je me précipiterais là-dedans si j'étais toi, mais vas-y, fais-toi plaisir…

Il grogna sa réponse en y ajoutant quelques jurons bien sentis.

Bon sang ! ce que ce type pouvait m'énerver. J'aurais dû le laisser défoncer la porte. Il se serait fait taper sur les doigts et peut-être même qu'un flic qui ne menait pas une vendetta personnelle contre moi aurait récupéré l'affaire. Mais je savais au fond de moi qu'il n'existait pas vraiment de moyen de se débarrasser de lui. Il revenait toujours, tel un pigeon voyageur.

Alors, je fis la seule chose qui me restait à faire. J'appuyai mon épaule de geisha drapée dans la soie contre le battant, agrippai la poignée à deux mains et tirai d'un grand coup sec.

La porte se libéra aussitôt de ses gonds. Je titubai de manière fort peu gracieuse lorsqu'elle oscilla contre moi. J'y avais mis trop de force, mais je me ressaisis parfaitement et déposai calmement le battant quelques centimètres à droite de l'ouverture.

Puis je me tournai vers Ray avec un sourire radieux, comme si rien ne sortait de l'ordinaire.

— Salut, Ray. Je suis tellement contente que tu sois passé.

Ray fut momentanément pris au dépourvu. Il essaya de se ressaisir à son tour, mais ça lui prit bien une seconde.

— Nom de Dieu, qu'est-ce qui se passe ici ?

— Tu sais, Ray, les gens n'arrêtent pas de me poser la question et je n'ai pas vraiment la réponse. Mais je te promets de te la donner dès que je l'aurais trouvée.

Je le plantai là et me rendis dans la cuisine pour faire du café. Ray me suivit en sermonnant mon derrière qui s'éloignait.

— Sais-tu qu'une voiture de police a été envoyée à cette adresse hier soir vers vingt-trois heures quinze ? aboya-t-il. Les agents sont repartis sans même entrer dans l'immeuble. Ils ont été jusqu'à dire qu'ils ont « oublié » de rédiger un rapport. Ça te paraît pas un peu bizarre, Hannon ? C'est quand même extraordinaire que cet immeuble tranquille fasse de nouveau parler de lui !

— Ray, à l'heure actuelle, rien ne me paraît bizarre.

Je jetai dans le filtre du café colombien qui embaumait et versai assez d'eau pour faire une cafetière pleine. Ray se plaça juste à côté de mon bar pour mieux me harceler.

— À voir l'état de ta porte, je parie que tu es la cause de la plainte, poursuivit-il. Il me suffit de consulter les relevés téléphoniques de tes voisins pour trouver l'origine de l'appel. Tu ne peux pas couvrir toutes tes traces, Hannon, malgré tous tes efforts.

Aurais-tu oublié ce que tu as appris quand tu étais encore dans le droit chemin ?

Je m'appuyai sur le comptoir de la cuisine pour me donner des forces, puis je me tournai vers Ray et le transperçai de toute la puissance de mon regard, malgré la fatigue. Aussitôt, il se tortilla et baissa les yeux. Ça me fit un bien fou.

— Je ne me suis jamais écartée du droit chemin, Ray. Tu choisis de croire le contraire uniquement pour satisfaire ton imagination débordante. J'ai quitté la police parce que ce n'était pas la bonne carrière pour moi et parce que je n'aimais pas avoir affaire aux flics trop zélés qui croient tout savoir, qui ont fait de ma vie un enfer avec leurs conneries et qui ne sont pas fichus de me foutre la paix. Ce n'est pas moi la méchante, Ray. Ce n'est pas moi qui ai une dent contre quelqu'un. Je dirais qu'il est plus que temps pour toi de laisser tomber toute cette histoire pour qu'on puisse tous les deux reprendre le cours de notre vie.

— Quelle imagination ? aboya-t-il. Ma parole, tu vis au pays des Bisounours, Hannon ! Premièrement, ton appart a été complètement vandalisé par quelqu'un qui te hait au point d'amener son putain d'animal de compagnie avec lui. Ta porte a été défoncée depuis la dernière fois que je suis venu. Tu avais assez de tranquillisants en ta possession pour assommer une armée de percherons, et ton soi-disant pote de camping ne s'est toujours pas pointé. (S'il disait vrai, il avait dû faire jouer ses relations pour obtenir les résultats du labo si rapidement.) Et puis tu as démoli ce type au cinéma, il y a tout juste neuf heures, à tel point qu'il était mort à l'arrivée des secours. (*Merde*, la mort de Drake allait vraiment compliquer les choses.) Et c'est moi qui ai une imagination débordante ? Putain, là, je suis mort de rire, Hannon !

Quelqu'un s'éclaircit la voix derrière moi.

— Désolé, mais vous ne seriez pas en train de parler de moi ? demanda James d'une voix que le sommeil et la menace rendaient rocailleuse. Vous savez, le « soi-disant pote de camping » ? Je suppose que c'est à moi que vous faites allusion.

Je me retournai et découvris James, bien calé dans l'encadrement de ma porte de cuisine, comme s'il sortait tout droit d'un calendrier des Dieux du Stade.

Il était torse nu.

Des gouttes d'eau s'attardaient encore sur sa peau. Il avait coiffé ses cheveux en arrière avec les doigts – parce que les peignes, c'est bon pour les femmelettes, j'imagine. Il avait réussi à retrouver son pantalon, ce qui était probablement une bonne chose. Je n'avais pas vraiment envie d'expliquer aux flics pourquoi Ray avait eu une attaque quand ils viendraient récupérer son corps chez moi.

James appuya son corps humide et à moitié nu contre le chambranle de la porte et croisa les bras d'un air nonchalant, ce qui fit saillir ses biceps. Un petit sourire flottait sur ses lèvres. Il savourait cette situation.

Mais je n'étais absolument pas dupe.

Je sentis mes cheveux se dresser sur ma nuque quand je croisai son regard. Il était en tous points un dangereux prédateur, et Ray allait le découvrir dans moins d'une seconde. James n'allait pas faire dans le détail. Fini les plaisanteries.

Malgré lui, Ray avait reculé d'un pas en voyant James. Je parie qu'il ne s'en était même pas encore rendu compte. C'était une réaction normale. Instinctivement, les humains veulent toujours fuir. Ray ouvrit la bouche plusieurs fois, mais aucun son n'en sortit.

— Je peux vous assurer que je suis bien réel, poursuivit James comme si rien ne clochait. Vous savez ce que c'est, quand on veut juste s'évader quelques jours avec sa nana. On ne planifie rien, on vit juste l'instant présent. Pas vrai, ma chérie ? me demanda-t-il avec un sourire malicieux.

— Absolument… chéri. Tu vois, Ray, on s'est juste laissé porter par l'inspiration du moment.

James avait le regard rivé sur moi, et j'en eus la chair de poule.

— Sacré moment, d'ailleurs, tu ne trouves pas ? gronda-t-il.

Ray se secoua. Ses mains volèrent vers son torse, mourant d'envie, j'en suis sûre, de s'emparer du flingue que je savais caché sous la veste qu'il portait ce jour-là – et qui ne lui allait pas. Je captai l'odeur de sa surprise, ainsi qu'une bonne dose de frustration.

Sans attendre la réponse de Ray, James entra dans la cuisine sans se presser et s'arrêta juste derrière moi. Ses bras effleurèrent mes épaules lorsqu'il les leva pour attraper une tasse à café. Il déposa un baiser au sommet de ma tête avant de remplir sa tasse.

Quand il eut fini, il appuya ses hanches contre le comptoir et but une gorgée, toujours avec la même nonchalance. Il n'était pas du tout fair-play.

— Mais je vous présente mes excuses ; nous n'avons pas eu l'occasion de discuter plus tôt, lieutenant. C'est bien votre grade, n'est-ce pas ? Il a fallu tout nettoyer après ce terrible saccage. (Il avala une longue gorgée.) D'ailleurs, avez-vous la moindre piste ? Des soupçons que vous souhaiteriez partager avec nous ? Savoir comment l'affaire se présente permettrait à Molly de retrouver un peu de paix. Dieu sait qu'elle en a bien besoin.

Ray luttait pour reprendre le contrôle, mais je voyais bien qu'il n'allait pas céder si facilement. Il redressa les épaules et avança d'un demi-pas. Je ne pus m'empêcher d'admirer son courage. Il se racla la gorge.

— Bon, d'accord, vous êtes réel. Et après ? Ça ne change rien. Aux dernières nouvelles, ça n'explique pas tout ce qui s'est passé ici.

Il fit un signe de tête en direction de mon salon dépourvu de meubles, aux murs défoncés et au plancher griffé. Il marquait un point.

— C'est vrai, reconnut James. Mais n'est-ce pas là votre boulot, lieutenant ? Découvrir ce qui s'est vraiment passé et pourquoi ? Corrigez-moi si je me trompe mais, tel que je vois les choses, ce n'est pas la victime d'habitude qui se fait harceler par l'officier en charge de l'enquête. Votre boulot, c'est de retrouver le coupable en collectant les indices. Vous pensez vraiment que Molly aurait pu saccager son propre appartement comme ça ? demanda James d'un ton qui devint dur comme l'acier. Je ne crois pas non plus qu'une plainte ait été officiellement déposée. J'ai cru comprendre qu'il n'y avait pas eu vol, aucun crime sérieux, juste un regrettable acte de vandalisme.

Un filet de sueur dégoulina le long du visage de Ray, en partant de ses cheveux. Il n'était pas facile d'être ainsi l'objet de l'attention d'un loup-garou dominant.

— Je me fous qu'elle porte plainte ou pas, réussit-il à cracher entre ses dents extrêmement serrées. Ça restera mon affaire jusqu'à ce qu'elle soit close. Et tu n'as toujours pas expliqué la présence de la préparation illégale qu'on a trouvée dans ta salle de bains. C'est hautement suspicieux, une effraction chez quelqu'un qui, comme par hasard, conserve de la drogue dans son placard de salle de bains.

James me prit la main et m'attira contre lui. Son accent irlandais ronronna juste au-dessus de mes oreilles lorsqu'il se pencha pour répondre :

— Pourquoi n'as-tu pas expliqué ton état au lieutenant Hart, ma douce ? (Il me mordilla la nuque.) L'épilepsie touche un énorme pourcentage de la population, comme le docteur nous l'a dit. Tu n'as pas à avoir honte. (Puis il s'en prit à Ray.) Le labo a-t-il réellement confirmé cette histoire ridicule de « tranquillisant pour cheval » ? Ou allez-vous continuer à nous harceler avec ça plutôt que d'essayer de résoudre le véritable crime qui a été commis ici ?

Ray eut la décence de prendre un air légèrement décontenancé.

— Euh… non, ça n'a pas encore été confirmé avec exactitude. Il semblerait que la composition du liquide était… eh bien, disons simplement qu'elle était hautement inhabituelle. Ce qui ne fait qu'ajouter à la bizarrerie de cette affaire, ajouta-t-il avec un rictus de mépris, et de Hanno… de *Molly* elle-même. La vérité finira bien par sortir.

Il vacilla un peu, car ce petit discours lui avait coûté beaucoup d'efforts. Puis il tourna les talons et tituba brusquement en direction de la porte.

Il avait tenu plus longtemps que la plupart des hommes que je connaissais ne l'auraient fait à sa place. Je pouvais porter plainte pour harcèlement suite à cette visite, et nous le savions tous les deux. Il n'avait rien de solide contre moi, comme James venait de le démontrer.

Quand Ray arriva sur le seuil, il pointa sur moi un index accusateur.

— Si elle souffre de cette soi-disant et mystérieuse variante de l'épilepsie, dont personne n'a jamais entendu parler, j'en suis sûr, comment se fait-il que ça ne soit pas marqué dans son dossier, hein ? Elle était flic. On a son dossier médical. Or il n'y a rien dedans. Il stipule qu'elle est en parfaite santé.

— Ray, dis-je en passant dans le salon, si tu prenais la peine de vérifier, mon médecin a déjà dû faxer au commissariat les papiers concernant mon problème d'épilepsie, qui est on ne peut plus réel. C'est une maladie que j'ai développée l'année dernière. Je suppose que ça m'a pris sur le tard. (Je croisai les bras pour éviter que mon peignoir s'ouvre. Je ne voulais pas, en guise de final, montrer mes seins à Ray.) En as-tu appris suffisamment pour nous lâcher, Ray ? Parce que si c'est le cas, j'aimerais bien prendre une douche et commencer ma journée.

James arriva derrière moi avec une tasse de café.

Ray semblait sur le point de disparaître dans le couloir.

— Vous ne me faites pas peur, tous les deux. Vous ne m'intimidez pas. (*Oh, mais au contraire, Ray.*) Je sais ce que je ressens et je ne me suis jamais planté en dix-huit ans de carrière. Tu caches quelque chose, Hannon. Dès que tu as épinglé Milo Curtis, j'ai compris que quelque chose clochait. Quand tu es là, il se produit des trucs étranges. Tu fais des choses que des gens normaux ne peuvent pas et ne devraient pas pouvoir faire. Tu es une espèce de monstre de foire sous acide. Tu ne peux pas te cacher éternellement. À un moment donné, tu merderas, et pas qu'un peu, et je serai là.

Sur ce, il sortit de l'appart en titubant.

James me tendit sa tasse pour pouvoir fermer la porte.

— Mais bien sûr ! m'exclamai-je tandis qu'il remettait le battant en place sans effort. Je comprends enfin, après toutes ces années ! J'ai été tellement stupide !

— Qu'est-ce que tu comprends ? me demanda James en récupérant sa tasse et en retournant dans la cuisine.

— Depuis que Ray Hart s'est lancé à mes trousses comme un véritable chien de chasse, j'essaie de comprendre quel a été le catalyseur, expliquai-je en le suivant. Du jour au lendemain, alors que je ne faisais que vivre ma vie, il s'est mis à traquer le moindre de mes gestes. Il vient juste de révéler par inadvertance ce qui a tout déclenché. C'était Milo Curtis. J'aurais dû y penser plus tôt.

Je m'arrêtai sur le seuil de la cuisine. James avait la main sur la porte du frigo, ce qui faisait jouer les muscles de son dos. J'oubliai momentanément ce que je voulais dire.

— Qui est ce Milo Curtis ? me demanda-t-il en déposant à manger sur le comptoir.

— Euh… (Je m'éclaircis la voix.) C'était la première grosse affaire de Ray, tout simplement. (Je rejoignis James pour l'aider à préparer le petit déjeuner.) Milo était un célèbre cambrioleur qui réussissait des coups incroyables dans toute la ville. Il a volé des millions. Tous les gens riches et puissants se faisaient dévaliser et ils mettaient donc la pression au maire et aux flics pour qu'on retrouve le coupable. Tout le monde était sur les nerfs au commissariat. Évidemment, je ne le savais pas à l'époque, mais Ray devait le considérer comme son ticket gagnant pour une promotion.

James prit une poêle sur mon égouttoir.

— Laisse-moi deviner, c'est toi qui as attrapé Milo Curtis du premier coup et, au passage, tu as fait passer ce brave lieutenant pour un branleur incompétent.

— À peu près, pouffai-je. J'ai découvert plus tard que Milo était un changeur. Il a disparu peu après sa mise en accusation. Voilà pourquoi j'ai cru que Ray se moquait pas mal de l'affaire, parce qu'elle est restée non résolue avec le suspect en fuite. Mais les cambriolages ont cessé, et c'était tout ce qui comptait pour le commissaire, au final. Les huiles se foutaient que le coupable aille en prison, ils voulaient juste que ça s'arrête. Et ce fut le cas.

— Ray Hart est un sacré idiot, commenta James en commençant à fouetter la pâte à crêpes. Il aurait bien besoin d'une ou deux leçons.

Moi, j'avais besoin d'une douche. Et j'allais devoir la prendre froide à cause de la vision de James préparant des crêpes torse nu. Je me dirigeai vers la salle de bains en lui répondant par-dessus mon épaule :

— Oui, mais maintenant l'idiot en question veut sa revanche, de préférence en me faisant tomber. Il va faire tout ce qui est en son pouvoir pour m'abattre.

J'entendis James casser un œuf contre la poêle.

— Qu'il essaie.

# 12

Le téléphone sonna pendant que j'étais sous la douche. Il fut convenu de retrouver mon père, mon frère et les autres loups dans la salle de conférences de mes bureaux, une heure plus tard.

Apparemment, ils avaient brièvement débattu pour savoir s'il fallait utiliser les locaux où je travaillais comme lieu de rendez-vous. L'arrivée sur les lieux d'un paquet de loups risquait d'être un signal flagrant annonçant au monde que j'avais changé. Mais si un loup-garou avait déjà réussi à me retrouver en deux jours, mon secret n'en était déjà plus un. Il n'y avait plus moyen d'arrêter le train désormais, même si j'aurais aimé le faire dérailler complètement.

On prit le petit déjeuner debout dans la cuisine puisque je n'avais plus de quoi s'asseoir. Je regardai James manger, son corps puissant appuyé contre le comptoir. J'eus un léger coup au cœur en repensant à ce que nous avions fait la veille au soir. Je ne me sentais pas du tout attachée à lui, même s'il était un spécimen incroyable. Mais c'était un peu bizarre d'être dévergondée et heureuse de l'être.

*Ressens-tu le moindre émoi ?* demandai-je à ma louve.

Elle bâilla et ferma les yeux.

Je ne voulais pas que la situation devienne gênante entre James et moi, alors, je tentai de clarifier les choses.

— Euh… James, à propos d'hier soir… J'espère que… tu sais… ça ne te dérange pas…

James éclata d'un rire rauque.

— Ne t'inquiète pas. Hier soir, mon loup n'aurait absolument rien pu refuser à ta louve. Je ne regrette pas du tout notre petit intermède galant.

— Moi non plus, avouai-je avec sincérité. C'était une façon sympa de terminer une soirée extrêmement stressante. Je me suis tout de suite sentie mieux. (J'avais encore une question à lui poser.) James, est-ce que… est-ce que tu trouves que j'ai une odeur différente ? Pas seulement parce que je suis une louve maintenant mais, je veux dire, différente des autres femelles humaines ? (Mal à l'aise, je m'agitai. C'était tellement gênant d'avoir cette conversation dans ma cuisine.) Je te pose la question parce qu'apparemment, on aurait dit que… je ne sais pas, j'émettais un drôle de truc hormonal hier soir sur lequel je n'avais aucun contrôle.

— Jessica, la nuit dernière, tu émettais une odeur que je n'avais encore jamais sentie nulle part. Elle m'a excité dès l'instant où je suis entré dans ton appartement. Ça a plongé mon loup dans une sacrée frénésie. J'ai même eu du mal à te chasser de mon esprit pour pouvoir examiner le renégat. Mon loup faisait les cent pas dans ma tête avec le besoin constant de te satisfaire, de te réconforter et de prendre du bon temps avec toi. J'avais un mal fou à garder le contrôle. Quand on s'est retrouvés seuls, ton odeur s'est intensifiée à la puissance mille. Rien ne pouvait plus la bloquer.

Je souris d'un air penaud. Ce qui s'était passé dans mon couloir quelques instants avant d'entrer dans mon appartement avait dû me donner l'odeur d'une pute sous stéroïdes, mais je n'allais certainement pas le lui expliquer.

— Je ne dégage plus la même odeur en ce moment, n'est-ce pas ? lui demandai-je, un peu paniquée.

James fit mine de renifler, même si nous savions tous les deux qu'il n'avait pas besoin de ça pour me sentir.

— C'est vrai que ton odeur est différente de celle d'un loup normal. Elle n'est pas mauvaise, attention, juste légèrement différente. Plus sucrée, ça, c'est sûr. Mais non, tu ne sens pas du tout comme hier soir. Hier soir, c'était… (Son visage se durcit.) Disons que c'était intense. Avec une odeur comme celle-là, les loups mâles vont arriver en courant, c'est sûr.

— Danny, Tyler et Nick n'ont pas semblé réagir de la même manière en ma présence, protestai-je, un peu effondrée à l'idée d'être malgré moi une espèce d'aimant à loups excités. Peut-être que tu y es plus sensible que d'autres, voilà tout.

James éclata de rire. C'était super agréable à entendre.

— Ma foi, j'espère bien que Tyler n'éprouve aucun élan amoureux vis-à-vis de toi. Vous êtes liés par le sang, tous les deux. Je parie qu'il a dû trouver ton odeur très aigre. Je ne peux pas parler pour Nick, parce que ce n'est pas un loup, mais je pense que, pour lui, tu dégages une odeur de danger quand tu es dans cet état. Quant à Danny, eh bien, ta louve est très dominante. Il aurait sûrement bien aimé réagir à ton odeur, mais son loup n'aurait pas eu l'audace d'approcher ta louve directement. Il lui aurait d'abord fallu ta permission, une espèce de signal lui montrant qu'il pouvait te faire des avances. (Il y avait un léger grondement dans sa voix.) Je crois qu'à l'avenir tu n'auras de problème qu'avec les plus dominants d'entre nous. (James me contempla pendant quelques instants par-dessus ses œufs brouillés.) Les autres seront sans doute un peu inquiets.

Pendant mon petit déjeuner, je songeai à tout ce que je *ne* savais *pas* à propos des loups. J'étais un nouveau-né dans tous les sens du terme.

— James, je peux te poser une question ?

— Vas-y.

— Comment vous vous accouplez avec les femmes humaines ? Enfin, je sais *comment* vous faites, bien sûr, mais qu'en est-il des bébés ? Je sais que c'est dur pour les humaines de les mener à terme.

J'avais perdu ma propre mère de cette manière. Porter un loup était difficile, en porter deux était impossible. Elle était morte peu après notre naissance, et c'était un miracle qu'elle ait tenu aussi longtemps.

— C'est pour ça qu'il y a si peu de nouveaux loups. Mais, quand une humaine tombe enceinte à l'heure actuelle, comment est-ce que ça fonctionne ? Surtout si vous n'êtes pas en couple. Qu'est-ce que vous leur dites ?

— Au début, il n'est pas nécessaire de leur dire quoi que ce soit, répondit-il. On se voit plusieurs fois, on les courtise si on en a envie, et ensuite on regarde si on a la chance de procréer au bout du compte.

— Ça semble… euh… prometteur.

James pouffa.

— En fait, on a un truc dans notre salive qui nous aide à tenir une femme dans l'ignorance si on n'est pas intéressés par une relation à long terme avec elle. Avec le temps, si on décide de rester avec elle, ou si elle porte notre enfant, son corps développe des anticorps et elle devient immunisée.

Je m'étranglai.

— Comment ça, vous avez « un truc dans votre salive » ?

— Notre salive contient une drogue qui plonge la femme dans une espèce de brouillard, si bien qu'elle n'est pas tout à fait sûre d'avoir couché avec nous le lendemain matin. C'est nécessaire puisque, sous le coup de l'émotion, nos yeux ont tendance à briller. Ça rend l'accouplement un peu compliqué.

— Bordel, mais de quoi… (je me mis à tousser parce que j'avais avalé mes œufs de travers)… tu parles ? À t'entendre, c'est comme si on avait du GHB dans notre salive.

— Penses-y, Jessica. Seules quelques femmes au monde sont compatibles génétiquement et peuvent tomber enceintes de nous. Et elles sont encore moins nombreuses à pouvoir porter notre bébé jusqu'à terme, sans parler de survivre à l'accouchement. Alors, pour que nous puissions trouver la femme qui correspond à tous ces critères… (Il s'éclaircit la voix.) Disons simplement qu'il faut beaucoup de tentatives de notre part.

J'y réfléchis pendant quelques instants. C'était logique, vu comme ça, mais quand même.

— J'imagine que tu as fait beaucoup de *tentatives* au fil des siècles.

— Oui.

— Mais ne serait-ce pas plus facile de trouver ta compagne que de coucher avec des centaines de femmes shootées à ta salive ? La véritable compagne d'un loup, son âme sœur, n'est-elle pas censée pouvoir porter tes enfants sans problème ? demandai-je en allant rincer mon assiette dans l'évier.

— C'est ce que prétend la légende, même si j'ai vu très peu de couples d'âmes sœurs à travers les siècles. (Il parut soudain très las.) Si chacun de nous attendait sa véritable compagne, notre race cesserait d'exister. Or c'est un luxe qu'on ne peut pas vraiment se permettre. Sans progéniture, notre espèce disparaîtrait.

— C'est un argument tout à fait valable.

— Pas besoin d'une âme sœur pour avoir des mômes, poursuivit James. Tu as juste besoin d'une nana qui garde dans son patrimoine génétique des traces de l'humanité d'il y a longtemps, quand les villages étaient situés près du territoire d'une Meute. À l'époque, plein de femmes pouvaient donner naissance à des louveteaux costauds. Les garçons restaient même avec leur mère jusqu'à l'adolescence. Mais, avec le temps, les lignées se sont diluées et les gènes se sont dispersés. Nous avons perdu notre faculté de nous reproduire facilement. (James se perdit dans sa réflexion pendant un moment.) Les âmes sœurs ne nous paraissaient pas aussi importantes, alors. Dès qu'une femme portait notre enfant, on la considérait comme notre compagne et on la protégeait comme telle, ainsi que notre fils.

Était-ce un soupçon de tristesse que je détectai dans cette dernière phrase ? À ma connaissance, James n'avait jamais engendré d'enfant, mais je n'en étais pas sûre. Je n'avais que vingt-six ans, alors que lui en avait quelques centaines.

— Mais une âme sœur peut t'apporter plus que des enfants, non ? Il paraît qu'elle est compatible avec ton loup dans tous les domaines. Elle est capable de te donner des petits, mais elle peut aussi calmer une partie de ton loup comme personne d'autre. D'après ce que j'ai cru comprendre, elle est la seule à pouvoir t'empêcher de te transformer.

— Ouais. Et ton loup, sous sa forme véritable, doit être capable de la repérer même à une grande distance. Ton sang chante en sa présence. (James vint remplir l'un des bacs de l'évier.) C'est un don extrêmement rare.

— Ma mère n'était pas l'âme sœur de mon père, si ?

Je m'étais toujours posé la question, mais je n'avais jamais eu le cran de la poser à mon père. Puisque je ne l'avais pas connue, elle n'était qu'une ombre née de mon imagination et de quelques photos. J'avais grandi dans un monde tellement dominé par les mâles que je n'avais jamais eu l'occasion de trop m'appesantir là-dessus. Si elle avait vécu, je serais sûrement devenue une personne très différente. Peut-être serais-je plus douce. Comment savoir ?

— De l'extérieur, ça n'a jamais été très clair, même après sa mort. (James plongea les mains dans l'eau mousseuse qu'il venait de faire couler et prit un plat sur le comptoir.) Callum adorait ta mère. Il la suivait partout comme un chiot éperdument amoureux. Mais quand Annie est morte à votre naissance, il n'a pas plongé dans la terrible dépression que traverse un loup quand il perd sa compagne, paraît-il. Il ne s'est pas non plus suicidé, ce qui est pourtant assez répandu, d'après la légende. Mais c'était déjà un Alpha, à l'époque, et il avait des jumeaux à élever. Ton père a toujours fait les choses à sa manière. (J'étais assez d'accord avec lui.) C'est un homme digne d'être suivi. Le plus fort que je connaisse.

James lava la vaisselle et me la tendit pour que je l'essuie. Il avait toujours été farouchement loyal envers mon père. Il ferait un merveilleux compagnon, fort et courageux. Je me mis à espérer qu'il trouverait son âme sœur un jour et qu'il goûterait au bonheur.

Il me surprit en train de le regarder fixement.

— Qu'est-ce qu'il y a ?

— Rien, répondis-je en jetant un coup d'œil à la pendule. On devrait y aller. On ne va pas faire attendre mon père.

— Tu as raison, Jessica, ce ne serait pas une bonne idée.

# 13

James et moi sortîmes ensemble de mon appartement. Discrètement, James entreprit de remettre ma porte en place pendant que j'allais frapper chez Juanita. Je ne l'avais pas revue depuis l'histoire du saccage et j'espérais qu'elle était chez elle. Généralement, elle partait travailler de bonne heure, donc elle était sûrement déjà levée.

La porte s'ouvrit en coup de vent avant que j'aie eu le temps de frapper. Juanita me serra farouchement dans ses bras.

— Ooooh, *chica* ! J'étais tellement inquiète ! C'est *siiiii* bon dé té voir enfin.

Elle me poussa devant elle, puis me fit de nouveau un énorme câlin. Pour une toute petite personne d'à peu près un mètre soixante (avec des talons), elle était bien plus forte qu'elle n'y paraissait. Je remarquai également, lorsqu'elle me lâcha enfin, qu'elle était vêtue ce jour-là d'un chemisier sans manches, rose vif, qui soulignait son ample poitrine, et d'une minijupe orange. Elle était impeccablement coiffée et maquillée. Je découvris rapidement, après avoir isolé son odeur d'une myriade d'autres senteurs, qu'elle sentait l'eucalyptus et le citron vert. C'était l'odeur d'une personne solide, et ça me plaisait.

— Moi aussi, je suis contente de te revoir, Juanita, lui dis-je en me mettant hors de portée de tout nouveau câlin intempestif.

Elle se haussa sur la pointe des pieds pour jeter un coup d'œil par-dessus mon épaule. James se débattait toujours avec la porte.

— *Oooooh, chica ! Muy bien !* (Elle me fit un clin d'œil salace.) Yé commençais à m'inquiéter, tou sais, parcé qué yé n'avais pas dé tes nouvelles. (Elle désigna James de la tête, puis se pencha vers moi pour chuchoter d'un air de conspiratrice. Obligeamment, je me penchai aussi.) C'est avec loui qué tou té battu la nouit dernière ? Yé encore entendu des brouits chez toi.

Elle rit et me donna un coup de coude dans le ventre.

— Euh… oui, c'est lui.

Que pouvais-je lui dire d'autre ? *Nan, c'était un loup-garou effrayant qui voulait me tuer ?*

— Yé gardé ton sécret, *chica*. Tou mé connais, yé té soutiendrai toujours. Nous deux, dit-elle en nous désignant avec ses ongles rouge cerise, on doit sé serrer les coudes dans les moments difficiles.

— C'est super, Juanita, merci. (J'avais mauvaise conscience de lui demander un service quand j'avais de manière si flagrante découragé tous les efforts de cette brave femme pour que nous devenions amies.) Euh… j'ai un service à te demander, Juanita, si ça ne te dérange pas.

— Pas dé problème. (Elle me sourit sans la moindre réserve.) Quoi qué cé soit, yé lé férai pour toi.

— Comme tu peux le voir, j'ai eu un petit problème avec ma porte hier soir. (James grogna tout bas en m'entendant dire « petit ».) Je vais appeler le concierge, mais je me demandais si tu pouvais tendre l'oreille, au cas où quelqu'un passerait quand tu es là ?

— *Sí*, yé travaille pas auyourd'hui, alors yé vais monter la garde pour toi, pas dé problème !

Je regardai de nouveau sa tenue en me demandant ce qui pouvait bien pousser quelqu'un à sortir du lit, à s'habiller et à se maquiller pendant son jour de congé. Mais qui étais-je pour la juger ? Cette femme s'avérait être une super alliée, ce dont je commençais à manquer, en ce moment.

— Écoute-moi bien, Juanita. (Je me penchai encore plus, et elle aussi, si bien que nos deux fronts se touchaient presque.) C'est très important : n'ouvre pas ta porte si tu entends quelqu'un dans le couloir, peu importe qui c'est.

En prononçant ces mots, je la regardai droit dans les yeux en essayant de lui imposer une espèce de flux mental à la sauce Vulcain. Peut-être que je ne possédais pas ce don-là, mais ça valait le coup d'essayer. J'avais envie que Juanita m'aide, mais je ne voulais surtout pas que ça lui coûte la vie. La personne qui avait engagé le renégat ne plaisantait pas. Elle n'hésiterait pas à supprimer ma voisine si nécessaire.

— Je suis sérieuse, Juanita. Tu n'ouvres ta porte sous aucun prétexte. Regarde par le judas et appelle-moi si quelque chose te paraît… euh… bizarre. (*Enfin, plus bizarre encore que ce que tu as entendu hier soir.*) Ou *franchement* inhabituel.

— D'accord, *chica*. Yé n'ouvrirai la porte à personne, même si on mé dit qué cé OK, *sí* ?

De toute évidence, mon pseudo-don de persuasion la laissait complètement de marbre. J'étais très déçue. J'allais avoir du mal à trouver ma place dans le monde surnaturel, où les plus forts régnaient en maîtres, si je ne disposais pas d'un arsenal de nouveaux super-pouvoirs. J'espérais vraiment avoir celui de persuasion, cela aurait été un grand atout.

James avait fini de remettre la porte en place. Au premier coup d'œil, tout semblait parfait, mais il suffirait sans doute de pousser le battant du bout du doigt pour qu'il retombe à l'intérieur de mon appart. En tout cas, ça suffisait pour l'instant. J'appellerai Jeff, le concierge, dès que possible. Il n'y avait rien à voler chez moi, puisque je n'avais plus rien, mais c'était dangereux de laisser entrer n'importe qui. Si Juanita me prévenait en cas de soupçon, j'aurais peut-être un avantage.

On était en retard.

Je notai rapidement mon numéro sur le bout de papier que j'avais pris avec moi et je le lui donnai.

— N'oublie pas, Juanita. Tu ne dois vraiment pas ouvrir ta porte, sous aucun prétexte. C'est bien compris ?

— Yé n'ouvrirai pas, *chica*. Yé monterai la garde pour toi dé toutés mes forces. (Elle se pencha vers moi une dernière fois avec un air rusé.) Mais, pour mé rémercier, tou devras vénir prendre un verre à la maison, *sí* ? Juanita veut bien garder ton sécret pour toi, mais, en échange, tou dois dire à Juanita cé qui sé passe dans cet endroit dé fou. (Elle secoua la tête.) C'est trop. Yé m'inquiète pour toi.

Juanita était maligne comme un singe, et j'admirais le cran qu'elle avait.

— Marché conclu, Juanita.

Je me garai sur le parking de mon bureau et me retrouvai loin de la voiture de James parce qu'il y avait déjà un paquet de véhicules sur les lieux. Personne n'attendait pour me sauter dessus, ce qui voulait dire que mon père contrôlait la situation. J'entrai dans le bâtiment sans attendre James, puisqu'il y avait plein de loups costauds à l'intérieur. Ce serait stupide de la part d'un surnaturel de venir ici, même s'il s'agissait d'un autre renégat. Dehors, l'odeur me faisait l'effet d'une vague d'agression masculine tourbillonnante.

J'ouvris la porte de Hannon & Michaels et vis Marcy arriver à ma rencontre d'un air impatient.

— Tu es en retard.

Dans ses yeux brillait l'étincelle de l'aventure, chose inhabituelle chez elle. Son odeur de lavande fraîche, caractéristique, parvint à mes narines et me fit sourire en dépit de la situation.

Je jetai un coup d'œil à la pendule derrière son bureau.

— Tu ne peux pas dire ça. Je suis pratiquement à l'heure.

Marcy haussa les sourcils d'un air de dire qu'elle me plaignait de tout son cœur.

— Tout le monde est en salle de conférences, mais il ne reste quasiment plus de place. (Elle me prit par le bras et m'entraîna dans le couloir d'un pas vif.) Au cas où tu te poserais la question, j'ai déjà lancé un sort autour de l'immeuble. Il se déclenchera si d'autres surnaturels décident de s'inviter à la fête. Oh, et j'ai aussi pris l'initiative de lancer la machine à rumeurs. Ma tante Tally, cette vieille grincheuse, croit désormais que Callum McClain a engagé Hannon & Michaels pour enquêter *sur un meurtre*, chuchota-t-elle avec excitation, en dépit du fait qu'elle venait juste de me dire que toute la communauté surnaturelle était déjà au courant.

— Tu n'as pas chômé, ce matin, pouffai-je. Bien vu dans les deux cas. (On s'arrêta devant la salle de conférences.) Ma parole, Marcy, on jurerait que ça t'amuse ! Franchement, c'est une bonne chose qu'au moins l'une de nous deux s'éclate, murmurai-je en me penchant vers elle. Ma vie pourrait bien se terminer ici. J'ai très peu de chances de ressortir vivante de cette pièce.

— Oh, je t'en prie, répondit-elle en balayant cette remarque d'un geste. Tu t'en sortiras très bien. Et sache, pour ta gouverne, que je ne me suis pas amusée depuis des années. Maintenant, entre là-dedans avant que l'Alpha des territoires américains du Nord commence à faire des trous dans les meubles parce que sa fille ingrate l'a fait patienter trop longtemps.

— Je veux bien admettre que je suis « extrêmement troublée » ou « douée d'un talent exceptionnel », mais je n'ai jamais été « ingrate », répliquai-je avec un sourire ironique.

J'ouvris la porte de la salle de conférences.

Un nuage de testostérone hostile m'enveloppa complètement. Une odeur de renfermé saturait l'air de la pièce. Comment pouvaient-ils le supporter ? J'avais fait un pas à l'intérieur, mais je fus obligée de m'arrêter net au beau milieu du seuil. Instinctivement, je voulus saisir le chambranle pour retrouver mon équilibre et j'eus tout juste le temps de retenir mes mains. Je ne pouvais me permettre d'avoir l'air faible. J'enfonçai donc mes ongles dans mes paumes. La douleur plutôt que l'asphyxie. Les marques d'ongles sur ma peau commençaient à devenir une habitude. La douleur me permettait de me recentrer. Heureusement pour moi, la pièce était bondée, si bien qu'on ne m'aperçut pas tout de suite, principalement parce que ceux du fond ne pouvaient voir par-dessus la tête des loups de plus d'un mètre quatre-vingts qui me bloquaient le passage.

Marcy se trouvait toujours derrière moi.

— Tu vas bien ? chuchota-t-elle. (Comme je ne répondais pas, elle ajouta :) Tiens bon, je vais te chercher de l'eau.

Elle s'éloigna.

Avec le plus de dignité possible, je refermai la porte derrière moi d'un coup sec. Tenir Marcy à l'écart de l'atmosphère volatile de la salle de conférences était désormais une priorité. L'eau devrait attendre. Des loups agités confinés dans un si petit espace, ça n'était bon pour personne, et surtout pas pour ma copine toute menue et fragile. À en croire les odeurs qui tourbillonnaient à l'intérieur, on était à deux doigts d'une émeute générale.

J'avançai, et les loups devant moi s'écartèrent un peu. Je m'arrêtai au bout de quelques pas et croisai le regard de mon père, de l'autre côté de la grande table. Assis en bout de table, il paraissait majestueux et parfaitement maître de la situation. Mon frère se trouvait d'un côté, Nick et Danny de l'autre. Puisque j'étais l'objet de cette réunion, et que ça impliquait Hannon

& Michaels, Nick allait être inclus dans la discussion, apparemment. J'en fus soulagée.

Je parcourus rapidement la salle du regard, en veillant à ne croiser aucun regard directement. Tous les loups que je connaissais étaient là, et bien d'autres encore que je n'avais jamais rencontrés. Pour l'instant, ils se maîtrisaient. Mon père avait appelé la cavalerie pour régler une affaire importante. Je n'étais pas surprise qu'il l'ait fait, puisque c'était le protocole lorsqu'un danger menaçait la Meute. Mais ça restait impressionnant de voir autant de loups réunis dans un même endroit.

Notre salle de conférences, chez Hannon & Michaels, était plutôt vaste, mais ressemblait à présent à un wagon de métro bondé.

Marcy avait apporté des chaises supplémentaires, mais il n'y en avait pas assez. Les loups les plus haut placés dans la hiérarchie étaient assis autour de la table. Les autres étaient restés debout.

Je regardai de nouveau mon père. Traverser tant bien que mal une pièce pleine de loups agités ne semblait pas être une très bonne idée pour le moment. Ils obéissaient encore aux ordres de leur Alpha, mais je n'avais pas envie de déclencher une frénésie. Aussi adressai-je un petit signe de tête à mon père pour lui faire comprendre que c'était bon pour moi et que je n'irais pas plus loin. Il interpréta correctement mon signal et se leva, lentement.

Ce geste focalisa l'attention de l'assemblée. Tous les regards se tournèrent vers lui tandis qu'il se penchait en avant et appuyait les poings sur la table devant lui. Il balaya la pièce d'un regard sévère en dévisageant chaque loup un par un. Ça lui prit un moment, mais l'effet fut évident.

— Voici ma fille, Jessica McClain, expliqua-t-il d'une voix sonore, calme et autoritaire. Elle vit dans cette ville sous le nom de Molly Hannon depuis sept ans.

Il y eut quelques murmures. Nombre de loups étaient au courant au sein de la garde rapprochée de mon père, mais, pour des raisons de sécurité, ça n'était pas non plus une info de notoriété publique. La plupart des loups présents dans la pièce l'ignoraient donc.

— Il y a un peu plus de trois jours, ma fille est devenue une louve-garou à part entière.

Eh bien, c'était une façon de présenter les choses. Les murmures se transformèrent en brouhaha tandis que mon père poursuivait :

— Si ça pose un problème à quelqu'un, vous devez me le faire savoir immédiatement.

De nombreux loups lancèrent des regards furtifs dans ma direction. Quelques-uns, dont Hank, semblaient vraiment en rogne, mais personne ne souffla mot. Les loups les plus proches de moi se bousculèrent pour se rapprocher. Certains me dévisagèrent avec curiosité.

James entra dans la pièce à son tour.

Il s'arrêta derrière moi à quelques centimètres seulement de mon dos. Il irradiait vers moi une force dont j'avais bien besoin et qui me permit de me calmer un peu. Je risquai un rapide coup d'œil par-dessus mon épaule. Il avait les narines dilatées, et un grondement sourd résonnait dans sa poitrine. Je ne lui avais jamais vu un visage aussi dur. Il savait que ça serait très compliqué de convaincre la Meute que je n'étais pas son ennemie, et son expression montrait à tous les loups de la pièce envers qui allait sa loyauté.

Une nouvelle odeur se répandit alors dans l'air.

Forte et acide, elle exprimait la colère mélangée à de l'agressivité. C'était *presque* l'odeur d'un défi. Mes cheveux se dressèrent sur ma nuque, et ma louve se mit à faire les cent pas dans mon esprit en poussant un grondement sourd et menaçant. *Doucement,* lui dis-je, *on ne peut pas le gagner, celui-là. Ce n'est pas le moment de jouer au loup, crois-moi.* Elle se calma, mais ignora superbement ce que je venais de dire en continuant à monter la garde.

Le corps de James se raidit derrière moi lorsque l'odeur devint plus intense. Je lançai un regard furtif à mon père, qui continua à parcourir discrètement la pièce des yeux. Vigilant, il laissait à ses loups le temps de digérer cette nouvelle information et en profitait pour évaluer leurs réactions.

Mon frère, assis à côté de lui, surveillait lui aussi l'assemblée, sans doute pour voir quelle tête il allait devoir fracasser en premier. J'ignorais quel loup avait lancé le défi parce que mes sens étaient assaillis par une surcharge de testostérones de loups-garous. De toute façon, il y avait sûrement plus d'un coupable. Or les loups étaient si nombreux que j'étais quasiment certaine que personne ne pourrait retrouver les agresseurs.

James avança et se retrouva épaule contre épaule avec moi.

— Jessica n'est pas faible, dit-il d'une voix forte et claire. J'ai vu de mes yeux le résultat d'un de ses combats. Ceux qui la prennent pour une proie facile se trompent lourdement. À compter d'aujourd'hui, elle passe sous la protection des droits de la Meute, qui veillera sur elle *jusqu'à la mort.* (Il visa du regard certains loups qui baissèrent les yeux, l'un après l'autre.) Je le jure en mon nom, ajouta-t-il avant de poser le poing serré sur son cœur.

Cette déclaration provoqua aussitôt de l'agitation.

Les droits de la Meute étaient notre bible. Il s'agissait d'un texte contenant toutes nos traditions, que nous nous transmettions de génération en génération. Il décrivait les coutumes du loup et datait de plusieurs millénaires. Quand mon père était devenu l'Alpha, ce précieux objet lui avait été confié, même si, à ma connaissance, il avait été abîmé dans un incendie plus de trois cents ans avant que mon père en hérite. Je n'avais jamais vu le livre, mais on racontait qu'il manquait des parties du texte et que certaines pages étaient brûlées ou noircies au point d'être illisibles.

L'un des principaux articles stipulait qu'aucun loup, à l'exception de l'Alpha, ou sur son ordre, ne pouvait en attaquer un autre sans motif valable en dehors d'un défi concernant son statut au sein de la Meute. Les défis étaient à part et faisaient l'objet d'une véritable cérémonie. Le châtiment pour avoir attaqué un loup sans provocation était la mort. Il n'y avait pas de moyen terme, juste la peine capitale. Si un loup violait cet article de loi, c'était l'Alpha qui exécutait la sentence, ou quelqu'un désigné par ses soins.

Dans les faits, James venait juste de dire à une pièce remplie de loups – ses compagnons de Meute – qu'il tuerait le premier qui oserait s'attaquer à moi sans motif valable. C'était une menace lourde de sens puisque James était le loup numéro deux de la Meute. Sa force et sa prouesse étaient légendaires.

Mon père approuva cette déclaration d'un brusque hochement de tête à l'intention de James, avant d'ajouter :

— Aucun défi de Meute ne sera lancé à ma fille tant que le problème du renégat mort ne sera pas résolu. Il n'y aura aucune exception. La menace directe que représentait ce renégat pour ma fille sera traitée, comme il se doit, comme une menace contre *la Meute*.

Le brouhaha atteignit alors des sommets enfiévrés. Les loups détestaient le changement, et leur langage corporel le montrait bien. Beaucoup se raidirent en grondant sous cape et en remuant des pieds. Ils n'allaient pas céder si facilement, voire pas du tout.

J'eus l'impression que quelque chose effleurait ma conscience. *Ne t'inquiète pas, Jess*, me dit Tyler d'une voix douce. *Même si ça n'en a pas l'air, la majorité des loups sont derrière toi et te protégeront quel qu'en soit le prix.*

*Mais le prix ne sera-t-il pas trop élevé, Tyler ?* Je ne supportais pas l'idée que quelque chose puisse arriver à mon frère, ou à mon père, ou à n'importe lequel de leurs partisans, à cause de moi.

*C'est ce que dictent les droits de la Meute, Jess. Et c'est ce que nous ferons.*

*Je crois que quelqu'un a oublié de dire au loup qui m'a attaquée hier soir qu'il était tenu par les lois de la Meute.*

*Il n'était pas l'un des nôtres. On ne sait pas encore qui il était, mais Devon y travaille. C'était un renégat, c'est certain, mais il y a de bonnes chances qu'il ait été engagé par une personne extérieure à* toutes *les Meutes.*

C'était nouveau. Pour la première fois, je remarquai la présence de Devon, assis avec son portable à l'un des coins de la table. Devon Lee était notre petit génie en informatique et l'un des principaux conseillers de mon père. Ce n'était pas un loup mais un essentiel. Je ne doutais pas qu'il finirait par trouver l'identité du renégat. Il résolvait toujours ce genre de problèmes avec brio.

Les loups renégats étaient extrêmement dangereux. C'étaient des loups chassés de leur Meute parce qu'ils étaient incapables de bien s'entendre avec les autres ou parce qu'ils avaient brisé un règlement (ce qui revenait à dire qu'ils ne s'entendaient pas bien avec les autres). Certains renégats, comme Hank, déménageaient immédiatement dans une autre Meute, ce qui était permis si leur nouvel Alpha les en jugeait dignes. Si on les acceptait, on leur donnait une nouvelle chance de suivre le règlement.

Les droits de la Meute stipulaient qu'un renégat devait bénéficier d'un répit d'un an afin de pouvoir se réhabiliter au sein d'une Meute qui lui convenait mieux. La plupart choisissaient une nouvelle Meute parce que sinon, un an jour pour jour après leur exclusion, ils se retrouvaient condamnés à mort. Je ne connaissais pas le nombre exact de renégats à l'heure actuelle, mais je suppose que c'était au moins un nombre à deux chiffres. Avant, l'intégration dans une nouvelle Meute fonctionnait bien, alors que désormais, c'était moins évident. Un renégat qui choisissait volontairement de le rester possédait peu de qualités susceptibles de le racheter.

Quiconque capable d'engager un renégat pour faire son sale boulot n'était pas un ami de la Meute. C'était un crime sévère dans notre monde, qui pouvait servir de catalyseur et déclencher une guerre avec la communauté responsable.

Mon père récupéra l'attention de l'assemblée, coupant court à toute protestation et mettant fin à mon dialogue interne avec mon frère.

— Cette *Meute* a été attaquée par une personne de l'extérieur, un loup renégat. Un loup qui a choisi de ne pas suivre nos règles. D'après nos lois, c'est une menace directe qui nous concerne tous et qui prend le pas sur tout le reste jusqu'à ce que le problème soit résolu. Ce n'est pas ouvert à la discussion.

Je fus surprise d'entendre quelques murmures approbateurs et de voir quelques loups hocher la tête. Je n'aurais pas cru qu'un seul d'entre eux l'accepterait. Un certain soulagement m'envahit, jusqu'à ce que j'entende une chaise racler le sol.

Hank se leva d'un air hargneux et me montra du doigt avec colère.

— Comment savoir si ce loup renégat n'est pas juste un de ses amants éconduits qui aurait pété un câble ? Hein ? Quelqu'un dont elle s'est lassée et qu'elle a décidé de tuer ? On n'a même pas la preuve qu'elle ait bien été attaquée ou que le loup soit vraiment un renégat !

Comptez sur Hank pour démarrer les hostilités en fanfare. Il avait une sacrée paire de couilles. Ray et lui devraient prendre le thé ensemble un de ces quatre. Leur haine mutuelle les rapprocherait.

Un autre loup se fit immédiatement l'écho de Hank. Je reconnus la voix de Rich Garley. Hank avait officiellement ouvert les vannes. Rich était l'un des plus vieux loups assis à la table de conférences. Il avait passé du temps à la Base quand j'étais enfant, mais il dirigeait désormais une petite entreprise dans le Dakota du Sud, où il séjournait presque cent pour cent du temps. Il eut cependant la sagesse de rester assis.

— Callum, je respecte ce que tu nous dis là. Mais savons-nous vraiment ce qui s'est passé la nuit dernière ? D'après ce que j'ai compris, le renégat présumé n'a pas été identifié. Je te soutiendrai, mais je ne suis pas prêt à partir en guerre sans une preuve matérielle ou la certitude absolue qu'il s'agit bien d'une attaque directe contre la Meute.

Un jeune loup à la crinière brune en pagaille et à l'attitude très agressive eut l'audace de prendre la parole à son tour.

— Comment savoir, aussi, si une femelle peut appartenir à la Meute ? Pourquoi risquer notre peau si on a pas la preuve qu'elle est des nôtres ?

Mon père gronda. Le loup insolent écarquilla puis baissa les yeux, et toute l'agressivité inscrite sur ses traits disparut en un clin d'œil, remplacée par un air soumis. S'il avait été sous sa forme de loup, la queue entre les jambes, il aurait mordillé le museau de mon père.

Que ça lui serve de leçon, à ce salopard.

Mon père fit claquer ses dents d'un air féroce.

— Malcolm, puisque tu es un loup relativement jeune et que tu ne connais pas bien nos lois vu que tu habites en dehors de la Base, dit-il en émettant un grondement sourd pour bien lui montrer ce qu'il pensait de cette bêtise, je te pardonne cette insolence – pour cette fois.

Malcolm couina tant bien que mal une réponse.

— Un enfant engendré par l'Alpha fait partie de la

Meute de par les liens du sang. (Mon père s'adressa à toute l'assemblée d'une voix forte qui faisait ressortir chaque syllabe.) Il en est ainsi depuis le début de notre existence. Mes enfants n'ont pas besoin de prouver leur allégeance, on la leur donne librement. Ils n'ont pas besoin de prêter serment envers la Meute. Peu importe que Jessica soit une femelle. Mon sang coule dans ses veines. Elle est de ma famille. Elle appartient à la Meute.

Hank n'en resta pas moins debout, ce qui était un manque de respect flagrant envers son Alpha. Dans un grondement, James fit mine de faire un pas vers lui.

Hank se laissa tomber lourdement sur sa chaise.

— Jessica, déclara James d'un air farouche, une lueur jaune au fond des yeux, a été attaquée la nuit dernière, sans provocation de sa part, par un loup renégat. Je l'ai vu de mes yeux. Elle était blessée, mais elle a réussi à tuer le loup toute seule, ajouta-t-il en mettant quiconque au défi de le contredire. Le renégat était sous sa forme de loup au cours de l'attaque. Il lui a sauté dessus sans prévenir dès qu'elle est entrée dans son appartement. Jessica aurait dû trouver la mort au cours de cette agression lâche, qui est indigne de nous en tant que race. Mais elle a triomphé du loup toute seule… sous sa forme humaine, conclut-il après une longue pause.

Les regards se tournèrent aussitôt vers moi pour me jauger. La plupart semblaient sceptiques. James n'avait pas prononcé le mot « Lycan » et je ne savais pas si l'un d'entre eux y pensait. J'étais une fille. Comment pouvais-je vaincre un loup sous ma forme humaine ? Les Lycans étaient probablement loin de leurs préoccupations, mais ils pensaient à quelque chose, c'était certain.

La porte s'entrouvrit derrière moi. C'était Marcy qui venait m'apporter de l'eau.

Avant que j'aie eu le temps de la chasser discrètement, James fit volte-face. Il attrapa Marcy par la taille et sortit de la salle en coup de vent, en claquant fermement la porte derrière lui. Juste avant, j'entendis Marcy laisser échapper une toute petite exclamation de surprise.

Mon père ignora cette brève interruption et m'ordonna de le rejoindre d'un petit signe de la tête.

*D'accord.*

Danny libéra rapidement sa place tandis que je faisais le tour de la table. Les loups s'écartèrent sur mon passage avec une certaine agressivité, mais sans perdre le contrôle d'eux-mêmes. Ma louve ne cessa de gronder en sourdine tandis qu'on traversait la pièce. Elle était sur la défensive, prête à nous protéger. Calmement, je m'assis à la gauche de mon père, Tyler à sa droite.

Nos places démontraient parfaitement la position que nous occupions dans la Meute.

À ma grande surprise, les visages autour de la table exprimaient aussi bien l'acceptation que le rejet. Une fois encore, je ne m'attendais pas à la moindre note positive.

Je suivis James du regard lorsqu'il revint dans la salle. Sans un bruit, il vint se placer derrière ma chaise, solidement campé sur ses jambes, les poignets croisés devant lui. Il montrait ainsi qu'il était prêt à se battre si nécessaire.

Le soutien de nombreux loups influents allait permettre d'éliminer une partie de la dissension, mais tous ceux qui avaient le sentiment que mon statut risquait d'affecter leur place au sein de la Meute finiraient tôt ou tard par choisir de me combattre sans se soucier des appuis que j'avais ou pourquoi j'en bénéficiais. Lorsque ces défis officiels arriveraient, je devrais me battre, seule. Même mon père ne pouvait contrevenir à cette règle-là.

Mais ce n'était pas le moment de m'inquiéter à propos des défis à venir. Je n'étais pas encore sortie de cette salle. Je devais me focaliser sur le moment présent et éliminer le reste qui n'était que diversion.

— La prochaine étape, c'est de trouver un plan, annonça mon père. (Il laissa de côté ce que James venait juste de dire à propos de ma victoire sous ma forme humaine. J'en fus soulagée.) Le Cercle va rester ici pour discuter des solutions qui s'offrent à nous. Nous préviendrons les autres loups dès que nous aurons décidé de la conduite à suivre. Vous pouvez disposer jusqu'à nouvel ordre.

Il hocha la tête à l'intention des loups qui étaient restés debout.

J'entraperçus brièvement Marcy lorsque la porte s'ouvrit. Elle ouvrait de grands yeux, ce qui ne l'empêcha pas de dire d'une traite :

— Par ici, messieurs.

Je n'avais pas assez d'argent dans mes coffres pour la récompenser de ses efforts.

Derrière moi, j'entendis un grondement qui provenait de James. Je me retournai, mais il avait les yeux fixés sur le loup qui fut le dernier à sortir de la salle de conférences. La porte se referma, et je me demandai si je devais m'inquiéter. Normalement, les loups devaient bien se conduire en sortant. Marcy ne devait pas avoir d'ennuis. C'était moi le problème, pas elle. Le parfum d'agressivité diminua considérablement après le départ des loups, mais je n'eus pas le temps de demander à James à quoi il pensait, car la voix de mon père emplit l'espace.

— Nous allons ouvrir cette réunion avec Jessica. Elle va vous raconter les détails de son premier changement, jusqu'à son arrivée ici ce matin. Après l'avoir écoutée, nous entendrons Tyler et James. Puis le Cercle décidera des actions à mener.

Le Cercle était le nom officiel du conseil des loups-garous, composé grosso modo de treize membres, y compris mon père, un pour chaque cycle lunaire qui composait notre calendrier originel. Il va sans dire que les décisions finales revenaient à mon père, mais, depuis quelques siècles, toutes les Meutes disposaient d'un conseil consultatif. Le Cercle était le raccourci de « cercle de la Lune ». La pleine lune avait toujours été notre symbole le plus sacré.

À ses débuts, le Cercle se composait de l'Alpha et des douze loups les plus âgés. De nos jours, avec la technologie et les développements humains modernes, mon père assignait des loups spécifiques au conseil, pour accompagner les plus vieux.

Neuf membres étaient présents, sans compter Nick, Devon, qui faisait partie du Cercle mais qui n'était pas un loup, et moi. En plus de mon père, de mon frère et de James, il y avait là Grady Carson, Rich Garley, mon nouveau supporter numéro un, Hank, que j'aurais aimé envoyer au diable (mais, vu qu'il était l'un des plus vieux, il avait droit à un siège, que ça me plaise ou non), Danny, qui avait gagné sa place grâce à son statut de gardien des frontières de la ville, et deux autres loups, Cliff Delano et Elliot Murphy. Il manquait trois loups qui habitaient tous au Canada.

J'ignorais ce que les membres du conseil pensaient de moi, à l'exception de Rich et de Hank, mais on allait le découvrir dans les cinq minutes. Normalement, les réunions du conseil se déroulaient à la Base, mais, à cause de l'attaque du renégat et de tout ce qui s'était mal passé, mon père était venu ici.

Il se tourna vers moi en haussant les sourcils. Il attendait que je prenne la parole.

Je présentai donc ma version de l'histoire. Je racontai au Cercle tout ce qui m'était arrivé ces derniers jours, jusqu'au moment où James avait enfoncé la porte de chez moi, la veille au soir. James reprit le fil du récit après ça, puis ce fut au tour de mon frère.

Notre bref interlude fut passé sous silence. Rien ne nous obligeait, James et moi, à en parler. Certaines choses restaient privées, même pour des loups-garous.

Le fait que je sois peut-être une Lycan ne fut pas réellement mentionné, mais sous-entendu. James expliqua à notre auditoire que j'avais commencé à changer, mais que je n'étais pas allée jusqu'au bout. Quand Tyler eut fini de décrire la scène, il y eut un long silence.

— Comment ça, elle a « commencé » à changer ? (Il fallait s'en douter, Hank fut le premier à poser la question.) Est-elle allée jusqu'au bout ou s'est-elle retrouvée coincée ?

Il me regarda avec espoir. Peiner ou se retrouver coincé au beau milieu du changement était typique des nouveau-nés, et extrêmement douloureux. Du moins, c'est ce qu'on m'avait raconté.

J'interrogeai mon père du regard. J'avais le sentiment que ce n'était pas à moi de livrer cette info. Je comprenais à peine ce qui se passait à l'intérieur de mon être et j'étais encore moins capable de l'expliquer à un groupe de loups.

Callum McClain dévisagea son cercle de loups avec le plus grand sérieux. Dans la salle, l'anxiété augmenta encore de quelques degrés. Je fus brusquement prise de vertiges. J'ignorais ce que les autres allaient faire en apprenant la vérité. Ça ne pouvait pas bien se passer.

— Ce que je suis sur le point de vous dire devra rester entre nous jusqu'à ce que j'en décide autrement. Jurez-le.

Autour de la table, plusieurs voix répondirent en chœur :

— Je le jure.

# 14

Une vague d'énergie traversa la pièce lorsque mon père accepta le serment de chaque loup. S'ils manquaient à leur parole, il le saurait. Dans notre monde, nous étions tenus par nos promesses. Le lien entre un Alpha et son loup était physique et se manifestait de manière tangible lorsqu'il était question de prêter serment.

— Je ne l'ai pas vu de mes yeux, mais mon fils et mon second en ont été témoins. (Mon père fit face aux regards curieux de son conseil sans ciller.) Il semblerait que Jessica ait été capable de changer à moitié et de conserver cette forme pendant un laps de temps considérable. Elle a combattu le renégat de cette manière… et elle a gagné. (Il haussa légèrement les sourcils, comme s'il mettait ses loups au défi de le contredire.) Elle ne s'est pas retrouvée coincée. Elle n'a pas eu du mal à se transformer. Elle a réussi à agir avec un contrôle parfait.

Un silence de mort accueillit cette déclaration.

Certains loups échangèrent un regard. Mal à l'aise que mon secret soit ainsi connu de tous, je m'agitai sur ma chaise. Pour ces loups, apprendre que j'étais une Lycan revenait à prouver que le mythe de Caïn était vrai. Je savais que mon père devait en parler. Il était impossible d'esquiver un tel sujet. Mais j'aurais aimé avoir quelques jours de plus pour digérer tout cela avant que ça me retombe dessus.

Le doux cliquetis des touches d'un clavier d'ordinateur s'arrêta brusquement.

— Une *Lycan*, souffla Devon. C'est bien de ça que vous parlez, pas vrai ? Je ne pensais même pas que c'était possible. C'est vrai, il y a plein de légendes là-dessus, mais personne n'a jamais vu de Lycan depuis mille ans.

Tout le monde restait parfaitement immobile.

Diverses émotions passèrent sur le visage des loups tandis qu'ils digéraient la nouvelle. Une toux hésitante retentit de l'autre côté de la table.

— Mais, Callum, puisque tu n'en as pas toi-même été témoin, ils se trompent peut-être, déclara calmement Rich. Personne n'a jamais vu un vrai Lycan. Comment peut-on décréter si rapidement qu'il s'agit bien de ça ? Peut-être qu'une femelle ne peut tout simplement pas aller au bout d'un changement. Peut-être que la seule chose possible pour elle est de s'arrêter au milieu.

Il marquait un point. Si je n'avais pas effectué un changement complet lors de ma première nuit, moi aussi, j'aurais eu des doutes.

— J'aurais tendance à être d'accord avec toi, Rich. La prudence est de mise dans cette affaire, répondit mon père. Ce n'est pas une information que je partage avec vous à la légère. Jace a fait des analyses complètes sur le sang de Jessica lors de son retour, et sa chimie a complètement changé. J'ai reçu les résultats juste avant de partir. Jace travaille encore pour isoler le gène, mais, d'après son sang, Jessica est bien devenue une louve-garou à part entière, et c'est une confirmation suffisante. (Il se tut en balayant son auditoire du regard. Tout le monde restait terriblement silencieux. Il poursuivit donc :) D'autres indicateurs confirmant que Jessica est une Lycan sont venus renforcer mon jugement.

Cliff Delano, un loup calme, à la peau couleur chocolat et au regard sérieux, me dévisageait d'un air ouvertement stupéfait.

— Quels indicateurs ? demanda-t-il à mon père d'un ton posé qui démentait la peur qui émanait discrètement de lui.

En fait, l'air commençait à empester la peur dans plusieurs directions. Ce n'était pas bon signe.

— Il semblerait, expliqua mon père à son Cercle, que Jessica soit capable, inconsciemment, de m'empêcher d'accéder à ses pensées. Je suis incapable de l'atteindre. Je ne peux pas franchir son barrage, même si j'ai essayé à de multiples reprises.

J'entendis un hoquet de stupeur, ainsi que quelques grondements audibles.

J'avais l'impression d'être un poisson dans un bocal juste avant que le chat n'y plonge la patte pour l'avaler tout cru. J'étais en feu sous le poids de leur regard. *Qu'est-ce que vous dites de ça, les garçons ? Hein ? Je suis un risque inconnu, et l'Alpha le plus puissant du monde n'arrive pas à me contrôler. Je suis votre pire cauchemar devenu réalité. Qu'est-ce que vous pensez de moi maintenant ?*

Je fermai les yeux. Mes sens internes se modifièrent lorsque Tyler parla dans ma tête. *Ça va aller, Jess. On va s'en sortir. S'ils réagissent violemment, on les calmera et puis c'est tout.*

*C'est facile à dire pour toi. Calmer quelques loups, c'est une chose, mais quand la nouvelle se répandra, tout le monde s'en prendra à moi. On ne pourra pas tous les arrêter en même temps. Certains auront peur de la présence d'un Lycan au sein de la Meute parce qu'ils n'en ont jamais vu. Ils me détesteront pour cette seule raison. Les autres, ceux qui refuseront de croire à cette histoire, me défieront pour m'affronter.*

Les émotions de mon frère se mirent à tourbillonner à la surface. Dans mon esprit, je vis apparaître un arc de couleurs éthérées. J'ignorais que les pensées fonctionnaient de cette manière. Il y avait là du vert farouche pour sa loyauté, du pourpre pour ses peurs et l'écarlate de son cœur. Il n'avait pas de mots pour moi, mais c'était suffisant.

Je relevai la tête. Mon regard se posa sur Hank. Évidemment. En une seconde, son expression passa du choc à la révulsion.

Incapable de se contenir, il jaillit de son siège si rapidement que sa chaise heurta le sol avec fracas et que lui-même recula de quelques pas, en titubant.

— Je refuse de recevoir des ordres de ça, dit-il en me montrant du doigt. Je refuse d'être gouverné par une femelle !

Il était tellement en colère qu'il en avait la bave aux lèvres.

Mon père se leva à son tour, lentement, et prit le temps de poser les mains sur la table pour se pencher en avant.

— Personne ne te demande d'obéir aux ordres de Jessica, Hank Lauder. Je suis l'Alpha de cette Meute et je le resterai. Le pouvoir ne changera pas de mains. Nous avons beaucoup à apprendre sur la nature d'un

Lycan, mais je t'assure que Jessica ne cherchera pas à me défier. Ni maintenant ni jamais.

*Tu as absolument raison, papa.* J'avais la très forte intuition que ma louve n'était pas du genre à jouer les Alpha de la Meute. Oui, nous étions alpha, fortes et impétueuses, mais la direction d'une Meute revenait à un Alpha. Or il en existait très peu. Pour faire un vrai Alpha, il fallait une forte personnalité alpha innée, mais aussi de la ruse, de la force et la faculté de diriger une Meute. Que vous soyez un alpha inné ne voulait pas dire que vous étiez assez fort pour maîtriser une bande de loups indisciplinés. Ne me demandez pas comment, mais j'étais certaine que notre rôle n'était pas de récupérer le commandement de la Meute. Ma louve balaya cette idée d'un claquement de mâchoires. Il y avait un truc qui m'échappait, là. *Je pige pas. Je sais qu'on est des alpha innés, mais pas des alpha avec un grand A. Tout ça n'a pas de sens.*

Elliot Murphy prit la parole pour la première fois, interrompant mon monologue intérieur. Ses cheveux roux et son visage constellé de taches de rousseur lui donnaient un air amical, mais je ne savais pas encore s'il était de mon côté.

— Écoutons Jessica. C'est à elle de nous dire qu'elle ne cherchera pas à nous diriger en tant qu'Alpha de cette Meute.

Mon père se tourna vers moi. Je me levai à mon tour. Il était toujours debout, puisqu'il n'allait pas se rasseoir tant que Hank ne le ferait pas non plus.

— Je peux vous assurer que je ne souhaite pas devenir l'Alpha, dis-je d'un ton clair et égal. Le fait d'être une louve-garou est très, très nouveau pour moi, mais ma louve considère clairement mon père comme l'Alpha de cette Meute. Je n'ai absolument aucune intention de défier mon père pour prendre sa place. Jamais je ne le ferai.

— Alors, prouve-le-nous, déclara James derrière moi d'une voix légèrement teintée de regret. Jure-le devant nous sans attendre. Prête un serment de sang.

Je me tournai vers lui d'un air quelque peu stupéfait. Son visage, imperturbable, ne montrait aucune émotion, mais, vu notre proximité (seuls trente centimètres nous séparaient), je vis une minuscule étincelle ambrée briller un instant au fond de ses yeux.

Je savais parfaitement pourquoi il demandait une chose pareille. N'empêche que mon cœur fit un bond dans ma poitrine.

Si je ne jurais pas immédiatement devant ces loups, la panique et l'agitation se répandraient très rapidement dans la Meute. Je serais très probablement éliminée au moyen d'un défi – ou autre – avant la fin de la journée, ce qui déclencherait une guerre civile au sein de notre Meute. Peut-être que si j'avais été une simple louve-garou, j'aurais pu m'en sortir, mais une Lycan ? Non, c'en était trop pour eux. Je ne pouvais pas laisser le mythe de Caïn devenir une réalité. Je refusais de devenir le catalyseur qui ferait exploser cette Meute.

*Putain, non, pas moyen.*

Si je jurais sur mon sang de ne jamais défier mon père pour récupérer son statut d'Alpha, je pouvais amoindrir une partie de cette folie sur-le-champ. Je n'avais pas le choix.

— De mon plein gré, déclarai-je, et devant vous tous, je vais jurer sur mon sang de ne jamais défier mon père pour devenir l'Alpha de cette Meute.

Un serment était empreint d'un certain pouvoir qui nous liait. Si un loup rompait son serment, l'Alpha le châtiait selon la gravité de sa faute. Le châtiment, dans le cadre d'un serment de sang, était la mort.

Personne dans la Meute n'était plus puissant que l'Alpha. Son sang était la clé de ce pouvoir. Quand le sang d'un loup se mêlait à celui de son Alpha et qu'un serment était prononcé, cela scellait un lien impossible à rompre. Si j'essayais de manquer à ma parole et de combattre mon père, ma mort serait instantanée. Le sang de mon père ferait en sorte que mon cœur arrête de battre ou qu'un caillot se forme dans mon cerveau, ou un truc dans ce goût-là. Comment ça fonctionnait, nous l'ignorions. Je savais simplement que je mourrais en cas de parjure. Et toutes les autres personnes présentes dans la pièce le savaient aussi.

Peu de loups prêtaient un serment de sang parce qu'ils mettaient leur vie en péril si jamais ils changeaient d'avis. Moi, ça ne m'arriverait pas. Pour le bien de ma famille, je ne pouvais pas changer d'avis et je ne le ferais pas.

Mon père se tourna vers moi. Dans son regard qui ne cillait pas, je vis du regret, mais aussi une forme d'acceptation. Comme moi, il était conscient que nous n'avions pas le choix.

J'entendis un sifflement de l'autre côté de la table, juste avant que des paroles caustiques résonnent :

— Puisqu'elle est déjà capable de t'empêcher d'accéder à ses pensées, comment saurons-nous si le serment de sang fonctionne ? protesta Hank avec un rictus de mépris. Elle pourrait faire semblant.

Mon père regarda Hank droit dans les yeux et fit rouler ses épaules vers l'avant. Hank venait d'épuiser ses passe-droits. Je n'avais jamais compris pourquoi mon père supportait ses bêtises. Hank était vraiment un chieur en toutes circonstances. Mais mon père devait avoir une bonne raison, sinon, Hank serait déjà mort.

Mon père gronda. Hank baissa les yeux et s'assit.

— Le sang fonctionne différemment. Jessica et moi allons sentir le serment nous lier et nous accepter. Je le saurai.

Sa voix était un ordre. Personne ne protesta.

James contourna ma chaise pour tendre à mon père le couteau de chasse qu'il portait en permanence à la ceinture. Mon père me tendit la lame après s'être rapidement incisé la paume. Son sang se mit à couler, noir et épais. La blessure ne resterait ouverte que quelques secondes avant de guérir complètement.

Je pris la lame en regardant mon père droit dans les yeux et prononçai des paroles que j'espérais suffisantes.

— Moi, Jessica Ann McClain, jure de ne jamais défier Callum Sèitheach McClain pour prendre sa place légitime d'Alpha de la Meute des territoires américains du Nord tant que je vivrai. Je le jure sur mon sang, devant cette Meute qui se porte témoin. Que je meure si je venais à briser ma promesse.

J'entaillai ma paume. Du sang rouge vif jaillit. J'agrippai la main tendue de mon père, qui ferma les yeux et renversa la tête en arrière. Le pouvoir se mit à irradier entre nous sous forme d'une masse d'énergie vibrante. J'étais certaine que les autres loups le sentaient aussi. Chaud et dangereux, le sang de mon père traversa mes veines tel un météore.

Mon corps frissonna sous l'impact. Ma louve hurla. Toutes les molécules de mon être se mirent à brûler. Le sang de mon père était incroyablement puissant. Mon corps se dépêcha d'assimiler cet influx de pouvoir tandis que nos fluides vitaux se mélangeaient. Ma louve aboya et racla ses griffes sur le plancher de mon esprit en secouant la tête comme si une abeille était entrée dans son oreille.

Nous restâmes ainsi pendant encore quelques secondes.

— C'est fait, annonça mon père en me lâchant la main, rompant ainsi la connexion entre nous.

Sa blessure était complètement guérie. La mienne continuait de saigner. Nick prit plusieurs serviettes sur le chariot à café et me les donna.

Mon père s'assit sans me regarder.

Je repris ma place en appuyant les serviettes sur ma peau en cours de guérison.

— Eh ben, si elle n'est pas capable de guérir une entaille comme celle-là, renifla Rich Garley en désignant ma main où le sang coulait encore, elle ne doit pas être une bien grande menace. Pour ma part, je suis satisfait.

Autour de la table, d'autres loups hochèrent la tête pour marquer leur approbation. Danny et Devon opinèrent du chef à l'unisson. Mon regard se posa alors sur Grady, qui n'avait pas prononcé un mot depuis que j'étais entrée dans la pièce. Il me jaugeait soigneusement, sans se cacher. Son regard sage s'attarda sur ma main tandis que son visage restait figé en un masque impénétrable. J'espérais qu'il n'avait pas déjà découvert ce que mon père et moi avions si bien tenté de dissimuler pendant notre petite démonstration.

Parce que si Grady était déjà au courant, les autres ne se laisseraient pas facilement duper.

Le pouvoir avait tourbillonné autour de nous tandis que nos deux sangs se mélangeaient. Cette partie-là n'était pas un mensonge. Mais, au fond de moi, je le savais, et mon père aussi.

Le serment de sang n'avait pas voulu de moi.

# 15

En un clin d'œil, mon père revint à l'affaire qui nous préoccupait.

— Devon, dis-nous ce que tu as découvert à propos du renégat qui a attaqué Jessica la nuit dernière.

De toute évidence, mon père n'allait pas prendre le risque de laisser ses loups poser des questions à propos de ce qui venait juste de se passer. Nous savions tous les deux qu'il aurait dû en informer le Cercle, mais il avait immédiatement choisi de me protéger, au mépris de toute autre pensée rationnelle.

Il était mon père, et je l'aimais, même si ça nous mettait dans une position dangereuse. La Meute pourrait se retourner contre lui si cette trahison venait à être découverte.

Sur ma vie, je ferais en sorte que ça n'arrive pas.

— La photo que je viens juste de trouver semble correspondre au loup que nous cherchons, répondit Devon en tapotant son écran. D'après le dossier, il s'appelle Robert Lincoln. Il a été chassé de la Meute des territoires américains du Sud il y a une dizaine d'années, et on ne sait pas grand-chose de lui. Il aurait passé du temps en Russie. (Devon marqua une pause pour nous laisser digérer l'info.) Et il a été aperçu pour la dernière fois en Espagne, il y a deux ans.

Devon et quelques loups doués en informatique dans les autres Meutes avaient passé un certain temps à mettre au point une espèce de base de données. Ça permettait aux six Meutes mondiales de partager des informations. Si un loup devenait renégat, ou choisissait de vivre en solitaire, sa photo et son profil étaient automatiquement ajoutés à la base de données. Les solitaires étaient des loups généralement très âgés qui choisissaient de vivre le restant de leur existence sous leur forme animale plutôt qu'humaine. Il y en avait très peu. Tous étaient des Bêta peu menaçants et devaient observer des règles strictes, mais ils existaient.

Cette base de données était le seul « effort de coopération » entrepris par les principales Meutes mondiales.

La confiance ne régnait pas vraiment entre les Meutes, mais cette entreprise visait à assurer la sécurité de tous, des loups-garous comme des humains. Les Meutes mondiales se composaient des deux territoires américains du Nord (avec le Canada) et du Sud (dont le Mexique), de l'Amérique du Sud, de l'Europe, de l'Asie et de la Russie.

Cette dernière avait la réputation d'être le territoire le plus sauvage et le plus imprévisible de tous. Les loups russes étaient connus pour leur méchanceté et leur absence de scrupules. On racontait qu'ils attachaient peu, voire pas du tout d'importance à la vie humaine. Un renégat qui serait allé en Russie n'en devenait que plus menaçant, car c'était l'un des rares endroits où il pouvait faire ce qu'il voulait et survivre indéfiniment, à condition de graisser suffisamment de pattes et d'être assez malveillant.

Il existait également de nombreuses petites factions de loups éparpillées de par le monde, mais on ne les considérait pas comme des Meutes à part entière. Elles étaient généralement rattachées à un Alpha sur l'un des continents principaux. Ainsi, mon père dirigeait un petit contingent dans les îles Aléoutiennes. Leur chef était obligé de venir voir mon père une fois par an, mais ses loups n'étaient pas rattachés à notre Meute comme l'étaient les nôtres. Ça voulait dire qu'ils n'étaient pas obligés d'entrer en guerre pour nous. Ils géraient aussi leurs clans différemment, de manière plus libre et plus organique, comme dans l'ancien temps. Mais, contrairement aux renégats, ils devaient obéir aux règles et répondre de leurs actes devant leur Alpha.

— Continue, demanda mon père.

— Ça fait neuf ans que l'ordre a été donné de le tuer, poursuivit Devon. Apparemment, plusieurs loups européens ont failli réussir. Mais aucune prime n'a jamais été versée.

Si vous éliminiez un renégat, la Meute à laquelle il avait appartenu vous versait une jolie récompense. C'était de l'argent bien dépensé pour empêcher les renégats de faire n'importe quoi et pour bien faire comprendre aux autres loups que, s'ils plaquaient leur Meute, tout le monde allait se battre pour les éliminer.

— Sa mort n'a pas été notifiée. Enfin, jusqu'à aujourd'hui.

Devon tapa sur le clavier pour entrer l'info en question, je suppose.

Visiblement, Robert Lincoln avait survécu plus longtemps que la plupart. Ce n'était pas une bonne nouvelle pour notre Meute. De toute évidence, quelqu'un l'avait embauché, et rapidement en plus, puisque, « techniquement », je venais tout juste de faire mon coming out de louve-garou.

Le renégat savait également où se trouvait mon appartement, que je louais au nom de Molly Hannon, sans qu'aucun dossier pointe vers Jessica McClain ou la Meute. Ça voulait dire qu'il y avait une sérieuse brèche dans nos rangs, et ça ne présageait rien de bon pour nous tous.

Mon père prit la nouvelle très au sérieux et réfléchit un long moment.

— Si ce renégat venait de Russie ou d'Europe, notre Meute fait face à une menace majeure, annonça-t-il. Je vais contacter Julian pour voir s'il a des infos supplémentaires sur ce loup. À partir de maintenant, notre Meute sera en état d'alerte jusqu'à ce qu'on découvre qui est à l'origine de cette menace et pourquoi.

Il se frotta le menton distraitement. Julian de Rossi était l'Alpha de la Meute des territoires européens. Ses loups étaient impliqués dans une guerre civile qui se déroulait par intermittence depuis des années. Ce n'était qu'une question de temps avant que cette Meute se scinde en deux. Trop de loups au sein d'une même Meute, ça donnait lieu à tout un tas de problèmes.

— Mon instinct me dit que quelqu'un attendait le changement de Jessica et avait préparé son plan bien à l'avance. Tout ce qu'il lui suffisait de faire, c'était d'activer ce plan en recevant la confirmation de sa transition. J'ai été extrêmement stupide et laxiste en pensant qu'elle passerait inaperçue pendant tant d'années. Je suis le seul à blâmer dans cette affaire.

— Tu ne peux pas endosser toute la responsabilité, protestai-je sans savoir si je devais intervenir, ce qui ne m'empêcha pas de le faire. Je m'y refuse. C'est moi qui ai insisté pour vivre en dehors de la Base. Je me suis battue pour ça, au sens propre comme au figuré. Et je le referais si j'en avais la possibilité, quel qu'en soit le prix.

— C'est là où nous ne sommes pas d'accord, Jessica, me répondit mon père. Si j'avais su quel prix il allait falloir payer, je t'aurais gardée près de moi pendant tout ce temps. Il n'y a rien sur cette Terre qui vaille les possibles dangers que nous encourons aujourd'hui. (Il y avait dans ses yeux une douceur que je n'y avais pas vue depuis mon enfance.) Jessica, tu es la seule louve-garou au monde. Il n'existe aucune information, aucune archive permettant de penser qu'il y en a eu d'autres. Tu as une valeur inestimable et tu représentes quelque chose qu'on ne peut même pas commencer à comprendre. J'ai fait preuve de négligence envers toi et je vais compenser ça en jurant sur ma vie que tu vas survivre, à tout prix.

— Jess, on va retrouver ces connards et les éliminer rapidement et sans bavure, ajouta Tyler. Même si cette menace vient de l'étranger, d'ailleurs. Notre Meute est suffisamment puissante pour écraser toute opposition.

Les territoires américains du Nord avaient la réputation d'être la Meute influente qu'il ne fallait pas énerver. Contrairement à la Russie et à ses loups violents, notre Meute s'était servie de sa ruse et de sa force pour devenir une puissance invaincue depuis trois cents ans.

La voix de Grady résonna calmement à l'autre bout de la table.

— Je suis convaincu que nous devons d'abord découvrir s'il y a un traître au sein de notre propre Meute. (Le malaise s'installa autour de la table, chaque loup épiant ses petits camarades d'un air méfiant.) Je vous suggère humblement de garder secrets tous les détails de cette réunion jusqu'à ce que nous connaissions la vérité. En laissant filtrer cette information, nous pourrions perdre le seul atout dont nous disposons.

— Entendu, lui dit mon père d'un ton qui ne souffrait aucune réplique.

— Entendu, répondit en chœur le reste de l'assemblée.

Personne n'allait prendre le risque de dire non, à présent. Je posai les bras sur la table. Ma paume s'était enfin cicatrisée.

— Si je comprends bien, au cours de mon changement, mon esprit est resté grand ouvert pendant quelques minutes, c'est bien ça ? Parce que, si c'est le cas, n'importe quel loup de la Meute a pu comprendre ce qui se passait samedi matin. Ça nous laisse des centaines de suspects.

— Le message que j'ai reçu de ta louve est arrivé en pleine nuit, intervint Danny en prenant la parole pour la première fois. C'était très court et embrouillé. Je n'aurais pas pu dire si c'était vraiment toi, alors que je te connais. Le loup qui a décidé d'agir sur la base d'une info aussi mince n'avait rien pour étayer l'hypothèse de ton changement. Rien ne prouvait de manière tangible que tu étais devenue une louve. (Il se pencha en avant, et son accent devint plus prononcé.) Jusqu'à aujourd'hui, aucun d'entre nous ne connaissait la vérité. Celui qui t'a vendue n'est pas notre ami. Nous devons agir immédiatement et frapper fort, frère de Meute ou pas.

Danny était en train de me montrer pourquoi on lui avait confié la protection de cette ville. Il ne dégageait aucune peur et se montrait incroyablement sûr de lui.

Le fait de garder secrète l'existence d'un possible traître allait nous permettre de mieux le flairer – littéralement. Si les loups présents dans cette pièce abattaient correctement leurs cartes, le traître en question allait devenir nerveux.

J'y réfléchis pendant un moment.

— Ne rien dire est peut-être le meilleur moyen de le retrouver, décrétai-je. En agissant comme si de rien n'était, comme si le renégat n'était qu'un incident isolé, nous lui mettrons la main dessus plus rapidement, sans doute. Si on mettait la pression à la Meute tout de suite, il pourrait s'enfuir, et nous perdrions notre seule chance de l'attraper et de découvrir ce qui se passe. Alors que si je reprends le cours de ma vie en sortant d'ici, avec des gardes du corps, m'empressai-je d'ajouter avant que quiconque puisse protester, nous pourrions minimiser l'importance de cette réunion et prétendre qu'il s'agissait simplement de mon coming out officiel. Il ne sera peut-être pas capable de résister à sa bonne fortune et continuera à s'en prendre à moi.

— C'est une possibilité, approuva James dans un murmure.

Nick s'éclaircit la voix et prit la parole pour la première fois.

— Personne au sein de la Meute ne sait comment nous travaillons, Jessica et moi. Les choses sont différentes ici. En faisant attention, nous réussirons sûrement à suivre tous les faits et gestes de Jessica sans nous faire repérer. Concentrons nos recherches sur l'hypothèse que le renégat qui a vécu en Russie représentait un acte d'ingérence extérieur à la Meute et évitons toute fouille interne. Jessica reprend le cours de son existence, et nous la filons discrètement pour trouver le traître. Il sera incapable de rester sans rien faire. S'il est tellement pressé de la faire disparaître qu'il a engagé un renégat, il attaquera de nouveau, certainement dans pas longtemps.

— Je n'aime pas ça, grommela mon père. Nous devrions pouvoir le retrouver sans jouer à toutes ces charades. S'il y a un traître au sein de ma Meute, il ne pourra pas me le cacher bien longtemps. Je lui mettrai la pression, et ce ne sera qu'une question de jours avant qu'il soit obligé de se trahir. La seule inconnue, c'est de savoir s'il s'est déjà allié à une autre communauté, ce qui serait un risque. Je suis d'avis que Jessica devrait se terrer quelque part où nous pourrons veiller sur elle jusqu'à ce que nous en sachions plus.

— Je comprends ton envie d'être prudent, dis-je en m'adressant directement à mon père. Mais, en m'envoyant me terrer quelque part, tu montreras à la Meute, et à la personne qui me poursuit, que nous savons que quelque chose cloche et que nous enquêtons dessus. Ça pourrait amener des dangers auxquels nous ne sommes pas prêts à faire face. Ou alors, le traître s'enfuira en emportant avec lui notre seule chance de découvrir s'il est lié à une autre communauté. Alors qu'en continuant à faire comme si de rien n'était, nous réussirons peut-être à prendre rapidement une longueur d'avance sur mes poursuivants sans pour autant me mettre en danger.

Mon père n'était pas convaincu.

— Donne-moi juste deux jours, papa. C'est tout ce que je demande. Nick sera avec moi pendant la journée et Tyler, Danny ou James me protégeront pendant la nuit. Il y a suffisamment de personnes dans cette pièce pour surveiller le moindre de nos mouvements. Je suis certaine que celui qui a envoyé le renégat continuera à s'en prendre à moi. En endormant sa méfiance, on pourra renverser la situation et obtenir l'info dont on a besoin plus rapidement que si tu le dénichais en mettant la pression sur la Meute. Il a ma trace et ne va pas la lâcher de sitôt.

Du regard, je demandai de l'aide à Nick.

— À quoi ressemble ton emploi du temps des deux prochains jours, Jessica ? me demanda-t-il, ce dont je lui fus infiniment reconnaissante. Moi, je n'ai rien de prévu et je peux m'occuper de tous tes dossiers avec toi.

— Figure-toi que j'ai rendez-vous ce soir avec un client potentiel. On doit boire un verre dans un lieu public pour parler d'une future affaire. (Je regardai mon père, qui affichait toujours un air fermé.) C'est l'endroit parfait pour me suivre discrètement.

— Quelle affaire ? s'enquit Nick. J'ignorais que nous avions un nouveau client potentiel.

— Il s'appelle Colin Rourke. Je lui ai parlé hier pour la première fois.

Ma réponse déclencha un tumulte immédiat.

Tout le monde dans la pièce se mit à parler en

même temps. Quelques loups se levèrent d'un bond et commencèrent à faire les cent pas. Mon frère était de ceux-là. Devon laissa échapper une petite exclamation de stupeur, tandis que ses mains tapaient énergiquement sur les touches de son clavier.

— Quoi, qu'est-ce que j'ai dit ? criai-je par-dessus le vacarme, stupéfaite par ce qui venait de se passer. (J'élevai la voix de quelques octaves.) Qu'est-ce qu'il y a ? Il m'a dit qu'il dirigeait une entreprise d'experts-comptables. Il soupçonne son associé de détourner des fonds, ou un truc tout aussi banal. Alors, c'est quoi le problème ? conclus-je lamentablement vu que personne ne me prêtait la moindre attention.

— Ça ne va pas du tout, dit Devon en s'adressant plus à son écran qu'à l'un d'entre nous. (Il secoua lentement la tête.) Si Rourke est au courant, alors Jessica est déjà sur le marché, et nous avons de plus gros soucis qu'un traître au sein de la Meute.

James surgit derrière moi et agrippa le dossier de ma chaise au point que ses jointures pâlirent. Il fit plier le bois sous ses doigts tout en lâchant tout bas une bordée de jurons tous plus imagés les uns que les autres. Je ne l'avais pas entendu prononcer ces mots-là depuis la fois où j'avais accidentellement mis le feu à la cabane à outils de mon père quand j'avais treize ans. Je me tournai vers mon frère.

— Putain, mais comment il a fait pour débarquer si vite ? criait Tyler. Et il a donné son vrai nom à Jessica ! Il savait qu'elle découvrirait qui il était, mais il le lui a quand même donné. À quoi il joue, là ?

— Mais qui est ce type, à la fin ? criai-je pour être sûre de me faire entendre, cette fois. Pourquoi est-ce que vous flippez tous comme ça ? Quelqu'un ferait bien de m'expliquer avant que je pète un câble !

Aussitôt, je me sentis bête de ne pas avoir fait de recherches sur mon propre client. D'accord, la veille, j'étais à côté de mes pompes mais, pour être franche, je n'avais pas vraiment prévu de vérifier son histoire, pas avant d'avoir accepté le boulot, en tout cas. *Bordel.*

Ces erreurs de débutante allaient me coûter cher. Comment mon père allait-il pouvoir me faire confiance, à présent ? Visiblement, c'était précisément ce qu'il s'apprêtait à me dire. Je venais juste de prouver mon incompétence et ma bêtise. J'étais la seule louve-garou sur cette putain de planète et je n'avais pas envisagé deux secondes de changer la façon dont je travaillais. J'aurais dû être en état d'alerte maximale, au lieu de lambiner en m'empiffrant de cheese-burgers.

Ce type devait être incroyablement doué pour rendre dingue une bande de loups-garous pourtant tous dangereux.

Eh bien, *merde.*

Tout cela ne présageait rien de bon.

La mine renfrognée, mon père fut le premier à me répondre :

— Colin Rourke est le mercenaire surnaturel le plus célèbre du pays, et peut-être même de la planète. On ne l'engage que quand on veut que le boulot soit nickel, c'est-à-dire exécuté proprement, sans rien laisser au hasard. Le fait qu'il soit déjà là indique que le problème est bien plus grave qu'on ne le pensait. Visiblement, ton secret n'en a jamais été un. D'autres communautés, en plus des loups, devaient se tenir prêtes à agir en attendant ton changement. C'est la seule explication possible au fait qu'il se retrouve si rapidement sur mon territoire.

— Qu'est-ce qu'il est ? demandai-je. Si on est sur les dents à ce point-là, c'est qu'il doit être quelque chose d'impressionnant, pas vrai ?

— C'est un félin-garou, répondit mon père. Mais on ne connaît pas son espèce exacte. Personne ne l'a jamais vu sous sa forme véritable, ou alors ils sont morts. On raconte qu'il est le dernier de sa race et que c'est pour ça que son odeur ne nous est pas familière. La population des félins a décru au point de disparaître au cours des derniers siècles, or Rourke est beaucoup, beaucoup plus vieux que ça. Il se fait souvent appeler David West, Dean Raith ou Connor Dade, pour ne citer que ces pseudos-là. Il utilise rarement son nom de baptême, ajouta-t-il en me regardant, et la plupart ne le connaissent même pas.

— Comment se fait-il que tu le connaisses, alors ? lui demandai-je.

Le regard de mon père se perdit derrière moi.

— Je l'ai engagé pour combattre à nos côtés il y a longtemps.

— Il est venu se battre avec vous ?

— Oui. Il a tué tout ce qui se trouvait sur son chemin sans même changer de forme. Il a rempli ses obligations envers moi. Je l'ai payé. Il est reparti. Notre relation s'est arrêtée là.

Je retournai tout ça dans ma tête. Rourke devait être sacrément doué à l'épée ou à une autre arme quelconque pour partir en guerre sans changer de forme. Mon père et James en étaient capables, eux aussi, selon les adversaires qu'ils devaient affronter.

Mais il était extrêmement rare ces temps-ci de ne pas s'en remettre à sa forme véritable pour se battre.

— Tu ne l'approcheras pas ce soir, ni aucun autre jour, d'ailleurs, ajouta mon père.

Ouais, ben… non, en fait.

J'avais entendu parler de Connor Dade. Dans mon métier, on tombait tout le temps sur des histoires remarquables à propos de chasseurs de primes et de mercenaires. La réputation de Connor Dade n'était plus à faire. Le récit d'un de ses exploits se terminait toujours par la phrase : « Quoi que tu fasses, fais pas chier Connor Dade ! »

Je ne connaissais pas ses autres identités, mais celle-là me suffisait.

— Examinons la situation calmement, vous voulez bien ? dis-je en luttant pour me faire entendre. Puisque Colin Rourke m'a donné son vrai nom et qu'il sait sans doute qui je suis, alors, il escomptait sûrement que je découvre qui il est. (Si j'avais été plus maligne, en tout cas.) Il ne doit pas être venu me tuer puisqu'il m'a donné son vrai nom. Pas vrai ? Il a distribué les cartes, et maintenant il veut jouer.

Le rusé salopard.

Le volume sonore diminua pendant que les loups digéraient l'info.

— Écoutez, il m'a délibérément donné son identité, fis-je de nouveau remarquer car je ne voulais pas perdre mon auditoire. Il aurait pu utiliser n'importe quel nom, surtout s'il essayait de m'attirer à l'écart. Oubliez ça, il aurait carrément pu me tendre une embuscade lui-même à la place du renégat. Et si ce que vous dites est vrai, il aurait réussi, et toute cette discussion n'aurait pas lieu parce que je serais morte.

Mon père grommela sous cape, mais ne protesta pas. Tyler arrêta de faire les cent pas.

— Moi, je vois ça comme une chance et non un piège, insistai-je. Peut-être qu'il a une info à partager, qu'il sait qui en a après moi ? Ce n'est pas logique de me donner son identité alors qu'il a travaillé pour la Meute. Comment pouvait-il savoir que je ne reconnaîtrais pas son nom immédiatement ? Que tu ne m'en avais pas parlé depuis tout ce temps ? (Je regardai mon père en fronçant les sourcils.) Ce qui aurait été une bonne idée, d'ailleurs, vu que je suis détective privée !

— Jessica a raison, admit Tyler à contrecœur. Un type comme Rourke ne claironne pas sa présence comme ça sans avoir une idée derrière la tête. Il est une menace pour notre Meute, et le fait qu'il soit sur notre territoire sans permission nous donne une raison suffisante pour nous lancer à sa poursuite.

L'enfoiré avait tout prévu. Il savait que j'accepterais de le rencontrer même après avoir découvert qui il était. Même qu'il comptait là-dessus.

— Il n'est pas stupide, ajouta Elliot Murphy. Il sait que la Meute le connaît. (Sa peau claire et couverte de taches de rousseur semblait plus pâle encore.) Apparemment, il est déjà au courant pour Jessica. Il a du cran, c'est certain. Moi aussi, je pense qu'il a une info à partager, parce que cette façon de faire ne correspond pas du tout à son mode opératoire. C'est un salopard violent. Si on l'avait engagé pour tuer Jessica, il ne nous préviendrait pas, conclut-il sur un ton quelque peu impressionné.

— Il a honoré notre contrat pendant la guerre, rappela James. Il s'est battu vaillamment à nos côtés. Il ne me paraît pas être le genre d'homme capable de tuer une femelle sans avoir été provoqué. Il n'accepte pas des contrats par obligation ; il les prend parce qu'il les veut. Je ne crois pas qu'il signerait pour assassiner Jessica.

— Comment le sais-tu ? rétorqua Cliff Delano.

— Parce que moi, je ne le ferais pas non plus, répondit James en haussant les épaules.

— Mais ce type n'a pas besoin de la tuer, intervint Danny. Il a peut-être été engagé pour l'enlever. C'est ce que je ferais si je la voulais. Pardon, Jessica, mais qui est mieux placé pour réussir un coup pareil qu'un tueur cinglé qui aime engager un bras de fer psychologique avec ses victimes ?

— Mais bien sûr, c'est exactement pour ça qu'il l'a appelée en faisant savoir à tout le monde qu'il est là ! répliqua Tyler. Non, Danny, s'il voulait l'enlever, il ne prendrait pas la peine de lui fixer un rendez-vous. Bon sang, il ne lui aurait sûrement pas donné son vrai nom ! Je parie que quelqu'un l'a engagé, mais qu'il ne veut pas foutre le bordel au sein de la Meute. Il joue sur les deux tableaux. Ce salopard est malin. En donnant rendez-vous à Jessica, il s'est couvert. Si jamais on lui met la main dessus, il prétextera qu'il est juste venu parler. Et si on ne l'attrape pas, il est libre de mettre les voiles et de repartir ni vu ni connu.

La plupart des loups tombèrent d'accord. Grady semblait de nouveau plongé dans ses pensées, les sourcils froncés, les yeux dans le vide. Hank, quant à lui, regardait au fond de sa tasse de café d'un air absent. Je n'arrivais pas à décider s'il avait l'air coupable ou juste abattu, mais j'étais ravie qu'il la boucle, en tout cas.

Une veine battait sur la tempe de mon père qui écoutait avec attention tous les arguments qui volaient autour de lui. Lorsqu'il reprit la parole, tout le monde se tut.

— Même si Colin Rourke avait une raison légitime pour voir ma fille, il aurait d'abord dû passer par moi. C'est le protocole. C'est mon territoire, et il le sait. Il joue avec nous. S'il avait des infos importantes à partager, là encore, il aurait dû venir me voir.

— Mais peut-être qu'en venant te voir, il se serait trahi, protestai-je. Peut-être qu'il m'a contactée moi parce que d'autres le surveillent ?

Ça me paraissait logique. Si Rourke jouait sur les deux tableaux, il aurait été malavisé de contacter l'Alpha alors qu'on l'avait engagé pour kidnapper sa fille.

Mais le protocole, quand vous vouliez entrer dans cette ville, ce n'était pas d'appeler l'Alpha des territoires américains du Nord pour papoter. Vous deviez ramener vos fesses à la Base et quémander la permission d'être reçu, puis de rester.

— Malgré tout, je n'aime pas ça, gronda mon père.

— Je sais que ça ne paraît pas très logique, intervint Nick en volant de nouveau à mon secours. Mais je suis bien obligé de reconnaître que Jessica a raison. Si Rourke est aussi dangereux que vous le dites, ça ne rime à rien d'appeler Jessica et de se faire connaître, si ce n'est à amoindrir la menace qu'il représente. En tout cas, pour l'instant. Je crois qu'elle devrait se rendre à ce rendez-vous, comme prévu. À mon avis, il y a trop de choses en jeu pour qu'on puisse l'annuler.

— On n'a qu'à poster dehors tous les loups disponibles dès que Jessica sera à l'intérieur, renchérit

Tyler. Il ne la tuera pas dans un endroit public, ce n'est pas son style. S'il essaie de l'enlever, on interviendra.

— Suivre mes faits et gestes ne sera pas un problème, ajoutai-je pour renforcer ma position. Même si je ne pense pas qu'il va m'enlever. (Je jetai un coup d'œil à mon père pour voir s'il commençait à se faire à cette idée. Mais son air glacial me prouva que ce n'était pas le cas.) Nick et moi utilisons de petits bipeurs pour communiquer quand on travaille ensemble. (Ces bipeurs portaient le nom de « signal de détresse », mais qui nous prendrait au sérieux si je les appelais comme ça ?) Au moindre problème, j'appuierai dessus pour déclencher l'alarme. En préparant bien cette rencontre, il y a très peu de chances que Rourke réussisse à me kidnapper, si tel est bien son plan maléfique, soupirai-je.

Combien de putains de cibles allait-on encore me coller dans le dos ? Trop, visiblement.

Aucune émotion ne vint adoucir les traits de mon père. Il demeura imperturbable et immobile sur son siège.

Si je n'obtenais pas gain de cause, on allait m'expédier à la Base pour que je m'y terre jusqu'à ce qu'on retrouve le traître et que le mystère entourant Rourke soit résolu. Aller au-devant de Colin Rourke et garder pour nous nos soupçons à propos du traître était pour moi la meilleure chance de régler tout ça rapidement, sans que je me retrouve enfermée à double tour. Comme personne ne répondait, je continuai à parler :

— Écoutez, on n'a pas vraiment le choix, là. Si Rourke est aussi bon que vous le dites, il va se lancer à ma poursuite quoi qu'il arrive, même si vous faites de votre mieux pour me cacher. Je ne crois pas que le système de sécurité de la Base le retiendra. Ce rendez-vous, c'est la meilleure chance que nous ayons de prendre l'avantage dans cette affaire et, pendant qu'on y est, de comprendre ce qu'il fiche ici et qui a bien pu l'envoyer. Le fait qu'il veuille rencontrer Molly Hannon pour parler affaires si rapidement après mon changement n'a rien d'une coïncidence. Il est au courant, et son employeur aussi. Je ne sais pas pour vous, mais moi j'ai envie de découvrir de qui il s'agit.

— Monsieur, je pense que votre fille a raison sur ce coup-là, intervint Devon sur un ton humble. À en croire son dossier, ne pas se rendre à ce rendez-vous en tête à tête avec Colin Rourke pourrait être une grave erreur. Il semblerait que ce soit sa manière d'agiter un drapeau blanc. Il est dans l'intérêt de Jessica de le voir, à condition d'être protégée bien sûr. Sinon, il s'en prendra à nous.

Je retins mon souffle.

— Alors, allons à ce rendez-vous, déclara mon père en regardant ses loups.

# 16

Rourke et moi étions convenus de nous retrouver autour d'un verre dans un bar branché du coin. Lorsque la réunion du conseil fut enfin terminée, Tyler, Danny, Nick et moi passâmes en revue nos plans pour ce rendez-vous. Tyler était chargé d'organiser les renforts autour du bar. Il choisit une poignée de loups en qui il avait confiance et s'en alla étudier la logistique sur place. Danny devait me servir de garde du corps pour le reste de la journée. Nick partit faire des repérages à l'intérieur du bar, et mon père et James retournèrent au Refuge pour s'occuper du renégat et gérer les conséquences de mon coming out. Les loups n'étaient pas contents mais, jusque-là, ils coopéraient.

Mon père ne tenait pas à laisser la grogne s'installer, aussi renvoya-t-il à la maison tous les loups qui n'habitaient pas en ville. Ceux qui ne faisaient pas partie du Cercle ignoraient encore que j'étais une Lycan, mais tout le monde savait désormais que j'étais une louve à part entière. C'était suffisant, jusqu'à ce qu'on ait réglé le problème du traître et de Colin Rourke.

On s'était finalement mis d'accord pour faire comme si de rien n'était, en espérant que le traître ne s'enfuirait pas. Il était dix-sept heures, à présent, alors Danny me raccompagna chez moi pour que je puisse me changer et me préparer.

En arrivant, j'eus la surprise de trouver une porte toute neuve et parfaitement opérationnelle.

— C'est bizarre, dis-je en vérifiant mon téléphone.

Je n'avais aucun appel en absence.

— Qu'est-ce qui est bizarre ? s'enquit Danny en arrivant derrière moi.

— Ma porte était complètement cassée ce matin, à cause de James qui l'a défoncée hier soir, mais j'ai oublié de prévenir un réparateur.

J'avais complètement zappé le coup de fil à Jeff Arnold, le concierge de mon immeuble. Il faut dire que j'étais un peu préoccupée. Mais j'avais du mal à croire que Jeff était venu voir tout seul. Ça ne lui ressemblait pas, il n'était pas assez consciencieux pour ça. Mais peut-être que Juanita l'avait appelé parce qu'elle en avait marre de surveiller mon appart à ma place.

— C'est l'avantage de vivre dans un immeuble, pas vrai ? Ils viennent réparer les trucs pour toi.

— Je suppose.

J'allai frapper à la porte de Juanita pour lui demander si elle avait vu quelque chose ou parlé à Jeff. Mais il n'y eut pas de réponse. Je posai mon oreille contre la porte, juste pour être sûre. Puis je haussai les épaules et me tournai vers Danny.

— C'est vrai qu'elle n'avait pas besoin de rester enfermée toute la journée pour monter la garde si la porte était réparée. C'est elle qui a dû appeler Jeff.

— Qui ça ? demanda Danny.

— T'occupe.

J'étais soulagée, en fait, que Juanita soit sortie. J'avais eu mauvaise conscience toute la journée à l'idée qu'elle puisse avoir des ennuis à cause de moi.

— Regarde, dit Danny en se baissant pour attraper une enveloppe à moitié glissée sous ma porte.

Il me la tendit, et je l'ouvris. Elle contenait un nouveau trousseau de clés.

Le temps que je prenne ma douche, que je me change et que je mange, une heure seulement s'était écoulée. Le rendez-vous n'était pas avant vingt heures. Je retournai dans le séjour, où Danny, assis contre un mur, lisait un journal qu'il avait apporté.

Il siffla en me voyant et se leva en pliant proprement le journal sous son bras.

— Attends une minute ! On veut juste que ce type nous balance des infos, on n'essaie pas de le neutraliser en le rendant fou de désir, expliqua Danny en souriant jusqu'aux oreilles.

— Oh, ça va, répondis-je en riant. Je n'essaie de neutraliser personne. S'il est aussi dur qu'on le raconte, ce n'est pas un tailleur-pantalon noir qui lui fera tourner la tête.

En réalité, j'avais choisi ma tenue avec soin afin de pouvoir cacher facilement les armes dont j'aurais peut-être besoin. La veste cintrée possédait des manches suffisamment amples pour dissimuler les deux couteaux de jet Bo-Kri que j'avais attachés à mes avant-bras.

Le pantalon était lui aussi ajusté au niveau de la taille, mais ses jambes larges masquaient le petit holster de mon Glock et une dague particulièrement affûtée. Cette fois, j'avais bien l'intention de sortir armée jusqu'aux dents. Je refusais d'aller au-devant d'un célèbre assassin sans une protection adéquate. J'avais remonté mes cheveux en chignon plutôt que de les attacher en queue-de-cheval, et ça me donnait un air sévère qui montrait que je ne plaisantais pas.

— Alors, c'est que tu ne connais pas les hommes, répliqua Danny. Bon sang, si ce tailleur-pantalon t'allait encore mieux que ça, je serais moi-même obligé de te faire arrêter. (Il se rapprocha et pencha la tête vers moi.) Serait-ce un soupçon de dentelle blanche que je vois pointer hors de ton ample décolleté ?

— Ça s'appelle un caraco, reniflai-je. Sache qu'il est tout à fait nécessaire d'en porter un avec cette tenue.

— J'en suis sûr, ma belle, pouffa Danny. Ce serait un scandale de porter cette tenue avec moins que ça !

— Il n'y a qu'une mince bande de dentelle, protestai-je en allant chercher mon sac. Tu es vraiment un obsédé, Danny Walker. Viens, sortons d'ici, je veux arriver en avance pour repérer les lieux avant le rendez-vous.

— À tes ordres. Je suivrais cette tenue partout si je le pouvais.

Le bar était un endroit branché relativement nouveau et très proche de mon immeuble. Apparemment, tous les mardis soir, on y proposait une « happy hour » prolongée, si bien qu'il était déjà pris d'assaut à notre arrivée. Dans le Minnesota, on aime les « happy hours » et les « after work », c'est bien connu. En règle générale, on aime bien rentrer se coucher avant vingt-deux heures. Rien de tel que des boissons pas chères pour attirer les foules.

Tyler nous retrouva de l'autre côté de la rue, en face du bar, et me tendit immédiatement un bipeur.

— Toutes les entrées sont surveillées dans un rayon de deux pâtés de maisons, et Nick est garé derrière le bar. Il a l'autre bipeur, dit-il en désignant le petit appareil d'un signe de tête. Mais n'oublie pas aussi qu'on a ça, ajouta-t-il en se tapotant la tempe. Tu peux me prévenir sur-le-champ s'il se passe quoi que ce soit. Je ne serai pas loin, donc on ne devrait pas avoir de problème de portée. Quoi que tu fasses, Jess, ne sors pas de ce bar avec lui. Compris ? Il est sacrément dangereux et complètement imprévisible.

— Compris. (Je glissai le bipeur dans la poche de ma veste.) Je n'ai pas du tout envie de m'attirer encore plus d'ennuis, Tyler. Ne t'inquiète pas pour moi, je respecterai le plan à la lettre. Tu as décidé de poster quelqu'un à l'intérieur ou pas ?

On en avait parlé, mais aucune décision n'avait été prise.

— Nan, c'est trop dangereux. Rourke pourrait se casser s'il sentait le moindre loup à l'intérieur. L'idée, c'est de le suivre quand il s'en ira. Mais ce salopard est rapide, alors à mon avis on n'a qu'une chance sur trois de réussir notre filature. Tu vas devoir lui soutirer le plus d'infos possible pendant que tu seras avec lui.

— C'est pour ça que je suis là, acquiesçai-je. Je

veux savoir d'où vient cette menace. Je ne pense pas qu'il me dira grand-chose, mais ça sera toujours mieux que ce qu'on a maintenant.

— De toute façon, ce n'est pas son style de faire un enlèvement dans un lieu public, mais reste sur tes gardes. (Tyler se passa la main sur la nuque. Il était agité.) Bon sang, j'aime pas ça. Je veux savoir ce que ce type manigance.

— Moi non plus, j'aime pas ça, renchérit Danny, les sourcils froncés. Ce mec est un tueur.

— Ça se passera bien, promis-je. N'oubliez pas que si je ne vais pas à ce rendez-vous, Rourke viendra à moi. Je n'ai pas envie qu'un tueur surentraîné se faufile chez moi par ma porte-fenêtre cassée. J'ai largement dépassé mon quota d'effractions, ce mois-ci.

— N'empêche que j'aime pas ça, bougonna Tyler. Il y a un truc qui cloche.

— Est-ce que l'un de vous a déjà rencontré Rourke ? demandai-je avec curiosité.

— Nan, c'était avant notre naissance, dit Tyler.

— Moi non plus, ajouta Danny. Mais j'en ai entendu de belles à propos de ce connard.

— Tu y crois vraiment, toi, à toutes ces rumeurs ? lui demandai-je. Certaines histoires à propos de Connor Dade sont tellement exagérées ! Attacher des gens par leurs entrailles ? Des morceaux de cadavres qui épellent des mots ? Certaines relèvent de la fiction. C'est trop flippant pour être vrai.

Il était tout à fait courant pour des mercenaires de doper leur profil en faisant circuler d'horribles histoires sur leur propre compte. La peur les aidait à se maintenir au sommet, et Rourke avait apparemment eu le temps pour faire ce genre de choses. Si personne ne le voyait jamais, ça ne devait pas être bien difficile de forger des mensonges pour faire croire à sa grandeur.

— Pas besoin de croire à ces histoires, grogna Tyler, j'ai vu des photos.

— Quelles photos ? demandai-je. C'est surprenant.

— De certaines de ses victimes.

— Où as-tu eu ces photos ? m'écriai-je en faisant la grimace. Et comment sais-tu qu'il s'agissait bien de ses victimes ?

— On s'en fout, ce mec est un salopard et un psychopathe, décréta Tyler en croisant les bras.

— Hum, fis-je. Tout ça me paraît un peu trop facile. Je pourrais te montrer n'importe quelle photo en te racontant des bobards. Ça ne veut rien dire.

— Moi aussi, je les ai aperçues, ces photos, intervint Danny en ignorant ma remarque. Il y en avait une où le type n'avait plus de doigts. On les lui avait tous coupés, chacun au niveau d'une phalange différente. Et sur le bout du milieu, l'assassin avait laissé une marionnette à doigt.

— Quel genre de marionnette à doigt ? demandai-je, animée par une curiosité macabre.

— Le nez du type, avec un smiley dessiné dessus.

*Seigneur.*

Le restaurant était tout en lignes sévères et épurées. Une peinture foncée recouvrait les murs, et l'éclairage minimaliste créait une atmosphère apaisante. L'endroit était plein à craquer.

Je jouai des coudes parmi les gens qui attendaient

une table et me dirigeai vers le bar. On n'avait pas parlé de dîner, alors le bar était le meilleur endroit où chercher mon rendez-vous.

*Il est là ?* me demanda Tyler dans ma tête. Il était sur les nerfs. Aucun loup n'avait détecté l'odeur fraîche d'un surnaturel autour de l'établissement. S'il était déjà là, le chat s'était glissé à l'intérieur sans que les loups le voient. Et ça ne leur plaisait pas du tout.

*Donne-moi une minute, je viens juste d'arriver.* Ma louve était en état d'alerte maximale. Tout en fendant la foule, je balayai la salle du regard.

Puis je repérai une silhouette isolée au bout du bar. Le type était imposant, alors c'était sûrement notre homme. Vêtu d'une veste en cuir noir, les avant-bras nonchalamment appuyés sur le comptoir, il attendait devant une grande chope de bière pression. Son cuir usé contrastait fortement avec les tenues des jeunes cadres dynamiques qui l'entouraient.

Je me dirigeai vers lui sans me presser. *Je crois qu'il est là.*

*Sois prudente. Si c'est lui, demande-lui comment il a bien pu arriver sans qu'on le voie, putain,* râla Tyler.

*Chaque chose en son temps, petit frère.*

Le type avait la tête baissée mais, quand je m'approchai, il se tourna dans ma direction sans hésiter.

Ses yeux se posèrent sur moi.

Puis il sourit.

Malgré moi, je marquai un temps d'arrêt. *Oh, bon sang. Ça ne peut pas être Rourke.* Heureusement, je me repris et continuai à avancer.

*Quoi ? Comment ça ?* s'enquit Tyler.

Euh. *Rien, c'est juste que… il ne correspond pas à l'image que je me faisais d'un tueur.* Une sacrée puissance émanait de ce type, certes, mais personne ne m'avait dit qu'il était beau. Ses cheveux couleur de miel effleuraient le col de sa veste, et il avait les yeux les plus clairs que j'aie jamais vus. Même de loin, je voyais que ses iris étaient entourés d'une touche de vert profond. C'était d'une beauté à couper le souffle, d'autant que ce vert-là n'appartenait à aucune palette de couleurs connue.

*On s'en fout qu'il ressemble ou non à un tueur*, renifla mon frère, *fais juste attention à...*

*Tyler, il faut que j'y aille. Je te rappelle.* Je le chassai de ma tête d'une simple pensée.

Le regard de Rourke s'intensifia lorsque j'arrivai près de lui. Je battis plusieurs fois des paupières, mais je refusai de détourner les yeux. Je me glissai sur le tabouret vide à côté de lui et m'assis sans qu'on m'y invite.

Il me dévisagea avec une franche curiosité. Une bonne dose d'humour étincelait dans ces yeux si beaux que c'en était ridicule. De près, je vis que sa peau n'avait pas le moindre défaut et qu'il était bronzé. Un fin duvet blond ornait son menton découpé.

Je ne m'attendais pas *du tout* à ça.

Sa puissance vibrait autour de moi et m'envoyait comme des petites décharges électriques qui me picotaient la peau. Ça venait du plus profond de son être, je le sentais. Il était vieux, pas de doute là-dessus. Une puissance comme celle-là, ça ne s'acquiert pas du jour au lendemain.

— Salut, Rourke, dis-je en inhalant son odeur pour la première fois.

Je manquai m'étrangler et enfonçai mes ongles sous le comptoir pour me ressaisir. *Ooooooh, putain.* Ma louve se mit à aboyer de toutes ses forces. *Silence, je n'arrive plus à réfléchir. Tais-toi !*

Il sentait le sous-bois, comme je le supposais dès le départ, mais il ne dégageait aucune odeur d'herbe fraîchement coupée, par contre. Non, la senteur qui émanait de lui était épaisse, sombre et suave, comme de la mélasse mélangée à du clou de girofle. Un délice, au point que j'avais du mal à me concentrer. Ma louve jappait toujours, tout excitée. *Calme-toi. On n'a pas du tout l'air professionnel, là. Il ne va jamais me prendre au sérieux si ça continue. Ressaisis-toi !*

Elle se calma à contrecœur pour que je puisse parler affaires.

Rourke se déplaça légèrement sur son siège afin de se tourner face à moi. Il me regarda sans se gêner et sans prononcer un mot. À en juger par son air amusé et son sourire paresseux accentué par deux légères fossettes, il était conscient de ma nervosité et habitué à ce genre de réactions.

J'eus envie de le traiter de connard arrogant.

Cependant, il me prit au dépourvu en me tendant la main.

— C'est un plaisir de vous rencontrer enfin, mademoiselle Hannon. Votre réputation vous précède, on raconte que vous êtes la meilleure dans ce métier.

Je me souvenais bien de cette voix grave et bravache qui me fit frissonner. Son accent était plus prononcé qu'au téléphone, mais je n'arrivais toujours pas à l'identifier. Sud-africain, peut-être ?

Je me demandais si je devais lui serrer la main. J'avais déjà perdu une bonne dose de ma précieuse crédibilité en me comportant comme une ado qui bafouille, alors je lui pris la main. J'en fus récompensée par une décharge électrique qui remonta le long de mon bras. *Bordel.* Je serrai les dents en m'efforçant de l'ignorer. Je ne pouvais pas me permettre de passer encore plus pour une idiote.

— Puisque ma réputation me précède, Rourke, allons droit au but. Pas la peine de poursuivre cette petite comédie. Je sais que vous savez qui je suis. (Je la jouais méchant flic. Généralement, ça fonctionnait en ma faveur. Le gentil flic, c'était Nick.) Par contre, je ne sais pas très bien ce que vous foutez là et ce que vous cherchez, voilà pourquoi j'ai décidé de maintenir notre rendez-vous. (Je baissai d'un ton pour lui demander :) Dites-moi franchement pourquoi vous êtes là, Rourke ?

Une expression légèrement surprise passa sur son visage.

— Vous n'y allez pas par quatre chemins, pas vrai, ma belle ?

Il but une gorgée de bière et reposa sa chope devant lui. Puis il posa de nouveau son regard clair et entier sur moi.

*Sainte merde.*

Il fallait qu'il arrête de faire ça. J'en avais la chair de poule, et ma louve ne cessait de gémir. Avant qu'il ne détourne le regard, je surpris une imperceptible lueur verte dans les profondeurs d'un de ses iris. *Intéressant.* Je m'éclaircis la voix.

— Pourquoi en serait-il autrement ? Je n'ai pas envie de perdre mon temps. Et vous n'avez pas répondu à ma question, alors je vous la pose de nouveau : pourquoi êtes-vous là ?

— Vous savez déjà pourquoi.

— Vous pensez vraiment que je serais assise là si je le savais ? (Je penchai la tête et le passai en revue à mon tour.) Je suppose que vous n'allez pas me briser la nuque devant cette foule de cadres venus dîner après le travail. Mais, en dehors de ça, je ne comprends pas très bien les raisons de votre soudaine apparition en ville. Arrêtez de tourner en rond, Rourke. Je veux savoir exactement pourquoi vous êtes là. (Je tapai le comptoir avec l'index pour souligner mes propos.) Ici et maintenant. Avec moi.

Il attendit un peu avant de répondre. Puis il se pencha en avant, et ses énormes bras gainés de cuir effleurèrent le bout de mes doigts.

— Je suis ici, ma jolie, parce que des gens extrêmement intéressés m'ont engagé pour récupérer le plus d'infos possible, par tous les moyens nécessaires, sur l'unique louve-garou de cette ville, expliqua-t-il dans un ronronnement sourd et rocailleux.

J'inspirai brusquement.

*Fils de pute.*

— Seriez-vous en train d'insinuer que je suis une louve-garou ? (J'éclatai d'un rire caustique.) Je ne vois pas du tout de quoi vous parlez. Vous devez confondre. Je suis la fille d'un loup-garou, comme vous le savez très bien, mais ça ne fait pas de moi une changeuse.

Je ne craignais pas d'être entendue, car le niveau sonore dans le bar était suffisamment élevé pour couvrir notre conversation. Rourke savait que j'étais une louve, et c'était quand même assez stupéfiant.

— Votre employeur se trompe, ajoutai-je.

Il renversa la tête en arrière et éclata de rire. De mon côté, je croisai les bras et pris un air énervé. Quand il eut fini de se moquer, il fit signe au barman.

— Servez-nous la même chose, demanda-t-il en levant deux doigts. (Puis il se tourna de nouveau vers moi, les yeux plissés encore par l'hilarité.) Écoutez, même si je ne le savais pas de source sûre, j'aurais deviné que vous étiez une louve à l'instant où vous avez franchi cette porte. Votre puissance a rampé sur ma peau comme une mauvaise démangeaison, et votre odeur est si forte que je suis surpris que ces humains ne viennent pas vous féliciter pour votre récent changement, répliqua-t-il en désignant distraitement les autres clients.

*Hum.*

— Très drôle, répondis-je, le regard soupçonneux. Maintenant, vous allez me dire comment vous avez mis la main sur cette info extrêmement secrète et pas du tout confirmée en un laps de temps aussi court.

— Un pro ne divulgue jamais ses sources. (Il me fit un clin d'œil.) Mais vous le saviez déjà, n'est-ce pas ?

Je me penchai sur mon siège.

— Vous plaisantez, pas vrai ? Sinon, pourquoi m'avez-vous fixé rendez-vous ? Et pourquoi m'avez-vous donné votre vrai nom ? Puisque vous êtes si célèbre, pourquoi vous ne vous êtes pas contenté de prendre de force ce que vous vouliez ? N'est-ce pas votre mode opératoire habituel ? Enlever d'abord et poser les questions après ? Au lieu de quoi, nous sommes assis là, à votre demande, pour… faire quoi, au juste ? Parler du score d'un putain de match ? C'est vous qui êtes venu à moi, vous vous rappelez ?

Je crus entrevoir une certaine forme de respect sur son visage, mais ça pouvait très bien n'être que de l'agacement. Un grondement sourd monta de sa poitrine tandis que son visage perdait toute trace d'amusement. Le prédateur rôdait juste sous la surface. Je ferais bien de ne pas l'oublier.

— J'ai connu votre père il y a longtemps.

J'attendis qu'il poursuive, mais ce fut tout.

— C'est ce qu'on m'a dit. Et alors ? Il paraît que vous êtes un gros dur impitoyable. Pourquoi tout à coup voudriez-vous honorer votre ancienne relation avec mon père ?

— Parce que votre père mérite le respect.

— Suffisamment pour kidnapper sa fille ?

— Ma mission n'est pas de vous kidnapper.

— Bordel, mais alors pourquoi…

Deux choses se produisirent presque simultanément à ce moment-là.

Premièrement, Rourke repoussa son tabouret et se leva d'un bond. Deuxièmement, Tyler se mit à hurler dans mon cerveau. *Jess, tu dois foutre le camp ! Maintenant ! C'est un piège. Putain…* (La liaison devint mauvaise.) *Sud… se battent tous… fous le camp… tout de suite…*

*Tyler ! Qu'est-ce qui se passe ? Je ne comprends pas ! Réponds-moi !* Je bondis à mon tour, mais je n'avais pas de place pour bouger. J'étais coincée dans l'espace étroit entre mon tabouret et Rourke, qui émettait à présent un grondement extrêmement menaçant par-dessus ma tête.

C'était le silence du côté de Tyler. *Réponds-moi, bordel !*

Je me contorsionnai pour voir ce qui retenait l'attention de Rourke.

Cinq loups-garous que je n'avais encore jamais vus se frayaient un chemin d'un air menaçant à travers le bar bondé. L'odeur de leur agressivité m'assaillit et fit hurler de rage ma louve. L'adrénaline me traversa le corps à la vitesse de la lumière. Je savais ce qui allait se passer ensuite. *Attends, attends !* lui dis-je. *On ne peut pas changer ici et on ne peut pas affronter tous ces loups toutes seules !* Je n'avais pas le temps de la raisonner. J'avais des vibrations au bout des doigts, et mes muscles commençaient à se livrer à leur petite danse caractéristique. *Attends une minu*...

Quelque chose m'attrapa par-derrière et me fit atterrir brutalement.

Je levai les yeux vers Rourke qui me tenait les poignets dans un étau d'acier d'un air furieux. Ses yeux brillaient comme des diamants, et des veines vertes flamboyaient dans ses iris comme un orage électrique.

— Je vous ai concédé celui-ci, dit-il dans un feulement sauvage en désignant de la tête quelque chose derrière lui, mais vous avez fait le mauvais choix, ma belle, en essayant de me tendre une embuscade. Finalement, vous n'avez pas si bien étudié mon dossier. Je ne suis pas gentil. Maintenant, vous allez devoir dire au revoir à tous vos copains.

— Mais de quoi vous parlez ? Qu'est-ce que vous m'avez concédé ?

Je me hissai sur la pointe des pieds et jetai un coup d'œil par-dessus son épaule massive pour voir de quoi il parlait. Étonnamment, je vis James franchir rapidement la distance qui nous séparait. Je ne savais même pas qu'il était là.

— Rourke, on ne vous pas tendu d'embuscade. J'ai…

Le souffle chaud de Rourke me coupa la parole en se glissant fermement au creux de mon oreille. Ce n'était guère qu'un murmure, mais je l'entendais parfaitement.

— Ça change tout. J'ai essayé d'être sympa avec vous, mais c'est officiellement terminé. Je ne donne jamais de deuxième chance.

La colère, alimentée en bonne partie par ma louve, jaillit en moi.

— Bas les pattes, crachai-je. Voilà les faits, connard. Je ne sais pas du tout qui sont ces loups qui viennent vers nous. Et si vous connaissez un tant soit peu mon père, alors vous savez déjà qu'une embuscade, ce n'est pas son style. Maintenant, si vous avez envie de reprendre notre petite discussion, comme c'était prévu, arrêtez ces conneries et aidez-moi à éliminer cette menace. (Sans lui laisser le temps de répondre, j'ajoutai avec amertume, en appuyant mon index sur son torse :) Si ça ne suffit pas à vous motiver, dites-vous que votre employeur préférerait que je reste en vie pour que vous puissiez me soutirer vos précieuses informations.

Rourke écarquilla les yeux, non pas à cause de la violence de ma tirade, mais sûrement à cause de mes pupilles, qui brillaient d'un éclat violet, je le sentais. Ça n'avait aucune importance. Je commettais peut-être une erreur en m'alliant si rapidement avec Rourke, mais mon instinct, qui provenait en grande partie d'une louve grognon, me disait que les loups qui venaient vers nous étaient un plus grand danger.

J'avais fait mon choix, maintenant, j'allais devoir l'assumer.

Au lieu de répondre, Rourke pivota et attrapa James par la gorge en un clin d'œil.

— C'est quoi ce bordel, l'Irlandais ? grommela-t-il. Vous avez fait le mauvais choix en décidant de me piéger et vous le savez. Je vous ai laissé entrer ici par respect pour Callum, mais c'est fini, maintenant.

James écarta le poing de Rourke de sa gorge comme si ce n'était guère plus qu'une légère source d'irritation.

— Mauvaise réponse, le chat, gronda James. Il n'y a pas de foutue embuscade, et Jessica est en danger, mais vous le savez déjà, pas vrai ? On a apprécié le fait que vous annonciez votre présence en arrivant ici, mais maintenant on va voir si on peut vous faire autant confiance qu'autrefois. (Il y avait comme l'ombre d'une grimace sur son visage.) J'ai besoin que vous la sortiez d'ici, fissa, dit-il, ses yeux ambrés flamboyants. Moi, je vais m'occuper de ces types-là, ajouta-t-il en désignant les cinq loups qui arrivaient. Il y a quatre minutes, notre Meute est entrée en guerre. On a besoin de tous les loups au combat, il n'y a plus personne pour protéger Jessica. Ceux qui vous ont envoyé ici vous ont utilisé pour nous atteindre, et ils ont parfaitement réussi. Ils savaient où nous trouver. Maintenant, sortez-la d'ici et, si vous lui faites le moindre mal, je jure que je vous tuerai de mes mains, tout doucement.

Sans attendre de réponse, James nous contourna brusquement et se jeta sur les cinq loups en les éparpillant comme des quilles de bowling. Dès lors, le bar plongea dans le chaos. Les humains remarquèrent enfin le danger qu'ils avaient ignoré jusque-là. Ils croiraient tous à une bagarre de bar, pas à un affrontement surnaturel.

Je fis mine de suivre James car j'avais très envie de prendre part au combat. Je me foutais de ce qu'il avait dit. Hors de question que je m'en aille avec Rourke. C'était mon combat et j'entendais bien rester. Mais je n'eus pas le temps de faire un pas que mon poignet fut tiré violemment vers l'arrière, et je me retrouvai de nouveau pressée contre la veste de Rourke. Le cuir contenait des effluves d'huile, de sueur et de clou de girofle – cette odeur si délicieuse. Ça me mit vraiment en rogne.

J'écartai violemment les mains pour lui faire lâcher prise et je le repoussai de toutes mes forces. Il bougea de cinq centimètres à peine, mais c'était suffisant.

— Je n'irai nulle part avec vous. C'est mon combat, bon sang ! C'est moi qui l'ai provoqué, et je refuse de laisser ma Meute partir en guerre sans moi. Pigé ? Alors, n'envisagez même pas de m'en empêcher.

Sur ce, je lui tournai le dos en m'arrachant complètement à son étreinte.

Il me laissa faire.

En pivotant, je croisai un regard bleu perçant d'une force incroyable.

Je m'arrêtai net.

Ce regard me tenait en son pouvoir par-delà la cohue. Mon père traversa le bar comme s'il se promenait dans les bois, comme si tout allait bien et qu'aucune guerre ne s'était déclenchée autour de lui, en dépit des humains qui criaient et des choses qui se brisaient.

Il y avait un message dans ce regard.

*Va-t'en.*

Rourke se figea derrière moi. Lui aussi interprétait parfaitement ce regard.

J'ouvris la bouche pour protester, mais aucun son n'en sortit. Ce n'était pas un ordre de mon Alpha. C'était un ordre de mon père.

*Va-t'en.*

Cet ordre tourbillonna en moi, me poussant à obéir. Je compris, dans un sursaut, que le fait de partager le sang de mon père pendant le serment avait établi une nouvelle connexion entre nous, un nouveau lien. Ses émotions se déversaient en moi, et je me sentais obligée de suivre ses directives. Ma louve cria dans mon esprit. Elle le sentait, elle aussi. J'essayai de résister, mais j'étais figée sur place.

*Va-t'en.*

— Désolée, ma belle, on dirait que ce vous voulez n'est pas au programme, ce soir, marmonna Rourke derrière moi.

Je fis un pas en avant, en luttant de toutes mes forces pour briser l'entrave. *Bordel*, je ne voulais pas partir, je voulais me battre.

Mais Rourke se jeta sur moi, m'attrapa par la taille et me jeta sans effort sur son épaule. Son bras se referma sur moi comme un étau.

Puis il tourna les talons, sans se soucier de mes hurlements de rage, et sortit en courant du bar.

# 17

Dans la ruelle derrière le bar, Rourke me posa sans ménagement et continua à serrer mon avant-bras d'une poigne solide. Puis il nous entraîna d'un pas rapide, en reniflant l'air, visiblement aux aguets.

— Vous vous foutez de moi ! (J'essayai de dégager mon bras, en vain. On aurait dit que ses mains étaient de pierre.) Vous n'avez pas le droit de me soulever comme un putain d'homme des cavernes et de prendre les décisions à ma place ! Comment osez-vous !

Rourke s'arrêta brusquement et se tourna vers moi.

— Arrêtez de crier, gronda-t-il, et écoutez-moi. (Ses yeux flamboyaient d'un éclat vert éthéré.) Au cas où vous ne l'auriez pas remarqué, tout ça, ce n'était pas mon idée. Mais le fait est que vous êtes spéciale. Vous êtes une louve-garou, la seule de son espèce. Ça signifie que vous intéressez fortement toutes les parties impliquées. Je dis bien toutes. Il n'y a pas une seule communauté sur cette planète qui ne va pas vouloir un morceau de vous, maintenant. Vous m'entendez ? Tous autant qu'ils sont, les loups, les changeurs, les vampires, les sorciers, tout le monde. Si vous mourez maintenant, ce que vous êtes mourra avec vous. Vous comprenez ? (Il me secoua légèrement pour mieux faire passer le message.) Alors, arrêtez de geindre comme une fillette, parce qu'on a besoin de dégager d'ici, et en vitesse.

Ma colère déborda, et je fus obligée de ravaler cette rage afin de pouvoir parler. Je n'avais aucune intention de céder. Ma Meute se battait. Je n'allais pas l'abandonner juste parce que ce type me l'ordonnait.

— Comment ça, ce que je suis ? C'est pas parce que j'ai des seins que ce n'est pas ma Meute là-dedans. Ces loups se sont retrouvés au milieu d'une guerre à cause de moi. Alors, lâchez-moi ! Je vais retourner à l'intérieur pour me joindre à eux.

Je réalisai brusquement ce que je venais de dire. J'étais le catalyseur de cette guerre.

— Mauvaise réponse.

Rourke se remit en route en me traînant derrière lui.

Il faisait nuit noire. J'essayai de planter mes pieds dans le sol tandis qu'il me tirait par le bras comme une gamine de trois ans. Je ne pouvais lui échapper à moins de changer. Or même un changement partiel pouvait s'avérer extrêmement dangereux à l'air libre. Sans parler du fait que je ne savais pas vraiment comment je m'y étais prise la première fois. *J'aurais bien besoin d'un peu d'indignation, là*, dis-je à ma louve tandis que Rourke continuait à nous entraîner. Je sentais que la colère de ma louve n'était pas loin, mais qu'elle n'était pas aussi énervée que moi. *Je croyais qu'on n'était pas censées quitter le bar avec cet effrayant prédateur. Non, vraiment pas. Et il nous traîne comme si on était un bambin capricieux. Il nous kidnappe ! Énerve-toi.* Elle dressa les oreilles, et mes muscles se raidirent pendant un bref instant. L'excitation me gagna.

Mais ma louve n'était pas du tout focalisée sur moi, elle regardait devant nous, en quête du prochain danger.

*Tu ne m'aides pas du tout, là.*

Je tentai alors de raisonner Rourke.

— Recommençons depuis le début. Je crois qu'on a fait une erreur. J'ai besoin de retourner auprès de ma Meute…

Il fit volte-face en grondant et colla son visage à quelques centimètres du mien. Je frémis, le dos collé contre le mur en brique d'un immeuble.

— Je vous l'ai déjà dit. Je ne joue pas, là. Si votre Meute est en guerre, contre qui se bat-elle en ce moment même, à votre avis ?

Je ne m'attendais pas à ce qu'il me pose une question.

— Euh… Je n'en suis pas tout à fait sûre, mais c'est certainement la Meute des territoires du Sud…, répondis-je sans conviction.

— En plein dans le mille, ma jolie. Ça veut dire qu'en ce moment même, cette ville est envahie de loups-garous. Il y en a trop pour que vous puissiez les affronter toute seule et je ne peux pas me les coltiner pendant que je fais du baby-sitting. La seule solution, c'est de foutre le camp, et on est en train de perdre un temps précieux à en parler.

Son haleine sentait la cannelle.

— Du baby-sitting, vraiment ? me hérissai-je. C'est votre idée, pas la mienne, et rien ne vous y oblige. Vous pouvez me laisser partir à tout moment.

Comme ça, vous pourrez retourner d'où vous venez, et on oubliera toute cette histoire.

— Non, répondit-il, les yeux luisants d'émotion.

— Rourke, soufflai-je, laissez-moi partir.

Il me dévisagea pendant un long moment, son visage si proche du mien que je commençai à me tortiller. Il ouvrit la bouche pour dire quelque chose, puis se ravisa. Sans prévenir, il m'entraîna de nouveau dans la ruelle en me tirant par le bras comme une enfant.

Il nous fit traverser quelques rues, le dos courbé, en passant entre les voitures garées le long du trottoir, avant de se faufiler finalement entre deux autres bâtiments. Il n'y avait pas de lampadaires à cet endroit. C'était apparemment une zone de livraison avec un étroit passage qui ressortait de l'autre côté. L'espace qui séparait les deux immeubles était de la largeur d'un trottoir. Rourke était trop large d'épaules pour que nous puissions y marcher côte à côte, mais ce n'était pas un problème puisqu'il me tirait derrière lui.

— Rourke, où va-t-on ? murmurai-je.

— Récupérer ma bécane.

Tout en marchant, il scrutait méticuleusement chaque bâtiment autour de nous en reniflant l'air continuellement. Je l'imitais. De temps en temps, je captais une odeur de loup-garou, mais jamais à proximité. Pourtant, ils auraient dû être partout.

— Rourke, où sont-ils ? demandai-je. Les rues devraient grouiller de loups sudistes en colère. Il aurait dû y en avoir partout autour du bar quand on est sortis.

Rourke me jeta un coup d'œil par-dessus son

épaule. Ses yeux, complètement verts, brillaient telles deux émeraudes dans l'obscurité.

— Soit ils étaient occupés à affronter vos loups, soit il se passe quelque chose d'autre. (Il huma de nouveau et fronça les sourcils.) Moi non plus, je n'aime pas ça. C'est trop facile. Il y a un truc qui cloche. Ça ne ressemble pas à une vraie guerre, on dirait plutôt qu'ils cherchent quelque chose.

Je testai de nouveau la solidité de sa poigne, ce qui lui arracha un grondement sourd.

— Si vous continuez, je vous remets sur mon épaule.

Nous débouchâmes sur une rue commerçante et passâmes discrètement devant les devantures désertes. Cet endroit m'était familier. Il s'agissait du dernier pâté de maisons avant que le quartier se termine par un cul-de-sac au niveau de la voie ferrée qui se trouvait à l'autre bout de la rue, au fond d'une tranchée. Il correspondait exactement à l'idée que je m'en faisais. Une longue rangée de vieux bâtiments délabrés, vides pour la plupart, et depuis des années. De l'autre côté de la voie ferrée, les échangeurs de l'autoroute décrivaient des boucles dans le lointain. Plus de quartiers.

Au bout de la rue, devant nous, je repérai une moto garée sur le trottoir, dans un coin abrité, contre la façade d'un magasin fermé.

— Comment vous êtes-vous rendu au bar sans qu'on vous voie ? demandai-je par curiosité.

— Je suis là depuis hier. J'ai dormi sur le toit du bar et je suis descendu par l'échelle à incendie.

— C'est une façon de faire.

Plutôt rusé, le matou.

— Ça n'était pas compliqué, répliqua-t-il en haussant les épaules. Quand je vous ai donné mon nom, je savais que votre Meute allait poster quelqu'un à tous les endroits stratégiques. Mais cette rue n'en est pas un. Devant nous, c'est une impasse. Il n'y a nulle part où aller, à part rebrousser chemin.

— Si on est coincés, comment on va ressortir ?

Il hocha la tête en direction de la tranchée. Un grillage rouillé protégeait la voie ferrée mais ne représentait pas un bien grand obstacle. Le talus était constitué d'herbe et de terre jusqu'à mi-pente, lesquels laissaient ensuite la place à du vieux béton brisé.

— L'ancienne voie ferrée ? Et comment va-t-on y descendre, exactement ?

Il n'y avait aucun point de passage à quatre kilomètres à la ronde.

— En roulant, ma belle.

— Hein ?

Des cris résonnèrent derrière nous. Rourke resserra son étau sur mon bras et se mit à courir à petites foulées. Nous étions presque arrivés devant une Harley-Davidson vintage quand je tournai brusquement la tête. Quelqu'un venait de débouler dans la rue en proférant un juron par-dessus son épaule.

*Oh, mon Dieu !*

— Tyler ! hurlai-je.

Il s'arrêta brusquement. Ses yeux avaient viré à l'or pur et flamboyaient. Son t-shirt était déchiré et taché d'un liquide sombre.

— C'est du sang ? Tu es blessé ? m'écriai-je en essayant de m'échapper, mais Rourke tenait bon. Tyler, réponds-moi ! Rourke, lâchez-moi !

Tyler se mit à courir vers nous.

— Putain, le chat, lâche-la !

Rourke se prépara au combat en bandant ses muscles sous sa veste. Mais il ne me libéra pas pour autant.

Avant que Tyler puisse nous rejoindre, une camionnette de location déboula derrière lui à toute vitesse. Visiblement, ses agresseurs avaient trouvé un moyen de transport. Le chauffeur écrasa la pédale de frein et fit crisser les pneus. Le véhicule s'immobilisa en travers de la rue, bloquant complètement le passage.

Cul-de-sac devant nous, camionnette de location pleine de loups sudistes derrière nous.

— C'est un putain de piège, s'écria Rourke. Montez à l'arrière de la moto.

Malgré moi, il me traîna sur les derniers mètres et me jeta contre l'engin. Il sauta dessus, releva la béquille d'un coup de pied et fit rugir le moteur.

— Montez sur la moto, *maintenant* ! cria-t-il pardessus le bruit du véhicule.

Mais je refusai de bouger, ce qui permit à Tyler de nous rejoindre en deux enjambées.

— C'est quoi ce bordel ? s'exclama-t-il en m'empoignant par les bras. Pourquoi t'es partie avec lui ?

— James a décidé de lui faire confiance, lui expliquai-je rapidement. Et papa a approuvé cette décision. Rourke m'a fait sortir du bar et m'a amenée ici.

Je n'eus pas besoin de préciser qu'il l'avait fait contre ma volonté parce que Tyler le voyait bien. Mon père était sans doute trop occupé avec son propre combat, sinon les loups sauraient déjà où je me trouvais, ou du moins avec qui.

— Jess, il faut que tu t'en ailles, me dit Tyler d'une voix suppliante. On est au beau milieu d'une guerre, et c'est toi qu'ils convoitent. Tu dois partir sur-le-champ, même si tu n'as pas d'autre solution que de t'en aller avec ce… ce foutu chat.

Son visage exprimait une certaine révulsion, mais puisque son Alpha avait donné son accord, il ne pouvait que suivre le programme.

*Merde.*

— Tyler, je ne veux pas partir. Je veux rester et me battre. Ma place est ici, aux côtés de ma Meute. Je n'ai pas besoin qu'on me protège comme une espèce d'objet fragile.

Les portes de la camionnette s'ouvrirent, et une demi-douzaine de loups sous leur forme humaine en sortirent en courant. Pas le temps d'échafauder un plan, ils allaient nous tomber dessus en moins de deux.

Tyler me fit aussitôt passer derrière lui et me poussa par inadvertance vers Rourke en criant :

— Va-t'en ! Tire-toi tant que tu le peux encore.

— Non, je veux me battre ! Laisse-moi t'aider, protestai-je. Je sais me battre !

— Non ! *Non*, ajouta-t-il en passant à la télépathie. *Jessica, je t'en prie, tu dois t'en aller. Je ne peux pas te protéger et me battre en même temps. Tu n'es pas encore entraînée au combat. Tu nous mettrais tous les deux en danger en restant ici.*

— Je ne peux pas te laisser. Je refuse de te laisser ici tout seul. *Putain, je vais nulle part, tu m'entends ?*

Sans se soucier de moi, Tyler se tourna vers Rourke.

— Emmène-la, le chat. Il ne reste plus que toi. Mais si tu poses une seule de tes sales pattes sur elle, je jure de t'étriper à mains nues. Tu m'entends ? Je le jure sur ma vie. (Tyler daigna s'adresser à moi.) C'est un ordre, Jess. Tire-toi !

La moto rugit en guise de réponse, et les pneus crissèrent derrière moi. Mais avant que Rourke puisse faire un geste, je m'arrachai à l'étreinte de mon frère en sortant de mes manches mes deux couteaux de jet.

Je penchai mon corps en avant et, sans la moindre hésitation, lançai mes armes sur les deux loups de tête qui se précipitaient vers nous. L'un des couteaux se planta dans un bruit sourd dans la partie charnue de la trachée, et j'eus la satisfaction de voir le loup visé s'effondrer. Mais le deuxième couteau rata complètement sa cible et atteignit l'autre loup à l'épaule. Ça ne le fit même pas tomber. Au contraire, ça ne servit qu'à l'énerver davantage. Il s'arrêta et arracha l'arme en grondant, les yeux fixés sur moi.

*C'est parti.* Ma louve poussa un hurlement.

Tyler s'élança, car il n'avait pas d'autre choix que d'affronter les deux loups suivants. Je m'accroupis, les muscles ondoyant sous ma peau. *Enfin.* Ils se contractaient et se modifiaient pour me préparer au combat. Le loup furieux que j'avais atteint à l'épaule était presque sur moi. Quand ses mains crasseuses allaient se tendre vers ma gorge, je le tuerais. Mon regard fixé sur lui était comme un rayon laser. Il croyait que j'étais faible.

Il se leurrait complètement.

Mais, avant qu'il ait eu le temps de me rejoindre, mon corps fut brusquement tiré en arrière.

Mon attaquant cria sa colère.

*C'est quoi ce bordel ?* La route bougeait sous moi. Rourke me tenait fermement par la taille, et j'avais les fesses tout juste perchées sur le rebord de la selle.

— Montez sur cette putain de moto ! beugla Rourke.

Je n'eus pas le temps de protester. L'instant d'après, l'engin s'envolait vers le ciel. Pendant qu'il redescendait, je passai la jambe par-dessus la selle et m'agrippai de toutes mes forces à la veste de Rourke. On franchit le haut du talus en traversant le grillage rouillé comme s'il n'était même pas là. Puis la moto dévala la pente herbeuse à toute vitesse en direction de la voie ferrée. Chaque irrégularité du terrain ressemblait à une gigantesque montagne se dressant brusquement à notre rencontre.

Rourke manœuvra la moto d'un côté et de l'autre comme s'il faisait un slalom et nous plaça parallèlement à la voie ferrée au tout dernier moment, juste avant qu'on heurte le béton en bas. Le fait de toucher le sol suivant le bon angle amoindrit l'impact, mais nous laissa tout de même bien secoués. Les amortisseurs gémirent et grincèrent, mais ils tinrent bon, nous permettant de rester plus ou moins à la verticale.

Tandis qu'on rebondissait sur le béton au fond de la tranchée, je rouvris les yeux en criant :

— Rourke, *fils de pute* ! Si je voulais mourir, j'aurais aussi bien pu rester me battre !

Il vira brutalement à droite, et tous ses muscles se contractèrent en même temps sous sa veste. Il dégageait une puissance incroyable. Il ôta son pied de la pédale pour nous stabiliser, faisant jaillir des étincelles sous la plaque de protection de sa botte. Quand on fut enfin complètement redressés, il me lança par-dessus son épaule :

— On n'est pas encore morts, ma belle.

— Gros malin ! répliquai-je.

Par-dessus mon épaule, je vis deux loups, toujours sous forme humaine, escalader les rails. Un troisième descendait le talus derrière eux. Le soulagement m'envahit parce que, s'ils étaient à ma poursuite, ça voulait dire qu'ils avaient abandonné Tyler.

— Rourke, ils nous poursuivent. J'espère que vous avez un plan.

J'essayai de contacter mon frère. *Ty, tu vas bien ? Tu m'entends ?*

Je sentis une caresse familière. *Jess... me bats... t'entends pas. Sois prudente...* La connexion fut interrompue.

On n'était sans doute pas capable de tenir une conversation tout en se battant. C'était logique, parce qu'on mobilisait une grande partie de sa matière grise pendant une bagarre. Mon père non plus ne m'avait pas contactée. Il devait être occupé de la même manière. Peut-être était-ce la raison pour laquelle j'avais pu les bloquer tous les deux quand je me battais. Je ne pouvais pas faire les deux en même temps.

Derrière nous, les loups se laissèrent tomber à quatre pattes pour changer. Quand ils auraient terminé, ils seraient incroyablement rapides. Et ils récupéreraient notre piste, toute fraîche.

— Ils se métamorphosent sur la voie ferrée, criai-je à Rourke. Cet endroit va être plein de loups dans moins de trois minutes.

— C'est une bonne chose de foutre le camp, alors, répondit Rourke sur le même ton, en tournant violemment le guidon pour gravir à fond de train un autre talus herbeux. Les parois de la tranchée avaient diminué progressivement, ce qui nous permit de nous échapper. La moto bondit par-dessus le haut du talus et passa à travers un autre grillage. Puis nous fûmes à nouveau sur la route. Rourke fit crisser les pneus en nous amenant devant une bretelle d'accès qui passait sous l'autoroute. Encore un virage rapide, et on remonta la rampe.

Trois loups sous leur forme véritable, deux devant et un derrière, nous pourchassaient à toute allure. Mais ils allaient devoir abandonner la poursuite quand on arriverait sur l'autoroute. Des loups sur la voie rapide, ça n'était pas possible. Mais ça n'avait aucune importance. Ils avaient notre odeur. Leurs potes dans la camionnette allaient les récupérer dans quelques minutes.

À moins que Rourke n'ait un plan incroyable, nous allions fuir devant eux indéfiniment. Une femelle à l'odeur étrangement âcre et un félin unique en son genre sur le dos d'une moto, c'était une piste facile à suivre.

Je relâchai légèrement mon étreinte quand on retrouva une allure normale sur l'autoroute. Je ne mourrais sans doute pas si je tombais de la moto. J'avais trop l'habitude d'être humaine, j'avais besoin d'un peu de temps pour cesser de réagir comme telle.

Rourke ne connaissait pas ce genre de problème, visiblement.

Je plongeai la main dans la poche de ma veste tandis que Rourke slalomait habilement entre les voitures. Je caressai du bout des doigts le bouton lisse du bipeur, plusieurs fois, en guise de porte-bonheur. Puis j'appuyai dessus. Il ne m'était d'aucune aide pour l'instant, mais ça me faisait du bien de le tenir.

— Nick, je vais bientôt avoir besoin que tu viennes

me chercher, murmurai-je dans le vent qui giflait mon visage sans casque.

— Quoi ? s'exclama Rourke par-dessus son épaule.

— Rien, marmonnai-je. J'espère juste que vous avez un plan.

# 18

— C'est ça, votre idée géniale ? (J'étais debout dans un cours d'eau qui m'arrivait jusqu'aux genoux et dont le courant rapide faisait tourbillonner les jambes de mon joli pantalon de tailleur.) Vous savez, les loups mangeurs d'hommes n'ont pas peur de nager. Si notre piste les mène jusqu'à une rivière, ils n'hésiteront pas à y entrer.

— Ne vous inquiétez pas, ils ne nous suivront pas là où on va, affirma Rourke derrière moi. Du moins pas pour l'instant.

— Comment pouvez-vous en être aussi sûr ?

Je regardai par-dessus mon épaule, juste à temps pour le voir entrer dans le cours d'eau. J'oubliai un instant ma question, parce qu'il était torse nu, ses bottes et son t-shirt enveloppés dans sa veste en cuir, laquelle était coincée, bien à l'abri, sous son bras incroyablement musclé. Il devait dépasser n'importe quel loup de quelques bons centimètres, et il semblait plus costaud aussi, avec une sacrée dose de masse musculaire en plus. Cet homme était une bête.

Toutes mes affaires étaient protégées par ma veste,

elles aussi, sauf que moi je n'étais pas nue au-dessus de la taille.

Grâce au ciel, je portais ce foutu caraco.

Le fait qu'il soit blanc ne m'avait pas échappé, et si Danny avait pu me voir à ce moment précis, il se serait marré comme une baleine. J'avais refusé d'enlever mon pantalon, et Rourke avait gardé le sien sans poser de questions. J'aurais menti en disant que je n'avais pas envie, ne serait-ce qu'un tout petit peu, de voir ce qu'il cachait sous son jean. La vérité, c'est que ma louve, elle, était extrêmement intéressée, mais j'avais choisi de l'ignorer.

On avait bien d'autres sujets de préoccupation.

Quelque part en chemin, j'avais compris que mon père, en me disant de m'en aller, m'avait donné un ordre puissant – trop puissant. Je n'allais pas m'en affranchir facilement. Encore maintenant, je le sentais drapé autour de moi, me poussant à rester avec mon protecteur plutôt que de rebrousser chemin. Le sang que j'avais pris à mon père durant le serment nous avait liés d'une étrange manière. J'ignorais si ça avait eu le même effet sur lui, s'il pouvait sentir mes émotions. Je ne pouvais pas encore déchiffrer clairement tous les messages et tous les sentiments, mais j'étais persuadée que, s'il était mort, ces choses nouvelles que je sentais à l'intérieur de moi se seraient arrêtées. J'espérais que tout le monde allait bien. Je détestais être éloignée d'eux.

Agacée, ma louve jappa pour me ramener vers ses pensées à elle.

*Désolée, mais je ne te laisserai pas avoir ce que tu veux. On ne va pas écarter les jambes pour tous les gars mignons qu'on croise. En plus, celui-ci est un mercenaire surentraîné. Tu te rappelles ? Nous sommes ici contre notre volonté. Ne l'oublie pas.*

Évidemment, ma louve et moi ne nous étions pas encore tout à fait remises d'une immense poussée d'adrénaline. Sachant comment la précédente s'était terminée, je faisais extrêmement attention afin de réfréner mes pensées coquines.

À la place, j'avais préféré me bourrer de viande de bœuf séchée. J'en avais acheté un récipient complet lors de notre dernier arrêt. Dommage qu'il n'en restait plus. Ce n'était pas comparable avec le sexe, mais il avait bien fallu que je me contente de ce que j'avais sous la main.

Je regardai l'eau caresser les jambes du jean usé de Rourke tandis qu'il s'enfonçait plus profondément dans la rivière. Je détournai tant bien que mal le regard de ses tablettes de chocolat lorsqu'il hissa ses vêtements encore plus haut dans les airs. Ses bras se retrouvèrent au-dessus de sa tête. Je remarquai alors un tatouage le long de chaque avant-bras. Géométrique, il était joliment dessiné dans une encre d'un noir profond. Ma louve se lécha les babines. C'est vrai que j'aimais les tatouages. *Merde.*

Il avait une démarche de prédateur. Honnêtement, si je n'avais pas été élevée parmi des surnaturels et si je n'en étais pas devenue une moi-même récemment, sa présence m'aurait presque paru trop intense.

— Là-haut, devant nous, à quinze kilomètres, expliqua Rourke en faisant des gestes dans cette direction, se trouve une source sulfureuse. Un kilomètre et demi plus loin, on tombe sur une petite cabane. Le seul moyen de l'atteindre, c'est en grimpant. Les loups vont mettre un moment à retrouver notre trace à cause du soufre. Quand ils se pointeront, on sera déjà partis depuis longtemps.

Pour l'heure, nous étions quelque part dans les contreforts des Ozark, d'après Rourke. Le paysage ne m'était pas familier. Le jour s'était levé, et la lumière de l'aube filtrait entre les arbres. Il devait être sept heures et demie ou huit heures. Rourke avait pris une série de petites routes pour essayer de semer nos poursuivants, mais ce n'était qu'une question de temps avant que les grands méchants loups nous rattrapent.

— Quinze kilomètres, pour de vrai ?

Rourke pouffa.

— Oui, et le dernier s'effectue à flanc de colline, et ça grimpe dur ! (Il pataugea pour me rejoindre.) Donnez-moi votre veste.

Je récupérai mes chaussures, mon flingue et ma dague et lui tendis la veste sans poser de questions. Il la prit et passa devant moi avant d'escalader l'autre rive.

— Ne vous inquiétez pas, je suis sûr que vous vous en sortirez très bien. Je reviens tout de suite. Je vais laisser une fausse piste de l'autre côté pour nous permettre de gagner du temps.

Je regardai son corps puissant remonter en courant la petite pente recouverte d'herbe. Tout en balançant ma veste au bout de sa main droite, il disparut dans le sous-bois dense qui bordait le cours d'eau.

Dans l'eau froide qui trempait mon pantalon déjà mal en point, j'attendis debout pendant plusieurs minutes que Rourke revienne. À ce stade, que pouvais-je bien faire ? Il avait caché sa moto dans une grotte peu profonde à quelques kilomètres de là puis, pendant une demi-heure, nous avions cheminé péniblement dans la forêt touffue jusqu'à cette rivière. Il n'était plus possible de faire marche arrière, à présent.

C'était beaucoup trop tard.

Je pataugeai dans l'eau pour me rapprocher de la rive, puis je regardai en amont et en aval. De très nombreux arbres poussaient de chaque côté du cours d'eau, et ce, jusqu'à perte de vue. Quelques gros rochers reposaient dans le lit de la rivière qui semblait du reste relativement placide et ne devait pas faire plus d'un mètre de profondeur.

— Je vous ai manqué ?

Rourke sauta du talus et me rejoignit à grandes enjambées, sans se soucier des éclaboussures qu'il provoquait. Il me rendit ma veste, dans laquelle j'enveloppai de nouveau mes affaires.

— Dans vos rêves, répliquai-je. Où on va, maintenant ?

— On remonte le cours d'eau jusqu'à ce qu'on arrive à la source sulfureuse. Ensuite, on prendra à droite pour monter directement dans la montagne.

Il désigna des sommets à peine visibles par-dessus la cime de certains arbres. Puis il baissa le bras et repartit.

Je le suivis en projetant des éclaboussures, moi aussi.

— Vous n'auriez pas pu choisir une planque plus facile d'accès ?

— Plus facile égale moins sûr.

— Les loups finiront par nous rattraper, grommelai-je.

Au même moment, je glissai sur un rocher de taille moyenne et me rattrapai juste avant de tomber complètement dans l'eau. J'avais de meilleurs réflexes depuis que j'étais une louve. Heureusement, sinon, j'aurais eu le cul trempé.

— Ils sont tenaces, vous savez.

— Quand ils trouveront la planque, on aura filé depuis longtemps.

— Rourke, l'appelai-je en m'adressant à son dos qui s'éloignait rapidement. Vous savez que je ne compte pas rester avec vous plus d'une journée, pas vrai ? Dès que ma Meute me le confirmera, je rentrerai en ville. Je ne vais pas courir d'une planque à une autre avec vous.

Il grogna sa réponse.

Après avoir parcouru de longs kilomètres sans prendre beaucoup de repos, on arriva devant un bassin naturel formé par un certain nombre de gros rochers, au centre duquel tourbillonnait un fort courant. Il était alimenté par le filet régulier d'une eau particulièrement nauséabonde qui sortait d'une fissure dans une énorme roche. Une odeur d'œufs pourris saturait l'air. J'en humai une nouvelle bouffée.

— Waouh, c'est horrible, m'écriai-je. Est-ce que ça sent aussi mauvais pour les humains ?

Rourke grimpa sur l'un des rochers qui bordaient le bassin. Une mèche de cheveux blond-roux tomba sur son front tandis que le soleil se réfléchissait sur son torse nu, faisant briller au passage les minuscules gouttes d'eau qu'il avait récoltées en marchant dans la rivière.

*Il faudrait arrêter cet homme,* grommelai-je à l'intention de ma louve. J'étais de mauvais poil, ce jour-là.

Ma louve hurla en sourdine en épiant les moindres mouvements de Rourke. Mais ça ressemblait moins à des grondements qu'à des ronronnements. Malgré moi, j'attrapai la chair de poule. Je serrai plus fort mes armes et ma veste contre ma poitrine. Bordel, j'espérais bien qu'il n'avait pas remarqué l'effet qu'il avait sur moi. C'était gênant.

— Quoi ? lui dis-je, un peu sur la défensive vu qu'il ne répondait pas à ma question sur le soufre. C'est une question légitime. J'ai de plus en plus de mal à me rappeler l'odeur qu'avaient les choses avant, quand j'étais humaine. Tout s'embrouille dans ma tête.

Son regard dansa quelques instants. J'aperçus un bref éclat vert au fond de ses yeux, comme un briquet lorsqu'une étincelle jaillit juste avant la flamme.

— L'odeur est moins agressive pour les humains. Le soufre est un élément naturel puissant. Il masquera parfaitement notre odeur. Quand les loups arriveront ici, ils auront du mal à retrouver notre piste avec cette odeur dans le nez. Maintenant, vous allez devoir vous immerger dans le bassin, me dit-il avec un sourire malicieux. Complètement, ajouta-t-il.

— C'est vraiment une nécessité ? demandai-je en regardant le bassin. On ne peut pas juste s'éclabousser avec ça ? (Je désignai le filet d'eau sortant de la roche.) Ça sent beaucoup plus mauvais.

— On va devoir faire les deux. (Il posa sa veste et ses bottes sur un rocher.) L'eau du bassin nous débarrassera de notre sueur, et le soufre masquera notre odeur en sortant.

Sans attendre ma réponse, il plongea directement dans la partie la plus profonde du bassin et reparut à la surface à une bonne distance de là. L'eau semblait très profonde. Le soleil faisait briller ses cheveux mouillés, lui donnant l'air d'une divinité des eaux.

Évidemment.

— Je croyais que les chats n'aimaient pas se mouiller.

Il me fit un sourire évasif.

— J'adore me mouiller, au contraire.

Il replongea, son large dos musclé affleurant.

— Très bien, marmonnai-je en me résignant à mon triste sort. Si vous le dites.

Je posai ma veste et mes armes et me frayai un chemin jusqu'au bord du bassin.

Mon caraco blanc était resté sec en grande partie, mais mon pantalon noir était complètement trempé. Je me mordillai la lèvre. Puis je me ravisai et retournai récupérer ma veste, en laissant mes armes et mes chaussures à l'air libre sur le rocher.

Je me rendis jusqu'à un autre endroit, tout près de la source sulfureuse, et accrochai soigneusement ma veste à une branche morte qui saillait juste au-dessus du bassin. Comme ça, je pourrais l'attraper dès que je sortirais complètement mouillée.

Je retournai vers le bassin. Rourke me regardait en souriant jusqu'aux oreilles.

— Pas la peine de prendre cet air satisfait, grommelai-je. Je vais plonger dans cette foutue flotte.

Le rire de Rourke rebondit sur les rochers et résonna dans mes oreilles.

— Ce n'est pas de la satisfaction, ma belle, répondit-il en se mettant sur le dos pour faire la planche. Je prends juste le temps, au milieu de cette journée chargée, d'apprécier la beauté qui m'entoure.

— Vous avez de la chance, j'ai grandi au milieu d'une meute de loups. J'ai appris très tôt à laisser ma modestie au placard.

Enfin, en grande partie. Je jetai un coup d'œil à ma veste suspendue.

C'était sympa d'avoir un plan de secours.

Je me tournai de nouveau vers l'eau et contemplai un instant mon destin. Puis je plongeai.

Au beau milieu d'un bassin avec un prédateur qui semblait vouloir me croquer pour le petit déjeuner.

# 19

— Rourke ? demandai-je tandis qu'on nageait. Vu ce que vous savez du monde surnaturel, vous pensez que ma Meute va gagner cette bataille ? J'ai vraiment la haine de ne pas être avec eux. Je ne sais pratiquement rien des loups du Sud, mais je suis surprise qu'ils soient aussi bien organisés. À ce qu'on raconte, Redman Martin est un connard arrogant, alors cette attaque est compréhensible. Mais c'est bizarre qu'il déclenche une guerre si rapidement, après ce qui s'est passé lors de la répartition des territoires, il y a longtemps.

Red Martin était l'Alpha des territoires américains du Sud et l'ennemi de mon père. C'était à cause de lui qu'il y avait désormais deux meutes américaines au lieu d'une.

— J'ai du mal à croire que d'autres loups, quels qu'ils soient, puissent vaincre votre père et sa Meute, répondit-il. C'est un leader puissant, et ses loups sont de féroces combattants. Je ne crois pas qu'il y ait de quoi s'inquiéter. Je n'ai pas souvent croisé Red, mais il est aussi paresseux qu'arrogant. Il veut sans doute vous vendre au plus offrant, à moins qu'il n'ait un autre plan tout aussi louche et facilement rentable. Ou peut-être qu'il veut juste faire payer à votre père des torts imaginaires. À mon avis, la bataille ne durera pas bien longtemps quand ils se rendront compte que vous avez disparu. C'est vous qu'ils veulent. Sans l'objet de leur convoitise, pas de combat. Redman sait qu'il ne peut pas gagner une bataille rangée, voilà pourquoi il n'y avait pas de loups en train de se battre dans les rues. Ils vous cherchaient. Vous avez rendu service à votre Meute en partant.

J'espérais qu'il disait vrai. On ne fit pas trempette bien longtemps, puisque le temps jouait contre nous. Rourke sortit de l'eau le premier, et je l'observai depuis l'autre bout du bassin. Il se déplaça avec aisance sur les rochers, son jean collant fort commodément aux endroits les plus stratégiques. L'eau dégoulinait de ses épaules et formait de petits ruisseaux dans son dos. Ses cheveux mouillés semblaient beaucoup plus foncés.

Il pencha la tête de côté comme s'il appréciait le poids de mon regard sur lui. Salopard prétentieux. À ce moment précis, le soleil fit briller ses iris qui prirent un éclat d'un vert très pâle, presque blanc.

— Rourke, vous avez des yeux complètement dingues. (Je nageai jusqu'au pied de l'endroit où il se tenait et levai la tête en mettant la main au-dessus de mes yeux pour les protéger du soleil.) Les humains doivent vous faire des réflexions tout le temps. Comment vous leur expliquez ça ?

Il haussa les épaules, comme si c'était parfaitement normal d'avoir des diamants à la place des yeux.

— Si j'estime qu'ils méritent une réponse, je leur

dis généralement que je tiens ça de ma mère. Sinon, je leur réponds que ce ne sont pas leurs oignons.

— Et ils vous croient ?

— Avant même de poser la question, les humains savent déjà qu'ils vont devoir accepter mon baratin. Ils n'envisagent même pas que je puisse être un « Autre ». Alors, ils posent la question en se disant qu'ils vont obtenir une explication logique et, quand je leur en donne une, généralement, ils l'acceptent sans rien dire. (Il me fit un sourire en coin qui lui donna l'air plus humain.) Mais, parfois, ça demande un peu plus de finesse pour les convaincre.

— Vous les tenez vraiment de votre mère ? demandai-je en faisant exprès d'ignorer ma louve, que le mot « finesse » hérissait. *Il n'est pas à nous,* la réprimandai-je. *Il peut user de finesse avec qui il veut.* Elle fit claquer sa mâchoire.

— On peut dire ça, répondit-il. Mes gènes de changeur me viennent de mon père, comme tout le monde, mais ma mère avait des yeux très inhabituels, du moins c'est ce qu'on m'a raconté. Je ne me souviens pas beaucoup d'elle. C'était il y a très longtemps.

Il prit ses vêtements et fit le tour du bassin pour rejoindre la source sulfureuse qui jaillissait du gros rocher.

Je nageai jusqu'à l'endroit où ma veste était suspendue et me hissai hors de l'eau. Je tournai le dos à Rourke, par pudeur, et j'étais sur le point d'enfiler le vêtement pour me couvrir lorsqu'il s'éclaircit la voix juste derrière moi.

— Euh… désolée, ma belle, mais je vais avoir besoin de cette veste.

— Hein ? fis-je, dégoulinante, les bras croisés sur la poitrine.

— Pour notre piste olfactive. Pour l'instant, elle s'arrête au bord du bassin.

De l'index, je décrochai ma veste et la lui lançai à contrecœur. Il l'attrapa et marcha jusqu'au bord du bassin, dans lequel il ramassa un gros morceau de bois flotté. Il drapa ma veste par-dessus et la balança au loin. Le cœur lourd, je la regardai atterrir dans la rivière et s'éloigner en flottant.

— Attendez, vous venez juste de renvoyer ma veste d'où on vient. En quoi ça va nous aider ?

— Elle va finir par s'échouer sur la rive. Avec un peu de chance, ils croiront qu'on est sortis de l'eau à cet endroit. Si votre odeur s'intensifie en aval, ça ne peut que nous aider.

Sans se retourner, il se dirigea vers la source et prit l'eau nauséabonde dans ses mains en coupe avant de s'en asperger tout le corps.

Je le rejoignis.

— Vous venez juste de balancer ma pudeur dans la rivière pour deux minutes de diversion ?

— Hé, je prends tous les avantages que je peux trouver.

— Ce n'est pas un avantage, c'est un coup bas.

Je commençai à verser de l'eau sur ma tête, en serrant bien mes mains en coupe pour mieux la recueillir. D'aussi près, le liquide sentait horriblement fort, comme si j'avais des œufs pourris juste sous le nez. Rourke restait concentré sur ce qu'il avait à faire. Au moins, il n'essayait pas de mater mes seins. Mais ça aurait sans doute été plus facile de lui en vouloir s'il l'avait fait. Là, c'était tout le contraire. Il semblait si… normal. Pas du tout le genre de réaction que j'attendais. J'étais complètement déstabilisée. *N'oublions pas qu'il est dangereux, d'accord ?* Ma louve se moqua de moi et, au lieu d'approuver, me montra une image de Rourke sortant du bassin sans son jean. *Arrête ça ! Tu ne m'aides pas du tout ! Il pourrait péter un câble à tout moment et essayer de nous tuer.* Elle me tourna le dos. *En plus, on n'a pas l'air de lui plaire tant que ça.* En dehors de quelques commentaires enjoués et de quelques sourires éblouissants, il ne nous avait envoyé aucun vrai signal.

Je m'éclaircis la voix en espérant pouvoir parler normalement.

— Rourke, à quelle espèce de félin-garou appartenez-vous ?

La question parut réellement le surprendre. Puis il plissa les yeux et me sourit de toutes ses dents.

— Je ne confie jamais mes secrets au premier rendez-vous.

Il consacra de nouveau son attention à l'eau fétide dont il s'aspergea le torse.

Ma louve se lécha les babines et laissa échapper un miaulement. *On ne miaule pas !*

Nouvelle rebuffade de l'animal.

— Allez, vous pouvez bien me le dire. (Je m'installai à côté de lui et récupérai encore plus d'eau dans mes paumes.) Je ne trahirai pas votre secret. J'ai déjà assez de soucis comme ça, pourquoi irais-je en parler à quelqu'un ?

Nous étions si proches que sa chaleur irradiait mon corps, sans parler de son énergie puissante qui me picotait la peau comme si un million de minuscules points sensibles étaient sollicités en même temps. En me plaçant si près de lui, je jouais à un jeu dangereux, mais tant pis. Rourke se tourna vers moi, l'eau ruisselant sur son corps et disparaissant dans la ceinture de son jean. Une étincelle s'alluma tout au fond de ses yeux, et des frissons me parcoururent l'échine. C'était un peu trop réel à mon goût.

— En plus de cinq cents ans, je n'ai confié à personne ce que je suis et je n'ai pas l'intention de changer ça maintenant.

— Pourquoi faire autant de mystère ? demandai-je. Ce n'est pas bien important.

Je versai le liquide puant sur ma tête tout en essayant de tourner le dos à Rourke, de façon à ce que mon caraco transparent soit dirigé vers quelque chose de neutre, comme un rocher.

— Si les gens savaient ce que j'étais, ils anticiperaient mieux la façon dont je peux réagir dans certaines situations. Entretenir le mystère ne me donne certes qu'un petit coup de pouce, mais l'inconnu a tendance à être plus effrayant que la réalité – en règle générale, ajouta-t-il avec un grand sourire.

Il me dominait complètement du point de vue de la taille. Pourtant, bizarrement, je ne me sentais pas du tout menacée par lui. Ça m'embêtait parce qu'il était un prédateur, certainement un ennemi naturel. À ses côtés, j'aurais dû me sentir en danger en permanence. J'aurais dû montrer les dents et avoir les poils hérissés. Les changeurs s'entendaient rarement bien entre eux. Nous étions des animaux, et les animaux se battent. Ils ne font pas trempette ensemble dans une crique. Ma louve aurait dû avoir envie d'enfoncer ses canines dans la chair de Rourke et de lui sectionner la carotide, au lieu de miauler devant lui comme une ado.

Mais non. Plutôt que de lui arracher le cœur, elle admirait le spectacle, la langue pendante. *Remets ta langue dans ta gueule. Tu me fais honte.*

Je cessai de me verser de l'eau sur la tête pour m'intéresser à ce qu'il venait juste de dire.

— Alors, si je comprends bien, si les gens pensent que vous êtes, disons, un tigre aux dents de sabre, ils auront plus peur de vous que s'ils découvraient que vous êtes un simple chat domestique ? C'est ça le vrai raisonnement derrière le grand mystère ?

— Ah, Jessica, vous n'avez pas froid aux yeux, c'est sûr ! pouffa Rourke. (Il secoua la tête d'avant en arrière en nous éclaboussant tous les deux.) Ce « grand mystère », comme vous dites, m'a bien aidé à établir ma réputation de gros dur. Quand on alimente les rumeurs et la peur, ça rend le boulot sacrément plus facile. Et j'aime bien la facilité. (Il me transperça du regard.) Par ailleurs, je peux vous jurer que je ne suis absolument pas un chat domestique.

Ça le fit rire de nouveau. Moi, je m'immobilisai.

Quand il m'avait appelée par mon prénom, familièrement, mon sang n'avait fait qu'un tour, et ma louve et moi avions aussitôt dressé l'oreille, tellement ça avait eu un impact physique sur nous. Mon cœur battait à tout rompre, et de petits frissons me parcouraient tout le corps. *Je ne le connais même pas, ce type. Il ne devrait pas avoir un tel effet sur nous. Qu'est-ce qui vient de se passer, là ? Pourquoi notre corps réagit comme ça ?* Ma louve était trop occupée à courir en rond en jappant, tout excitée, pour me répondre. En plus, j'avais du mal à me concentrer sur ce que je venais juste de lui dire car Rourke venait de nouveau de lever les bras au-dessus de la tête. L'eau ruisselait sur son visage et dégoulinait sur son corps. Un grondement sourd naquit tout au fond de ma gorge. Je portai la main à ma gorge. *Sérieux, il faut que tu arrêtes, là ! Calme-toi !* J'espérais vraiment qu'il ne m'avait pas entendue faire un bruit pareil. *Écoute, tu dois te ressaisir. On ne peut pas coucher avec toutes les personnes qu'on croise.* Ma louve n'était pas loin de faire des bonds tant elle était excitée. *Ce type ne peut pas te plaire à ce point-là. C'est un mercenaire engagé pour nous extorquer des infos et peut-être même nous kidnapper. Tu m'entends ?* Non, elle ne m'entendait pas, parce qu'elle était perdue dans sa propre excitation.

Je l'y laissai.

On se remit à grimper. Heureusement, nos vêtements mouillés et nos chaussures séchèrent très rapidement par cette chaleur. Rourke ouvrait la voie. Jusque-là, il ne s'était pas retourné une seule fois. Je ne savais pas si c'était par galanterie ou simplement parce qu'il était impatient de se retrouver en lieu sûr. Au bout de deux heures, j'accélérai le pas pour réduire l'écart entre nous.

Le soufre avait bel et bien servi à masquer notre odeur pendant un moment, mais, lorsqu'il se dissipa, je sentis clairement la riche odeur de clou de girofle que Rourke émettait par tous les pores de sa peau.

Il n'y avait pas moyen de s'en débarrasser. Notre

odeur faisait partie de nous, on ne pouvait pas la faire disparaître.

Les loups l'avaient en mémoire et sauraient parfaitement la retrouver, c'était juste une question de temps. Nous avions une journée devant nous tout au plus.

Rourke s'arrêta sous un grand arbre. Je l'imitai, et mon ventre se mit à gronder comme si mes intestins étaient en train de broyer des cailloux. Rourke haussa les sourcils. Moi, je haussai les épaules.

— Quoi ? J'ai faim. (Nouveau grondement.) Non, c'est pire que ça, je pourrais dévorer un restaurant tout entier.

— On est presque arrivés, et il y a de quoi manger dans la cabane. (Il se remit à marcher.) Quand j'ai changé la toute première fois, j'ai été insatiable pendant une bonne année, et pas qu'au niveau de la faim, ajouta-t-il d'une voix teintée d'un doux ronronnement.

Je perdis l'équilibre et le retrouvai juste à temps pour éviter de tomber tête la première.

— Je vais donc devoir supporter ça pendant une année entière ?

— À peu près.

Je continuai à me plaindre.

— Vous savez… ce n'est pas une faim normale. C'est comme si j'essayais de nourrir autre chose, un besoin dévorant qui exige bien plus que ce que je peux lui donner. La nourriture ne le comble pas. C'est comme un vide géant que je n'arrive pas à rassasier.

— Vous avez envie de sang frais.

Je m'arrêtai net.

— Comment ça, du « sang frais » ? Je ne vais pas

tuer quelqu'un juste pour calmer mon estomac irritable. Ça n'arrivera jamais !

— Non, vous avez besoin de chasser. (Il ralentit et se retourna.) Vous savez, des lapins, des écureuils ? La chasse, voilà ce que votre corps vous réclame. Une proie fraîchement tuée atténue la vraie faim. Votre corps a envie de sang. (Il me regarda en plissant les yeux et leva la main. Comme je ne répondais pas, il reprit :) Vous ne savez pas de quoi je parle, n'est-ce pas ?

— Effectivement, répondis-je en secouant la tête. Le changement ne s'est opéré qu'une seule fois… et disons que ça ne s'est pas super bien passé. Je ne suis même pas sûre de pouvoir de nouveau aller au bout d'un changement… euh… sans aide. Je n'ai pas encore eu de cours de loup-garou pour les nuls. Si les gens voulaient bien arrêter d'essayer de me tuer, j'arriverais peut-être à en caser un ou deux dans mon emploi du temps chargé. Mais, jusqu'ici, en dehors de ce que j'ai pu observer tout au long de ma vie, je ne sais pas grand-chose.

Rourke tourna les talons et se remit à gravir la pente rocheuse. Je le suivis.

— Vous pourrez peut-être changer quand on arrivera à la cabane, me dit-il. Certes, je ne suis pas un loup, mais je suis un changeur depuis belle lurette. Je pourrais vous aider.

— Peut-être.

Réussir une nouvelle transformation pourrait être le ticket me permettant de retourner auprès de ma Meute. En tant que louve, il serait facile pour moi de trouver rapidement un autre chemin pour descendre de la montagne.

— Mais vous devez savoir qu'il est tout à fait possible que je vous mange vous plutôt qu'un lapin si je me transforme. Je n'ai pas une très grande maîtrise et je ne peux pas vous promettre que la situation ne dégénérera pas.

— Oh, mais je compte bien là-dessus.

Son rire nous accompagna jusqu'à la clairière suivante.

La cabane était simple, mais très jolie. Avec la patine du temps, les rondins avaient viré au gris charbon. Le toit en métal avait pris quant à lui une jolie teinte brune. Sur l'un des côtés se dressait une petite cheminée en pierre constituée de pierres plates récupérées dans le lit de la rivière. J'aperçus quelques serrures neuves ainsi que des planches propres qui indiquaient que Rourke lui avait récemment consacré un peu de son temps.

— Waouh, c'est trop mignon, m'exclamai-je en entrant dans la clairière. C'est même stupéfiant. Comment avez-vous trouvé cet endroit situé au beau milieu de nulle part ?

La cabane avait pour toile de fond la montagne qui continuait à s'élever vers le ciel et qui l'encadrait telle une magnifique peinture.

— J'ai passé beaucoup de temps dans cette montagne, répondit Rourke. Quand on explore les bois en long, en large et en travers, on finit par tomber sur ce genre de merveille. (Il désigna un point à droite de la petite construction.) Dans le temps, un sentier plus ou moins bien dessiné menait à une mine abandonnée, située à quelques kilomètres à l'est d'ici. La cabane devait appartenir à l'un des mineurs qui s'étaient établis ici à l'année. Enfin, je suppose, ajouta-t-il en haussant les épaules.

— Comment ça se fait que personne ne l'ait découverte ? demandai-je en pensant plus particulièrement aux humains.

— Quelques personnes sont déjà tombées dessus par hasard, mais il n'est pas facile de grimper jusqu'ici à part en empruntant le même chemin que nous. (Le chemin en question étant une sacrée ascension le long du flanc escarpé de la montagne.) Quand on continue à monter, on ne trouve plus que des à-pics. La vieille mine s'est effondrée lors d'un glissement de terrain il y a des années, faisant disparaître avec elle toutes les routes qui auraient pu faciliter l'accès à la cabane. C'était il y a bien longtemps, avant même que je la découvre. J'ai essayé d'acheter le terrain, mais il appartient à l'État, et ça implique trop de paperasse. La cabane n'est même pas inscrite au cadastre, alors, si quelqu'un d'autre la découvre un jour, je m'en irai.

Étonnamment, cette maisonnette me rappelait mon foyer. Elle n'avait pourtant pas grand-chose en commun avec l'élégante maison où j'avais grandi, mais elle me plaisait, nichée au milieu de ces pentes vertes sur lesquelles poussait une forêt ancienne. Oui, elle me plaisait beaucoup.

— Vous avez dit qu'il y avait de quoi manger ?

— Oui, à l'intérieur.

Il se dirigea vers la porte en pouffant de nouveau. Ça m'énervait de voir que tout ce que je faisais était drôle, mais, au moins, il avait un joli baryton. Marcy avait raison. Il y avait des choses pires en ce monde que de l'écouter.

Il tourna la poignée et entra.

— Vous n'avez pas fermé à clé ? m'étonnai-je en franchissant le seuil à mon tour.

— Ce n'est pas nécessaire. Si quelqu'un voulait vraiment entrer, il n'aurait qu'à casser un carreau. Or c'est pénible de monter une vitre tout en haut d'une montagne, alors je me suis dit qu'il était plus facile de remplacer des provisions de temps en temps.

À l'intérieur, un vieux plan de travail en bois courait tout le long du mur de gauche. Un trou avait été découpé pour l'évier, mais c'était une vieille bassine en plastique qui s'y trouvait. Des placards fabriqués à la main étaient installés au-dessus du plan de travail et encadraient, au centre, l'unique fenêtre divisée en quatre carreaux. Les portes des placards avaient disparu depuis longtemps, si bien qu'on voyait les innombrables rangées de boîtes de conserve qui y étaient entreposées.

Je me jetai aussitôt sur cette nourriture.

— Du maïs, des haricots, des fruits, du chili con carne, énumérai-je en tordant quelques étiquettes pour pouvoir les lire. Rourke, vous pourriez ouvrir votre propre restaurant ici : la Cuisine de la jolie cabane. (Je pris une boîte de chili con carne.) Ça vous dérange si je le mange froid ?

Je lançai un coup d'œil au petit réchaud à gaz qui se trouvait dans un coin. Franchement, ça prendrait trop de temps de le faire réchauffer.

— Vous pouvez manger ce que vous voulez. Servez-vous.

Rourke passa son bras autour de ma taille, ce qui me fit sursauter. *Merde.* Il fallait que j'arrête de réagir comme ça.

Il ouvrit un vieux tiroir branlant juste à côté de moi et en sortit un ouvre-boîte. Il me le tendit, une lueur de gaieté au fond des yeux.

— Vous préférez peut-être utiliser ça plutôt que vos dents. C'est un peu plus civilisé.

Je lui pris l'ouvre-boîte des mains sans daigner lui répondre. Le tiroir étant encore ouvert, j'en sortis une fourchette, puis j'allai m'asseoir à la petite table, sur l'une des deux chaises.

— Je vais vous montrer ce que c'est d'être civilisé, le chat.

J'ouvris la boîte de conserve, plongeai ma fourchette dedans et enfournai une énorme bouchée de chili con carne.

— Ch'est là qu'vous dormez ? demandai-je, la bouche pleine, en utilisant l'extrémité de la fourchette pour désigner le haut de la cabane, au cas où il n'aurait pas compris ma question.

Rourke leva les yeux vers la petite mezzanine. Un unique matelas de taille indéterminée était posé sur le sol et recouvert d'un dessus de lit en patchwork.

— Oui, c'est la chambre à coucher.

— Ch'est mignon, commentai-je, la bouche remplie d'une deuxième fournée de chili.

Rourke s'éloigna du plan de travail et alla s'asseoir dans un fauteuil à bascule près de la cheminée. C'était le seul autre meuble de la pièce. Le mercenaire semblait immense et pas du tout à sa place dans cette antiquité de toute évidence fragile. Le premier propriétaire de la cabane l'avait sans doute fabriquée de ses propres mains.

Rourke ressemblait à Gulliver assis dans un fauteuil de Lilliputien.

J'étouffai un petit rire avec une troisième bouchée de mon plat.

Puis je me renfonçai sur ma chaise et dévorai le reste de la viande et des haricots froids. Mon cerveau se calma, mon ventre cessa de me faire souffrir, et je revins brusquement sur terre. Ça n'avait pas été difficile de me focaliser sur la pénible ascension et la nécessité d'effacer nos traces olfactives, mais qu'est-ce que je foutais là ?

Il ne s'agissait pas d'un heureux week-end à la campagne avec mon amant. Ma Meute était en guerre, une guerre qui avait éclaté à cause de moi, alors il fallait que j'arrête de glander. J'avais suivi Rourke jusqu'ici comme une bonne fille qui obéissait à son papa, mais à présent il était temps d'envisager la prochaine étape. Pour ça, j'avais besoin de rassembler quelques détails.

En commençant par Rourke.

Je terminai mon chili con carne, reposai la boîte et la fourchette sur la table et me tournai vers mon hôte d'un air décidé. Il semblait attendre patiemment que je finisse mon repas. Il avait l'air calme, presque songeur. Apparemment, nous étions tous les deux passés en mode « putain, qu'est-ce qu'on fait maintenant ? ».

Je m'éclaircis la voix.

— D'accord, Rourke, il est temps de mettre les choses au point une bonne fois pour toutes. On a rempli notre quota de joyeux bavardages. Vous m'avez amenée ici, vous m'avez sauvée, d'une étrange manière, vous avez veillé à ce que je reste avec vous, et j'ai joué le jeu. Maintenant, je veux que vous me disiez pourquoi vous m'aidez. Donnez-moi la vraie raison. Ce n'est pas un jeu, c'est ma vie dont il est question, et je veux savoir de quoi il retourne. Un mercenaire surentraîné n'aide pas une demoiselle en détresse, il la fuit comme la peste. Je suis un fardeau pour vous, et les mercenaires détestent les fardeaux. Le revirement de James à votre égard a été pour le moins inattendu. Il devait avoir une bonne raison pour ça, ou une sacrée intuition. Je veux savoir pourquoi vous jouez les gentils.

Rourke s'agita dans son fauteuil, ses bras musclés agrippant les accoudoirs tandis qu'il glissait vers l'avant pour s'installer tout au bord. C'était un miracle que ce siège arrive à le contenir. Rourke posa les coudes sur ses genoux et attendit quelques secondes avant de répondre :

— L'Irlandais avait raison de me faire confiance. Je vous ai amenée ici parce que j'ai une dette envers votre père.

Je ne m'attendais pas du tout à ça.

— Ce n'était pas mon intention, à l'origine, mais il a bien fallu que je m'adapte, alors nous y voilà, poursuivit-il.

— Mon père ne m'a pas du tout parlé d'une dette, répliquai-je, les yeux plissés. Pourtant, croyez-moi, nous avons parlé de vous en long, en large et en travers. S'il avait eu le sentiment de pouvoir vous faire confiance parce que vous lui étiez redevable, nous ne serions pas assis là en ce moment. Il aurait organisé une rencontre dans un endroit sûr. Fin de l'histoire. Ce que vous dites sonne faux, Rourke.

Il esquissa un sourire en coin qui lui donna un air prétentieux.

— Les chiens et les chats ne jouent pas selon les mêmes règles, ma belle. Ce que votre père a fait pour moi n'a rien à voir avec une bataille ou une guerre, ce qu'un loup place au-dessus du reste, à ma connaissance. Après ce qu'il a fait pour moi, j'ai juré de le rembourser un jour. L'Irlandais a dû le découvrir, ou entendre des rumeurs, à moins qu'il ait simplement deviné, mais peu importe. L'occasion s'est présentée, et je l'ai saisie. (Il haussa les épaules.) C'est aussi simple que ça.

— Ça n'explique pas notre rendez-vous. Vous dites que vous m'avez sauvé la vie parce que vous vous êtes retrouvé sans le vouloir au beau milieu d'une guerre et que vous aviez une dette à rembourser. Mais ça n'a rien à voir avec le fait de m'inviter à boire un verre parce qu'on vous a payé pour me soutirer des infos. Ce sont deux choses totalement différentes. (Je me redressai sur ma chaise.) Écoutez, Rourke, je ne vous demande pas de me donner tous les détails, mais je cherche des réponses pour m'aider à rester en vie, rien de plus. (Il me regardait si intensément que j'en eus le souffle coupé pendant quelques instants. Je m'éclaircis la voix.) Je vous en prie, j'ai besoin de savoir, lui dis-je doucement.

— Que voulez-vous savoir, au juste ?

— Qui vous a engagé ? Il faut que je sache, parce que la nouvelle de mon changement ne devrait pas déjà être connue. Ça ne fait que quelques jours, ce qui veut certainement dire que nous avons un traître au sein de la Meute. Si je veux survivre, j'ai besoin d'infos. (Comme il ne répondait pas, j'essayai une nouvelle tactique.) Si le fait de m'aider à rester en vie un peu plus longtemps vous permet de rembourser en partie la dette que vous avez envers mon père, essayez de considérer le fait de me donner ces mêmes infos comme la fin du paiement. Après ça, je m'en irai, et vous n'aurez plus besoin de jouer les baby-sitters.

Rourke se leva et se mit à faire les cent pas.

C'était une attitude si proche de celle de mon frère que mon cœur fit un bond dans ma poitrine et toutes mes pensées s'envolèrent vers Tyler. Mais il n'y avait que le silence le plus plat au sein de mon cerveau, le même que j'avais eu toute la journée.

Rourke s'arrêta devant le plan de travail et s'y appuya. Il n'y avait pas d'autre endroit où se placer.

— Ce n'est pas si facile que ça.

— Je n'ai jamais dit que c'était facile. En fait, je pensais même que ça allait être très, très difficile.

— Jessica, je suis tenu au secret par un client très puissant, et il y a des détails que je ne peux pas partager avec vous maintenant, peut-être même jamais.

Il détourna les yeux, et je compris le message.

Mon cœur se remit à battre plus vite parce que Rourke avait de nouveau prononcé mon prénom, mais j'enfouis cette émotion tout au fond de mon esprit. Ma louve hurla sa joie, et je fus obligée de la faire taire. *Ce n'est pas le moment, alors calmos.*

— Vous voulez dire que quelqu'un d'autre aurait pu accepter ce boulot, quelqu'un qui n'avait aucune dette envers l'Alpha des territoires américains du

Nord ? Quelqu'un qui aurait pu me soutirer des infos « par tous les moyens nécessaires », en m'arrachant les ongles ou en faisant courir une lame d'argent sur mon cou ?

— Oui.

— Donc, vous avez accepté ce boulot en sachant qu'il y avait de bonnes chances que vous soyez obligé de me sauver à un moment donné, même si ça vous obligeait à doubler votre puissant client ?

— En « vous sauvant », je n'ai pas doublé mon client. Je vous ai simplement amenée ailleurs pour obtenir ce dont j'ai besoin.

— Et si je refuse de vous le donner de mon plein gré ?

— Le seul moyen d'y parvenir serait de vous échapper, répondit-il, les yeux étincelants.

Je haussai les sourcils et fis exprès de balayer du regard la petite pièce.

— Hum, ce pourrait être un scénario probable, Rourke. Mais à la seconde où je réussirais à « m'échapper », vous vous lanceriez à ma poursuite, n'est-ce pas ?

— Oui, répondit-il en croisant les bras. (Il n'avait pas du tout l'air désolé.) Enfin, plus sûrement dans un jour ou deux, quand j'aurais eu le temps de me remettre des blessures graves que vous m'auriez infligées dans votre zèle excessif.

Je ne pus m'empêcher de rire. L'idée de l'affronter fit brusquement grimper ma libido en flèche. *Maudit chat.* Ma louve jappa. *Arrête ça. Je sais que c'est toi la responsable. On est en pleine discussion sérieuse, là. Il faut que je reste concentrée. Tu veux bien arrêter de penser au cul pendant deux putains de secondes ?*

*Ça commence à frôler le harcèlement, cette histoire.* Elle gronda et me montra les dents.

— J'imagine qu'une fois que vous vous serez remis de la correction que je vous aurais flanquée, vous serez quitte de votre dette envers mon père ?

Il baissa la tête pour contempler ses bottes, et une mèche de cheveux tomba sur son œil.

— Oui.

— Interroger une nana, c'est pas votre truc, pas vrai ?

Il releva les yeux, surpris.

— En effet. Je n'ai pas pour habitude de menacer une femme.

— Mais ça vous arrive d'en combattre à l'occasion, non ?

Il y avait quelques salopes surnaturelles sur cette planète. On ne naît pas tous égaux.

— Quand le devoir l'exige.

— Vous voulez dire, quand on vous paie suffisamment ? (Je n'attendis pas sa réponse.) Si je décide de vous donner des infos de mon plein gré, est-ce que votre client s'en tiendra là ?

Rourke décroisa les bras et se dirigea vers la porte.

— Je ne sais pas. Mon client a tendance à être attiré par les choses inhabituelles. Dès que le monde surnaturel au grand complet connaîtra votre existence, la curiosité de tous ces gens n'aura peut-être plus de limites. Pour l'instant, on me paie uniquement pour rassembler les infos nécessaires. La prochaine mission pourrait s'avérer un peu plus… spécifique.

— Personne ne vous colle un flingue sur la tempe pour vous obliger à accepter cette prochaine mission, Rourke.

Il se retourna brusquement et traversa la petite pièce en quelques pas avant d'empoigner le dossier de ma chaise et de coller son visage juste devant le mien. Je dus faire de très gros efforts pour ne pas reculer. Ses yeux étincelaient, comme une magnifique explosion de lumière verte au fond de ses iris. Ma louve se redressa aussitôt, aux aguets, mais elle se mit de nouveau à tourner en rond au lieu de gronder.

— Si je la refuse, il y aura toujours quelqu'un pour l'accepter.

Son odeur s'épaissit autour de nous et me fit tourner la tête.

— Pourquoi est-ce que vous vous en souciez ? soufflai-je.

Ça nous fit taire tous les deux.

Il recula et lâcha ma chaise.

— Je ne m'en soucie pas.

Son odeur disait le contraire, mais ses marqueurs étaient tellement uniques que j'avais du mal à en être vraiment sûre. Il dégageait quelque chose de nouveau que je n'arrivais pas à interpréter suffisamment rapidement. En tout cas, c'était étrange et capiteux, et ça se répandait partout, en rebondissant dans ma tête comme une bille de flipper trempée dans le miel. Il ne sentait pas comme un loup ou un humain. *Il a une odeur incroyable, plus suave qu'avant.* Je commençais à avoir la tête qui tournait, et ma louve était surexcitée. Il fallait que je trouve un moyen de la chasser complètement de mon esprit pour pouvoir me concentrer.

Je secouai la tête, mais ça n'apporta aucune amélioration.

— Donc, si quelqu'un d'autre avait pris ce boulot, vous n'auriez pas pu rembourser votre dette envers mon père ? C'est pour ça que vous avez dit oui ?

Il se passa la main dans les cheveux d'un air absent.

— Bordel, votre présence ici complique tout.

Il se dirigea de nouveau vers la porte et tendit la main vers la poignée.

Oh, non, il n'avait pas le droit de sortir comme ça, en coup de vent !

J'étais furax. Je me levai d'un bond, ma colère balayant les derniers effluves de cette odeur si particulière qui s'attardait encore dans mon esprit.

— N'oubliez pas que je n'ai jamais demandé à venir ici. Je voulais rester avec ma Meute pour me battre. J'étais une complication dont vous auriez pu vous passer. C'est vous qui avez décidé de m'amener ici. Vous auriez pu me déposer dans la ville voisine, et mon père aurait considéré que vous étiez quittes.

— Je ne pouvais vous laisser seule n'importe où, grommela-t-il. Mon honneur est l'une des seules choses qui me restent, et je ne donne pas ma parole à la légère.

Je le rejoignis d'un air furieux. Il lâcha la porte pour me faire face.

— Toutes les histoires qu'on m'a racontées à votre sujet sont effroyables, mais, franchement, Rourke, ça ne vous correspond pas du tout. Maintenant, je me demande ce qui est vrai là-dedans et ce qui n'est qu'un putain d'écran de fumée. Je commence à croire que tout n'est que mensonges et que vous n'êtes qu'un bon gros chaton sous toute cette couche de muscles.

(Je me plantai devant à lui, à quelques centimètres de son visage.) Est-ce que vous essayez de gagner ma confiance pour mieux me poignarder dans le dos, ou n'êtes-vous en fait qu'un type sympa qui se fait passer pour un tueur sanguinaire ?

En un seul geste, je me retrouvai plaquée contre le chambranle, le corps de Rourke écrasé contre le mien.

Sa bouche recouvrait la mienne, ses lèvres douces mais fermes, son baiser profond. Ses lèvres me paraissaient chaudes contre les miennes. Son étrange et merveilleuse odeur se déversait sur moi par vagues, et le désir rendait mon corps tout entier douloureux.

Comme animée d'une vie propre, ma bouche s'ouvrit à la sienne. Ma langue trouva sa chaleur, mes ongles cherchèrent son dos. *Ça alors, il est dur et doux en même temps.*

— On ne devrait pas. Ça ne devrait pas être aussi bon, gronda-t-il tout contre moi avant de m'embrasser de nouveau férocement, en resserrant son étreinte sur mes hanches. Il grogna et recula de quelques centimètres, les pupilles complètement dilatées. Puis il dévora de nouveau ma bouche en faisant remonter ses mains pour les entortiller dans mes cheveux. Son corps plein de puissance continuait à plaquer le mien encore davantage contre le montant. Son énergie irradiait mon corps qui vibrait délicieusement.

— *Jessica.*

Mon corps se contracta, et toutes mes synapses explosèrent en même temps.

La réalité reprit ses droits peu à peu, comme si je sortais d'un rêve. *Non. Qu'est-ce qu'il vient juste de dire ? Je dois arrêter ça. C'était quoi, ça ?* J'essayai de toutes mes forces de m'éclaircir les idées. Au lieu de quoi, mes mains se posèrent sur son torse solide et toujours dénudé. Je le caressai, l'esprit trop embrumé pour me concentrer sur autre chose que le plaisir. Sa délicieuse odeur me submergeait, et je le laissai faire.

Il me mordilla les lèvres du bout des dents, goûtant ma bouche, sa langue lapant la mienne.

Je gémis.

— Jessica, murmura-t-il au moment où sa bouche couvrait de nouveau la mienne pour un baiser sensuel et profond.

Je me figeai. *Non. Non. Non. Qu'est-ce qui se passe ?* Dans un effort surhumain, je posai les mains sur sa poitrine et le repoussai.

Hébété, il recula en titubant.

— Bordel, c'était quoi, ça ? Je… je… (Je passai mon avant-bras sur mes lèvres endolories. J'essayai de retrouver les idées claires. Tout était confus.) Ce n'était pas un baiser normal, Rourke. C'est vrai, tu es canon, et ma louve perd complètement la boule à cause de toi, mais bon sang… Je n'ai jamais… C'était… Je…

Je n'arrivais pas à trouver les mots. Rourke me regardait fixement, sans répondre, ses yeux verts flamboyants. Il paraissait aussi sonné que moi.

Furieuse contre moi, ma louve se mit à hurler. Elle m'envoya une image de Rourke nous contemplant comme il venait juste de le faire, sauf que cette fois on lui léchait et on lui mordait le menton.

*Oh ! mon Dieu.*

*Non.* Ma louve dansait dans ma tête, tout excitée, comme elle l'avait fait toute la journée. *Rourke n'est pas notre compagnon.* Elle gronda et montra les dents. *Non ! C'est impossible. Ce serait de la folie.* Elle hurla. Je secouai la tête. C'était forcément une erreur.

— Jessica.

Rourke franchit la distance qui nous séparait et tenta de me reprendre dans ses bras. Je fis un pas de côté et le repoussai.

— Tu savais, lui lançai-je d'un air accusateur. Tu savais ce qui se passait, ce qui nous arrivait depuis le début de la journée, et tu n'as rien dit, putain !

— Non, répondit-il en secouant la tête. Je n'en avais aucune idée, jusqu'à maintenant. Jusqu'à ce que je te goûte. Une barrière s'est brisée entre nous quand on s'est embrassés. Je sais que tu l'as senti, toi aussi. (Il me regardait d'un air ouvertement émerveillé.) En ce moment même, ton sang m'appelle. Ça me rend fou d'être éloigné de toi, même de si peu. J'ai besoin de te toucher.

Moi aussi, je le trouvais différent, mais je n'étais pas prête à l'admettre. C'en était trop.

— Comment est-ce que ça a pu arriver ? (Je m'éloignai de lui. J'avais besoin d'espace.) Les chiens et les chats ne s'entendent pas. Si c'est vrai, alors l'univers nous joue un tour cruel.

— Ce n'est pas un tour, répondit Rourke en faisant un pas vers moi. Jessica, quand je t'ai vue venir à ma rencontre dans ce bar, volontaire et sûre de toi, j'ai bien eu du mal à me retenir de te prendre là, tout de suite, sur un tabouret de bar. Mais je me suis dit que c'était une réaction normale d'un homme face à une femme magnifique. Je n'y ai pas fait plus attention que ça. (Ses yeux restaient sauvages encore et brûlaient d'un beau feu émeraude.) Quand j'ai compris que tu ne m'avais pas tendu un piège et que tu étais vraiment en danger, mon animal est devenu fou tellement il avait envie de te sortir de là et de te mettre à l'abri. J'avais du mal à contrôler ses impulsions, et ça m'a mis en rogne. Ça ne m'était encore jamais arrivé. Je n'ai pas arrêté de lui dire non depuis que je suis avec toi. Je n'ai pas arrêté de le repousser et de le gronder. Lui n'a jamais cessé de me titiller et de me combattre, jusqu'à ce baiser. Quand tu t'es plantée là devant moi, j'ai finalement cédé à l'envie de faire ce qu'il me poussait à faire depuis tout ce temps.

— C'est-à-dire ? demandai-je, méfiante.

— Te goûter.

Je savais au fond de moi qu'il disait vrai. Je n'avais cessé, moi aussi, de réprimer les envies de ma louve. Mais ça ne rendait pas la chose plus facile à digérer pour autant. Rourke n'était pas du tout comme les loups me l'avaient présenté, mais je n'étais quand même pas prête. Je venais juste de me transformer en louve et maintenant j'avais un compagnon ? Ça faisait trop d'un coup, beaucoup trop.

— Je n'arrive pas à réfléchir. Tout ça n'a pas de sens. (Je portai la main à mon front.) Pourquoi nous ? Pourquoi maintenant ? Certains mettent plus de mille ans avant de trouver leur âme sœur. (Je tournai les talons.) J'ai besoin d'air.

Sans lui laisser le temps de protester, je m'enfuis en courant et claquai la porte derrière moi.

Ma louve se taisait, pour une fois, et me regardait en penchant la tête comme si elle voulait me poser une question. *Je ne peux pas parler de ça avec toi. Je connais ton opinion, tu as été parfaitement claire là-dessus. Tu l'acceptes. Je le vois bien. Mais je ne peux pas gérer ça maintenant. Son odeur est encore à l'intérieur de moi et ça me rend folle. J'ai encore son goût sur mes lèvres. J'ai follement envie de lui, même maintenant.*

Putain de merde, j'avais un compagnon. Et c'était un chat.

Je courus aveuglément dans les bois.

# 20

Je suivis un sentier battu qui s'éloignait de la cabane et courait tout droit jusqu'à un mur de pins touffus. Je fus obligée de baisser la tête et d'écarter des branches basses pour passer.

À l'intérieur, je découvris une minuscule clairière entourée de hauts arbres. L'étendue d'herbe au centre était si verte et parfaite qu'on aurait dit qu'elle venait d'être fraîchement tondue. C'était inconcevable. Rourke ne venait pas ici pour tondre la pelouse.

Je m'aventurai au centre et levai les yeux. Les arbres offraient un spectacle enchanteur, comme une cathédrale sylvestre faite de branches qui se balançaient, avec une voûte du bleu le plus pur, que le soleil couchant teintait d'orange tout au bord.

*On doit faire quelque chose,* dis-je à ma louve. *Il faut absolument que je pense à autre chose.* Elle fit mine de s'allonger par terre et aboya. *Tu veux changer ?* Elle jappa. *Mais, et si je n'arrivais pas à changer entièrement ?* Elle fit claquer sa mâchoire et secoua le museau. *Ce n'est pas une question idiote,* protestai-je. *Tu te rappelles de la fois où on s'est transformées en Lycan ? Je ne sais pas comment c'est arrivé, ni comment le refaire.* Ma louve se retourna lentement, le regard clair, et posa sa patte sur la barrière opaque qui nous séparait dans mon esprit. Je l'avais momentanément ouverte quand nous avions combattu le renégat, mais elle était toujours là. Ma louve me montrait que l'obstacle était solide et tenait bon.

J'avais le contrôle, que ça lui plaise ou non.

*D'accord, essayons, dans ce cas. Je n'ai vraiment rien à perdre.*

Je me déshabillai rapidement, en me tortillant, et m'allongeai sur l'herbe en chassant Rourke et notre baiser de mon esprit. Ça me demanda un effort titanesque. Ce que mon corps voulait vraiment, c'était courir le retrouver.

Je fermai les yeux et me concentrai sur ma louve, ce qui n'avait rien de difficile, puisqu'elle s'était placée au centre même de mon esprit en attendant que je veuille bien passer à la suite du programme. *D'accord, je m'en remets à toi. J'espère que tu sais ce que tu fais.* Elle gronda pour me pousser à aller plus vite. *D'accord, d'accord, on y va.*

Quand je fus bien installée, je m'ouvris à elle. Je ne savais pas si c'était la bonne façon de procéder, mais ça me paraissait rassurant ainsi. La barrière entre nous ploya, mais tint bon. L'énergie jaillit à travers moi et je la transférai à ma louve à travers l'écran qui nous séparait. Elle poussa un hurlement féroce en l'acceptant. Des frissons me parcoururent tandis que mes muscles se mettaient à onduler, lentement au début, puis de plus en plus vite, comme si mon corps cédait tout seul.

Ma colonne vertébrale se souleva au-dessus du sol et commença à changer sous moi. De la douce fourrure apparut sur mes bras et mes jambes, et mes canines et mes griffes s'allongèrent. Mes jambes s'arquèrent et se tordirent.

Mais il n'y eut pas de douleur, cette fois. Mon père avait raison.

J'éprouvais plutôt une pression constante, mélangée à une chaleur liquide qui parcourait mes veines. L'énergie brute transformait mon corps, me donnait forme et me faisait trembler d'envie.

Mon corps voulait ce changement, il l'accueillait.

Quand ce fut terminé, je m'allongeai sur le ventre en haletant, les pattes étendues devant moi. *J'ai des pattes*. Je ris. C'était drôle de me voir avec autre chose que des mains. Je clignai des yeux plusieurs fois pour ajuster mon champ de vision, plus net et beaucoup plus précis. Je m'ouvris à ma louve et la trouvai assise juste à côté de moi, haletant comme moi et voyant les mêmes choses que moi.

*Comment peux-tu être ici avec moi en même temps ?* Lorsqu'elle aboya, notre gueule s'ouvrit, et l'appel d'un loup résonna dans les airs. *Tu m'as dit que je garderais le contrôle !* Elle renifla l'air, et notre truffe absorba les odeurs environnantes. Celle de Rourke m'assaillit immédiatement. Il n'était pas loin. Sous ma forme de louve, j'étais très réceptive à son odeur, démontrant ainsi clairement le lien qui nous unissait. Impossible de s'y méprendre. C'était bien celui entre un mâle et sa femelle. Pas étonnant que ma louve ait compris avant moi. Je voulais le rejoindre pour qu'il puisse me réconforter et m'apaiser. Mais je ne le fis pas.

Au contraire, je me levai d'un bond et titubai. Je n'avais pas l'habitude de me déplacer à quatre pattes.

Je devais sortir de là. J'avais besoin d'aller réfléchir quelque part où je ne sentirais pas mon compagnon. *Je ne pige pas. Pourquoi ça ne marche pas ?* Ma louve fit un pas en avant dans ma tête, et j'éprouvai une sensation de traction tandis que ma patte se levait d'elle-même. *Non !* Ma patte avant s'immobilisa. Je focalisai toute ma concentration, et ma patte redescendit par terre. Ce faisant, je compris.

C'était bien moi qui avais la maîtrise de notre corps mais, sous cette forme, l'équilibre était infime et infiniment fragile. Nous avions fusionné, elle et moi, presque comme si nous ne faisions qu'un. Ce n'était pas du tout comme avec mon corps humain. Elle fit claquer sa mâchoire dans ma tête, mais mon museau resta fermé. *J'ai compris. Laisse-moi d'abord m'y habituer.* Elle souffla, un peu vexée, mais accepta de s'asseoir. De mon côté, j'avançai prudemment en testant mon nouveau corps toute seule. L'autre fois, j'étais en état de choc, et elle avait pris le relais, si bien que c'était une première pour moi.

Je me faufilai hors du cercle d'arbres.

Rourke se tenait à cinquante pas de moi et m'observait attentivement.

Je m'enfuis.

Je courus en direction de la crique, où la douce odeur de l'eau m'attirait comme le tintement d'une cloche. J'avais faim et soif. Après avoir bu tout mon soûl, je suivis le cours d'eau jusqu'à sa source, en grimpant sur les rochers et en prenant mon temps pour explorer les capacités de mon nouveau corps. Ma louve était patiente avec moi, même si je savais qu'elle voulait courir et chasser.

Je choisis un gros rocher au bord d'une petite

cascade, au-dessus d'un à-pic, pour nous installer. Je ne voulais pas penser à Rourke, mais il était la seule chose qui occupait mon esprit. Ma louve m'envoya une image, la même que précédemment : Rourke au-dessus de moi, et nous qui lui mordions et léchions le menton. *Je le sais déjà ! Mais on a vraiment besoin de parler à notre Alpha là m…*

*Jessica !* La voix de mon père se mit à hurler au sein de ma conscience. *Tu m'entends ? Bordel, réponds-moi ! Jessica !*

Je me redressai si rapidement que je titubai et faillis passer par-dessus le rocher. J'eus besoin de toutes mes facultés pour ne pas plonger dans la cascade.

*Papa ? Papa ! Je suis là ! Je t'entends !*

Il y eut un instant de silence. *Jessica, tu es sous ta forme de loup ?*

*Oui.*

*Entièrement ?*

*Oui, je viens juste de changer.*

*Tu es en danger ? Jessica, réponds-moi vite !*

*Non.* Je regardai autour de moi, mais il n'y avait que les bois. *Du moins, pas dans l'immédiat. Je suis quelque part dans les Ozark, dans une cabane en altitude. Pour l'instant, on a semé les loups sudistes, mais je suis certaine qu'ils nous retrouveront bientôt. Au mieux, d'après Rourke, nous avons jusqu'au matin.*

Je sentis l'esprit de mon père basculer tandis qu'il s'adressait à quelqu'un d'autre. C'était comme d'être mis en attente au téléphone pendant qu'on entendait quelqu'un murmurer en arrière-fond. *On est sur la route quelque part dans le Missouri. Tyler vous a vus prendre l'autoroute, et on vous a suivis dès qu'on a pu.* Il y eut une autre brève interruption, pendant laquelle j'attendis patiemment. *Jessica, écoute-moi, il se passe un truc bizarre. Quand tu es partie avec Rourke, la faction sudiste a immédiatement abandonné le combat. Je ne plaisante pas, ils ont tous fui, jusqu'au dernier. Ils avaient plusieurs camionnettes de location qu'ils ont utilisées pour venir récupérer leurs loups en pleine bataille. De toute ma vie, je n'ai jamais battu en retraite et je n'avais encore jamais vu un autre loup le faire, surtout en temps de guerre. On reste et on se bat, c'est ce que nous dicte notre instinct.*

*S'ils sont partis, est-ce que ça veut dire que personne n'a été blessé dans notre camp ?* J'étais impatiente de savoir si tout le monde allait bien. J'avais un poids sur les épaules à l'idée que des loups, surtout ceux que j'aimais, aient pu perdre la vie à cause de moi.

J'entendis un bruit moqueur dans ma tête. *On va bien, ne t'en fais pas pour nous. Danny a récolté quelques fractures, ce qui l'a mis en rogne, et certains jeunes loups se sont pris des bosses et des plaies, mais on n'a aucune perte à déplorer.*

J'en fus soulagée. *Est-ce que Tyler est avec toi ?*

*Oui, et dix autres loups aussi. Les autres nous rejoindront dès qu'on t'aura récupérée.*

*Je ne sais pas comment vous allez me retrouver. On a traversé une petite rivière avec une source sulfureuse et on a escaladé une pente escarpée toute la journée. Vous allez devoir suivre notre trace nauséabonde. Je peux changer à nouveau et demander à Rour...*

*Jessica, je vais te retrouver, je te le promets. Rien sur cette planète ne m'empêchera de te rejoindre, mais tu dois m'écouter attentivement.* Ses paroles trahissaient une certaine intensité. Mon sang ne fit qu'un tour, réagissant à son émotion à lui.

*Je t'écoute.*

*Le fait que les loups sudistes aient changé de tactique et battu en retraite est extrêmement sérieux. Ça veut dire qu'ils sont de mèche avec une autre communauté, peut-être même plusieurs. Il se passe ici quelque chose qu'on ne comprend pas encore pleinement. Je n'en reviens pas d'une telle organisation, Jessica. J'ai été stupide de ne pas envisager une telle possibilité.* Son regret me submergea. *Je le regretterai jusqu'à ma mort, mais je te promets de me faire pardonner. Je le jure sur ma propre vie.*

Mon cœur battait à tout rompre dans ma poitrine. Je voulais rejoindre ma Meute pour soulager l'inquiétude de mon père. *Je peux partir maintenant et essayer de vous retrouver dans la forêt. Sous ma forme de loup, je peux essayer de retrouver le chemin, à moins que Rourke veuille bien me guider.*

Mon père se tendit. *Est-ce que Rourke t'a dit quoi que ce soit ? Qui l'a envoyé ? Pourquoi ?*

*Non, il a seulement laissé entendre que j'intéressais énormément son client.*

*Jessica, on ne peut pas lui faire confiance. C'est un grand guerrier, l'un des meilleurs que je connaisse, et je lui suis redevable de t'avoir sortie de cette bataille, mais il n'est pas l'un des nôtres. Il n'appartient pas à la Meute. S'il t'a conduite dans un piège en t'amenant dans la montagne... c'est un homme mort.*

L'idée de la mort de Rourke me prit à la gorge et m'empêcha de respirer.

*Jessica ? Tu m'entends ?*

Je me ressaisis. *Oui, je t'entends.* Ce n'était pas le bon moment pour lui expliquer ce qui s'était passé entre Rourke et moi. Ça devrait attendre. *Je ne crois pas que Rourke soit un danger pour moi à l'heure actuelle,* répondis-je prudemment. *Il est aussi réglo que possible. Quand je reprendrai forme humaine, j'essaierai d'obtenir plus d'infos. Peut-être qu'il voudra bien les partager avec moi, maintenant.*

*Jessica, je crois qu'on n'est pas loin de l'endroit où vous avez commencé à gravir la montagne. Tyler est en train de lire la carte, et la base des Ozark est à environ vingt-cinq minutes en voiture de l'endroit où nous sommes. Si tu as grimpé toute la journée, on peut aller encore plus vite que toi. On a ton odeur. On sera bientôt là.*

*Je peux revenir à ma forme de loup dès que j'aurai parlé à Rourke. Je serai prête dans une heure. Ça devrait vous laisser suffisamment de temps pour retrouver ma piste.*

Une forte émotion faisait vibrer mon sang. Mon père me cachait quelque chose, et ça pesait lourdement sur sa conscience. Puis il cracha le morceau. *Jessica, la faction sudiste a de l'avance sur nous. Il nous a fallu un peu de temps pour rassembler nos loups et nous organiser. Il est tout à fait possible... qu'ils arrivent jusqu'à toi avant nous.*

*Mais ils ne savent pas où chercher, alors que toi, si,* lui rappelai-je avec une assurance que j'étais loin de ressentir.

*Aucune importance. S'ils sont de mèche avec un autre groupe de surnaturels, il est possible qu'ils aient des infos que nous n'avons pas. Et ils connaissent ton odeur. Peut-être qu'ils se sont alliés aux sorcières, ou aux démons, ou à n'importe laquelle de ces foutues communautés, certainement celle qui a engagé le chat.* Il proféra un chapelet de jurons dans ma tête. *Tu dois prendre les armes. Tout de suite. Reprends forme humaine et cache-toi dans un endroit sûr. Ne reste pas à découvert, va dans un endroit imprévisible. Mets-toi en route. On va te retrouver.*

*Je retourne auprès de Rourke. On s'en ira dès que j'aurai changé.*

*Quand on arrivera à proximité, tu retrouveras le lien avec ton frère, intact. Fais juste attention à bien te cacher.* Mon corps me picotait. Notre lien de sang me brûlait les veines chaque fois que mon père me donnait un ordre.

*Je te laisse. À très vite,* lui dis-je.

*Je t'aime, Jessica.*

*Moi aussi, je t'aime.*

D'un bond, je sautai au bas du rocher. *OK, c'est à toi de jouer, maintenant.* D'une simple pensée, je donnai le contrôle à ma louve, et elle s'élança, prenant de la vitesse et traversant la forêt en trombe. C'était grisant. Jamais je n'avais éprouvé un pareil sentiment de liberté. Pour la toute première fois depuis mon changement, j'avais enfin l'impression d'être l'animal que j'étais devenue. C'était merveilleux.

Elle sautait habilement par-dessus les obstacles quand elle ne fonçait pas à travers, comme si elle faisait partie des bois et de l'ordre naturel. Elle réussit à trouver de la nourriture en chemin, sans même avoir besoin de ralentir pour chasser. Jamais je n'aurais cru que j'aimerais le goût de l'écureuil, mais c'était délicieux, au final. À ce stade, tout aurait eu bon goût, de toute façon. Ma faim me tapait sur les nerfs quand j'étais sous ma forme humaine, mais ce n'était rien comparé à la sensation de vide qui me rongeait les entrailles en tant que louve.

Nous revînmes en bondissant vers la cathédrale d'arbres.

Rourke s'y trouvait. Je sentais son odeur puissante concentrée près des pins. Même si elle se mêlait aux effluves âcres du soufre, que mon odorat, bien plus sensible sous cette forme, percevait clairement, j'aurais pu le retrouver les yeux fermés. Il fallait que je lui dise que le danger risquait de se présenter plus tôt que prévu. Je ne savais toujours pas qui l'avait engagé ni ce qui se passait exactement, mais il avait accepté ce boulot avant qu'on découvre tous les deux qu'il allait y avoir des… complications d'ordre personnel.

Je me demandai un instant comment tout ça allait finir et vers qui irait la loyauté de chacun.

En arrivant près des arbres, je changeai de vitesse et repris le contrôle. Ma louve me le rendit sans protester, contente de sa course. Chacune de nous devenait plus à l'aise dans son rôle. La barrière était toujours présente dans mon esprit, et ma louve se trouvait toujours derrière, mais le temps viendrait où l'obstacle tomberait pour de bon.

J'entrai à pattes de velours dans la cathédrale sylvestre en scrutant la pénombre à la recherche de Rourke.

Adossé à un pin, il nous regardait prudemment, sans bouger. Son pouvoir vibrant m'enveloppait et m'attirait.

Jamais encore je n'avais ressenti ça. Il était fort. C'était un guerrier. Et il attendait.

Il m'attendait, moi.

Je sentis son regard sur moi lorsque je m'allongeai à l'endroit où j'avais déjà effectué ma transformation. Je fermai les yeux et repris forme humaine. La transition se déroula sans heurt et avec très peu de douleurs. Quand ce fut terminé, j'enfilai mes vêtements et je me relevai.

Rourke vint à ma rencontre, mais s'arrêta au bord de l'herbe.

— Jessica.

Je m'avançai à mon tour, et mes yeux se mirent à briller d'un éclat violet en plongeant dans les siens, qui s'allumèrent aussi.

— Ils vont ar…

— J'ai besoin de te toucher et de m'assurer que tu vas bien.

Il se pencha et me prit dans ses bras. Je me sentais si bien que je nouai immédiatement les mains autour de son cou, avant de lui caresser le dos. Son corps m'avait manqué, et je mourais d'envie de le goûter, même si nous n'avions pas été séparés longtemps.

Il me donna un baiser brûlant. Je vis défiler dans mon esprit des images où je le léchais, je le goûtais, je caressais sa peau douce, j'enroulais mes jambes autour de lui et il me remplissait. Je fis courir mes ongles le long de sa clavicule, en savourant sa force incroyable.

Son goût déclenchait tout, il me nourrissait. Il me faisait perdre aussi toute pensée cohérente.

Je comprenais maintenant cette histoire à propos de notre salive. Mais elle ne faisait pas qu'enivrer les humains, c'était notre identifiant. Ce que son corps produisait m'était destiné, à moi et moi seule. Inversement, ce que produisait le mien était pour lui.

Il suffisait d'un baiser.

Je devais arrêter ça. J'eus besoin de tout mon courage pour rompre ce lien entre nous.

— Rourke… attends. (Je tentai de le repousser, mais en vain.) J'en ai envie… je le jure. (Il se figea en m'entendant prononcer ces mots.) Mais on ne peut pas, pas maintenant. (Je clignai des yeux pour essayer de chasser la brume qui avait envahi mon cerveau et retrouver une vision normale.) On ne peut pas faire ça maintenant… du moins, pas ici… Je veux dire…

De nouveau, il posa ses lèvres douces et chaudes sur les miennes. Elles avaient le goût de la cannelle mélangée à de la mélasse.

— Tu es à moi, murmura-t-il tout contre ma bouche. Je refuse de te lâcher.

Je glissai les mains dans son épaisse chevelure et effleurai de mes bras ses joues mal rasées. Mes doigts palpitants s'enroulèrent autour de ses mèches. J'en agrippai une pleine poignée. *À moi.*

Il me serra fermement contre lui. Toutes les courbes de mon corps étaient en contact avec le sien. Il avait une main dans mon dos et l'autre sur mes fesses, et ses bras formaient un étau autour de moi.

*Non, non, non. Il faut qu'on se tire d'ici. Aide-moi à arrêter ça.* J'essayai de nouveau de reculer, cette fois en appuyant mon front contre sa poitrine.

— Écoute-moi ! (Je bourrai son torse de coups de poing.) Arrête de m'embrasser, il faut que je te dise quelque chose !

J'étais vraiment enivrée par ce qu'il me donnait. Je me secouai.

Rourke s'y opposa résolument en refermant de nouveau ses bras autour de moi et en poussant un grondement sourd.

— Jessica, me dit-il sur un ton bas, sauvage et brûlant.

— Rourke ! (Non sans effort, je réussis à m'écarter de lui. Cette fois, il me lâcha.) Il faut que tu m'écoutes. Je viens juste de parler à mon père, et nous sommes en danger, plus que nous le pensions. Ça ne va pas nous tomber dessus demain ou le jour d'après, non, c'est maintenant. Il faut qu'on trouve des armes et qu'on foute le camp. Il a dit…

L'attitude de Rourke changea aussitôt, passant de la détente à la tension. Il me prit par la nuque et fit doucement pivoter ma tête de manière à ce que je le regarde droit dans les yeux, lesquels brillaient d'une lueur féroce.

— Jessica, qu'est-ce qu'il a dit ?

*À moi.* Je battis des paupières.

— Il a dit qu'ils approchaient de la rivière, mais que la faction sudiste avait de l'avance sur eux.

Il jura, s'écarta de moi et se mit à tourner en rond, lentement.

— Ce n'est pas tout. (Ses yeux me transpercèrent. En tant que prédateur, il me coupait le souffle. J'eus la chair de poule en voyant son visage se transformer en un masque dur et sauvage.) Mon père est convaincu qu'ils sont de mèche avec une autre communauté surnaturelle. Les loups ont volontairement renoncé à se battre après notre départ. Mon père dit qu'il n'avait encore jamais vu un loup agir ainsi. La personne qui tire les ficelles est très bien organisée.

Rourke me prit par la main et sortit du bois en courant avec moi.

— Il faut récupérer nos affaires dans la cabane et partir sur-le-champ. J'ai caché des armes supplémentaires dans une grotte à environ sept kilomètres d'ici. Nous allons nous armer, puis sortir de la forêt pour aller à la rencontre de ton père.

— Rourke. (Je m'arrêtai et le ramenai de force en arrière pour essayer de comprendre ce sentiment d'urgence.) Que sais-tu à propos de tout ça ? Avec qui les loups sudistes sont-ils alliés ? Tu le sais ? Qui d'autre en a après moi ?

La panique couvait juste sous la surface. Ma louve poussa un grondement sourd. Cette relation ne débuterait pas sous les meilleurs auspices si notre compagnon nous avait trahies.

Il me lâcha et se retourna en passant les deux mains dans ses cheveux. Mauvais signe.

— Je n'en suis pas sûr, mais j'ai ma petite idée. Par contre, je te jure que ce n'était pas ce dont nous étions convenus.

Je ne répondis pas, l'esprit en ébullition. Ses mains cherchèrent de nouveau mon corps, et ses doigts se refermèrent douloureusement sur mes avant-bras.

— Jessica, il faut me croire. Je ne t'ai pas amenée ici pour te piéger. J'ignorais que tu étais ma compagne quand toute cette histoire a commencé. (Ses yeux brillaient d'un éclat farouche.) Dis que tu me crois. Je t'en prie.

— Je… je…

Je voulais le dire.

— Jessica ! cria-t-il. Je n'ai pas voulu te tendre un piège. Je t'ai amenée ici parce que je ne voyais pas de meilleur endroit pour te garder en sécurité jusqu'à ce que je… je veux dire nous… puissions tirer tout ça au clair.

— D'accord, dis-je en le contournant pour prendre le chemin de la cabane. J'entends bien ce que tu essaies de me dire. Mais, si ça ne te dérange pas, je préfère réserver mon jugem…

— Jessica, je t'en prie. (Il se passa la main sur la bouche en me regardant d'un air suppliant.) Tu dois m'écouter…

Brusquement, on entendit un cri dans le lointain, suivi d'un bruit ressemblant à un souffle d'air, puis d'autres encore.

Rourke me prit par la main et courut en direction de la cabane, le seul endroit où nous avions des armes.

— Rourke ! criai-je en me laissant guider. Qu'est-ce qui t'arrive ? Qu'est-ce qui se passe, putain ?

Il s'arrêta si brusquement que je lui rentrai dedans. Je me redressai, mais ses mains serraient si fort les miennes qu'il me faisait mal et me coupait la circulation du sang. Il s'était arrêté juste en bordure de la clairière. Je lançai un petit coup d'œil par-dessus son épaule. Il me communiquait son stress et son angoisse par vagues furieuses. Ma louve réagit en aboyant et en grondant.

Si Rourke était stressé, je risquais sûrement de ne pas aimer ce que j'allais découvrir.

J'en eus le souffle coupé.

Des loups inconnus se faufilaient dans la clairière tout autour de nous. Les yeux luisants, ils se déplaçaient lentement, en grondant. Ils étaient toujours sous leur forme humaine mais plus pour longtemps. Tous avaient clairement l'intention de nous faire du mal.

Mais ce n'était pas ce qui retenait mon attention.

Cinq silhouettes drapées dans une cape sombre se tenaient au milieu de la clairière comme si elles étaient figées dans le temps. Même s'il faisait nuit noire, et bien qu'elles portent toutes du noir, elles luisaient étrangement au clair de lune, comme si elles réfléchissaient les ténèbres qui les entouraient.

L'une de ces silhouettes encapuchonnées glissa vers nous.

Elle semblait ne pas toucher le sol.

— Rourke, siffla-t-elle tandis que des mains d'une blancheur incroyable baissaient lentement son capuchon.

On vit apparaître un visage d'une beauté stupéfiante, qu'on aurait cru taillé dans l'ivoire et l'os, et dont les traits étaient trop bien dessinés pour prétendre à la normalité. Ses yeux brillèrent tel du mercure liquide en transperçant la pénombre pour la première fois.

— La reine n'est pas du tout contente de vous, poursuivit la créature sur un ton désapprobateur en dévoilant deux des plus longues canines que j'avais jamais vues. (Son sourire, cette bouche tordue selon un angle étrange et peu naturel, me remplit d'horreur et de répulsion.) Vous deviez nous livrer le loup-garou femelle *hier*. Vous êtes un très vilain garçon.

*Des vampires.*

# 21

— Ce n'était pas ce dont nous étions convenus, Valdov, gronda Rourke, et vous le savez aussi bien que votre *reine*. Je devais juste lui soutirer des informations. Il n'a jamais été question de kidnapper ou de livrer qui que ce soit.

Je ressentis une douleur violente à la main : Rourke serrait mes doigts à les briser. Les muscles de ses avant-bras se mirent à palpiter dangereusement.

Frénétiquement, je fouillai ma base de données interne à la recherche de détails sur les vampires, mais il n'y avait pratiquement que dalle. J'en savais autant que le reste de la communauté surnaturelle, à savoir que les vampires opéraient à partir d'un vaste convent basé à la fois à La Nouvelle-Orléans et en France. Ils étaient dirigés depuis près de quatre cents ans par la puissante reine Eudoxia, qui aurait été engendrée par Ivan le Terrible, d'après la rumeur.

En règle générale, les vampires vivaient en reclus. Puissants et incroyablement dangereux, ils avaient un long et sordide passé de cruauté. Mais comme ils se considéraient au-dessus du système de caste de tous les surnaturels, ils avaient tendance à rester entre eux.

Ce qui était une chance pour nous.

Inutile de dire que les vampires n'avaient jamais eu besoin de faire appel à Hannon & Michaels pour résoudre leurs problèmes. Et même si mon père les avait affrontés à plusieurs reprises au fil des siècles, généralement parce que l'un des leurs cherchait des noises à l'un des nôtres, je n'en avais jamais vu un de près.

Techniquement, en tant que modeste changeuse louve, je n'étais pas du tout digne de leur attention. Ils ne s'intéressaient absolument pas aux autres Communautés.

J'ignorais ce qu'ils me voulaient. Le fait qu'ils avaient engagé Rourke et qu'ils étaient déjà au courant de mon changement était tout simplement terrifiant.

— Ah, ah, Rourke, nous étions convenus que vous deviez obtenir des informations par tous les moyens *nécessaires*, répliqua Valdov en joignant les mains devant son visage glacial. Bien entendu, le mot « nécessaire » impliquait clairement de nous ramener la fille si jamais… comment dire… vous échouiez dans votre quête. (Valdov nous observait par-dessus ses ongles pointus. Ses yeux de mercure qui ne cillaient pas étaient extrêmement perturbants.) Or il semblerait… que votre *quête* ait effectivement dévié… à cause de, qu'est-ce que cela… (Il leva son visage parfaitement ciselé, semblable à du marbre et inquiétant de précision, avant d'inspirer d'une manière théâtrale.) Ahh, souffla-t-il en posant de nouveau les yeux sur nous. De la *concupiscence*, n'est-ce pas ?

Rourke vibrait de puissance. C'était une forme d'énergie qui me léchait et m'enveloppait dans ses filaments.

— Je fais très bien mon *boulot*, Valdov, merci, répliqua Rourke. Je fais *exactement* ce pour quoi vous m'avez payé, et rien de plus. Je vous transmettrai toutes les informations que vous avez demandées dès que je les obtiendrai. Et ne vous y trompez pas, je les aurai. Alors, vous pouvez faire demi-tour et filer retrouver votre reine, comme le toutou que vous êtes. Dites-lui qu'elle peut aller se faire foutre si elle essaie de modifier les termes d'un contrat parfaitement valide au beau milieu de son exécution.

Valdov émit un brusque sifflement à l'intention de Rourke, un son grave et viscéral qui me fit l'effet d'une démangeaison sur ma peau. Puis, juste sous nos yeux, les traits du vampire commencèrent à se modifier. Horrifiée, je vis ses lèvres s'écarter lentement de sa bouche et ses canines devenir plus pointues et plus longues, au point de descendre bien en dessous de sa lèvre inférieure. Son visage s'allongea, en s'étirant de manière impossible, ses joues disparaissant vers l'intérieur tandis que son menton plongeait vers le sol.

On aurait dit que sa peau allait entièrement se détacher de son visage.

*Tu parles d'une vision d'horreur.*

Puis, raffinement suprême, ses yeux virèrent au noir total en faisant disparaître toute trace de blanc. Une vague de colère, la sienne, me frappa de plein fouet. Je me recroquevillai, attaquée par une magie que je n'avais encore jamais expérimentée. Ce vampire était très vieux, et ses pouvoirs absolument incroyables.

À l'intérieur de ma tête, ma louve fit mine de se jeter sur lui en grondant et en grinçant des dents. Mes muscles se mirent à tressauter et à onduler lorsqu'elle m'envoya un flot d'adrénaline dans les veines. Je dus la rappeler très vite à l'ordre, sinon nous allions mourir toutes les deux avant que ce combat ait commencé. *Hé, je sais que tu meurs d'envie d'affronter Flippant ici présent. Moi aussi, j'en ai envie, mais on ne peut pas les affronter tous en même temps, lui et ses potes, alors, tu vas devoir te calmer.* Elle me grogna dessus en me montrant les dents et m'envoya une image de nous deux enfonçant nos crocs dans son cou d'une blancheur d'os. *Même si on réussissait à se faire les vampires avec l'aide de Rourke, on devrait encore affronter les loups sudistes, tu te rappelles ? Si on attaque maintenant, on perdra. Pigé ? On a besoin d'un meilleur plan qui ne consiste pas à se jeter toutes griffes dehors sur une horde de puissants surnaturels. Donne-moi juste une minute.* Elle aboya bruyamment mais recula, sa frustration résonnant autour de moi sous forme de vagues furieuses.

Rourke sentit ce brusque influx de pouvoir en moi et me serra la main en guise d'avertissement. Je le pris très au sérieux. Nous allions devoir faire traîner les choses le plus longtemps possible. Si on en arrivait là, j'espérais pouvoir les semer quelque part dans la montagne. Mais nos chances me paraissaient bien minces face à des vampires effrayants auxquels venaient s'ajouter des loups sudistes en colère.

Valdov renonça visiblement à l'envie d'égorger Rourke et se ressaisit, non sans effort. Tandis que ses traits retrouvaient leur aspect normal, il nous adressa un affreux sourire.

— On dirait que nous n'avons plus besoin de votre… *assistance*, après tout, réussit-il à dire, les yeux rivés sur Rourke, en prolongeant ses « s » comme un serpent. À compter de cet instant, vous pouvez considérer votre contrat comme nul et non avenu. Vous serez intégralement payé, bien entendu, mais nous allons emmener la fille, à présent, et vous pourrez retourner dans votre antre, quel que soit l'endroit où vous courrez vous réfugier, la queue entre les jambes. (Il esquissa un geste désinvolte avec sa main morte, comme s'il balayait un insecte.) Maintenant, filez avant que je change d'avis et que je décide de vous tuer juste parce que j'en suis capable.

— Ça ne va pas le faire, Valdov, répondit Rourke. Je vais vous arracher la tête si vous faites ne serait-ce qu'un pas de plus. Vous n'avez pas le pouvoir de me congédier aussi facilement, et vous le savez. (Sa voix se fit soudain terriblement calme, mais pleine de menaces.) Si vous posez ne serait-ce qu'un doigt mort sur elle, vous me *supplierez* de vous achever. Vous m'entendez ? Vous me *supplierez*.

L'énergie dans laquelle baignait la clairière fit un bond à ce moment-là. Les loups s'étaient rapprochés furtivement pour former un cercle autour de nous. Ils se mirent à gronder et firent claquer leur mâchoire, excités par la perspective d'un bon combat.

Valdov ne parut pas du tout intimidé.

Au contraire, il tourna vers moi ses petits yeux noirs perçants et pencha la tête de côté comme un oiseau.

— Tiens, tiens, mais qu'avons-nous là ? (Un sourire sinistre apparut sur son visage tandis qu'il frappait dans ses mains.) Et moi qui pensais qu'il s'agissait uniquement de votre besoin constant de vous accoupler ! Ma reine sera tellement intéressée par ce nouveau développement. Viens donc jouer avec nous, petite louve, ajouta-t-il en s'adressant directement à moi. À moins que tu aies trop peur de ce qui se tient devant toi ? (Comme je ne répondais pas, il secoua la tête d'un air faussement compatissant.) Quel dommage que ton papa soit si loin, n'est-ce pas, petite louve ? Quel dommage qu'il n'ait pas pu arriver à temps pour participer à la fête.

Il me défiait.

Je ne pouvais pas me dérober, même si la partie très humaine de ma nature avait envie de prendre ses jambes à son cou. Si je le laissais donner l'impression que j'étais faible, ça me ferait du tort sur le long terme. De toute façon, ce n'était pas quelque chose que je pouvais accepter – ma louve s'y refusait. On aurait dit une folle furieuse tenue en laisse, grondant, grinçant des dents, bondissant partout. Je redressai les épaules et arrachai ma main à l'étreinte de Rourke, non sans grande difficulté, puisqu'il n'avait pas du tout l'intention de me laisser approcher Valdov.

Malgré tout, je me libérai et fis un pas en avant. Rourke poussa un grondement sourd rempli de menace et de haine. Je regardai le vampire droit dans les yeux et lui répondis de ma voix la plus forte :

— Je n'ai plus besoin de l'aide de mon *papa* depuis que j'ai sept ans, *Valdov*. Soyons clairs, je préfère faire le sale boulot moi-même. Alors, quoi que vous ayez en réserve, n'hésitez pas à me le montrer. Je n'ai pas peur de vous.

Je conclus cette tirade par un sourire qui dévoilait toutes mes dents. C'était un avertissement de la part de ma louve : n'approchez pas ou vous allez avoir de sacrés ennuis.

Juste au moment où je prononçais les derniers mots de mon joli petit discours, il y eut un nouvel afflux de pouvoir au sein de mon corps.

C'était la façon qu'avait ma louve de me soutenir. Elle me fournit juste assez de jus pour qu'une vibration brutale traverse tous mes membres sans pour autant provoquer la moindre transformation.

*Parfait.*

Elle aboya.

Sans se soucier de ma bravade, Valdov inhala de nouveau et ferma les yeux, comme en proie à une espèce d'horrible extase.

— Ahhhh, un tel pouvoir à l'état brut, petite louve-garou, souffla-t-il. (Puis il rouvrit brusquement les yeux. La ruse et la supériorité se lisaient sur son visage.) Malheureusement, ça ne suffira pas pour nous vaincre tous, pauvre femelle, même si tu aimes le… *sale boulot*. Bien que cela soit sûrement très distrayant d'assister à un tel combat, nous sommes au regret de décliner ton offre pour l'instant.

J'étais sur le point de lui dire comme j'aimerais me salir les mains en m'occupant de lui quand il claqua des doigts. Presque aussitôt, une silhouette sortit de l'ombre à l'autre bout de la clairière.

Tandis qu'elle venait vers nous d'un pas à la fois nonchalant et assuré, je me rendis compte qu'il s'agissait d'une femme.

Elle avait de longs cheveux roux qui flottaient librement derrière elle comme si elle faisait face à un énorme ventilateur que je ne pouvais pas voir.

Elle était vêtue de cuir noir des pieds à la tête. Sa courte veste recouvrait un bustier moulant qui épousait si parfaitement sa taille minuscule que c'était un miracle qu'elle arrive encore à respirer. La veste et le corset s'ornaient tous les deux de pointes en métal acérées. L'ensemble s'accompagnait d'un pantalon en cuir extrêmement moulant lui aussi, qui s'arrêtait juste en dessous de son nombril. Elle portait une paire de cuissardes par-dessus le pantalon et semblait avoir un fouet accroché sur la hanche.

Purée, maintenant, je savais qui se chargeait de remettre le mot sexy au goût du jour[1].

La mystérieuse inconnue éclata de rire en arrivant près de nous.

— Je t'ai manqué, mon ange ? Ça fait vraiment trop longtemps depuis notre dernier rendez-vous, tu ne trouves pas, *Rourke* ?

Je détachai à grand-peine mes yeux de cette femme lorsque Rourke se jeta sur Valdov.

Il s'arrêta à trente centimètres environ du vampire, que cette brusque réaction n'avait même pas fait ciller.

— Comment osez-vous l'amener dans mes bois, *vampire*, fulmina Rourke. Nous savons tous que vous êtes une mauviette qui se cache tout le temps sous les jupes de votre reine. Mais engager des loups-garous et des sorcières, c'est un nouveau coup bas, Valdov, même pour un rat comme vous !

La sorcière en question, puisqu'elle n'était pas, de toute évidence, une changeuse, semblait s'ennuyer. Elle examina ses ongles tout en allant se planter juste devant le vampire furieux et un Rourke en ébullition. Quand elle fut bien ancrée sur place, elle mit les mains sur les hanches, et ses doigts se mirent à tambouriner sur sa minuscule taille cloutée.

Elle était absolument époustouflante.

---

1. Allusion à une phrase de la chanson de Justin Timberlake : « I'm bringing sexy back ». (*N.d.T.*)

*Tu parles d'une salope. J'ai hâte d'effacer ce sourire insipide de sa stupide bouche.* Ma louve gronda pour me montrer qu'elle était d'accord.

La sorcière était d'une beauté immaculée, comme une poupée de porcelaine à laquelle ne manquaient ni les lèvres boudeuses ni les pommettes rondes et hautes.

Elle se pencha pour ronronner à l'oreille de Rourke :

— Je suis une Ensorceleuse, mon chéri, pas une sorcière. Mais tu le savais déjà, n'est-ce pas ? Je t'ai manqué ? (Le fait qu'il garde les yeux fixés sur Valdov parut légèrement l'agacer.) Je ne travaille pas pour les vampires, cracha-t-elle. Mais, mon cher, je n'aurais manqué cette petite fête pour rien au monde. Tu sais à quel point *j'adore* m'amuser. Et si la reine veut se séparer de quelques babioles au passage, qui suis-je pour refuser sa générosité ?

Rourke ne daigna même pas se tourner dans sa direction.

Ce qui valait mieux, parce que sinon ma louve aurait gerbé sur le parfait petit cul de cette garce.

La sorcière leva la main vers le visage de Rourke. Ses ongles rouge foncé brillèrent lorsqu'elle caressa lentement la joue de mon compagnon du dos de la main.

— C'est quoi le problème, chaton ? Le loup aurait-il mangé ta langue ?

Elle rit. Elle avait un timbre parfait qui tintait comme des cloches par une chaude nuit d'été.

Ma louve fit un bond si féroce en moi que mes griffes jaillirent, acérées, et que mes incisives poussèrent aussitôt. Je réussis à contenir ma bête avant que les choses n'aillent plus loin, mais seulement parce que Rourke n'avait toujours pas réagi. *Tu veux bien attendre ! Ce n'est pas encore le moment !* Si je libérais ma louve, tout le monde allait devenir dingue, et on allait sûrement mourir. Nous serions sans doute obligées de changer, mais il fallait choisir le moment avec soin. *On doit encore évaluer la situation. On ne sait pas ce dont la sorcière est capable, mais je suis sûre qu'elle est dangereuse parce que Rourke se méfie d'elle. Peut-être que si on fait suffisamment traîner les choses, les renforts arriveront.* Je savais que c'était un vœu pieux. N'empêche que « papa » et sa bande de loups-garous étaient l'atout que nous gardions dans notre manche ce soir-là.

Ma louve m'envoya une image sanglante de ses crocs s'enfonçant dans les mains de l'Ensorceleuse, celles-là mêmes qui venaient juste de caresser le visage de notre compagnon. *En plein dans le mille, mais patientons encore quelques minutes.* Ma louve réagit avec hargne, car elle n'était clairement pas pour l'attentisme. Elle n'avait pas tort. J'avais commencé à haïr cette salope rousse de toutes les molécules de mon être avant même qu'elle nous rejoigne et montre qu'elle connaissait mon compagnon. Maintenant, je voulais lui infliger une mort lente et douloureuse.

*Il est à moi.*

Rourke tremblait de rage. Son odeur était si forte et menaçante qu'elle fit reculer certains loups.

— *Sélène*, grommela-t-il, je te laisse cinq minutes pour disparaître hors de ma vue. Tu as commis une grave erreur en t'alliant aux vampires et en venant ici ce soir. Si tu ne pars pas immédiatement, je te tuerai cette fois-ci, je le jure.

« Cette fois-ci » ? « Sélène » ? La déesse lunaire ? La sainte patronne de la magie et de la sorcellerie ? Non, il ne parlait tout de même pas de cette Sélène-là !

— Oh, Rourke, ne sois pas si rabat-joie, ricana-t-elle. Non seulement je vais rester, mais je vais aussi savourer ce petit spectacle plus que tout ce que j'ai fait au cours du dernier… hum… millénaire… Et ça vaut aussi pour toi, mon bel amant, ajouta-t-elle en tapotant la poitrine de Rourke avec son ongle.

Il resta immobile comme une statue. Il ne bougea pas un muscle et ne se donna même pas la peine de la regarder. *Il ne lui prête aucune attention. Calme-toi. On lui arrachera bientôt les doigts.*

La voix de Sélène se fit stridente.

— Tu croyais vraiment que j'allais laisser passer ce que tu m'as fait ? Que je te laisserais vaquer à tes occupations sans même me venger ? (Elle se rapprocha de lui, emplie d'une colère brûlante.) Écoute-moi bien, Rourke. Cette fois, c'est toi qui vas payer. Et j'ai bien l'intention de commencer par cette petite chienne, là-bas. (Elle me désigna d'un signe de tête frivole, comme si je n'étais personne.) Puis je passerai à de plus grandes et de meilleures choses. (Ses yeux lancèrent des éclairs rouges assortis à ses cheveux, naturellement.) Je le jure.

Mes cheveux se dressèrent sur ma nuque, et je me mis à gronder sans aucun encouragement de ma louve. Elle se prenait pour qui, celle-là ? La tension dans l'air était devenue insupportable. *Du calme*, dis-je à ma louve. *Encore quelques secondes.* Mon sang s'agitait avec impatience. *Ensuite, on lui arrachera son foutu cœur.*

— Hum, hum, intervint Valdov. Je déteste interrompre ces charmantes retrouvailles, mais nous devons y aller. Le soleil va se lever, et ma reine attend impatiemment notre retour. (Il se tourna vers Sélène.) Entravez-la donc, sorcière, et nous vous laisserons le chat pour votre peine.

— Je ne suis pas une sorcière, sale suceur de sang, je suis une *déesse*, répliqua-t-elle furieuse. (Ses iris flamboyaient d'un rouge pur, à présent.) Déesse de la Lune, pour être exacte. Ou, si vous préférez, une puissante Ensorceleuse d'Enchantement. À votre guise. Mais je ne suis certainement pas une *sorcière*.

Ce fut au tour de Valdov d'avoir l'air de s'ennuyer. Il fit un geste négligent du poignet à l'intention de Sélène.

— Finissons-en.

Avec un sourire de mépris, elle leva les mains. Une incantation sourde jaillit de ses lèvres, et le bout de ses doigts se mit à luire.

Oh, bon sang, l'idée, c'était que l'Ensorceleuse m'entrave ? Pour que les vampires puissent m'emmener je ne sais où ?

*Je ne crois pas, poupée.*

Mais avant que j'aie pu réagir, Rourke rugit et, d'un coup de pied retourné, frappa Sélène au creux de la poitrine avec la force d'un semi-remorque. En même temps, il balança sa main pleine de griffes en direction de la gorge de Valdov, qu'il manqua d'un cheveu parce que le vampire réussit à l'esquiver.

Sélène fut projetée dans les ténèbres dans un fracas satisfaisant.

Il était vain de croire qu'elle puisse trouver la mort en heurtant un rocher, mais c'était marrant d'espérer.

Elle allait sûrement revenir indemne dans quelques minutes pour nous terrifier par sa colère. Cependant, Rourke avait réussi à interrompre son incantation, ce qui était bien son intention. Mais elle avait certainement tout un tas d'autres sorts en réserve.

On devait faire vite pour éliminer les vampires et foutre le camp avant que les loups se transforment et que la poupée de porcelaine de l'enfer se remette de ses blessures.

— Vous allez le payer de votre misérable vie, Valdov.

Rourke se jeta sur le vampire et saisit sa cape avant qu'il puisse lui échapper.

Autour de nous, les loups hurlèrent à l'unisson et se laissèrent tomber à quatre pattes sur le sol pour changer.

*Maintenant.*

Ma louve répondit par un flot de pouvoir délicieux, et l'adrénaline inonda mes veines avec la force d'une lance à incendie. Ma louve était prête, et mon changement partiel vers ma forme de Lycan fut presque instantané. Mes muscles se transformèrent en une épaisse masse dure recouverte de fourrure sombre. Un grondement sourd s'échappa de ma gorge, et je me retrouvai plus grande de plusieurs centimètres. Mon museau s'allongea pour mieux accueillir mes canines.

Je me focalisai sur Rourke. Le combat entre Valdov et lui allait si vite que j'avais peine à le suivre, malgré les sens décuplés de ma nouvelle forme.

Les autres vampires, toujours encapuchonnés, restaient sur le côté et observaient le duel en manifestant peu d'intérêt. Ils ne semblaient pas pressés de se joindre à la petite fête.

J'avançai en guettant du coin de l'œil le retour de Sélène. J'étais d'humeur à faire quelques dégâts et j'avais l'intention de commencer par les vampires, même s'ils n'avaient pas encore engagé le combat. Les loups n'allaient pas tarder à se relever, et Rourke et moi devions nous débarrasser des suceurs de sang avant d'affronter les loups pour avoir une chance de nous échapper.

J'étais presque sur le groupe, qui ne semblait même pas remarquer ma présence, lorsqu'une silhouette jaillit des arbres. Menaçante, elle se dirigea droit sur moi. Ce n'était pas Sélène.

Il s'agissait d'un loup-garou sous forme humaine, et il émanait de lui une colère intense.

Il ne me fallut qu'un instant pour le reconnaître.

Mes yeux se plissèrent.

*Traître.*

Ma louve hurla.

Je sentis dans ma bouche le goût de sa haine à lui, sèche et rance comme quelque chose de mort. Ma louve bondissait de rage dans ma tête. Un loup-garou ne détestait rien tant que le déshonneur.

D'une voix rauque mais audible, je le hélai tandis qu'il venait vers moi.

— Tiens, tiens, je suppose que je ne suis pas surprise de te voir ici. Tu m'as toujours détestée, alors, d'une certaine façon, c'est logique. Tu aimes ce que tu vois, Stuart ? lui demandai-je d'un ton hargneux. (Je fus ravie de le voir marquer une courte hésitation en écarquillant les yeux, mais il se ressaisit aussitôt.) Sale petit con, grommelai-je. Tu as de la chance que mon père ne soit pas là pour t'arracher la tête. Il se ferait un plaisir de te montrer l'ampleur de ta trahison. (Je souris en dévoilant mes nouvelles canines allongées.) Mais tu as de la chance, je suis là, moi.

Stuart Lauder, fils de Hank, me regarda, plein d'une fureur débordante.

— Tu es une abomination, lâcha-t-il, écumant de rage. Un fléau pour la grande race des loups-garous. Tu as toujours été un monstre, et c'est juste une question de temps avant que tu anéantisses notre race tout entière. Mais je ne vais pas laisser une telle chose se produire. J'ai choisi de prendre position. Même mon père n'a pas eu le courage de le faire, mais moi si. (Il cracha sur le sol.) La vieille génération préférait attendre le cul au chaud, en se tournant les pouces, que tu nous extermines. Mais la jeune génération, elle, refuse d'attendre sans rien faire. On est prêts à se soulever et à se battre comme une Meute unie, une force unique. Putain, on va pas attendre qu'il soit trop tard et que tu nous détruises tous.

Il s'arrêta à quelques pas de moi, ses yeux jaunes flamboyants, de la fourrure brune jaillissant sur ses avant-bras.

— Stuart, c'est ta guerre, pas la mienne. C'est toi qui risques d'anéantir notre race à cause de cette stupide peur. Ça n'a rien à voir avec moi. Je ne suis une menace pour aucun loup. Crois-tu sincèrement que notre Meute, pardon, ma Meute, va perdre ? Les Sudistes ne sont pas de taille face à nous. Ils ne l'ont jamais été. Tu as choisi le camp des perdants, connard. (J'aimais le son rocailleux de ma voix, comme si je mangeais des cailloux au petit déjeuner.) Les territoires du Nord sont plus forts, et nous allons le rester.

Il n'y a pas photo. Tu vas mourir absolument pour rien, non pas que ça me désole, remarque, mais il faut bien t'exposer les faits.

— Ce ne sont pas les loups sudistes, espèce de chienne en chaleur, ce sont les *loups du Nouvel Ordre.*

Comment ça, ce n'étaient pas les loups du Sud ? *Bordel, c'est qui, les loups du Nouvel Ordre ?*

J'essayai de comprendre ce qu'il venait de dire. Stuart rit de ma confusion.

— C'est bien ça, nous incarnons le nouvel ordre des choses. Les loups que tu vois autour de toi sont venus du monde entier pour s'unir au sein d'une même Meute. Une seule, tu m'entends ? Et nous allons dominer tous les autres, crois-moi. Nous sommes plus forts. Quand la poussière retombera, les autres loups qui n'auront pas été assez courageux pour nous suivre auront le choix entre la mort et nous rejoindre, proclama-t-il. Le règne de la vieille génération est officiellement terminé, et celui de la jeune commence. Nous détenons le pouvoir.

— Le pouvoir de vous vendre aux vampires et aux sorcières, tu veux dire ? Tu te fourres le doigt dans l'œil, répliquai-je. Est-ce que les *petits nouveaux* aiment jouer les renforts pour les créatures de la nuit ? Ou préfèrent-ils jouer les chiens d'aveugle et les macs pour sorcières ?

Il me fit un sourire mauvais. Ses incisives s'allongeaient à vue d'œil.

— Le *Nouvel Ordre* fera tout ce qui est nécessaire pour se débarrasser de toi, salope.

Il me sauta dessus.

Je balayai son attaque d'un geste, comme s'il n'était qu'un insecte.

Il fut projeté à plusieurs mètres et se releva aussitôt.

— Tu confonds à tort ma féminité avec de la faiblesse, Stuart, dis-je en riant. Maintenant, ramène tes fesses, sale petit con, et affronte-moi comme un loup… pardon, comme un, oh, si puissant loup du *Nouvel Ordre*.

Même si son corps vibrait du besoin de changer, il se retrouverait immobilisé pendant de précieuses minutes s'il choisissait de se transformer. Il me laisserait ainsi plus de temps qu'il ne m'en fallait pour le tuer, et nous le savions tous les deux.

Il me tourna autour, lentement.

— Tu n'es pas plus forte que moi. Je peux très bien t'affronter sous ma forme humaine.

— Comme tu voudras, trouduc. (Je lui donnai un coup de griffes et lacérai son t-shirt en faisant apparaître d'épais sillons de sang.) On dirait que ça va saigner. À moins que les New Kids on the Block aient besoin d'enfiler leur cuirasse avant de venir au combat ?

La haine envahit ses yeux.

— Je n'ai besoin d'aucune protection face à toi. Je pourrais te tuer avec une main attachée dans le dos.

— Voyons ça, dis-je en l'invitant à avancer d'un geste de mes griffes recourbées.

Il s'élança. On échangea quelques coups. Il réussit à m'atteindre une fois ou deux et je lui rendis la politesse chaque fois en veillant à ce que ça fasse bien mal. Les loups avaient terminé leur transformation et tournaient autour de nous en formant un cercle fermé. J'étais surprise qu'ils ne se soient pas jetés dans la mêlée, mais je m'en réjouissais.

Rapide et plus fort qu'un humain, Stuart ne rechignait pas à utiliser des coups bas. N'empêche que c'était presque trop facile pour moi. Ma louve restait en retrait dans mon esprit et me laissait me battre toute seule puisqu'il ne s'était pas transformé. Mais elle aboyait bruyamment chaque fois que j'arrivais à porter un coup particulièrement bien placé.

Stuart tituba de nouveau en arrière lorsque je le frappai de nouveau au niveau de la poitrine.

— Tu n'en as pas encore assez, Stuart ? Tu aimerais peut-être faire une petite pause ? le raillai-je.

Il saignait abondamment au niveau du visage et du torse. Les loups autour de nous manifestaient leur impatience en jappant et en grondant férocement. Leurs odeurs agressives qui n'en formaient plus qu'une menacèrent plusieurs fois de me submerger, mais ma louve les dispersa le plus rapidement possible, m'épargnant ainsi une overdose. C'était sacrément difficile de s'habituer à ce nouvel odorat.

Pendant que j'étais aux prises avec Stuart, Rourke affrontait un Valdov ricanant. Celui-ci bougeait trop vite, si bien qu'il était difficile de l'attraper. Rourke rugit en jetant le vampire à terre, mais il ne fit que réapparaître à un nouvel endroit en se riant de son adversaire.

Il fallait que j'en termine rapidement avec Stuart, parce que nous ne serions pas trop de deux pour finir Valdov, à condition que ça soit possible. Ensuite, il faudrait se frotter aux autres vampires. Mais, jusqu'ici, aucune autre créature encapuchonnée n'avait pris part au combat. Elles restaient à l'écart pour nous observer. J'ignorais pourquoi, mais j'espérais que ce n'était pas parce qu'elles étaient si puissantes que tout ça ressemblait pour elles à une stupide bagarre de bar. Elles devaient obéir à des ordres, mais de qui ?

Je n'allais pas arrêter le combat. Aucun loup ne se rendait sans combattre. L'instinct de la victoire était trop profondément enraciné en nous. Quand Stuart s'immobilisa, je lui demandai :

— Qu'est-ce qui se passe, Stuart ? Tu n'as pas envie de mourir pour ta nouvelle cause ?

Il avait une entaille au front qui saignait jusque dans son œil. Il essuya le sang du revers de la main.

— C'est toi qui vas mourir, salope. Même si tu réussis à me faire la peau, ces loups vont te tailler en pièces.

Plusieurs des loups en question firent claquer leur mâchoire pour montrer qu'ils étaient d'accord.

C'était d'ailleurs un miracle qu'ils soient restés en retrait jusque-là. Leur instinct était un véritable baril de poudre que l'odeur du sang et de la peur aurait dû enflammer. Leur chef devait être suffisamment fort pour les obliger à observer une discipline toute militaire, ou alors Stuart leur avait demandé au préalable de ne pas intervenir. Mais, dans tous les cas, les loups autour de nous ne bougeaient pas, et je n'allais pas protester.

— Tu ne crois pas que tes nouveaux patrons vont s'énerver quand les loups de ton Nouvel Ordre vont me mettre en pièces ? Je croyais qu'on était censé honorer son contrat quand on acceptait de louer ses services ? Oh, attends… je suis désolée, j'ai parlé d'honneur par accident. (J'essayai de parler d'une voix égale pour mieux le blesser.) De toute évidence, ce mot ne signifie rien pour toi.

— Au contraire ! hurla-t-il en retroussant ses lèvres

en un rictus sauvage. Voilà pourquoi je vais adorer te tuer. On ne travaille pas pour les vampires, salope, on a passé un accord qui profite à tout le monde. Il se trouve simplement qu'on t'a eue les premiers. (Il haussa les épaules.) La reine devra s'y faire.

Il me donna un coup de pied qui m'atteignit en haut de la cuisse. Je roulai deux fois sur moi-même, et les deux loups les plus proches réagirent en montrant les dents. Puis je me relevai. Je tournais autour de Stuart en essayant de trouver la meilleure tactique pour terminer ce combat rapidement lorsqu'un doux battement se fit sentir au creux de mon cerveau.

Il s'intensifia aussitôt, et j'attendis en continuant à tourner autour de mon adversaire. Mais je n'entendais rien que le silence. J'essayai de projeter une pensée à mon tour. *Papa ?*

Rien.

Je tentai de nouveau ma chance. *Tyler ?*

*Jessica ! Les dieux soient loués !* hurla mon frère. *Ça fait vingt minutes que j'essaie de te contacter. On sera bientôt là, on était bien plus près qu'on le pensait. On sent ton odeur partout, même avec ce putain de soufre qui nous bouche le nez. On s'est déjà transformés. Je peux sentir ces foutus loups sudistes aussi.* Je percevais pour ma part son énergie et la vitesse de sa course. Mon frère courait deux fois plus vite que n'importe quel loup. Il me rejoindrait bientôt.

*Tyler, ce ne sont pas des Sudi...* Je perdis la connexion au moment où Stuart bondit, car mon cerveau passa de nouveau en mode combat et claqua la porte au nez de toutes les autres pensées. Je poussai un cri rauque en me jetant de tout mon poids à la rencontre du corps de Stuart. L'impact eut lieu au beau milieu des airs. Il poussa un cri étranglé lorsque mes griffes s'enfoncèrent dans son cou et lui sectionnèrent la jugulaire. J'en avais plus qu'assez de ce duel.

— J'ai fini de jouer avec toi, Stuart. Ton heure est venue.

Les mains plaquées sur sa gorge, il tituba en arrière en essayant vainement d'arrêter l'hémorragie. Sa bouche remua, mais ne produisit aucun son.

— Quel dommage que tu ne sois pas là pour voir les New Kids se faire exterminer. (Je me plantai devant lui tandis qu'il tombait à genoux.) Ouais, c'est exact. Les loups du Nord, *ma* Meute, sont en train de gravir la montagne en ce moment même. Tes petits copains n'ont pas la moindre chance. Je me fous de savoir d'où tu les sors, ils vont tous mourir.

Il se tenait le cou à deux mains, mais le sang coulait abondamment sur son t-shirt. Je m'accroupis à côté de lui.

— Est-ce que ça en valait la peine, Stuart ? demandai-je d'une voix râpeuse. Est-ce que le fait de trahir ta Meute et tout ce à quoi tu tenais valait la peine de mourir comme ça ?

Une étrange lueur brilla dans ses yeux, et il laissa retomber ses mains même si le sang jaillissait à flots de sa gorge. Sa bouche esquissa un demi-sourire dément tandis qu'il luttait pour répondre :

— Tu… *argh*… vas mourir… salope. (Il avait les dents rouge foncé à cause de sa blessure. Il essaya de rire mais ne réussit qu'à cracher plus de sang encore.) Tu… n'as pas idée… *argh*… de ce qui… t'attend. Tu es… la vraie fille… de Caïn.

Le fait de lui avoir sectionné la jugulaire ne suffisait pas à le tuer, mais je savais ce qui permettrait de l'achever. En hurlant, ma louve prit la place du conducteur, et ma main jaillit telle une lance. Elle lui arracha le reste de la gorge d'un seul geste, en sectionnant également la moelle épinière. Il s'effondra en tas à mes pieds.

Nous étions toutes les deux tellement focalisées sur le cadavre de Stuart qu'aucune de nous ne prit conscience des autres grondements.

Un rugissement furieux retentit alors.

— Jessica ! *Bats-toi !*

Rourke courait vers moi à pleine vitesse. Valdov se tenait juste derrière lui. Un sourire mauvais aux lèvres, il ne semblait pas plus échevelé qu'au début du combat.

Les loups, qui s'étaient rapprochés furtivement pendant que je regardais Stuart mourir, reportèrent un bref instant leur attention vers la nouvelle menace qui se dirigeait droit sur eux. Quelques-uns lui firent face, préférant affronter leur agresseur plutôt que leur proie.

Mais la plupart restèrent entièrement focalisés sur moi.

Ça allait être une attaque de Meute.

Les loups inférieurs allaient attendre que les plus dominants s'élancent les premiers. Ensuite, ils se joindraient joyeusement à la fête pour me tailler en pièces.

Rourke atteignit le premier loup, le souleva comme s'il ne pesait rien et le lança comme un sac à ordures. Il se dirigeait vers un deuxième adversaire lorsqu'on entendit un fracas dans les bois derrière nous.

Les loups s'immobilisèrent et levèrent tous la tête en même temps pour flairer cette nouvelle menace.

Tyler surgit dans la clairière comme un boulet de canon.

Incroyablement beau et puissant sous sa forme de loup, il dépassait de trente centimètres toutes les autres bêtes autour de nous. Le museau ouvert sur un grognement terrifiant, il avait les yeux qui brillaient d'un éclat sinistre, comme une promesse de vengeance. Ce n'était pas pour rien qu'il était un combattant hors pair. Peu de loups lui arrivaient à la cheville. D'ailleurs, à en juger par les changements d'odeur autour de moi, tous le savaient.

Tyler renversa la tête en arrière et poussa un hurlement terrifiant.

Quelques instants plus tard, les autres loups de notre Meute répondirent à son chant. À les entendre, ils étaient tout près.

La cavalerie était officiellement arrivée.

Furieux de cette intrusion, les loups autour de moi firent claquer leur mâchoire en grondant. L'un d'eux s'élança et referma ses crocs sur mon bras en les enfonçant profondément dans ma chair. J'espérais vaguement qu'ils allaient s'enfuir la queue entre les jambes en voyant mon frère dans toute sa gloire mais, à en juger par l'attitude de mon agresseur, ils n'allaient pas se laisser décourager si facilement.

Je me contorsionnai en entraînant la bête avec moi, car j'étais incroyablement forte sous ma forme de Lycan. De l'autre main, j'agrippai son collier de fourrure pour éviter qu'elle m'arrache le bras. Puis je la jetai droit dans les pattes d'un autre loup prêt à lui disputer un morceau de ma personne.

J'avais le bras déchiré et en sang, mais un nouvel afflux de douce énergie me traversa et fit rapidement disparaître la douleur. Mon corps se dépêchait de réparer les dégâts, ce dont je lui étais reconnaissante.

À moins d'un mètre de moi, Rourke combattait les autres loups du cercle.

— C'est tout ce que vous avez ? rugit-il de nouveau en attrapant un troisième loup par la gorge. (Il lui brisa la nuque avec une puissance physique que je n'avais encore jamais vue chez un changeur sous sa forme humaine.) On ne s'en prend pas à moi ni aux miens ! Vous entendez ?

Il secoua le loup et le jeta.

Je m'accroupis en position de combat et me mis dos à Rourke. Un grondement sauvage déchira les airs quelque part au-dessus de moi. Je baissai la tête et vis Tyler atterrir au beau milieu du groupe de loups devant moi. Il réussit à les disperser avec autant d'efficacité que s'il avait lancé une charge de dynamite au sein de la bande. Il attrapa le plus proche entre ses mâchoires qu'il referma dans un claquement puissant.

Deux loups se faufilèrent autour de lui et s'avancèrent vers moi. Ils ne voulaient pas laisser passer l'occasion de me faire du mal. *À nous de jouer,* dis-je à ma louve, qui approuva gaiement. *On ne va pas laisser tout le plaisir aux garçons.*

Ils sautèrent tous les deux en même temps, en tandem.

J'actionnai l'interrupteur dans mon esprit pour donner les rênes à ma louve, qui hurla. Elle nous projeta à terre en réussissant adroitement à se retourner et à porter un coup d'un geste que mon esprit humain ne parvint pas à suivre. *Heureusement que c'est toi qui diriges.* Les deux loups se jetèrent de nouveau très rapidement sur nous. Je les attrapai par la gorge avant qu'ils puissent enfoncer leurs crocs dans mon cou. Mes bras étaient forts, plus qu'ils ne l'auraient dû, et je m'en émerveillai un instant. Ça n'aurait vraiment pas dû être si facile. Je maintenais à distance deux loups enragés, un dans chaque main.

*Suis-je plus forte qu'hier ?* Je n'avais pas le temps d'y réfléchir.

Avant même que je puisse réagir, on m'arracha l'un des loups qui vola en arrière. Il poussa un cri pitoyable qui s'interrompit brusquement. Quelques secondes plus tard, le deuxième subit le même sort. Je levai les yeux vers un Rourke furieux. Ses yeux étaient tellement verts qu'ils ressemblaient à deux globes de phosphore luisant.

Il m'examina du regard à la recherche de blessures. Un fin duvet était apparu sur ses bras, et ses ongles formaient des griffes recourbées et acérées. Mais, en dehors de ça, il n'avait pas changé. Il faisait preuve d'un contrôle stupéfiant. Lorsqu'il se pencha pour m'aider à me relever, je vis que ses muscles ondoyaient sous sa peau. J'attrapai sa main tendue et remarquai que les beaux tatouages qui recouvraient ses avant-bras se fondaient parfaitement dans les méandres de sa fourrure.

Je croisai son regard. Mon cœur fit un bond. *Guerrier d'Antan.* C'était vrai, sans l'ombre d'un doute. Qu'était-il donc ?

— Qu'es-tu ? soufflai-je.

Il me regarda d'un drôle d'air, et je me rendis compte que c'était la première fois qu'il me voyait sous ma forme de Lycan. La surprise apparut furtivement sur ses traits, mais nous n'avions pas le temps d'en parler.

— Je suis à toi, me répondit-il simplement.

Je n'insistai pas, parce qu'il y avait une nouvelle agitation dans les bois. Ma fourrure se hérissa, de joie et de soulagement cette fois. Les quatre vampires qui avaient observé le combat sans jamais y prendre part s'envolèrent à toute vitesse en laissant Valdov tout seul.

Mon père déboula dans la clairière dans toute sa splendeur. Ses yeux couleur d'améthyste brillaient d'un éclat aveuglant et menaçant au sein de sa fourrure d'un noir de jais. Il était si foncé qu'il absorbait toute la lumière autour de lui.

Neuf de ses loups, parmi lesquels se trouvait James, se déployèrent en V juste derrière lui. Tous offraient une vision terrifiante sous leur véritable forme. Certains loups du Nouvel Ordre, ou quel que soit le nom qu'ils se donnaient, reculèrent furtivement parmi les ombres. Visiblement, ils n'étaient pas du tout préparés ou n'avaient aucune envie d'affronter cette menace. Tyler gronda et montra les dents à l'adresse des loups qui fuyaient, mais il resta immobile en attendant le prochain ordre de son Alpha.

Mon père se focalisa entièrement sur Valdov.

Pas un muscle ne bougeait sous sa fourrure. Ses babines étaient retroussées en une grimace de dégoût qui dévoilait ses énormes canines. Un grondement menaçant montait de sa poitrine, comme si un abysse de colère bouillonnait sous la surface.

— Callum ! s'exclama vivement le vampire. Quelle chance que tu aies pu te joindre à nous ! Simplement, c'est dommage que tu arrives si tard, après tout le mal que tu t'es donné pour venir.

Rourke glissa sa main dans la mienne et m'attira de nouveau contre lui. Il y avait une espèce d'urgence dans cette étreinte, si bien que je suivis la direction de son regard et jetai un coup d'œil sur ma droite.

Nonchalamment adossée à un arbre, les bras croisés, Sélène semblait de toute évidence s'amuser de la tournure prise par les événements. J'étais pourtant certaine qu'elle espérait que les loups du Nouvel Ordre feraient le sale boulot à sa place. Elle ne voulait sans doute pas abîmer ses jolis ongles en me tuant de ses propres mains.

Rourke et moi la regardâmes tous les deux se détacher de l'arbre et s'aventurer avec assurance au sein de l'assemblée. Sa crinière flottait derrière elle et ses yeux brillaient avec un soupçon de rouge. Apparemment, elle n'avait pas une égratignure, malgré son vol plané dans la forêt. *Merde.* Voir des marques sur cette peau veloutée m'aurait procuré une extrême satisfaction.

Mais ce n'était pas elle qui se tenait à côté de Rourke, dont le grondement possessif disait au monde qu'il valait mieux ne pas toucher à ce qui lui appartenait.

Je souris.

J'avais déjà ce qu'elle convoitait le plus.

En ondulant des hanches, elle se rendit auprès de Valdov, qui paraissait vraiment très content de lui. De toute évidence, elle était sa carte maîtresse, et il n'avait pas peur de nous le montrer.

— Tu vois, Callum, il semblerait que ma reine ait acquis les services d'une *Ensorceleuse*, cette fois, dit le vampire d'une voix chantante à mon père qui grognait toujours. Si tu bouges ne serait-ce qu'une patte dans ma direction, la belle Sélène foudroiera ta chère progéniture sur place. Sommes-nous bien clairs là-dessus ? Ou dois-je me répéter ?

Mon père tourna lentement sa tête imposante en direction de Sélène. Son pouvoir jaillit de lui d'un bloc, ce qui fit bondir toutes les molécules de mon être. Tous ses loups réagirent de la même manière : on dévoila tous nos crocs en émettant des bruits terrifiants. Notre Alpha avait le contrôle, et nous étions prêts à le suivre. Je grondai farouchement.

Comment Stuart et sa bande d'ingrats avaient-ils pu s'imaginer qu'ils étaient capables d'éliminer l'Alpha le plus puissant que le monde ait connu ? Ça me dépassait.

Mon père était magnifique.

Sélène garda son calme et s'arrêta à côté du vampire en choisissant d'ignorer le regard perçant rivé sur elle. Seul le tremblement infime de ses mains la trahit pendant un instant. Ses doigts luisaient déjà à cause d'un sortilège, si bien que le frémissement rouge fut facile à détecter. Elle s'arma de courage avant de relever la tête pour soutenir le regard de mon père. Son visage affichait la même expression hautaine qu'avant l'arrivée des renforts.

Franchement, Rourke avait succombé à ça ?

— Viens, grand méchant loup. Donne-moi quelque chose pour jouer, le railla-t-elle. Rien ne me ferait plus plaisir que d'exterminer toute ta lignée. Viens donc me chercher !

Mon père continua à la regarder sans ciller.

— Ben alors, mon gars, tu préfères t'attaquer aux petits cochons ? Tu fais moins le fier face à une Ensorceleuse ? J'étais sûre que tu étais une mauviette. Visiblement, j'avais raison.

Tyler réagit en aboyant furieusement.

Sélène regarda paresseusement dans sa direction et éclata d'un rire cristallin.

— Oh, on dirait que ton louveteau veut passer le premier ? Comme c'est noble de sa part.

Mon père montra les dents. Tyler s'arrêta comme si quelqu'un avait actionné un interrupteur.

— Ça, c'est un bon chien-chien, roucoula Sélène. Tu devrais écouter ton papa plus souvent. (Elle se tourna de nouveau vers mon père.) Franchement, loup, tu devrais mieux surveiller tes petits. J'ai les doigts qui me démangent tout particulièrement ce soir et je ne voudrais pas qu'il y ait des… *accidents*.

Pour autant que je le sache, Sélène ne pouvait affronter plusieurs loups en même temps, même si elle prétendait être une déesse. Bien sûr, elle était capable de me tuer, ainsi que quelques autres, mais elle ne réussirait pas à tous nous éliminer avant qu'on la mette en pièces. Les loups-garous étaient généralement résistants face à la magie, mais ils n'étaient pas immunisés contre elle. Quelqu'un d'aussi puissant que Sélène pouvait causer d'énormes dégâts avant que les plus forts parviennent à la tuer.

Je ne savais pas si sa magie affecterait mon père, mais je n'étais pas prête à courir ce risque. C'était moi qu'elle voulait, et elle pouvait m'avoir.

Rourke me tira immédiatement en arrière.

— Ne bouge pas, Jessica, chuchota-t-il d'une voix rauque. Sélène est incroyablement dangereuse. Elle te tuera à la moindre occasion, même si pour ça elle doit signer son propre arrêt de mort. Elle le fera juste pour me faire chier. Mais je ne te laisserai pas te mettre en danger.

Je le regardai droit dans les yeux. Le moment était mal choisi pour une discussion approfondie sur l'indépendance de la femme.

— Rourke, murmurai-je, je ne vais pas rester là sans rien faire et la regarder tuer ma famille. Tu ne pourrais pas m'empêcher de me battre même si tu le voulais, alors ne le prends pas mal. Si les vampires me veulent, ils peuvent m'avoir, mais je refuse de laisser ma famille – ou ma *Meute* – mourir à cause de moi.

Juste à ce moment-là, mon cerveau explosa en un million de fragments.

La pression due à cette fracture fut si violente que je tendis la main à l'aveugle et m'agrippai au bras de Rourke pour ne pas perdre l'équilibre. Il m'aida à rester debout par automatisme et sans poser la moindre question.

*Jessica !* tempêta mon père. *Jessica, fais tomber tes barrières* maintenant *!*

Mes barrières ? Quelles barrières ?

*Papa... je suis là ! Je suis là !* Je portai ma main libre à mon front. Un coup de massue aurait été plus doux. La douleur était incroyablement forte. Rourke gronda son inquiétude tout en me tenant fermement par la taille. *Je pense que tu viens d'exploser toutes les barrières qui me restaient. Désolée, je ne savais même pas qu'elles étaient là. Je ne sais pas du tout ce que je fais ni comment je les mets en place.*

*Jessica, écoute-moi bien. Tu dois t'en aller. Ne t'inquiète pas pour Sélène. Emmène Rourke avec toi et fuis. Je ne peux pas les laisser te kidnapper. Je ne le permettrai pas. Si tu t'en vas maintenant, nous pouvons acculer le vampire et nous occuper de l'Ensorceleuse. Tu m'as bien compris ?*

*Papa, je ne peux pas...*

*Fous le camp, BON SANG !*

Mon sang ne fit qu'un tour quand je reçus cet ordre. J'attrapai Rourke par le devant de son t-shirt. Il comprit aussitôt et me poussa devant lui le plus rapidement possible, bloquant avec son dos les bruits de ma Meute qui sautait d'un même élan sur le vampire et l'Ensorceleuse.

On n'avait parcouru que quelques mètres dans les bois quand je m'arrêtai brusquement. Rourke me heurta, puis m'entoura de ses bras dans un geste protecteur.

Là, rôdant tout autour de nous, se trouvaient des loups, plus que je ne pouvais en compter. Tous montraient les dents, une lueur d'excitation au fond de leurs yeux jaunes. Il y avait deux fois plus de bêtes dans l'ombre qu'il n'y en avait eu dans la clairière. On ne pouvait pas espérer survivre à un pareil affrontement.

Rourke m'attira encore plus près de lui et nous fit faire demi-tour afin de tourner le dos aux loups qui grognaient tous.

Mais on n'eut pas le temps d'échafauder un plan solide, car un long hurlement furieux résonna dans la clairière d'où nous venions.

Tyler.

J'échappai à l'étreinte de Rourke et m'élançai en courant. Il me suivit aussitôt d'un pas lourd.

Une vision totalement incongrue s'offrit à moi quand je débarquai dans la clairière. Valdov se tenait devant mon père immobile et lui tapotait le museau d'un doigt osseux, comme s'il s'agissait d'un enfant désobéissant. Les autres loups de la Meute tournaient autour d'eux en manifestant leur colère, mais ils n'osaient pas réagir, ne connaissant pas les intentions du vampire. Aucun d'eux ne désirait mettre la vie de son Alpha en danger. C'était James qui hurlait le plus fort, et sa rage enflammait l'atmosphère. Presque aussi grand que mon père, il était impressionnant sous sa forme de loup, avec sa fourrure gris-bleu. Il était malade de ne pas pouvoir agir.

Mon père était prisonnier d'une espèce de sort d'entrave.

Sélène affichait un air suffisant. Une vague de rage et d'indignation se souleva en moi. Ma louve poussa un hurlement attristé, suivi d'un grondement vicieux. Je grinçai des dents.

— Ah, Callum, tu croyais vraiment qu'on allait se laisser surprendre comme la dernière fois ? le réprimanda Valdov. On dirait que tu souffres d'une terrible infériorité numérique, cette fois-ci, et que c'est toi qui n'es pas du tout préparé pour cette bataille. Oh, tant pis, tu auras plus de chance la prochaine fois. Nous allons maintenant emmener ta fille, mais ne t'inquiète pas trop. Je veillerai à ce qu'on… *la maintienne en vie*. (Il sourit, dévoilant ses canines.) En tout cas, pour l'instant.

La fureur de mon père faisait rage dans mes veines. Je le sentais aussi clairement que s'il s'agissait de la mienne. Ma louve répondit par un jappement de colère.

J'étais toujours sous ma forme partielle, mais une nouvelle décharge d'adrénaline me traversa. Je souris. *Occupons-nous d'eux.* Ma louve déchira l'air de ses crocs.

Presque comme si Valdov lisait dans mon esprit, il se tourna vers Sélène, qui rôdait, légèrement en retrait.

— Assez joué, sorcière ! Maintenant, passe à l'action, qu'on en finisse !

Je regardai Sélène et vis qu'un filet de sang dégoulinait de sa bouche, ce qui mettait joliment à mal sa perfection.

Puis je remarquai quelque chose à ses pieds.

Tyler gisait immobile.

Je pétai un câble et avançai droit sur elle, aveugle à tout le reste dans ma colère. Je voulais qu'elle s'éloigne de ma famille.

— Comment oses-tu ? criai-je. Pourquoi tu ne viens pas me chercher ? C'est moi que tu veux ! Mais peut-être que tu as peur que je t'expédie vers l'inconnu ? Viens, salope ! *Affronte-moi !*

Sélène pencha la tête en arrière et éclata de rire.

— Oh, je t'en prie ! C'est trop facile. (Elle jeta un coup d'œil caustique au loup qui gisait devant elle et lui donna un violent coup de pied.) Oh, tu nous fais un caca nerveux parce que j'ai fait mal à ton petit frère ? Ou c'est à cause de papa là-bas, qui ne peut plus bouger ? *Hum ?* Bah, je suis sûre que je peux finir celui-ci juste après m'être occupée de *toi*, dit-elle en montrant Tyler.

Elle leva les doigts et se lança dans une incantation.

— C'est tout ce que t'as, Sélène ? ricanai-je en avançant droit sur elle parce que je m'en foutais, à présent. Tu as trop peur de m'affronter sans te mettre à agiter les doigts ? Je ne suis pas vraiment surprise, vu que tu m'as l'air d'être la pire salope que j'ai rencontrée depuis longtemps. On dirait que tu as bien du mal à garder l'intérêt d'un homme assez longtemps pour qu'il en redemande. Je suis sûre que Rourke s'est lassé de toi juste après t'avoir bai…

— *Ça suffit !* hurla-t-elle. Tu vas me le payer !

Elle fit un geste du poignet. J'esquivai son sortilège en me penchant sur le côté au dernier moment. Mais je me retournai et vis avec horreur les lignes chatoyantes atteindre Rourke, qui se tenait juste derrière moi.

— *Non !* hurlai-je en l'empoignant au moment où il s'effondrait.

Je me laissai tomber à côté de lui et cherchai son pouls. Il était bien là, fort heureusement. Il n'était pas mort. Je ne savais pas si le sort risquait de le tuer, mais, en tout cas, Rourke respirait.

Je relevai lentement la tête.

J'eus une sensation de brûlure au niveau des paupières lorsque mes yeux se mirent à briller d'un éclat coloré, tel un stroboscope. Un hurlement terrible jaillit de ma gorge.

— Non, tu te trompes, Sélène. C'est *toi* qui vas me le payer.

Plus rien d'autre n'existait. Ma colère était comme un brouillard épais et palpitant. Je regardai droit devant moi tandis que ma louve faisait les cent pas dans ma tête en attendant de la mettre en pièces. Même le rire cristallin de Sélène ne réussit pas à m'intimider.

J'étais presque sur elle lorsqu'une étincelle de peur passa enfin dans son regard. Elle se ressaisit rapidement.

— Il est temps d'aller faire dodo, petite bâtarde, me dit-elle en faisant un nouveau geste du poignet vers moi.

Des lignes rouges traversèrent à toute vitesse la courte distance qui nous séparait. Le sort me heurta de plein fouet, mais ma main avait déjà jailli et frappé violemment son visage de porcelaine. On entendit un craquement, et Sélène vola à la renverse tandis que tout mon corps devenait rigide.

Je tombai par terre.

Les lignes rouges envahirent mon esprit et mon corps pour me lier.

Mais j'esquissai un sourire satisfait lorsque je la vis se relever en titubant, du sang dégoulinant de son visage fracassé. *Prends ça, salope.*

Ma louve se jeta sur les fils qui s'épaississaient dans mon esprit et les déchira le plus rapidement possible, mais ça ne servait à rien. Il y en avait trop. Le sort allait me paralyser complètement en quelques secondes.

Les loups qui attendaient jusque-là sous les arbres s'élancèrent dans la clairière, et ma Meute se retrouva au cœur d'une bataille.

Valdov me rejoignit et se pencha sur moi tel un directeur de cirque. Lorsqu'il me caressa le visage, je frémis intérieurement, même si mon corps était incapable de bouger.

— Dépêche-toi, sorcière, elle est trop forte. Ce sortilège ne la retiendra pas longtemps.

— Bien sûr que si, répondit une voix hautaine. Elle n'est pas plus forte que moi, vampire. Tu as tout le temps de la ramener à ta précieuse *reine*. Maintenant, débarrasse-moi d'elle avant que je décide de la tuer pour de bon.

Mon corps s'éleva dans les airs.

Le vent me souffleta le visage tandis que Valdov nous emmenait tous les deux dans les nuages.

Une terrible lamentation retentit en dessous de nous.

Mon père avait fini par briser ses entraves.

# 22

J'entendis le bruit avant d'ouvrir les yeux. On aurait dit des ongles en métal rouillé qui crissaient sur un tableau noir. Mais en pire. De la chair de poule apparut sur mes bras avant même que mon cerveau ne soit entièrement réveillé. La première chose dont je pris conscience fut ma louve. Tapie dans mon esprit, elle grondait farouchement.

*Sais-tu où nous sommes ?* lui demandai-je, n'osant pas ouvrir les yeux.

Je percevais parfaitement la menace d'un pouvoir oppressant tant il était fort. Il pénétrait ma peau tel un million d'aiguilles pointues. J'étais allongée sur une surface dure et rêche, de la pierre sans doute, car elle était froide sous mes doigts. J'essayai de nouveau de faire parler ma louve. *Qu'est-ce qui se passe ? Sais-tu où nous sommes ?*

Puis je l'entendis de nouveau.

*Criiii. Criiii. Criiiiii.*

Ma louve n'eut pas le temps de me répondre, car une voix féminine, lisse et porteuse d'un léger écho, brisa le silence. Mon pouls s'accéléra en guise d'avertissement.

— Réveille-toi, petite louve. Assez joué. Je ne veux plus attendre.

La voix se rapprochait. J'ouvris les yeux. Il ne servait à rien de faire semblant, puisque la créature qui se trouvait dans la pièce avec moi savait déjà que j'étais réveillée. La mettre en rogne ne serait pas une bonne idée. Le sort de Sélène s'était dissipé. Je ne savais pas si c'était dû à ma louve, mais je ne m'en plaignais pas.

Mes yeux se focalisèrent sur le plafond au-dessus de moi. Il s'agissait d'un dôme qui s'élevait très haut et qui était entièrement constitué de vitraux. Il était rétroéclairé par une douce lueur qui irradiait vers l'extérieur, lui donnant ainsi un aspect multidimensionnel. Malheureusement, on n'y voyait pas de jolies fleurs ou des licornes heureuses, non. Le dôme tout entier déroulait une fresque constituée d'horribles scènes sanglantes où les vampires affichaient leur pire faciès, celui-là même que Valdov nous avait montré pendant quelques instants brefs mais glaçants. La horde dépeinte au-dessus de ma tête déchirait joyeusement la gorge de ses proies humaines au visage tordu de douleur. Le sang coulait tout autour, formait des flaques d'extase et éclaboussait le corps des malheureuses victimes.

N'était-ce pas charmant ?

Je me trouvais de toute évidence dans une espèce de bastion vampire, et la vue du dôme n'avait rien de rassurant.

Je perçus un mouvement au niveau de mes pieds et levai lentement la tête.

— Tu n'es pas aussi impressionnante que je l'aurais cru, petite louve.

La voix appartenait à une créature à la peau absolument immaculée. Ses traits étaient parfaitement ciselés, au point de projeter leur propre ombre. Elle avait des pommettes hautes et saillantes et de grands yeux noisette bordés d'un épais trait de khôl. Son teint réellement blanc rendait ses lèvres rouges criardes. Sa chevelure pâle était rassemblée sur le haut de son crâne en un complexe amas de boucles destiné à la vieillir, car au premier abord on lui aurait donné une vingtaine d'années. Elle était vêtue d'une belle robe de soie grise si fine qu'elle chatoyait comme de l'argent liquide dans la faible lumière. Sa cape, coupée dans le même tissu scintillant, flottait derrière elle.

La reine des vampires.

Tout en se rapprochant de moi, elle fit courir son ongle le long de l'autel en pierre sur lequel j'étais allongée.

*Criiiiii.*

— Euh… désolée de vous décevoir ?

Je m'appuyai sur les coudes en me réjouissant de ne pas être attachée. Mais ça n'était pas vraiment nécessaire en présence de la reine des vampires et de son abondant pouvoir qui envahissait la pièce sous forme de courants incroyablement forts. Qu'est-ce que ça pouvait bien lui faire que je ne sois pas impressionnante ? Je ne cherchais à intimider personne, moi, et les vampires avaient toujours considéré les changeurs comme des êtres insignifiants. Tout ce qui comptait pour moi, c'était de foutre le camp d'ici le plus vite possible, en un seul morceau, avec ma peau toujours sur le dos et tous mes fluides vitaux à l'intérieur de mon corps.

L'autel sur lequel j'étais allongée se trouvait au milieu d'une pièce richement décorée, qui ressemblait à l'idée que je me faisais d'une salle du trône, surtout avec l'estrade et le fauteuil royal perché en son centre.

Il n'y avait que deux autres personnes présentes dans la salle à part la reine et moi, deux silhouettes encapuchonnées qui se tenaient de part et d'autre de l'imposante porte richement sculptée.

Apparemment, j'avais droit à une entrevue en tête à tête avec la reine des vampires.

Elle s'arrêta non loin de moi et attendit, la tête légèrement penchée de côté, le visage impénétrable.

Je ne savais pas du tout ce que j'étais censée faire, alors je me relevai en position assise, en m'appuyant sur les mains. Puis je croisai le regard de la reine pendant un bref instant. J'en fus récompensée par une décharge de pouvoir si forte que mes ongles s'enfoncèrent dans la pierre et y laissèrent de petites marques en forme de demi-lune.

Ma louve émettait des bruits incohérents dans ma tête, chose qu'elle n'avait encore jamais faite. *Doucement, il ne faut pas réveiller le Monstre trop tôt.* Au lieu de répondre, elle m'envoya un petit flot d'adrénaline, qui réussit à me calmer en se répandant dans mes veines, mais il n'était pas suffisant pour déclencher quoi que ce soit. *Parfait. Détends-toi. On va s'en sortir. On n'est pas attachées, et il n'y a personne d'autre ici.* En particulier l'horrible Valdov. *Si elle voulait nous dévorer pour le petit déjeuner, on serait enchaînées dans son donjon ou elle nous aurait déjà saignées à blanc.* Cet endroit abritait un donjon, c'était obligé.

— Valdov n'aurait jamais dû t'amener ici, déclara sèchement la reine des vampires qui continuait à m'examiner, la tête penchée de côté, le regard calculateur – j'avais l'impression d'être sous un microscope de vampire.

*Hein ?*

— D'après ce qu'il nous a laissé entendre, il ne faisait que vous obéir, répliquai-je.

— Crétin, marmonna-t-elle en grinçant des dents.

Puis elle tourna brusquement les talons et gravit les marches de l'estrade en direction de son fauteuil doré. Elle fit volte-face de façon théâtrale et s'assit, sa cape retombant gracieusement autour d'elle alors même que son magnifique visage affichait un air renfrogné.

*Hum.* Plutôt que de la regarder bouder, je balançai mes jambes par-dessus l'autel et me perchai tout au bord. Je remuai mes orteils nus et contemplai mes vêtements sales et déchirés qui empestaient toujours la sueur et le soufre.

La parfaite image d'une vraie dure.

Je ne savais pas ce que la reine voulait de moi mais je n'avais pas l'impression d'être en danger, là, tout de suite, même si je sentais son incroyable pouvoir. Le fait qu'elle soit énervée contre Valdov jouait en ma faveur. Par contre, je ne voyais pas pourquoi. Un type comme lui ne faisait qu'obéir aux ordres. Toujours. Aussi décidai-je de poser une question.

— Si Valdov vous a désobéi, pourquoi suis-je ici ?

La reine me regarda à la manière d'un faucon, les yeux à peine ouverts. Une particule de mercure se mit à briller si fort au fond de ses pupilles qu'elle flamboya telle une flamme blanche. La reine se releva brusquement et me toisa depuis le haut des marches. Instinctivement, j'esquissai un mouvement de recul.

— Ne me pousse pas à bout, petite louve. Je ne

suis pas quelqu'un qu'on traite avec insolence. Si tu me provoques, je jure que je te punirai. Tu es ici parce que je le voulais, voilà tout.

Elle balaya toute cette discussion d'un geste de la main. J'avais déjà remarqué que les vampires aimaient bien gesticuler.

*Mais tu viens juste de dire que Valdov était un crétin de m'avoir amenée ici.* Je m'abstins de lui en faire la remarque, cependant.

— Je ne vous traite pas avec insolence, euh… *Majesté*. (Comment diable étais-je censée l'appeler ?) J'essaie juste de comprendre pourquoi vous portez le moindre intérêt à un loup nouveau-né. Je ne devrais même pas être digne de votre attention. Si ce que je sais de nos deux races est vrai, je ne devrais même pas apparaître sur votre radar. Nos communautés respectives ne se sont jamais mêlées des affaires de l'autre.

Elle éclata d'un rire froid.

— Oh, mais tout ce qui te concerne me regarde, petite louve. (Elle descendit les marches comme si elle flottait.) Mes fidèles serviteurs te surveillent depuis ta naissance très *inopportune*. (Les vampires me suivaient depuis si longtemps que ça ?) Quoi ? reprit-elle en riant. Tu croyais que ton père pouvait nous dissimuler ton existence ? La naissance d'une *femelle* ? Jamais !

Ses yeux viraient dangereusement de l'argent le plus pur au noir de jais, et vice versa. Elle s'arrêta à quelques pas de moi en serrant les mains sur sa poitrine comme une écolière timide. J'aurais pu m'y laisser prendre si je n'avais pas été extrêmement consciente du fait que, le temps d'éternuer, elle pouvait me briser la nuque rien qu'avec ses deux index.

— Comment ça, « inopportune » ? demandai-je. J'ignorais qu'il y avait un moment propice pour qu'un loup-garou femelle vienne au monde.

Elle baissa la tête en me dévisageant intensément. Mal à l'aise, je m'agitai sous le poids de son regard qui me filait la chair de poule. Puis elle pencha la tête de côté, comme un oiseau à la recherche d'un ver, exactement comme Valdov. Les vampires étaient franchement flippants. Aucun de leur mouvement n'était naturel. La reine ne devait jamais sortir en public. Impossible. Elle ne ressemblait pas assez à une humaine pour ça.

Elle redressa brusquement le cou, et un sourire mauvais apparut sur ses horribles lèvres rouges.

— Tu ne sais pas ce que tu es, n'est-ce pas, petite louve ?

— Je ne vois pas du tout de quoi vous parlez, répondis-je. Comment ça, « ce que je suis » ? Je suis la seule femelle d'une race de mâles : un monstre, une anomalie, quelque chose qu'il faut combattre.

J'omis volontairement les yeux violets, mes facultés de Lycan et la télépathie avec mon frère, mais elle ne devait pas être au courant. C'était absolument impossible.

Ses canines étaient rétractées, car, lorsqu'elle ouvrit la bouche avec une joie macabre, je n'aperçus que deux rangées de dents bien nettes et bien alignées.

— Je ne pensais pas qu'il était possible que tu… comment dire ? Que tu ne *sois pas informée* de ta… condition. (Elle joignit les mains comme si elle applaudissait et s'éloigna de moi en direction d'une fresque qui dépeignait des tortures sur un immense mur. Super.) Oui, c'est vraiment très intéressant. Voilà qui nous met dans une position tout à fait différente.

Je n'aimais pas le ton inquiétant de sa voix, et ma louve non plus. *Qu'est-ce qui se passe ? Tu sais de quoi elle parle ?* Ma louve, agitée, faisait les cent pas dans ma tête. Le poil hérissé, elle émettait un grondement sourd et continu qui me fit comprendre que le moment était mal choisi pour une conversation à cœur ouvert.

Le fait que la reine des vampires en sache plus que moi sur ma nature n'était pas du tout une bonne chose. Ça craignait, même, parce que je me retrouvais énormément désavantagée.

— Euh… je suis un peu perdue, là, avouai-je. Si vous pouviez…

— Ils arrivent.

Elle tourna brusquement la tête vers la porte. Aussitôt, deux créatures encapuchonnées flottèrent vers leur reine.

— Qui ça ?

Combien de temps étais-je restée inconsciente, de toute façon ? Je regardai tout autour de moi, mais aucun indice ne permettait de deviner l'heure qu'il était.

— Je n'ai aucun intérêt à déclencher une guerre contre ton… *espèce*, dit-elle avec une moue dédaigneuse. Mais je suis tout à fait certaine que nous nous reverrons, petite louve, très bientôt, même.

« Mon espèce » ? J'entendais à présent un certain vacarme à l'extérieur de la salle. Mon cœur se mit à battre plus vite. Il me fallut un instant pour comprendre, mais les dernières pièces du puzzle finirent par trouver leur place. Valdov ne s'était pas trompé quant aux intentions de sa reine. Son plan avait juste été déjoué par un loup-garou Alpha furieux. Si mon père n'avait pas surgi dans la forêt, je serais probablement enchaînée dans un donjon à l'heure actuelle et je servirais d'amuse-gueule à mes kidnappeurs.

J'étais fatiguée et énervée. Ma Meute était entrée en guerre, les vampires m'avaient poursuivie et capturée, un groupe de loups-garous hautement organisé avait fait sécession pour me tuer, et Sélène la Diabolique avait blessé mon nouveau compagnon, que mon corps réclamait à grands cris. Comble de l'ironie, tout semblait indiquer que j'étais exactement ce que tout le monde avait toujours redouté : la fin de ce monde tel que nous le connaissions.

J'en avais plus qu'assez.

Des cris résonnaient dans le couloir et ne cessaient de se rapprocher. Je jetai un coup d'œil à la reine, que ce tumulte semblait mettre en transe. Visiblement, elle se préparait à voir les loups-garous défoncer sa porte. Elle m'avait oubliée, ou je n'étais plus digne de son intérêt, peu importe.

Ma voix jaillit tel un grondement et nous surprit toutes les deux.

— Hé, Majesté. (Elle tourna brusquement la tête vers moi.) Si je comprends bien, quand mon père s'est pointé dans les bois, il a complètement fichu votre plan par terre. Vous vouliez faire croire que les loups du *Nouvel Ordre* – ou quel que soit le nom de ces traîtres – étaient responsables de ma disparition, pas vrai ?

Ses yeux se réduisirent à deux minces fentes, tandis que je poursuivais sur ma lancée :

— C'est bien comme ça que ça devait se passer, hein ? Je parie qu'il vous a fallu une sacrée patience pour instiller la peur chez quelques loups bien placés afin qu'ils forment votre précieuse « alliance ». Mais ce n'est pas du tout une alliance, n'est-ce pas ? C'est vous qui tirez les ficelles depuis le départ en les manipulant comme des pantins.

— La sorcière a capturé ton *amant*, siffla-t-elle en me prenant, une fois de plus, complètement au dépourvu.

Horrifiée, je vis ses traits se modifier de façon infime en commençant à fondre sur son visage. Puis, sans crier gare, son pouvoir m'atteignit en pleine poitrine, tel un coup de massue. Je me pliai en deux, haletante, en me tenant les côtes.

*Putain de merde, elle est forte.*

— *Pitoyable petite fille*, cracha-t-elle. Tu mets les pieds dans quelque chose qui ne te regarde pas. Comment oses-tu m'interpeller ainsi ? Je t'autorise à rester assise ici, toi, *une minable changeuse*, et à continuer de respirer uniquement parce que je le veux bien. Tu devrais te prosterner devant moi pour me remercier de ma générosité. Je ne tolérerai pas ton insolence et je n'ai pas à répondre de mes actes auprès de toi.

Je ne pouvais rien faire d'autre que me tenir la poitrine et essayer de respirer lorsque la porte à double battant s'ouvrit à la volée. Mon père déboula dans la pièce, suivi, à mon grand soulagement, de James et de Tyler, ainsi que de quinze autres loups que je ne connaissais pas. Tous étaient sous leur forme humaine.

— Eudoxia, grommela mon père d'un ton hargneux en avançant droit sur elle.

Ses loups se déployèrent derrière lui. Ils grondaient, eux aussi.

Juste derrière les loups, de nombreux vampires envahirent la pièce. Beaucoup portaient des robes à corset et des vestes cintrées avec de gros boutons brillants. Mais d'autres étaient vêtus de jeans slim et de t-shirts branchés. En tant que groupe, les vampires présentaient un large éventail de styles différents. J'imagine que ça permettait de situer l'âge du suceur de sang, parce que convaincre un vampire du XVIIIe siècle d'enfiler un jegging représentait un défi que la plupart n'avaient sans doute pas envie de relever. Si ces créatures étaient aussi arrogantes que leur reine bien-aimée, elles devaient toutes être persuadées que leur style était le bon.

Par contre, ce n'était pas un agréable moment à la cour. Tous exhibaient leurs canines, le visage tordu de rage à cause de cette intrusion dans leur repaire.

Il n'y avait aucune trace de Rourke. Mon cœur se serra. Notre lien se manifestait d'une façon qui nous dépassait, ma louve et moi. Déjà, la distance physique commençait à nous peser. J'avais besoin de lui à un point que je n'aurais pas cru possible.

Eudoxia leva l'index, et la masse grouillante de ses sujets se calma aussitôt.

Je descendis de l'autel pour pouvoir me tenir debout devant ma Meute. Mais je m'appuyais contre la pierre en luttant pour me débarrasser des derniers effets de la colère de la reine. Ma louve me fournissait en énergie et mordait continuellement les résidus de brume blanche qui s'attardaient dans mon corps. C'était la manifestation, j'imagine, de la magie de la reine. Chaque fois que la mâchoire de ma louve se refermait sur un bout du nuage, celui-ci s'évaporait. Je récupérais des forces au fur et à mesure qu'il disparaissait. La même chose s'était produite avec les maudites lignes rouges de Sélène. Je ne savais pas comment ma louve faisait une chose pareille, mais je m'en réjouissais, car j'étais visiblement vulnérable à la magie.

Flanquée de ses deux gardes, la reine marcha avec assurance à la rencontre de mon père et s'arrêta juste devant lui.

— *Callummmm*, ronronna-t-elle. Quelle merveilleuse surprise ! Bienvenue dans ma demeure.

D'un geste grandiloquent, elle engloba la salle aux décorations macabres. Les fresques des murs et de la voûte s'accompagnaient de vases précieux posés sur des buffets laqués inestimables. Tous les meubles semblaient menaçants de par leur austérité saisissante.

— N'es-tu pas impressionné par ce que tu vois ? Il ne m'a fallu que quelques petits siècles pour que tout soit exactement à mon goût. Quoique, ces derniers temps, je commence à reconsidérer la couleur des rideaux en velours. Le rouge sang irait tellement mieux que l'or avec mes meubles, tu ne trouves pas ?

Mon père gronda en guise de réponse.

— Ma fille repart tout de suite avec moi, sinon je vais te tuer, Eudoxia, tu peux me croire.

— Mais bien sûr, ronronna de nouveau la reine. (Pour la première fois, une trace de son accent russe s'insinua dans sa voix.) C'était tout à fait notre intention, n'est-ce pas ? Sinon, Callum Sèitheach McClain, chef des Loups, tu n'aurais pas réussi à pénétrer aussi loin dans mon sanctuaire. Tu ne dois pas prendre mon indulgence pour de la passivité. (Sa voix devint glaciale et ses yeux lancèrent de dangereux éclairs tandis que son pouvoir envahissait de nouveau la pièce et l'emplissait d'une douceur écœurante et poisseuse.) Tu vois, très peu d'individus sont ressortis vivants de ce lieu après en avoir franchi les portes sans y être invités.

Sans laisser à mon père le temps de répondre, elle fit volte-face et marcha droit sur moi d'un air nonchalant. Elle tendit la main vers ma joue, mais suspendit son geste à quelques centimètres de ma peau lorsque quinze loups se mirent à gronder plus fort. J'eus bien du mal à ne pas reculer.

— Ta petite louve et moi discutions simplement de quelques sujets graves avant qu'elle nous fasse des adieux émus, expliqua-t-elle en tournant la tête vers mon père. Et tu sais quoi ? Je viens juste de découvrir qu'il est *de la plus haute importance* pour elle de retrouver ce vilain, vilain chaton. Il ne serait pas avec toi, par hasard ? (Elle se hissa sur la pointe des pieds et fit mine de chercher quelqu'un au fond de la pièce, par-dessus les épaules des loups.) Hum. Je ne le vois pas, reprit-elle en me regardant avec une moue boudeuse. Pauvre, pauvre petite louve. Que vas-tu faire ?

— Nous n'avons que faire du félin, répondit lentement mon père en s'efforçant de déchiffrer l'humeur d'Eudoxia.

Je ressentis une pression au sein de mon cerveau, mais rien ne filtra. Mon père essayait de communiquer avec moi, mais la pièce devait être protégée par un sort quelconque. La reine n'avait sûrement pas envie que ses disciples tiennent des conversations qu'elle ne pouvait pas entendre, et il y avait fort à parier que plusieurs suceurs de sang étaient capables de lire dans les pensées. Ce don n'avait rien de rare chez les surnaturels. J'essayai de me concentrer afin de m'ouvrir, mais ça ne marcha pas. Je n'obtins que du silence et du vide.

Mon père reprit à voix haute :

— Il a été capturé par la sorcière juste après que ma fille a été kidnappée par ton drone. Après leur départ, les loups se sont enfuis comme des voleurs.

— « Kidnappée » est un mot un peu fort, tu ne trouves pas ? rétorqua la reine d'un air hautain. (Elle se posta à l'autre bout de l'autel et passa les mains sur la pierre d'un geste qui ressemblait à une tendre caresse.) Je préfère penser que je l'ai *empruntée* pour un court moment. Nous ne lui avons fait aucun mal, comme tu peux le constater. Tu sais combien je suis curieuse et je convoite les nouveautés. Or un loup-garou femelle est une chose tout à fait unique, tu ne trouves pas… Callum ?

Pour la première fois, elle regarda mon père droit dans les yeux. Le choc de leurs regards provoqua un pic d'énergie tout à fait crispant au sein de la pièce. Personne ne pouvait soutenir le regard de mon père bien longtemps, et il était évident que celui de la reine était follement puissant, lui aussi.

Elle baissa les yeux la première. Je souris intérieurement.

*On fait moins la fière, maintenant, hein ?*

Mon père continua à la dévisager sans répondre. Elle choisit de faire comme si de rien n'était.

— C'est un diamant parmi des pierres ordinaires. (D'un geste, elle balaya ce qu'elle s'apprêtait à dire et fit demi-tour en flottant gracieusement vers l'estrade.) Valdov s'est emballé, tu comprends. Il a pris au pied de la lettre mon envie de collectionner des curiosités, mais je peux te promettre qu'il sera puni comme il se doit. D'ailleurs, ses tortures commencent en ce moment même.

— Je ne te crois pas une seconde, Eudoxia, répondit mon père en avançant de quelques pas pour réduire la distance entre eux.

Je n'aurais pas été surprise de le voir sauter sur l'estrade pour se mettre sur un pied d'égalité avec elle. J'aurais adoré voir Eudoxia se recroqueviller sur son trône. L'instinct dicte aux loups Alpha de placer tous leurs ennemis en dessous d'eux. Le fait qu'Eudoxia se tienne au-dessus de lui devait être particulièrement énervant pour mon père. Et elle le savait. Mais il se contenta de gronder.

— Je ne sais pas encore à quel jeu tu joues, mais je te promets que tu ne gagneras pas. Le simple fait que ton homme de main se soit emparé de ma fille, que ce soit ou non sur ton ordre, me donne le droit de déclarer la guerre à *tous* les vampires. Tu as de la chance, je suis d'humeur magnanime aujourd'hui. Je ne déclencherai pas les hostilités. *Pour cette fois.* (Il me tendit la main.) Viens, Jessica, on s'en va.

Je pris sa main, car je n'avais pas du tout envie d'ajouter quoi que ce soit à ce mélange de pouvoirs déjà bien capiteux. Ma poitrine me faisait encore mal, et je savais que ce serait une erreur de me mêler à la discussion, surtout qu'apparemment nous allions partir en ayant le dessus.

— Quel dommage, ta fille ne reverra plus jamais son *compagnon*, dit la reine d'un ton las au moment où je m'arrêtai juste devant mon père. Tu ne trouves pas ? Comment s'appelle-t-il déjà ? (Elle marqua une pause et tapota ses lèvres avec un ongle long et recouvert de vernis argenté.) Oh ! mais bien sûr… quelle idiote je fais… *Rourke*, c'est bien ça ?

Le ventre noué, j'entendis les loups derrière moi

gronder. La reine me sourit. Ses lèvres rouges morbides semblaient animées.

— Oui, tu as bien entendu, petite louve. Ton *âme sœur* ne sortira pas vivante de l'antre de Sélène. Il n'a aucune chance face à elle. Cette fois, elle doit être bïen préparée. (*Cette fois ?* La reine gloussa.) Sélène joue certainement au chat et à la souris, à l'heure actuelle. Ou alors, elle l'a déjà attaché à son poteau, celui qu'elle utilise pour flageller ses victimes. Quoi qu'il en soit, elle ne le relâchera jamais.

Je cessai de respirer en imaginant Sélène en train de poser ses sales pattes sur mon compagnon. Mes ongles s'allongèrent, et un grondement s'échappa de ma poitrine. Au moins, à en croire la reine, le sortilège qu'il avait reçu par accident, à cause de moi, ne l'avait pas tué. Sinon, Sélène n'aurait rien à torturer. *Les dieux soient loués, il est vivant.* Mon père me prit par les bras pour attirer mon attention.

— C'est quoi cette histoire ? murmura-t-il sur un ton féroce. Est-ce qu'elle dit vrai ?

Ses yeux brillaient de colère.

La reine ne pouvait pas savoir avec certitude si Rourke était ou non mon compagnon. Elle y allait au bluff en suivant l'intuition de Valdov. Mais elle avait vu juste. Elle venait d'abattre ses cartes, et maintenant c'était à mon tour de jouer.

Mais en étais-je vraiment sûre ? Nous avions passé si peu de temps ensemble. Impossible de faire le tri dans mes pensées, cependant, car ma louve réagit fermement en m'aboyant violemment dessus. *Je sais exactement ce que tu ressens, et ce dès le départ, mais sommes-nous vraiment prêtes à tout risquer pour lui ? De toute évidence, la reine veut quelque chose en retour, et son prix ne sera pas donné. Si on fait ça, on agit contre notre Alpha.* Elle me montra les dents sans hésiter.

— Jessica, réponds-moi, ordonna mon père.

Le silence régnait dans la salle.

— Oui, ce qu'elle dit est vrai. (Je fermai les yeux en serrant les poings.) Et il semblerait que ma louve et moi soyons prêtes à nous battre pour le récupérer.

Les yeux de mon père, rivés sur moi, virèrent à l'améthyste, couleur des plus dangereuse chez lui. Alors qu'il me tenait toujours par les bras et que les loups, immobiles, n'osaient presque plus respirer, derrière nous, les vampires commencèrent à babiller et à ricaner.

C'était peut-être dû au fait qu'on se touchait, mais le lien de sang qui existait entre mon père et moi s'amplifia et déclencha dans mon système sanguin des espèces de soubresauts, comme de petites vagues qui montaient avant de s'échouer.

Il était évident que la reine avait l'intention de tirer parti de cette information. Mon père et moi en étions tous les deux conscients sans avoir besoin de le dire. Si elle avait son mot à dire, il y aurait un prix très élevé à payer avant de sortir de cet endroit.

— Quand ? finit par me demander mon père, la mâchoire serrée.

— Je crois que ma louve l'a tout de suite identifié, mais j'ai ignoré les signaux qu'elle m'envoyait. Je n'ai pas compris jusqu'à ce que… – *il me fasse tourner la tête d'un baiser* – jusqu'à ce que j'aille jusqu'au bout de mon changement. Les vampires sont arrivés juste après. Nous n'avons pas eu le temps d'en discuter.

Mais je ferai tout pour le retrouver, ajoutai-je simplement.

La reine s'éclaircit la voix en descendant de son estrade. Elle savourait la scène.

— Eh bien, eh bien, murmura-t-elle. Quel dilemme ! Comment pourrais-tu le retrouver toute seule ? se moqua-t-elle. Sais-tu où se trouve l'antre de Sélène ? Enfin, je devrais plutôt dire ses antres. Elle possède un certain nombre de repaires, parce que c'est une déesse très puissante, figure-toi. (Elle posa une main osseuse sur son cœur qui ne battait pas.) Suis-je bête ! Tu le sais déjà. Elle t'a déjà battue une fois. (N'empêche que je l'avais blessée au sang. Ce souvenir me fit sourire.) Je ne peux m'empêcher de me demander comment tu vas bien pouvoir la vaincre et récupérer ton compagnon toute seule. Cela me paraît être une tâche incommensurable, vu le peu de force dont tu as fait preuve jusqu'ici.

— Je…

— Elle ne sera pas toute seule, intervint mon frère d'une voix dure et furieuse. Sa Meute l'aidera, comme le veulent nos lois. (Je vis que Tyler avait du mal à poursuivre et qu'il s'efforçait de toute évidence de concilier un certain nombre de choses.) Nous avons le devoir d'accepter tous les compagnons… même si… même s'ils appartiennent… à une autre *communauté*. (Il redressa les épaules plutôt que de frissonner. Jamais je ne l'avais autant aimé qu'à cet instant.) Elle ne sera pas seule dans sa quête. Sa Meute l'aidera.

La reine parut furieuse de cette interruption.

— Aucune importance, mon garçon. Même si tous vos loups participent à la traque, vous ne le retrouverez jamais à temps. Et si par hasard vous réussissiez à entrer chez elle, les protections de Sélène forment un océan vaste et dangereux. Elle vous tuera dès qu'elle vous verra, si ses pièges ne vous ont pas tués avant. (Elle éclata d'un rire dur et brillant et posa sur moi son regard de mercure.) Ta seule chance, petite louve, est de m'accorder une légère faveur. En échange, je te donnerai deux de mes meilleurs pisteurs pour te prêter main-forte. Sans eux, tu échoueras. Il n'y a pas d'autre solution.

## 23

— *Impossible !* rugit mon père par-dessus le vacarme.

Ce mot véhiculait à lui seul une puissance incroyable. Tout le monde se tut, volontairement ou non. Mon père me lâcha et vint se camper devant la reine.

— Les loups ne font aucune promesse aux *vampires* – ou qui que ce soit d'autre, d'ailleurs. Nous avons toujours mené nos propres combats et entendons continuer ainsi.

— Vraiment ? fit la reine avec un accent plus prononcé encore, tout en veillant à rester hors de sa portée. Pourtant, la semaine dernière, une bande de loups galeux, dont certains de tes précieux jeunes, m'a volontiers juré allégeance. En échange, j'ai promis de traquer ta fille et de la ramener ici. (Elle esquissa un sourire rusé.) En réalité, ils étaient si imbus d'eux-mêmes et ont juré si rapidement qu'ils n'ont même pas pensé à demander si j'allais la tuer ou si j'avais juste l'intention de *papoter* avec elle.

Mon père resta stoïque, ce qui me fit penser qu'il était déjà parfaitement au courant de l'existence de cette faction dissidente. Pour la première fois, je me demandai où étaient Hank et certains des loups les plus jeunes, parce que je ne les voyais pas parmi ceux venus à mon secours. J'avais vu Hank sous sa forme animale derrière mon père dans la clairière. Mais lorsqu'il découvrirait que j'avais tué Stuart, la haine qu'il me vouait grimperait en flèche pour atteindre des niveaux stratosphériques. Je n'étais pas pressée de voir comment ça se manifesterait.

— Je peux t'assurer, Eudoxia, dit mon père d'une voix grave et féroce, que les loups qui t'ont soi-disant juré allégeance n'étaient que des renégats, rien de plus. Ce sont des loups sans honneur qui ne sont plus membres d'aucune Meute. Nous allons les traquer jusqu'au dernier. Aucun loup qui se respecte n'irait demander l'aide des vampires. Les loups qui ont le sens de l'honneur ont toujours livré leurs propres batailles et continueront à le faire. Personne ne prêtera de serment d'aucune sorte envers toi.

— Vraiment, Callum, c'est très vieux jeu et typiquement machiste de ta part. Tu découvriras bientôt, je crois, que des personnes dotées d'une vision plus… *féminine* ne sont peut-être pas d'accord avec toi. (La reine posa sur moi son regard de rapace.) Hum, petite louve ? Es-tu d'accord avec papa ? Ou préférerais-tu, en réalité, retrouver ton compagnon… *vivant* ?

Son pouvoir résonnait dans toute la salle. Fini de jouer.

Je me mordis l'intérieur de la joue.

Le goût amer du fer me chatouilla la langue. Je sentais la colère de mon père peser sur moi. Je savais qu'avec nos ressources actuelles, il nous était impossible de retrouver rapidement une puissante Ensorceleuse, même en s'appuyant sur le génie informatique de Devon. Les loups ne s'occupaient que des loups. Ils ignoraient complètement les déesses maléfiques, les diablotins, les démons ou les suceurs de sang jusqu'à ce qu'un problème se présente. Bordel, je ne savais même pas que Sélène était réelle jusqu'à ce que je la voie en chair et en os. Je n'avais entendu que des rumeurs à son propos, comme tout le monde, mais je n'y avais pas cru.

Si je refusais l'aide de la reine, je rentrerais chez moi sans le moindre indice. Ça me prendrait des semaines pour trouver, à force d'interrogatoires, un moyen valable de pister Rourke. Si Sélène avait vraiment plusieurs repaires, ça prendrait plus longtemps encore. Nous avions son odeur, mais nous ne pouvions la suivre qu'au sol. Or, si elle volait, et j'étais persuadée que c'était le cas, puisque cette faculté figurait sur le CV de tous les surnaturels de haut niveau (y compris les déesses maléfiques), on la retrouverait trop tard.

Je le savais au fond de moi.

Si je jouais serré, je pouvais obliger la reine des vampires à respecter sa part du marché, dans lequel je comptais bien inclure le fait de ne pas me tuer. Ce qu'elle voulait de moi lui tenait forcément à cœur, sinon nous ne serions pas en train de nous livrer à cette petite danse.

Je frissonnai en sachant que le prix à payer serait peut-être trop élevé. Mais, si je ne tentais pas ma chance, je perdrais mon compagnon.

— Qu'est-ce que ça va me coûter ? demandai-je à la reine.

— Jessica ! rugit mon père. (Il me regardait, mais sa fureur se répercutait dans toute la pièce.) Je te l'interdis !

Cette interdiction se mit à tourbillonner dans mon sang pour mieux me titiller. Mais il s'agissait d'un ordre de l'Alpha et non d'une requête familiale. Même s'il voulait m'obliger à obéir, il n'avait aucune emprise sur moi. Visiblement, nous avions noué une relation complexe en mélangeant notre sang sans savoir ce que ça représentait vraiment. Ses ordres d'Alpha ne m'affectaient toujours pas, mais, en tant que père, il pouvait désormais manipuler notre nouveau lien de sang s'il le souhaitait. Cependant, de toute évidence, à ce moment précis, en tant que père, il m'aimait, même si l'Alpha en lui était furieux contre moi. Je devais espérer qu'il finirait par comprendre ce que ça voulait dire d'avoir une âme sœur et d'être prêt à tout pour la récupérer.

— Je suis désolée, lui dis-je d'une voix suppliante. Je t'en prie, pardonne-moi, mais je n'ai pas le choix. Il faut que j'accepte, sinon je vais le perdre. Je lui dois d'essayer.

— Jessica, rien au monde ne vaut pas la peine de te lier à eux par serment. Nous trouverons ton compagnon nous-mêmes.

Le sang de mon père, épais et furieux, dansait à l'intérieur de mon corps, mais aucun autre ordre ne fut prononcé.

— Je veux bien essayer, lui dis-je d'une voix douce en baissant les yeux afin de me soumettre totalement. Si tu peux me dire où se trouve Sélène en ce moment même. Est-ce que toi ou tes loups vous savez la moindre chose sur elle ? Si tu sais où elle est, je te suivrai sans hésiter. Je quitterai cet endroit sans me retourner. Mais si ce n'est pas le cas, il faut que tu comprennes pourquoi je suis obligée d'accepter l'offre de la reine.

Mon père s'efforça de digérer le fait que son ordre d'Alpha n'avait eu aucune emprise sur moi. Derrière nous, les loups commencèrent à s'agiter. Je venais juste de défier publiquement mon Alpha, devant nos ennemis qui plus est. Ça n'allait pas passer inaperçu.

J'éprouvai un instant de pur regret.

Je me trouvais sur un terrain extrêmement dangereux. Tout ce que j'avais fait jusqu'ici hurlait au monde entier que quelque chose n'allait pas chez moi, que je n'étais pas une louve normale. Une fissure s'était déjà ouverte au sein de la Meute, et je mettais les miens en danger en montrant cette faiblesse à nos ennemis.

Ma louve jaillit à la surface en grondant. Jamais je ne l'avais vue aussi menaçante. *Je sais. Tu n'as pas besoin de me le rappeler. On est dans la merde et on choisit Rourke. Ça ne veut pas dire que je ne regrette pas qu'on en soit arrivé là. On s'oppose à notre Alpha, mon père, devant le monde entier, putain. Ça va nous péter à la figure, j'en suis certaine. Aucun loup ne voudra me faire confiance quand il apprendra que j'échappe au contrôle de l'Alpha. Ce n'est pas rien.*

Elle souffla d'un air vexé.

Je n'avais pas le choix. Ma louve et mon corps exigeaient tous les deux que je retrouve Rourke. Il n'y avait pas d'autre solution.

— Je ne peux pas l'expliquer, dis-je, envahie par une émotion qui ne m'était pas familière, mais je sais que Rourke n'a pas beaucoup de temps. Si on tarde trop, je vais le perdre. Propose-moi une autre solution, et je l'accepterai volontiers. (Puis j'ajoutai d'une voix très, très douce :) Il existe des choses en ce monde qui valent la peine de se sacrifier pour elles.

Mon père se passa la main sur le visage. Il avait une incroyable maîtrise de lui-même, mais je vis une mince couche de fourrure apparaître sur ses avant-bras. Il faisait de gros efforts pour se contenir. J'évitai de couler un regard en coin en direction de la reine, car elle était sûrement ravie en voyant se rapprocher la victoire.

Mal à l'aise, les loups derrière nous grondaient et s'agitaient. Des murmures parcouraient également les rangs des vampires. Ils ne connaissaient pas bien nos traditions, mais ils en savaient assez pour comprendre que cette situation n'était pas normale. Il était sans doute physiquement impossible pour la plupart de désobéir à un ordre direct de leur reine.

Mon père continuait à se taire. Du regard, je le suppliai de me comprendre.

Au bout d'un moment, je perçus chez lui un changement. Ses yeux se mirent à briller d'un violet profond, et un certain calme s'insinua en moi. Il avait pris sa décision. Quelle qu'elle soit, il me faudrait vivre avec. Il prit la parole sur un ton ferme et définitif :

— Jessica, tu ne me laisses pas le choix. Si tu choisis cette voie-là, tu ne recevras aucune aide de notre part. Tu prends cette décision en dehors de la Meute et tu agis en tant qu'individu.

Il me proposait une solution, un moyen de réparer ça.

— Je comprends.

— Je te l'accorde uniquement parce qu'aucune cérémonie officielle ne t'a rattachée à la Meute… pour l'instant. (Ce n'était pas vrai, puisque j'étais de son sang et que je n'avais pas besoin de cérémonie, mais ça, les vampires l'ignoraient sûrement.) Tu ne fais pas encore partie de nous. (Les dents serrées, il s'obligea à poursuivre :) *Pour l'instant.* Si tu réussis à trouver ton… compagnon… et que tu reviens parmi nous vivante, nous organiserons *immédiatement* la cérémonie appropriée, à la suite de quoi tu devras respecter les lois de la Meute *à la lettre*. (Ses yeux brillèrent, me disant tout ce que j'avais besoin de savoir. J'obéirais aux ordres.) Si tu devais désobéir encore, nous t'expulserions et tu deviendrais une renégate. Il n'y aura plus de deuxième chance. Je ne reviendrai pas sur ma décision.

Tout était dit.

— J'accepte ces conditions.

Mon frère vint s'agenouiller devant notre père et baissa la tête.

— Je demande la permission d'aider ma sœur en tant que Sélectif. J'agirai uniquement comme garde du corps humain. Je renonce volontairement à tous mes droits de membre de la Meute pendant cette quête.

Sélectif, c'était un boulot que les loups acceptaient en dehors de la Meute pour se faire du fric. Ça consistait généralement à servir de garde du corps, ou à accepter toute autre mission qui exigeait un peu de muscles. Un Sélectif ne devait pas changer, jamais. Il ne pouvait pas attirer l'attention sur lui ni utiliser ses pouvoirs, quels qu'ils soient. Tout ce qui lui arrivait pendant sa mission n'était pas du ressort de la Meute.

En gros, si vous étiez assez bête pour vous attirer des ennuis, c'était pour votre pomme.

C'était extrêmement malin de la part de Tyler, mais aussi extrêmement dangereux. Il allait devoir rester humain pendant toute la durée de notre quête. Je ne pouvais m'y résoudre.

— Tyler, c'est…

— Accordé, m'interrompit mon père en donnant une tape sur l'épaule de Tyler qui se releva. Tu as ma permission d'agir en tant que Sélectif aux côtés de Daniel Walker s'il le désire. Vos salaires seront intégralement versés par Jessica la veille de votre retour. Notre tarif horaire habituel sera appliqué, bien sûr, ajouta mon père avec, pour la première fois, l'ombre d'un sourire sur les lèvres.

Il venait juste d'engager deux gardes du corps qui allaient sûrement me coûter plus de deux ans de salaire.

— Je déteste interrompre un moment familial aussi touchant, intervint sèchement la reine, mais le soleil va bientôt se lever, et nous devons agir rapidement si nous voulons avancer.

— J'accepte votre aide, répondis-je en me tournant vers elle.

La reine contourna l'autel et claqua des doigts.

— Eamon, Naomi, avancez.

Deux vampires habillés de costumes d'époque sortirent des rangs. De toute évidence, ils étaient frère et sœur. Ils faisaient presque la même taille, ils avaient les mêmes cheveux bruns, les mêmes traits semblables à de l'émail, les mêmes yeux noirs et les mêmes sourcils arqués. Tous deux paraissaient avoir été figés par la mort au début de la vingtaine, ce qui semblait être une caractéristique habituelle chez les morts vivants.

— Ces deux-là partagent un lien de parenté, m'expliqua la reine, et ils possèdent chacun un don particulier. L'un est un traqueur et l'autre sent les choses. Non seulement ils seront capables de t'amener saine et sauve à destination, mais en plus ils réussiront à détecter les nombreuses défenses de Sélène. (Son ton se durcit.) Je ne mens pas en disant qu'ils sont ta seule chance de réussite. Quand tu auras réussi à pénétrer dans l'antre de Sélène, ce sera à toi, et toi seule, de sauver ton compagnon. Sélène est une créature très dangereuse. Personne ne l'a jamais vaincue, à part ton chat. Elle ne renoncera pas facilement à lui. Tu vas devoir la tuer.

— Et qu'attendez-vous de moi en échange ?

C'était la question à un million de dollars. Si le prix était trop élevé, je serais obligée de partir d'ici sans grande chance de succès.

Mon père se raidit à côté de moi. Tout son être se rebellait à l'idée de ce que j'étais sur le point de faire, mais il garda le silence, respectant sa propre décision.

La reine me rejoignit avec un grand sourire. Elle affichait son ravissement sans la moindre pudeur. Elle avait l'avantage et, si je refusais sa demande, eh bien, elle se réjouirait de mon chagrin.

— Ce n'est rien, vraiment, dit-elle avec un petit geste nonchalant. Tu dois jurer de revenir ici, à La Nouvelle-Orléans, à la veille de notre fête annuelle en l'honneur de Ţepeş, pour nous servir de garde pendant que nous profiterons des… *festivités*.

Je ne pus masquer ma stupéfaction.

— Vous voulez que je vous serve de chien de garde

pendant votre fête annuelle ? lui demandai-je, incrédule.

Elle n'exigeait pas mon premier-né ? Ou une fiole de mon sang toutes les heures ? Ou des tortures primitives entre les mains de Valdov ?

— Oh, ce n'est pas qu'une simple fête, petite louve. C'est un… *événement*. Cela dure deux semaines complètes, et les réjouissances peuvent parfois… dégénérer. Par le passé, nous avons engagé des mercenaires comme ton chat pour éviter les débordements et ne pas attirer l'attention des humains. Mais, cette année, nous allons avoir besoin de gens plus *civilisés*, car nous célébrons le cinq cent cinquantième anniversaire de Ţepeş et nous avons l'intention de… nous *surpasser*.

Des frissons glacés me parcoururent l'échine. Je ne voulais pas savoir de quelle manière ils comptaient s'y prendre. L'esprit en ébullition, je m'efforçai de réfléchir. Il y avait un piège, forcément. En revenant ici, sous ce toit rempli d'horreurs, je lui accorderais une sacrée faveur. Tout pouvait arriver en quatorze jours. De plus, vu les mesures qu'elle avait prises pour m'amener chez elle cette fois-ci, il était évident que je ne comprenais pas tout à l'intérêt que me portait cette brave reine.

J'avais l'intention d'y remédier au plus vite.

Mon père regardait la reine d'un œil noir, avec une grimace de dégoût. Eudoxia croisa les bras et se mit à taper du pied. Apparemment, je prenais trop de temps pour réfléchir.

— Si j'accepte votre demande, ce sera à mes conditions, dis-je précipitamment en réfléchissant à toute vitesse. Sinon, je m'en irai pour tenter ma chance toute seule.

Elle haussa les épaules comme si mes piètres requêtes ne signifiaient rien pour elle.

— Présente-les-moi, et nous verrons.

— Quand j'aurai rempli mes obligations et que la… *fête* (ce mot semblait tellement ridicule) sera finie, je sortirai d'ici vivante et… indemne. (J'avais la chair de poule.) Je ne resterai pas plus de quatorze jours.

La reine paraissait s'ennuyer.

— Bien sûr, bien sûr, tu seras vivante. Je t'en donne ma parole.

— Pendant mon séjour, je ne serai pas votre prisonnière. Je serai libre d'entrer et de sortir du bâtiment en me présentant pour mes obligations quand ce sera nécessaire.

— Entendu, lâcha-t-elle, les dents serrées.

Sur son visage, l'ennui laissa la place à un soupçon de colère.

Mais elle ne connaissait pas encore le hic, le point sur lequel j'allais particulièrement insister.

— Si mon compagnon survit, je veux qu'il soit autorisé à m'accompagner.

J'étais une fille réaliste. Jamais Rourke n'accepterait de me laisser batifoler avec les vampires sans lui. En plus, une fois que je l'aurais récupéré, je comptais bien profiter de sa présence.

Tyler s'avança à côté de moi avant que la reine ait le temps de répondre.

— Elle aura également droit à dix gardes du corps, pour être sûr que vous respectiez votre parole concernant sa sécurité.

Les yeux de la reine virèrent au noir total et ses incisives apparurent aussitôt. On entendit un horrible sifflement tandis qu'elle s'écriait d'une voix stridente :

— Comment osez-vous mettre ma parole en doute ?

Son pouvoir augmenta jusqu'à devenir suffocant. Je me frottai la gorge.

— Ça suffit ! rugit mon père en se plantant calmement devant elle.

La reine continua à siffler, les ongles recourbés sous forme de griffes horriblement pointues. Sa peau recommençait à se rétracter. Bon sang, je ne m'y habituerais jamais.

— Eudoxia, tu vas trop loin !

Mon père était à deux doigts de l'attaquer. De son côté, elle tremblait de rage et luttait pour retrouver la maîtrise d'elle-même. Elle avait poussé son pouvoir trop loin, et maintenant elle risquait de perdre le prix qu'elle convoitait.

— Je ne… Je ne tolérerai pas qu'on mette ma parole en doute sous mon propre toit.

Les vampires se mirent à siffler eux aussi et resserrèrent les rangs derrière les loups. Tout le monde était sur les nerfs.

— Eudoxia, personne n'est dupe, grogna mon père. Il est parfaitement clair pour nous tous que tu veux ma fille pour une raison qui me dépasse. Mais sois assurée qu'à partir de maintenant, je ne trouverai pas de repos tant que je ne l'aurai pas découverte. (Ses yeux brillaient d'une lueur violette.) Sache que ma fille n'est pas à prendre. Je ne te laisserai pas me l'enlever sans combattre. Tu nous as contraints à accepter un marché pour cette fois. Mais tu vas respecter les conditions qu'elle t'a déjà imposées et *engager* en plus dix de mes loups comme *gardes* en te portant personnellement garante de leur sécurité, cracha-t-il. Lorsque ma fille reviendra honorer sa promesse, elle aura été pleinement intégrée à la *Meute*, Eudoxia, tu peux me croire. Et elle sera protégée en tant que telle.

Les yeux de la reine avaient retrouvé leur couleur argentée normale, mais ses incisives étaient toujours apparentes.

— Cinq, exigea-t-elle d'un ton hargneux derrière ses crocs.

Mon père voulut répondre, mais j'intervins rapidement.

— D'accord pour cinq loups, un renard-garou et une sorcière. Enfin, une sorcière bénigne. Si ça doit ressembler à un boulot, alors je veux mon équipe. C'est ma dernière offre, ajoutai-je pour faire bonne mesure. À prendre ou à laisser.

La reine posa sur moi son regard furieux. Ses longues canines étaient si blanches qu'elles se détachaient tels des couteaux d'ivoire sur ses lèvres rouges.

— Entendu. (Avant que quiconque puisse réagir, elle remonta sur son estrade d'un air majestueux.) Mes vampires commenceront à traquer Sélène au coucher du soleil. Ils retourneront d'abord dans la montagne pour examiner la piste qu'elle a laissée. Ils se présenteront à ta porte dans deux jours, à la tombée de la nuit. Sois prête à partir avec eux. (Je ne voulais pas lui demander comment elle savait où se trouvait ma porte.) Maintenant, prête serment, petite louve, ordonna-t-elle avec un sourire odieux, ses dents ridiculement longues et pointues, ses yeux brillants d'une lueur menaçante.

*Vais-je vraiment faire un truc pareil ?*

— Je jure de… (Je récitai soigneusement tout ce sur quoi nous nous étions mis d'accord et, pour faire bonne mesure, j'ajoutai :) Et si vos deux suceurs de sang, ou n'importe quel autre vampire, essaient de tuer mon compagnon, notre accord sera considéré comme nul et non avenu. Je reviendrai alors vous tuer. (Avant qu'elle puisse protester, je déclarai :) Telle est ma promesse à Eudoxia, reine des vampires. Je le jure sur mon honneur et de mon plein gré.

À en juger par les hurlements qui nous suivirent jusqu'à la sortie, j'eus l'impression que je ne m'en étais pas si mal tirée, en fin de compte.

# 24

Hank avait disparu. C'était la seule info qu'on m'avait donnée depuis qu'on avait émergé du bastion des vampires. Personne ne savait ce qui lui était arrivé. Mon père avait décidé de lui laisser un peu de temps pour pleurer son fils avant de donner l'ordre qu'on le retrouve.

Avec un peu de chance, il referait surface ou serait découvert avant qu'il ne débarque chez moi au beau milieu de la nuit, bien décidé à venger la mort de Stuart. De là à supposer que Hank était au courant de ce que manigançait son fils, il n'y avait qu'un pas. Or garder pour lui ce genre d'info risquait de lui valoir un lourd châtiment, peut-être même la mort. Mais j'avais déjà assez de soucis comme ça sans y ajouter Hank.

On rentra à la maison en avion, et les loups se dispersèrent à l'arrivée. On retourna en taxi jusqu'à mon appart, Tyler et moi, tandis que mon père et James regagnaient le Refuge. On devait se réunir le lendemain matin pour mettre au point un plan.

J'avais pris un t-shirt et un pantalon de jogging dans une boutique de l'aéroport de La Nouvelle-Orléans, si bien que j'étais redevenue présentable. Je n'avais rien pu faire côté odeur, en revanche, même si je m'étais lavée comme j'avais pu dans les toilettes. Heureusement, le taxi empestait la nourriture à emporter bien grasse, si bien que ça masquait pour l'instant ma propre puanteur.

Je me laissai aller contre l'appuie-tête et fermai les yeux. J'étais fatiguée et j'avais faim.

— Donc, Danny est chez moi ? demandai-je.

Tyler étendit ses jambes en me bousculant légèrement au passage.

— Ouais. Il a été blessé pendant la bataille. Il a eu quelques côtes cassées et une plaie à la tête qui saignait beaucoup, alors papa l'a envoyé chez toi pour surveiller les lieux. Ça le faisait chier de ne pas pouvoir nous accompagner.

Je me peignai avec les doigts et tentai de me secouer. Il y avait tellement de choses à faire que je n'aurais pas le plaisir de me rouler en boule pour dormir. Il fallait des ressources pour retrouver Rourke, ce qui était ma priorité.

— Bon sang, j'ai l'impression que je suis partie depuis deux mois, au moins, alors que ça fait seulement un jour et demi, dis-je. J'aurais dû appeler Nick à l'aéroport. Mais j'étais vraiment trop fatiguée.

— Nick a gardé le Refuge pendant notre absence. On l'a tenu au courant régulièrement. Il voulait venir nous chercher à l'aéroport, mais je lui ai dit que ce n'était pas la peine.

Tyler se racla la gorge, ce qui retint mon attention.

— Qu'est-ce qu'il y a ? lui demandai-je.

— Eh bien, il y a eu… (Il hésita pendant une longue seconde.) On pourrait dire qu'il y a un problème concernant ce flic, Ray Hart. Nick a plus ou moins été obligé de… de mentir pour expliquer ton absence, une fois de plus.

Je me redressai si brusquement que je dus prendre le siège devant moi à deux mains pour stopper mon élan.

— Qu'est-ce que tu viens de dire, là ? (Comme il ne répondait pas, je lui donnai un coup de poing dans l'épaule.) Allez ! De quoi tu parles ? C'est quoi le problème avec Ray ?

— Apparemment, il a disparu, répondit prudemment mon frère en se tournant vers la fenêtre pour ne pas avoir à croiser mon regard.

— Comment ça, il a disparu ?

— Hier, grommela Tyler en se tournant vers moi, il a pointé à son boulot le matin et s'est tout de suite rendu chez toi. Depuis, on ne l'a plus revu. Quand il n'est pas revenu à la fin de la journée, ils ont cherché sa voiture… et l'ont retrouvée sur ton parking. Personne ne sait ce qui lui est arrivé.

— Aucun *humain*, tu veux dire ? protestai-je à voix basse, furieuse. Pourquoi n'en ai-je pas été immédiatement informée ? Tu sais bien de quoi ça va avoir l'air. Ils ne vont plus me lâcher, maintenant. Je ne peux pas retourner chez moi les mains dans les poches sans avoir la moindre idée de ce qui se passe. Il pourrait y avoir toute une équipe du SWAT[1] prête à m'arrêter !

— Je ne te l'ai pas dit dans l'avion parce que tu ne pouvais absolument rien y faire à ce moment-là.

1. Special Weapons And Tactics = unité de police d'intervention d'urgence (équivalent du GIPN en France).

Et puis, tu étais trop occupée à essayer de me convaincre de ne pas être ton Sélectif, tu te rappelles ?

Je lui lançai un regard noir.

— Bon, il en dit quoi, Danny ? Puisqu'il est resté à l'appart pendant tout ce temps-là, il a dû voir Ray. (Je baissai d'un ton.) Tu n'as pas dit à Danny de…

— Non. (Tyler secoua la tête.) Officiellement, aucun ordre n'a été donné concernant ce flic. Mais ça finira bien par arriver. Ce type est un emmerdeur.

— Et Danny, qu'est-ce qu'il a dit ? insistai-je.

— C'est le problème, avoua Tyler. Je n'ai pas *vraiment* réussi à le contacter au cours des dernières vingt-quatre heures.

— *Quoi ?*

— Il ne répond pas au téléphone.

Je reposai de nouveau mon crâne contre l'appuie-tête en fermant les yeux.

— Tyler, tu plaisantes ! Et tu n'as rien dit non plus à papa ?

— Non. Papa a suffisamment de problèmes à régler en ce moment. De toute façon, c'est un problème *mineur*.

— *Mineur ?* (Je baissai de nouveau la voix parce que le chauffeur commençait à nous regarder dans son rétroviseur.) Un lieutenant de police a *disparu*, celui-là même qui veut un morceau de mon âme. Si un loup parfaitement compétent ne répond pas à son téléphone, ça veut dire qu'il y a un gros, un très gros problème, ce dont je n'ai absolument pas besoin en ce moment.

Je ne pus m'empêcher de terminer cette tirade sur un ton geignard. Tyler n'eut pas le temps de répondre car le taxi s'arrêta devant mon immeuble. Par la vitre, je scrutai la façade de brique rouge à la recherche du moindre trouble tandis que mon frère payait la course.

On attendit en silence et en reniflant l'air que le véhicule s'éloigne. On ne détecta aucune odeur suspecte. Le sortilège de Marcy fonctionnait toujours.

Tyler se tourna vers moi.

— Écoute, Jess, il va falloir me faire confiance. Si Danny avait de sérieux ennuis, je le saurais. Il a dû se passer quelque chose quand Ray s'est pointé, mais ça ne doit pas être si méchant que ça, sinon, on serait déjà au courant. Tous les deux, on va monter voir quel est le problème et le résoudre nous-mêmes.

Il pencha la tête d'un air plein de sous-entendus, puis effleura mon esprit : *Discrètement, de préférence.*

Je pigeai enfin. Voilà pourquoi Tyler avait attendu si longtemps pour m'en informer. *D'accord, j'ai saisi. Si Danny a blessé Ray sans en avoir reçu l'ordre, tu veux qu'on s'en occupe tout seuls, c'est ça ?* Immédiatement, j'eus la vision d'un autre corps enfermé dans un sac à linge sale qu'on lançait du balcon de mon appart. Je me pinçai l'arête du nez. *Et on est censés dire quoi à notre père, exactement ?*

*Quand tout sera fini, on dira à papa ce qu'il a besoin de savoir. Il n'y a aucune raison de le prévenir tout de suite, de toute façon. Si ça se trouve, il ne s'est rien passé. Pour l'instant, ce ne sont que des hypothèses, alors pas besoin de l'embêter avec ça.* Il vit à ma tête que je n'étais pas d'accord. *Danny est pratiquement tout le temps mis à l'épreuve parce qu'il en fait trop souvent à sa tête. S'il a tué un lieutenant de son propre chef, ça aura de sérieuses répercussions pour lui. Peu importe qu'il soit l'un des meilleurs guerriers de la Meute. Je dis juste que ça ne serait pas une mauvaise idée de découvrir d'abord ce qui s'est passé ici. Tu sais, évaluer la situation.*

— Tu joues avec le feu, petit frère, répondis-je à voix haute. Ce n'est pas ton style, mais je crois que j'aime bien ça. (Je l'attrapai par la manche.) Viens, allons voir et finissons-en.

L'odeur familière de la peur et une autre qui m'était inconnue imprégnaient le couloir de mon étage lorsqu'on arriva sur le palier. Ma louve était en état d'alerte. Cette fois, on ne se laisserait pas surprendre par un autre renégat.

Avec mon frère, je remontai prudemment le couloir. Mon nez fonctionnait à plein régime pour identifier ces étranges odeurs. *C'est quoi ce truc, tu connais ? On dirait presque de la pêche pourrie.*

*Nan*, répondit Tyler. *Je sais juste que ça vient d'un surnaturel, mais lequel ?*

Ça ne présageait rien de bon pour nous, ni pour Danny ni pour Ray, d'ailleurs, s'il s'était bel et bien retrouvé mêlé à ça. Or comment pouvait-il en être autrement ?

Bizarrement, la voix de Juanita brisa le silence et résonna dans le couloir vide. Je l'entendis rire à gorge déployée, puis un homme répondit dans un murmure. Je me détendis un tout petit peu et lançai un regard en coin à mon frère. *Ça vient de chez moi, pas vrai ?* Le ton joyeux de Juanita mêlé à la douce voix d'alto de Danny devenait de plus en plus clair, mais puisque nos deux appartements étaient situés l'un en face de l'autre, il était possible que mes oreilles entendent une espèce d'écho.

*Ouais, on dirait que Danny a de la compagnie. Quoi qu'il ait pu se passer, ça ne doit pas être bien grave, et j'avais raison.*

*Ne me dis pas qu'il essaie de draguer ma voisine !* On n'entendait que leurs deux voix. Le reste de l'immeuble était plongé dans le silence. Notre avion avait quitté La Nouvelle-Orléans à six heures du matin. Il était à présent dix heures et demie, un jour de semaine. La plupart de mes voisins étaient au boulot.

*Je t'en prie*, renifla Tyler. *Danny peut avoir qui il veut, il ne va pas draguer ta vieille voisine.*

*Elle n'est pas vieille ! Il se trouve qu'elle est voluptueuse et sexy pour son âge. Il aurait de la chance de l'avoir dans son lit. Mais j'espère que ce n'est pas le cas, sinon, il va en entendre parler !*

Tyler renifla de nouveau.

Comme on approchait de ma porte d'entrée, je fis signe à mon frère de se placer derrière moi. L'odeur de pêche pourrie était partout et obstruait nos narines. Je collai mon oreille contre la porte pour m'assurer que je n'entendais bien que deux voix à l'intérieur. Puis je tournai la poignée, tout doucement. Le verrou n'était pas tiré. J'ouvris la porte.

— Bonjour, je suis rentrée, dis-je.

— Bonjour, toi, me salua Danny. (Il était assis par terre sur une espèce de couverture à pique-nique, un plaid couvert d'assiettes vides au milieu desquelles se trouvaient deux verres à vin tachés de rouge.) Je suis content que tu sois rentrée si tôt.

— Hum, ça fait du bien d'être chez soi.

Suivie de près par Tyler, je m'approchai timidement de cette étrange scène dans mon appartement.

Danny fit glisser son regard sur moi de la tête aux pieds, puis sourit sans prendre la peine de se relever.

— Dommage pour la tenue. Mais je suis certain que les tongs vont revenir à la mode, cette saison.

Juanita, pour sa part, se leva d'un bond.

— Oh, *chica*, yé souis si contente dé té révoir !

Elle courut m'embrasser, et je la laissai faire, parce que tout ça avait un petit côté surréaliste.

— Moi aussi, je suis contente de te revoir, Juanita. Mais que fais-tu ici ?

Il fallait que je pose la question.

— Quand y'ai entendu tous ces gros brouits, dit-elle, yé couru ici pour voir cé qui sé passait, comme tou mé l'avais démandé. Yé l'ai trouvé ici tout seul, ajouta-t-elle en montrant Danny. Il est si gentil, il m'a dit qu'il protégeait ta maison pour toi. Yé lé crois après toutes ces effractions et ces ennouis, alors yé loui ai apporté à manger parce qu'il avait rien. On monte la garde tous les deux, tou vois, commé ça, ton appartement, il est en sécurité.

Je suivais parfaitement sa logique, même si ça n'était pas du tout ce que je lui avais demandé. Elle aurait pu se faire tuer en venant ici toute seule. Elle avait eu beaucoup de chance. Je me réjouissais qu'elle n'ait rien, mais l'odeur pestilentielle de pêche gâtée était si forte à présent que nous étions à l'intérieur de l'appart que j'avais du mal à me concentrer sur ce qu'elle disait.

— C'est génial, Juanita. Merci d'avoir apporté à manger et d'avoir aidé mon ami à monter la garde.

Je croisai le regard de Danny par-dessus l'épaule de ma voisine et haussai les sourcils pour bien lui montrer que je ne pouvais pas ignorer cette horrible odeur et que je comptais bien découvrir ce qui se passait.

Tyler s'éclaircit la voix derrière moi.

— Donc, tout va bien par ici ? Aucun souci ?

Danny n'eut pas le temps de répondre, car Juanita le fit à sa place en commençant à empiler les assiettes.

— Oh, *sí*, tout va bien. Personne né nous a embêtés.

Danny se leva enfin, en souriant, et ses cheveux bruns retombèrent sur l'un de ses yeux.

— Vous devez être fatigués tous les deux après avoir pris l'avion à la dernière minute, dit-il en posant une assiette sur la pile de Juanita. J'ai parlé de la maladie de votre grand-mère à ta voisine, mais elle va mieux, maintenant, pas vrai ? Elle s'est remise de cette terrible blessure ?

— Euh… oui, dis-je en saisissant la perche qu'il me tendait. La vieille bique est robuste, elle est déjà sur pied. Elle n'avait pas besoin de notre aide, après tout, alors on est rentrés à la maison.

— C'est oun tel soulagement, *chica*, me dit Juanita d'un air grave. Les grands-parents sont si fragiles.

Danny empila encore quelques assiettes supplémentaires, puis se pencha pour replier le plaid avant de se tourner vers nous.

— On dirait que vous avez besoin de vous rafraîchir, tous les deux. Vous savez, pour vous remettre du décalage horaire ? Peut-être prendre une bonne douche, ou vous brosser les dents ? Pendant ce temps-là, je vais raccompagner la jolie Juanita chez elle.

Je regardai mon frère du coin de l'œil. Il avait le visage complètement fermé. J'étais certaine qu'aucun de nous n'allait aimer ce que nous allions trouver dans la salle de bains.

— Euh… d'accord, j'y vais la première. Je meurs d'envie de… me brosser les dents. Oh, et, Juanita, merci d'avoir pris soin de Danny. Mais tu dois me promettre une chose : la prochaine fois que tu entends du bruit, commence par appeler. Je ne me le pardonnerais jamais si tu étais blessée à cause de moi.

— D'accord, *chica*, j'appellerai d'abord, la prochaine fois.

Elle me fit un clin d'œil et sortit de chez moi.

La porte de la salle de bains était fermée. Je l'ouvris tout doucement en tendant l'oreille avant de me faufiler à l'intérieur. L'odeur était si forte que je me mis à tousser. Je me couvris la bouche avec la paume de la main tandis que mes yeux se posaient sur le seul endroit qui attirait les regards dans ce tout petit espace : la baignoire. Le cadavre dénudé de Jeff Arnold, mon concierge, gisait à l'intérieur. Sa peau blafarde et son front dégarni ne faisaient qu'accentuer son visage fripé.

— Oh, mon Dieu !

Je plaquai davantage ma main sur mon visage et m'agenouillai près de Jeff. La puanteur de la pêche mêlée à celle de la mort fit remonter de la bile de mon estomac. J'ignorais quel genre de surnaturel il était, mais ce n'était de toute évidence pas un humain.

La porte d'entrée de mon appart se referma dans un cliquetis, puis Tyler apparut derrière moi, suivi de Danny qui resta sur le seuil.

— C'est quoi ce bordel ? s'énerva Tyler en se tournant vers Danny. Quand tu n'as pas répondu à mes coups de téléphone, j'ai cru que ce connard de Ray Hart t'avait collé une balle dans la tête.

— Pas du tout, mec, répondit Danny. Si je n'ai pas pu répondre, c'est parce que ce type, là, a cassé mon téléphone pendant notre brève bagarre. Je ne pouvais tout de même pas m'en aller pour passer un coup de fil à l'extérieur, tu ne crois pas ? Ensuite, il a fallu que je m'occupe de la voisine qui avait entendu le grabuge. Mais je dois dire que sa tarte est excellente, vraiment délicieuse.

— Danny, qu'est-ce qui s'est passé ici ?

Je les bousculai pour sortir de la salle de bains. Il fallait que je m'éloigne de cette puanteur. Ils me suivirent dans le salon. Je posai les mains sur les hanches et fis un tour complet sur moi-même, en essayant de digérer ce que je venais de voir.

— J'ai du mal à comprendre pourquoi mon concierge gît mort dans ma baignoire.

— Eh bien, c'est très simple, en fait, répondit Danny. J'étais tranquille, ici, je prenais du repos comme ton père me l'avait ordonné. Mes blessures étaient très sévères, comme tu le sais déjà, j'en suis sûr – mais ne t'inquiète pas, tout est rentré dans l'ordre. Soudain, j'ai entendu quelqu'un se faufiler dans ton appartement avec un culot monstre. Techniquement, ce n'était pas une effraction, tu vois, vu qu'il avait sa propre clé, mais n'empêche qu'il m'a sorti d'un sommeil parfaitement réparateur. Je rêvais des pom-pom girls des Dallas Cowboys qui, pour info, sont de sacrées coquines…

— Danny, ne t'écarte pas du sujet, l'interrompis-je sèchement.

— Bien sûr. Naturellement, j'ai fait mon devoir en venant voir quelle était la cause de ce dérangement. Notre homme trimballait un grand sac au contenu plutôt suspect et a eu l'audace de sortir un *flingue* en me voyant, s'indigna Danny. Je le lui ai aussitôt fait sauter des mains, merci bien, et j'étais sur le point de briser sa misérable nuque quand, tout à coup, il s'est laissé tomber par terre et a commencé à se transformer en une satanée fouine.

Tyler et moi nous récriâmes d'une seule voix :

— Une *quoi* ?

— Une satanée fouine de la taille d'un gros chien. (Danny écarta les mains pour indiquer une taille approximative.) Puis elle m'a sauté sur le dos comme un petit démon enragé et s'est attaquée à ma chair comme un piranha attiré par le sang.

Jeff était un changeur ? Jamais je ne l'aurais deviné ! Cette odeur de pêche, qui était de toute évidence sa signature olfactive, n'avait pas dû me dire grand-chose en tant qu'humaine, et je ne l'avais pas revu depuis mon changement. Il avait dû demander à un sous-fifre de me livrer mes nouvelles clés, sinon, j'aurais senti ces effluves fruités s'il les avait apportées lui-même. Mais la question à un million de dollars, c'était : que voulait-il ? Et pour qui travaillait-il ? Il était impossible qu'un type comme Jeff Arnold agisse tout seul. Il n'avait pas assez de volonté, sans parler de cervelle, pour essayer de capturer une louve. Il avait sans doute été recruté pour ce boulot, ou alors quelqu'un l'avait obligé à le faire. Dans les deux cas, il ne devrait pas être trop difficile de remonter la piste jusqu'à son employeur.

— Je n'avais encore jamais entendu parler d'une fouine-garou, commenta mon frère. Et je suis certain de n'en avoir jamais senti, ajouta-t-il en fronçant le nez. Je me souviendrais de cette puanteur.

— Eh bien, je peux t'assurer que ça existe, se hérissa Danny. Mais ce petit con ne s'attendait pas à la contre-attaque d'un loup-garou, et j'aimerais gentiment vous faire remarquer que le combat entre une fouine et un loup n'est pas du tout équilibré. Quand j'ai changé, ça m'a pris moins de trois secondes pour l'achever.

— Tu as changé ? m'écriai-je. Juste ici ? Dans mon appart ?

— Bien sûr que j'ai changé, répliqua Danny d'un air indigné. Il fallait bien que je me débarrasse de cette foutue fouine qui m'arrachait des morceaux de chair avec ses maudites petites griffes et ses dents pointues. Je ne pouvais pas le faire sans changer. Mais, évidemment, c'est là que le lieutenant est venu fourrer son nez dans nos affaires, alors je…

— *Quoi !* (Je lui empoignai les bras.) Danny, tu as dit que c'était arrivé hier soir. Ray est passé *hier matin*. Je t'en prie, dis-moi qu'il ne t'a pas vu changer !

— Non, je n'ai pas dit que c'était hier soir, c'est toi qui l'as supposé. Eh oui, il m'a vu, mais j'avais presque fini quand il a débarqué, alors il n'a pas vu grand-chose. Mais il m'a quand même vu balancer une fouine de la taille de ce satané Benji contre le mur. Après ça, je n'avais plus le choix…

— Danny ! dis-je d'une voix entre le cri et la supplique. Je t'en prie, dis-moi que tu n'as pas tué Ray Hart.

— Évidemment que je ne l'ai pas tué ! (Il eut l'audace de prendre un air choqué comme si le pauvre Jeff ne gisait pas sans vie dans ma salle de bains.) Je ne tue pas les gens qui ne me menacent pas directement. Te fais pas de bile, ma jolie. Je ne l'ai pas tué, je l'ai juste saucissonné et enfermé dans ton placard. Ça ne veut pas dire qu'on ne le tuera pas plus tard, puisqu'il a découvert notre secret, mais je ne pouvais tout de même pas le laisser sortir d'ici, pas vrai ?

J'en restai bouche bée. Ray était saucissonné *dans mon placard* ? Danny poursuivit sur sa lancée :

— Il a bien failli faire dans son froc quand je me suis jeté sur lui. Heureusement pour moi, il s'est évanoui tout de suite. C'est plus facile de les maîtriser quand ils tournent de l'œil. Mais je ne savais pas que c'était le lieutenant jusqu'à ce que Nick se pointe juste à temps pour se débarrasser de ses collègues qui le cherchaient. Nick les a convaincus qu'ils avaient déjà fouillé l'appartement de fond en comble. C'est sacrément pratique, quand même, le don de persuasion. J'aimerais bien l'avoir, moi aussi, surtout quand je suis dans un merdier pareil.

Je ne pris pas la peine de répondre, puisque je courais déjà dans le couloir en direction de ma chambre.

Les draps étaient défaits et le sol jonché d'assiettes vides et d'emballages de nourriture. Visiblement, le pauvre Danny n'était pas resté sans ressources.

Je m'approchai lentement du placard et restai plantée devant la porte pendant une bonne minute, le temps de me ressaisir. Je n'étais pas certaine de ce que j'allais découvrir quand je l'ouvrirais, et le souvenir du cadavre dans ma baignoire me faisait hésiter.

J'effleurai les poignées du bout des doigts, puis j'ouvris d'un coup sec les portes en accordéon. À mon grand soulagement, il y avait un lieutenant de police très en colère, mais bien vivant, assis sur une pile de chaussures.

Danny l'avait apparemment bâillonné à l'aide d'un de mes collants et lui avait attaché les mains dans le dos. Je ne savais pas avec quoi, car je ne pouvais voir d'où je me tenais, mais ça paraissait être du solide, en tout cas. Ray me dévisagea avec tant de haine que, s'il avait été un loup, j'aurais peut-être reculé pendant une seconde.

Mais il était humain.

Je m'accroupis pour être à sa hauteur.

— Salut, Ray. Je suis tellement contente que tu sois vivant et indemne. Tu apprécies ce petit séjour dans mon placard ?

Il ne tenta pas de faire le moindre geste, ce qui voulait dire que la scène dont il avait été témoin entre Danny et la fouine-garou l'avait suffisamment fait flipper. Par contre, il lâcha une bordée de jurons que je ne compris pas bien à cause de son bâillon, mais dont le sens général m'apparut clairement. Son visage vira au rouge betterave à cause de cet effort, et de la salive s'accumula aux coins de sa bouche.

— Ray, le réprimandai-je. Il faut que tu te calmes. Je sais que tu es incroyablement agité, mais regarde le bon côté des choses : tu respires encore. C'est un très grand exploit, à l'heure actuelle. À ta place, la plupart seraient déjà morts, compte tenu de ce que tu as vu.

Nouveaux jurons, accompagnés de quelques mouvements fébriles.

— Écoute, j'adorerais avoir une conversation à cœur ouvert avec toi, mais tu vas devoir garder ces pensées-là pour toi pour l'instant. Je suis juste venue voir si tu allais bien. Maintenant que je sais que tu n'es pas mort, il faut que je retourne dans mon salon affronter un nouvel exemple du chaos qu'est devenue ma vie. Tu auras peut-être du mal à le croire, mais j'ai plus important à faire que de m'occuper de toi, là, tout de suite, alors ne bouge pas.

Ray me donna un violent coup de pied dans le genou juste au moment où je me relevais. L'impact me fit reculer de trente centimètres environ, mais je m'en remis en un clin d'œil. Par contre, j'étais furax, et encore, ça n'était rien de le dire. J'envahis l'espace personnel de Ray à une vitesse surhumaine. Surpris, il écarquilla les yeux, et la peur s'échappa de lui comme l'air d'un pneu crevé. Je grondai pour accentuer mon petit effet.

— Écoute-moi très attentivement, Raymond Hart. Avec tes conneries, tu as vu quelque chose que tu n'aurais *jamais* dû découvrir. Tu piges ? Tu es un flic narcissique, égocentrique et mesquin, une vraie brute épaisse. Quelqu'un qui ne peut pas s'empêcher de se mêler de tout. (Il frémit de la violence de mes paroles.) Je n'ai jamais, je dis bien *jamais*, mérité que tu t'acharnes ainsi sur moi. Rien ne justifie la haine terrible que tu me portes. Et maintenant, tu es dans la merde jusqu'au cou, et devine quoi ? C'est devenu mon putain de boulot de te sortir de là. Tu saisis l'ironie de la situation ? Parce que moi, je la vois bien, là.

Il battit des paupières.

— En temps normal, tu ne passerais pas la nuit, ajoutai-je calmement, sur un ton glacial. C'est comme ça que ça marche. Alors, si tu ne veux pas mourir, il va falloir commencer à me traiter comme ta meilleure amie jusqu'à ce que j'aie trouvé une solution, ce qui risque de me prendre un certain temps. Compris ?

Je sentis plus de peur encore tourbillonner dans l'air, mêlée à un certain agacement. Ray cligna rapidement des yeux, plusieurs fois. C'était vraiment un sacré numéro.

— Contrairement à ce que tu pourrais penser, je n'ai pas envie de te tuer. (Il méritait de le savoir.) Libre à toi de me croire ou pas, je m'en fous. Mais, pour l'instant, tu n'as pas d'autre solution que d'attendre patiemment. Si tu fais la moindre bêtise, comme tenter de t'échapper, on le saura immédiatement. Ne nous mets pas à l'épreuve. Les deux costauds dans la pièce d'à côté n'hésiteront pas à t'éliminer et je ne pourrai pas les en empêcher. (Je ne pus m'empêcher d'ajouter :) Cligne deux fois des paupières si tu me comprends.

S'il avait pu me tuer rien qu'avec la force de son esprit, je serais déjà morte. Mais, très lentement, il cligna deux fois des yeux.

— Bien. Je reviens te voir dans quelques minutes, Ray.

Je refermai les portes du placard. Des jurons étouffés me suivirent jusque dans le salon.

Mon frère était au téléphone pour demander qu'une équipe de nettoyage vienne s'occuper de Jeff.

Je me mis au boulot.

— D'accord, Danny, as-tu réussi à tirer quoi que ce soit de Jeff avant l'arrivée de Juanita ? Il faut découvrir pour qui il travaillait et ce qu'il foutait ici.

— Il n'avait rien dans les poches et ne transportait dans son sac qu'un équipement de surveillance bas de gamme et quelques micros de mauvaise qualité. Je comptais entrer en douce chez lui après avoir installé le lieutenant dans ton placard, mais ta jolie voisine a contrarié ce projet soigneusement élaboré.

— C'est une bonne idée de commencer par son appart. J'imagine que ça ne devrait pas être trop difficile de rassembler les morceaux du puzzle. Jeff n'était pas une lumière, à vrai…

Une force inconnue me heurta de plein fouet et expulsa l'air de mes poumons en m'envoyant valser contre le mur du salon. Ma louve se mit à hurler et se jeta sur les lignes rouges qui venaient brusquement d'apparaître dans mon esprit.

C'était l'un des sorts de Sélène.

*Pourquoi maintenant ?* Pas le temps de réfléchir, il fallait s'en débarrasser. *On a réussi à avoir le premier, il faut qu'on le chasse aussi, celui-ci.* Ma louve s'attaqua en grondant au rouge qui envahissait rapidement mon cerveau.

Haletante, je me laissai glisser en position assise le long du mur de briques nues. J'avais beaucoup de mal à respirer. Le sortilège était en train de paralyser toutes mes fonctions vitales.

— Jess, bon sang, regarde tes mains.

Tyler s'agenouilla à côté de moi et me prit les poignets.

— Ça sent les emmerdes à plein nez, commenta Danny en s'accroupissant à côté de lui.

J'obligeai ma nuque à se plier pour regarder mes mains qui gisaient dans celles de Tyler. Des veines rouges apparaissaient à une vitesse alarmante et partaient du bout de mes doigts vers mes avant-bras, en se répandant lentement telle une marée noire. La douleur remonta rapidement jusqu'à mes épaules en devançant le sortilège et en enflammant tout sur son passage. Ce n'était pas le même sortilège que dans la clairière. Celui-ci était différent.

*Cette salope nous en a balancé deux.*

Elle avait dû le faire juste sous le nez de Valdov. Ce nouveau sort devait avoir une période d'incubation avant de se déclencher. Si le vampire avait su qu'elle avait déposé dans mon corps un sortilège meurtrier, il y aurait eu des conséquences. Saleté de sorcière !

Tous mes membres se contractèrent. Je ne pouvais plus bouger.

À l'intérieur de ma tête, ma louve continuait à s'acharner sur le sortilège. Je lui transmis de l'énergie en essayant de lui donner plus de contrôle. Mes bras me lançaient et me brûlaient comme si je les avais plongés dans une fournaise. Instinctivement, mon corps voulait changer, mais c'était trop dangereux. Le sort réussirait sûrement à me tuer avant. Je devais le vaincre tout de suite.

— Jess, tu m'entends ? résonna la voix de Tyler dans mon oreille. Qu'est-ce qui se passe ? Réponds-moi !

J'avais les yeux ouverts, mais je ne pouvais même plus bouger les paupières. Mon frère se tourna vers Danny.

— Appelle mon père. On a besoin d'aide.

*Non.*

— Non, réussis-je à dire dans un souffle rauque. (Les deux garçons se retournèrent pour me dévisager.) Non.

Il fallait que je gère ça moi-même. Si mon père l'apprenait, jamais il ne me laisserait quitter la ville. Or il fallait que je retrouve mon compagnon, quel qu'en soit le prix. Peu importait l'histoire de Jeff, ou toute cette folie qui m'entourait, Rourke était ma priorité. La seule et l'unique.

— Non, insistai-je, avant d'ajouter lentement : S'il… vous… plaît.

Mon frère et Danny attendirent, accroupis à côté de moi, l'inquiétude gravée sur le visage.

Je luttai contre le sortilège insidieux en cédant davantage de contrôle à ma louve et en essayant de puiser davantage d'énergie dans mon corps pour la lui fournir, afin qu'elle soit gonflée à bloc. Elle déchirait et frappait la masse avec ferveur, trop vite pour que je puisse la suivre. J'avais la bouche grande ouverte mais j'arrivais à peine à inspirer de l'air dans mes poumons qui ne se dilataient plus. *Il faut qu'on y arrive,* dis-je à ma louve. *Il faut qu'on soit plus fortes qu'elle, sinon on va perdre Rourke. Je sens que ça commence à céder un petit peu. On y est presque. Je te promets qu'elle ne va pas gagner. Nous sommes plus fortes.* Ma louve gronda et grinça des dents, forçant les lignes rouges à se soumettre, déchirant le sortilège avant qu'il puisse complètement se métastaser dans tout mon corps.

Je canalisai une dernière vague d'énergie en utilisant tout ce que je trouvais en moi et je la transmis à ma louve. Une certaine clarté m'envahit alors, une concentration d'énergie lumineuse, et le sortilège se rompit une fois pour toutes. Les lignes se brisèrent et se mirent à pendre mollement dans mon esprit comme une toile d'araignée déchirée qui oscille dans le vent.

Puis, très lentement, la couleur se dissipa entièrement, en repartant d'où elle était venue, comme des murènes retournant dans leur antre.

Ma louve continua à gronder et à faire claquer sa mâchoire jusqu'à ce qu'il n'y ait plus de lignes rouges. Mais cette horreur n'avait pas disparu à jamais. Le sortilège était toujours là.

Il était juste en sommeil.

Quand tout fut fini, je m'effondrai vers l'avant en toussant et en aspirant de petites goulées d'air. Après avoir haleté ainsi pendant une bonne minute, je relevai la tête, en sueur et vidée.

— Elle essaie de me tuer.

— Qui ça ? demanda Tyler.

J'avais oublié qu'il était assommé lorsque Sélène m'avait lancé son premier sort dans la clairière.

— Sélène. (J'appuyai ma tête contre le mur.) Apparemment, elle m'a laissé un petit souvenir sympa de notre fête dans les bois.

Mais elle ne gagnerait pas.

— Pendant une seconde, on a bien cru que tu allais y passer, me dit Danny d'un air inquiet. Tu ne parles pas de Sélène, la déesse de la Lune, tout de même ?

— En chair et en os.

Cette salope essayait de me tuer.

— C'est quoi ce sortilège ? demanda Tyler. On aurait dit qu'il allait consumer ton corps tout entier.

— Je crois que c'était un… sortilège mortel,

répondis-je doucement, en sachant que mon frère n'allait pas bien prendre la nouvelle.

— *Putain*, ça veut dire quoi, ça ?

— Ça veut dire que je dois tuer cette garce avant qu'elle me tue.

Fin du premier tome

Ce récit continue dans le deuxième tome de la série de Jessica McClain : *Sang chaud*.

# REMERCIEMENTS

Si ce livre existe, c'est parce que DeLane Corbin et Kathy Faircloth ont misé sur moi. Je ne saurais assez vous remercier. Vous êtes devenues mon premier public, et vos encouragements et vos remarques m'ont permis de comprendre que mon rêve pouvait bel et bien devenir réalité. Je sous serai éternellement reconnaissante d'avoir eu foi en moi et en ce livre. J'espère que ce long chemin que nous parcourons ensemble n'a pas fini d'être follement amusant.

À mon agent, Nicole Resciniti. Il n'y a pas de mots suffisants pour te remercier. Tu es une personne incroyable, à la fois amie, éditrice, mentor, thérapeute et supporter. J'ai de la chance de t'avoir à mes côtés jour après jour. Tu as toujours confiance en moi, et je ne souhaiterais avoir personne d'autre pour m'accompagner.

À mes trois magnifiques enfants : vous êtes incroyables. Merci de votre patience et de me laisser vous faire honte en écrivant des romans sur des loups-garous. Je suis tellement fière de vous.

À mes parents, qui m'ont toujours soutenue sans jamais cesser de croire que j'étais capable de réussir dans tout ce que j'entreprenais. Vous m'avez donné le courage et l'estime de soi nécessaires pour réaliser ses rêves. Je vous aime.

À Cindi, qui me tient la main, qui partage les bons comme les mauvais moments, qui voyage avec moi et sans qui je perdrais la raison. À Marge, je n'aurais pas pu y arriver sans toi. À Anna, à tous mes amis et à ma famille pour leur amour et leur soutien. Sans vous, je serais sûrement devenue folle.

À Amanda, Cecy, Jen, Lea, Marianne, Marisa, Melissa, Julie et Melody pour vos messages et vos tweets toujours enjoués, votre soutien constant et vos conseils si précieux. Nous sommes ensemble sur la même route, et j'ai hâte de voir où elle mène.

À Devi, mon incroyable éditrice, Susan, Lauren, Ellen, Tim et toute l'équipe d'Orbit pour m'avoir offert cette extraordinaire expérience. Je suis si contente de travailler avec une équipe aussi géniale. À Anna, mon éditrice britannique, merci d'avoir cru en ce projet dès le début. C'est un honneur et un privilège de travailler, non pas avec une, mais deux éditrices incroyables. À Roland, mon génial relecteur-correcteur, qui a découvert et mis un terme à mon addiction aux virgules. Je te promets de faire attention à mon conditionnel, mais je ne jure de rien en ce qui concerne les pronoms démonstratifs.

Enfin, à mon mari et meilleur ami, Bill. Je t'aime de tout mon cœur. Merci pour ton amour et tes encouragements infinis. Ton humour est incroyable et ton altruisme extraordinaire. Je suis la femme la plus chanceuse du monde.

## Interview

*Avez-vous toujours été écrivain ?*

Oui, d'aussi loin que je me souvienne. J'ai commencé à écrire au collège, j'utilisais l'album de ma promo pour ajouter des visages à mes histoires. Au fil des années, j'ai écrit des textes rigolos sur mes enfants et des articles pour des publications diverses. Mais est-ce que je me considérais comme un « écrivain » avant la publication de ce livre ? Pas vraiment. Pour moi, c'est un événement majeur qui confirme que mes efforts en valaient la peine. Maintenant, j'ai le droit de me dire écrivain, et ça fait sacrément plaisir.

*Qu'est-ce que vous faites quand vous n'écrivez pas ?*

J'ai trois enfants, alors je peux vous dire que, quand je n'écris pas, je fais de mon mieux pour jouer mon rôle de maman. Généralement, je termine ma journée d'écriture quand ils rentrent de l'école, mais mes enfants sont compréhensifs et me laissent travailler plus longtemps quand j'en ai besoin. On trouve plein de jolis lacs à Minneapolis, et j'aime me promener avec mes amis. Le week-end, j'ai besoin de m'évader, je me fais plaisir en allant au cinéma, j'adore ça, surtout les films d'action. J'aime aussi jouer au Scrabble, ça frôle même l'obsession. Il n'y a rien de mieux que de laisser un livre en cours pour poser un mot sur un plateau de Scrabble. Ça m'éclaircit les idées, si bien que quand je me remets au boulot, je suis prête à écrire de nouveau.

***Le monde dans lequel évoluent les héros joue un rôle très important en* bit-lit. *Comment l'avez-vous créé dans* Sang nouveau *?***

C'est ce que je préfère dans le fait d'écrire de la *bit-lit*. C'est tellement amusant de pouvoir inventer ses propres règles et inviter les lecteurs dans son univers. Je me suis vraiment éclatée sur *Sang nouveau*. Je suis partie d'une question essentielle : les humains savent-ils que mes personnages existent ? Quand j'ai décidé de faire de leur existence un secret, le livre a pris forme. Concernant les personnages eux-mêmes, les diablotins, les sorcières, les vampires et les loups, je me suis demandé quelle magie ils possédaient et comment ils l'utilisaient. Quand j'ai eu toutes les réponses, la difficulté a été de présenter ce monde au lecteur sans le noyer dans les détails. Sélène, la déesse de la Lune, appartient au panthéon grec. J'ai adoré l'intégrer à mon histoire. On ne s'ennuie jamais quand on écrit de la *bit-lit*. C'est vraiment un genre que j'adore.

***Pourquoi « le seul loup-garou femelle » ? D'où vous est venue l'inspiration pour le personnage de Jessica ?***

Tous mes livres s'ouvrent sur une scène très forte visuellement, qui se joue dans ma tête comme une séquence de cinéma. Jessica est apparue dans ma tête au moment de son changement. Quand elle a eu terminé, j'ai su qu'elle était complètement « différente » de tous les autres loups. Elle se démarquait du reste de la Meute, tout en aspirant à des liens familiaux très forts. Au fil de la série, vous verrez ses amis et sa famille jouer un grand rôle dans sa vie. Elle est devenue unique au cours de cette première scène. Or les gens ont souvent peur de ce qu'ils ne comprennent pas. Les loups de mon histoire n'y font pas exception. Après ça, tout s'est mis en place, et l'intrigue est venue toute seule.

***Comment avez-vous eu l'idée du mythe de Caïn ?***

Les loups-garous dans cette histoire sont incroyablement superstitieux. Jessica n'était pas censée exister, alors, pour donner du poids à la peur de la Meute, je me suis dit qu'il leur fallait quelque chose de tangible, de préférence quelque chose qu'ils puissent voir et auquel ils pourraient se raccrocher. Le mythe de Caïn était un bon début… mais attention, les apparences sont parfois trompeuses.

*Y a-t-il beaucoup de vous dans vos personnages ?*

Quand ils naissent dans mon esprit, mes personnages sont déjà entièrement formés et têtus. Je ne peux pas dire qu'ils sont moi, mais ils sont effectivement un mélange de la façon dont je vois le monde. En tant qu'écrivain, je crois que, la plupart du temps, nous créons des personnages avec qui on aimerait s'asseoir pour discuter et prendre un verre. Je ne pense pas qu'on écrive inconsciemment à propos de nous-mêmes. En tout cas, pas en ce qui me concerne. Jess a peut-être un peu de moi quelque part en elle mais, franchement, elle est juste quelqu'un avec qui j'aimerais bien passer du temps.

***Il y a différentes sortes de changeurs, sorcières, vampires et bien d'autres encore dans votre histoire. Si vous pouviez être une créature surnaturelle, laquelle choisiriez-vous ?***

J'aimerais être un changeur, de préférence une espèce avec des ailes, pour que je puisse m'envoler vers la plage à l'improviste. J'ai vraiment un faible pour le soleil et le sable. Ce serait intéressant aussi d'avoir des pouvoirs magiques. Vous imaginez, être capable de lancer un sort n'importe où, n'importe quand ? Ce serait incroyable. Le monde serait tellement différent – et tellement plus marrant, je crois – avec un peu de magie.

*Rourke est un personnage fort et magnifique. Mais James aussi. Pourquoi avez-vous choisi Rourke pour être l'âme sœur de Jessica ?*

J'adore James, c'est évident. Mais Jessica avait besoin d'autre chose. Un loup de la Meute ne pouvait suffire, fût-il aussi fort et capable que James. Jessica est une louve unique qui a besoin d'un compagnon hors du commun. Rourke est extraordinaire, sexy et complètement dévoué à Jessica. Elle n'a pas eu le temps d'apprendre à le connaître… pour l'instant. Mais quand ils se retrouveront, les lecteurs comprendront parfaitement pourquoi c'est le grand amour.

*Découvrirons-nous un jour à quelle espèce Rourke appartient ?*

Bien sûr ! Mais pas tout de suite.

*Qu'est-ce qui attend Jessica et Rourke dans le prochain tome ?*

Ils vont vivre ensemble des aventures extrêmes. Mais d'abord, Jessica doit affronter une déesse maléfique pour le récupérer. Comme si ça ne suffisait pas, de nouveaux ennuis se présentent sous une forme tout à fait inattendue. Jessica et Rourke n'ont pas idée de ce qui les attend…

PAPIER À BASE DE FIBRES CERTIFIÉES

Le Livre de Poche s'engage pour l'environnement en réduisant l'empreinte carbone de ses livres. Celle de cet exemplaire est de :
400 g éq. $CO_2$
Rendez-vous sur www.livredepoche-durable.fr

Composition réalisée par PCA

Achevé d'imprimer en mars 2013 en France par
CPI BRODARD ET TAUPIN
La Flèche (Sarthe)
N° d'impression : 72541
Dépôt légal 1re publication : avril 2013
LIBRAIRIE GÉNÉRALE FRANÇAISE
31, rue de Fleurus – 75278 Paris Cedex 06

31/6964/6